Angela Hunt

SCHWESTER JAQUELIN – ZUR AUFNAHME BITTE

Angela Hunt

Schwester Jaquelin – zur Aufnahme bitte

FRANCKE
Verlag der Francke-Buchhandlung GmbH

Die Deutsche Bibliothek – CIP-Einheitsaufnahme

Hunt, Angela:
Schwester Jaquelin – zur Aufnahme bitte / Angela Hunt. [Dt. von Silvia Lutz]. –
Marburg an der Lahn : Francke, 1999
(Francke Lesereise)
ISBN 3-86122-389-9

Originaltitel: Gentle Touch

Published by Bethany House Publishers, Minneapolis, USA

Deutsch von Silvia Lutz
Umschlaggestaltung: Reproservice Jung, Wetzlar
Umschlagbild: MEF/Maurizius
Satz: Druckerei Schröder, 35083 Wetter/Hessen
Druck: Schönbach-Druck GmbH, 64390 Erzhausen

Francke-Lesereise

1

Die blendende Sonne stand wie ein weißer Ball am östlichen Horizont und ließ den riesigen Gebäudekomplex des Chambers-Wyatt-Krankenhauses in einem sterilen Licht erscheinen. Jaquelin Wilkes stieg aus ihrem Auto, rückte ihre makellose Schwesterntracht zurecht und atmete tief und befriedigt ein. Vor ihr stand der Beton- und Glasbau der Tagesklinik für krebskranke Patienten, die dort ambulant behandelt wurden. Ihr Zuhause außerhalb ihres Zuhauses. Ihr Arbeitsplatz. Ihr Beruf, nach dem sie sich zwei schier endlos dauernde Wochen gesehnt hatte, in denen sie einen ruhigen, einsamen Urlaub an einem Strand auf den Bahamas verbracht hatte.

„Kein Problem, ich schalte gern in einen schnelleren Gang", flüsterte Jaquelin leise. „Zurück an die Arbeit! Sollen doch die Reichen die Strände für sich haben – ich ziehe meine Arbeit allemal vor." Sie warf den Kopf zurück, schob das Kinn vor und schlüpfte problemlos in die disziplinierte Gedankenwelt, die ihr in den letzten zwei Jahren bei der krankenhausinternen Preisverleihung die Auszeichnung „Krankenschwester des Jahres" eingebracht hatte. Mit ihren achtundzwanzig Jahren war sie die jüngste Schwester, die diese begehrte Auszeichnung bisher verliehen bekommen hatte, und sie hatte die feste Absicht, diesen Titel zu behalten.

Linda Morrow, die Sekretärin an der Empfangstheke der Tagesklinik, begrüßte sie mit einem herzlichen Lächeln, als Jaquelin das Gebäude betrat. „Schau nur, wer wieder da ist! Aber wo ist denn deine Urlaubsbräune?"

„Unter einer dicken Schicht Sonnencreme versteckt, wohin sie auch gehört", erwiderte Jaquelin, während sie neben Linda stehenblieb und sich in die Anwesenheitsliste eintrug. „Hautkrebs, weißt du noch?"

Linda verdrehte die Augen. „Daß du immer alles so verbissen ernst nehmen mußt, Jackie! Du bist der einzige Mensch, den ich kenne, der zwei Wochen an den Strand fährt und ohne Sonnenbräune – oder ohne einen Mann – zurückkommt."

„Rote Haare und Sonne vertragen sich nicht besonders gut." Jaquelin tippte mit dem Kugelschreiber auf die Empfangstheke, um ihre Worte zu unterstreichen. „Außerdem war ich nicht auf der Suche nach der großen Liebe – zufällig bin ich mit Craig ganz glücklich und zufrieden. Ich wollte mich im Urlaub einfach ausruhen und erholen!" *Ja, und außerdem hatte ich niemanden, der mich begleitet hätte.*

Jaquelin seufzte mit gespielter Verzweiflung und schaute sich im Wartezimmer um. „Dieselben alten Zeitschriften. Wie ich sehe, hat sich hier absolut nichts verändert ..."

„Das meinst *du.*" Linda beugte sich vor und senkte geheimnisvoll die Stimme. „In eurem Sprechzimmer sitzt ein neuer Arzt. Dr. Kastner hat endlich jemanden gefunden, der Dr. Winstons Platz einnimmt."

„Wieder einen seiner alten Freunde aus der Studienzeit?"

„Wohl kaum." Linda stieß ein leises, kehliges Lachen aus. „Jonah Martin ist alles andere als alt. Er ist ..." Sie grinste. „Ach, du mußt ihn dir schon selbst ansehen."

Jaquelin merkte, daß ihre professionelle Gelassenheit störend ins Wanken geriet. Sie war froh, wieder hier zu sein, wollte sich aber nicht mit einem neuen Arzt herumschlagen. Dr. Winston, der kürzlich in Pension gegangen war, hatte jahrelang in der Klinik gearbeitet. Sie hatte sich so sehr auf ihn eingestellt, daß sie sogar seine Gedanken lesen konnte. Jeder Arzt hat seine eigenen Methoden, Dinge anzugehen, und sie müßte sich nun auf vollkommen neue Eigenarten und Gewohnheiten einstellen. *Womöglich ist er sogar einer von diesen rechthaberischen Typen, die ihre Schwestern herumkommandieren und, vom Arzt im Praktikum bis zum Pfleger, jedem die Schuld in die Schuhe schieben, wenn irgend etwas schief läuft ...*

„Was weißt du über ihn?" Jaquelin lehnte sich an Lindas Theke.

„Ich habe seinen Lebenslauf hier bei der Hand." Die Sekretärin zog unter den Papieren, die über ihren Tisch verstreut lagen, einen schmalen Ordner hervor. „Dr. Jonah Martin machte vor sieben Jahren seinen Abschluß mit Auszeichnung an der medizinischen Fakultät der Universität von Virginia. Er arbeitete dort an der Uniklinik, wechselte dann an das Allgemeinkrankenhaus in Tidewater, danach an das Städtische Krankenhaus in Roanoke und schließlich an das Thomas-Morris-Krebsinstitut in Seattle. Letztes Jahr arbeitete er im Jackson-Memorial-Krankenhaus in Tallahassee." Sie ließ die Akte sinken und zog vielsagend eine Augenbraue in die Höhe. „Und jetzt ist er bei uns."

„So viele Krankenhäuser." Jaquelin runzelte die Stirn. „Findest du das nicht seltsam? Fünf Krankenhäuser in wieviel – in sieben Jahren? Ich kann mir nicht vorstellen, daß ein Arzt mit seiner Familie so oft umzieht."

„Er ist nicht verheiratet." Die Augen der Sekretärin funkelten belustigt. „Und seine Referenzen sind beeindruckend. Dr. Kastner sagt, der Mann steigt ständig zu größeren und besseren Positionen auf. Wir können von Glück sagen, daß Dr. Martin bereit gewesen ist, hierher zu kommen."

Jaquelin trommelte gedankenverloren mit den Fingern auf die Tischplatte und wappnete sich gegen den Tag, der vor ihr lag. Sie mußte nicht nur ihr Denken von Urlaub auf Arbeit umschalten, sondern sich außerdem von Dr. Winstons Arbeitsweise auf Dr. Martins Arbeitsstil umstellen, wie auch immer *dieser* aussah ...

„Magst du ihn?" Jaquelin zog skeptisch die Augenbrauen in die Höhe.

„Was sollte man nicht an ihm mögen?" Das Telefon auf Lindas Schreibtisch summte. Die Sekretärin zuckte mit den Schultern und winkte Jaquelin zum Abschied nach, während sie den Hörer abnahm.

In Gedanken mit ihrem neuen Vorgesetzten beschäftigt, durchschritt Jaquelin den Empfangsbereich. Linda mochte den neuen Arzt. Das war ein gutes Zeichen. Aber Sekretärinnen und Ärzte mußten nicht so eng zusammenarbeiten wie Ärzte und Krankenschwestern.

Ein Hauch kühler Morgenluft wehte durch den Gang. Hinter ihr hatte jemand die breiten Glastüren geöffnet. Jaquelin schaute sich um. Ein schnelles Lächeln huschte über ihr Gesicht, als sie Mrs. Johnson sah, die ihre fünfjährige Tochter, Hanna, an der Hand führte. Hanna hatte durch die Nebenwirkungen der Behandlung alle Haare auf dem Kopf verloren, aber sie blickte mit einem strahlenden Lächeln zu Jaquelin auf und winkte ihr fröhlich zu.

Jaquelin begrüßte sie mit einer kurzen Handbewegung. Dann drehte sie sich um und beschleunigte ihre Schritte. Sie seufzte erleichtert, als sie um die Ecke bog und den Gang zum Schwesternzimmer entlang ging. Sie würde dafür sorgen, daß Lauren oder Stacy an diesem Morgen mit der kleinen Hanna arbeiteten. Das liebe Mädchen war seit zwei Jahren in Behandlung, und ihre Aussichten auf Heilung waren immer noch nicht gut.

* * *

„Dr. Martin, Leitung zwei eins null. Dr. Martin, bitte melden Sie sich."

Eine ungewohnte Verzweiflung lag in der Stimme der Sekretärin, stellte Jaquelin fest, während sie auf ihre Armbanduhr schaute und mit den Fingerspitzen den Puls ihrer Patientin maß. „Heben Sie ab, Wunderdoktor, wo auch immer Sie sind“, murmelte sie leise.

Jaquelin biß sich auf die Lippe, blickte verlegen auf und lächelte die Frau an, die neben ihr auf dem Stuhl saß. „Sie müssen meine kleinen Bemerkungen entschuldigen, Mrs. Baldovino“, erklärte sie der Frau und löste die Blutdruckmanschette vom Oberarm ihrer Patientin. „Aber Dr. Martin ist neu in diesem Haus, und ich gelange allmählich zu der Überzeugung, daß er der große Unsichtbare ist. Ich habe ihn noch kein einziges Mal gesehen, und jetzt wird er schon zum dritten Mal an diesem Morgen ausgerufen.“

„Ich mag ihn“, antwortete die Frau und warf einen nervösen Blick auf das Krankenblatt, in das Jaquelin die Werte von dem Blutdruckmeßgerät übertrug. Dünne Strähnen dunkler Haare schauten unter dem Hut hervor, den die Frau trug, und umrahmten ihr blasses Gesicht. „Ich habe ihn letzte Woche kennengelernt. Dr. Martin ist der erste Arzt, der mir das Gefühl gibt, ihm nicht die Zeit zu stehlen. Wie ist er heute – der Blutdruck, meine ich?“

„Ziemlich gut.“ Jaquelin faltete die Blutdruckmanschette zusammen. „Aber ein wenig niedrig. Das kann daran liegen, daß Sie so viel Gewicht verloren haben.“

„Es liegt an der Chemotherapie.“ Mrs. Baldovino hob entschuldigend die Hände. „Nach meinen Behandlungen hier kann ich nichts essen. Ich habe von Suppe bis zu Salzletten alles probiert, aber mein Magen will nichts behalten.“ Sie stieß ein nervöses, leichtes Lachen aus. „Ich schätze, das ist nicht anders zu erwarten, manchmal aber frage ich mich, ob ich womöglich den Hungertod sterbe, bevor der Krebs mich umbringt ...“

„Wir lassen Sie nicht verhungern, Mrs. Baldovino. Das verspreche ich Ihnen.“ Jaquelin drehte sich um und studierte das Krankenblatt der Patientin. „Wie ich sehe, bekamen Sie bei Ihrem letzten Besuch Adriamycin und Cytoxan. Dann gebe ich Ihnen heute andere Medikamente gegen Übelkeit, die eigentlich helfen müßten. Zoloft und Kytril sind normalerweise sehr gut. Der Arzt kann Ihnen noch etwas für zu Hause verschreiben.“

Die Frau zog zweifelnd eine Schulter nach oben. „Ich weiß, daß die Medikamente helfen sollen, aber sie tun es einfach nicht.“

„Wenn Ihnen jedes Mal schlecht wird, sollten Sie versuchen, vier bis sechs Stunden vor Ihrer Chemotherapie nichts zu essen und zu trinken. Und wenn Sie essen, dann stellen Sie sich vor, Sie wären eine grasende Kuh auf der Weide und kein Wildschwein am Futtertrog.“

Jaquelin warf ihrer Patientin ein eindringliches Lächeln zu und atmete tief ein, bevor sie zu ihrer – wie es ihr schien – zehntausendsten Aufklärung darüber ansetzte, wie man Übelkeit vermeidet und bekämpft. Sie war ihrer Stationsschwester, Lauren Oakes, schon oft genug in den Ohren damit gelegen, diese und andere Standarderklärungen auf Video aufzunehmen, aber Lauren beharrte darauf, daß ein persönliches Aufklärungsgespräch wichtiger sei, als ihren Krankenschwestern etwas Zeit und Arbeit zu ersparen.

Jaquelins Stimme nahm den Tonfall an, mit dem sie ein eigensinniges Kind zurechtweisen würde: „Essen Sie leichte Mahlzeiten, nehmen Sie fünf oder sechs kleinere Mahlzeiten statt der üblichen drei großen ein. Und falls eine zu starke Übelkeit, Erbrechen oder Durchfall auftreten, sollten Sie uns sofort anrufen. Verlangen Sie mich, Lauren oder Stacy, nicht den Arzt. Wenn Sie den ganzen Tag nichts dagegen unternehmen, verlieren Sie zu viel Flüssigkeit, und wir müssen Sie dann stationär ins Krankenhaus einweisen. Das wollen Sie doch nicht, oder?"

Die Frau errötete und schüttelte den Kopf.

„Das dachte ich mir. Rufen Sie uns sofort an. Wir können Ihnen ein Medikament geben, das die Übelkeit lindert." Sie lächelte. „Was tun Sie also, wenn Ihnen schlecht wird?"

„Ich rufe Sie an, Schwester Jaquelin." Mrs. Baldovino öffnete den Mund, als wollte sie noch etwas sagen, aber Jaquelin stand bereits auf und schlug das Krankenblatt zu. Im Gegensatz zu Lauren und Stacy ermutigte sie ihre Patienten nie, über mehr als Routineangelegenheiten zu sprechen. Krebspatienten wollten immer Versprechen und tröstende Antworten hören, Jaquelin aber konnte ihnen beides nicht geben. Sie war Krankenschwester und kein Psychotherapeut oder Pfarrer. Wie oft war ihr das in der Schwesternschule eingehämmert worden? Sie hatte immer noch den Grundsatz ihres Professors in den Ohren: *Wenn du einen Patienten in dein Herz hineinläßt, hältst du es keine zehn Tage auf einer onkologischen Station aus.*

„Dann gehen Sie jetzt zu Dr. Martin." Jaquelin deutete zum Untersuchungszimmer. „Ich bin sicher, daß er alles über Ihre Übelkeit hören will." Ihre Stimme wurde sarkastisch. „Das heißt, natürlich nur, wenn der unsichtbare Doktor aus der Versenkung auftaucht."

Ohne zu warten, schritt Jaquelin schnell den Gang hinab zu dem frischrenovierten Untersuchungszimmer. Sie schob die Krankenkartei der Frau in das Fach an der Tür und lächelte befriedigt bei dem hörbaren dumpfen Klang, der anzeigte, daß die Akte sicher verstaut war. Mrs. Baldovino war jetzt Dr. Martins Angelegenheit.

„Dauert es noch sehr lange, bis er kommt?“ fragte Mrs. Baldovino und ließ eine Hand leicht über die Tapete gleiten, während sie sich so langsam durch den Korridor bewegte, als gehe sie auf Eis. „Mir ist ein wenig übel. Ich ... ich fürchte, ich muß mich übergeben ...“

„Ich hole Ihnen eine Schüssel.“ Jaquelin eilte forschen Schrittes den Gang hinab zur Abstellkammer, öffnete schwungvoll die Tür und hielt überrascht inne.

Stacy Derry, ihre Schwesternkollegin, lehnte mit dem Rücken an dem Regal und hatte ein zusammengeknülltes Papiertaschentuch in der Hand. Ihre Nase war ganz rot, ihr Gesicht leicht aufgedunsen, und aus ihren dunklen Augen schimmerten Tränen.

„Stacy! Was ist denn mit dir?“

Die Schwester schüttelte den Kopf. Dabei wippten ihre dunklen Locken auf und nieder. „Mir geht es gleich wieder gut“, flüsterte sie und wischte sich die Augen. „Es ist nur ... Hospice rief vor ein paar Minuten an. Alicia Hubbard ist gestern nacht gestorben. Ihr Mann wollte uns mitteilen, wann die Beerdigung ist.“

„Oh.“ Jaquelin kniff in einem kleinen Anzeichen von Respekt die Lippen zusammen. „Sie war eine von Dr. Kastners Patientinnen, nicht wahr?“

„Ja.“ Stacy warf Jaquelin ein schwaches Lächeln zu. „Sie war eine so nette Frau. Sie hat immer gelächelt. Nie hat sie sich beschwert. Und ich weiß, daß sie Schmerzen hatte, besonders, als es dem Ende zuging. Trotzdem hat sie nie zu irgend jemandem ein hartes Wort gesagt.“

Während Stacy erneut in Tränen ausbrach, verschränkte Jaquelin die Arme vor der Brust und holte tief Atem. Sie war den Anblick von Tränen gewohnt – sie hatte selbst mehr als genug geweint, als ihre eigene Mutter an den Folgen von Brustkrebs gestorben war. Mit ihren sechzehn Jahren hatte Jaquelin damals viel Ähnlichkeit mit Stacy besessen – sie war ängstlich, unsicher und sehr traurig gewesen. Aber ein verwundetes Herz kann heilen ... wenn man dem Schmerz keinen Raum zum Atmen läßt.

„Hör zu“, sagte Jaquelin ruhig. „Ich weiß, daß es weh tut, jemanden zu verlieren. Aber du mußt diese Traurigkeit überwinden. Glaube mir, ich weiß, wovon ich spreche. Ich habe meine Mutter verloren und bin dann bewußt Krankenschwester auf einer Krebsstation geworden, weil ich Menschen helfen will. Und als Krankenschwester habe ich gelernt, den Schmerz nicht zu nahe an mich herankommen zu lassen.“

Die Papiertaschentücher erstickten Stacys Worte fast: „Das ist doch unmöglich."

„Nein, das ist es nicht." Jaquelin legte die Hand auf Stacys Arm. „Wenn du dich von Trauer oder Sorgen lähmen läßt, kannst du deinen Patienten nicht helfen. Sie brauchen jemanden, der objektiv sein kann, und der in einer Krise einen kühlen Kopf bewahrt. Sie wollen nicht unser Mitleid. Wenn du so, wie du jetzt aussiehst, hinausgehst, beunruhigst du nur die anderen Patienten, die noch ums Überleben kämpfen. Wenn du eine gute Schwester, eine professionelle Schwester sein willst, dann mußt du aufhören, jedes Mal zu heulen, wenn etwas schief läuft."

Tue was du willst, aber laß auf keinen Fall den Schmerz in dein Herz hinein ...

Schuldbewußtsein huschte über Stacys Gesicht. „Wahrscheinlich hast du recht", antwortete sie schluchzend.

„Natürlich habe ich recht." Jaquelin seufzte. Sie würde Mrs. Baldovino zu spät die Brechschale bringen, wenn Stacy nicht bald das Regal in der Abstellkammer freigäbe. „Ich weiß, daß du noch nicht so lange hier bist wie ich", sagte sie und streckte den Arm an Stacy vorbei zu einem Stoß Aluminiumschüsseln auf dem Regal. „Aber wir arbeiten auf einer Krebsstation. Viele unserer Patienten sterben. Einige von ihnen leben nach der Therapie noch jahrelang, andere nur noch ein paar Monate, aber der Tod ist ein Teil des Lebens. Wir werden alle irgendwann einmal sterben, und einige unserer Patienten gehen eben früher als andere. Du darfst das nicht zu nahe an dich herankommen lassen."

Da! Sie hatte Stacy soeben den Standardvortrag gehalten, wie man erfolgreich auf einer Krebsstation überlebt. Es wäre gut, wenn Stacy einen Weg fände, ihn in die Tat umzusetzen.

„Ich kann nichts dagegen tun", flüsterte Stacy, die sich jetzt offenbar wieder besser unter Kontrolle hatte. Sie putzte sich erneut die Nase. „Ich glaube, ich werde nie aufhören können, Leute wie Mrs. Hubbard zu vermissen. Sie war nicht nur eine Patientin, sie war eine Freundin. Als sie letzten Winter hörte, daß ich mit Grippe im Bett lag, brachte sie mir einen Topf selbstgekochter Hühnersuppe. Sie sagte, ihre Kinder mochten immer Hühnersuppe, wenn sie krank waren ..."

„Diesbezüglich hast du einen gravierenden Fehler begangen", unterbrach Jaquelin sie und klemmte sich die Schüssel unter den Arm. „Regel Nummer eins: Laß dich nicht auf das Privatleben deiner Patienten ein und laß sie nicht in dein Leben. Nimm keine Geschenke von

Patienten an. Erzähle ihnen nicht von deinem Liebesleben und gehe nie, *niemals*, zu ihnen nach Hause. Sie können ambulante Pflegedienste anrufen, wenn sie eine Schwester brauchen. Geh nicht zu ihren Beerdigungen. Wenn dir ein Patient nahestand, kannst du der Familie eine Beileidskarte schicken. Glaube mir, ich bin seit fünf Jahren hier, und ich weiß, wovon ich spreche."

Jaquelin ließ Stacy in der Kammer stehen und gab ihr über die Schulter noch einen letzten Rat, ehe sie wieder an ihre Arbeit ging. „Trauere nicht um diejenigen, die wir verlieren, Stacy. Feiere lieber die Patienten, die wir retten können – wenn manchmal auch nur für kurze Zeit."

* * *

„Concetta Baldovino, wenn Sie weiter so abnehmen, muß ich Ihr Foto noch an eine Modellagentur schicken."

Jaquelin blieb, die Brechschale in der Hand, wie erstarrt vor der offenen Tür stehen. Der große Fremde in dem Untersuchungszimmer mußte Jonah Martin sein, aber dieser Mann hatte nicht die geringste Ähnlichkeit mit einem der Ärzte, die Jaquelin bisher kennengelernt hatte. Er war *eindrucksvoll* – kein anderes Wort hätte auf diesen Mann besser gepaßt. Unter dem maßgeschneiderten Jeanshemd, das er trug, traten die Muskeln hervor; sein Arm unter dem kurzen Ärmel war glatt und mit seidenen goldbraunen Härchen überzogen. Seine Hände hielten mit ihren langen Fingern und einer unübersehbaren Kraft mit lässiger Würde das Krankenblatt der Patientin fest.

Jaquelin bemerkte kaum, daß ihr Puls und ihr Atem sich beschleunigt hatten. Als er aufblickte, stand sie wie ein Reh, das vom Scheinwerferlicht eines Autos gefangen war, steif und starr da. Einen Augenblick lang betrachtete er sie aufmerksam, dann wurde sein eckiges Kinn sichtlich hart. „Schwester Jaquelin, nehme ich an?" sagte er, während das Blau seiner Augen wie eine kalte Welle über sie hinweg rollte. „Brauchen Sie immer zehn Minuten, um eine Brechschale aus der Abstellkammer zu holen? Mrs. Baldovino benötigte dringend Ihre Hilfe."

Jaquelin verschlug es einen Augenblick die Sprache. Sie war keine zehn Minuten fort gewesen - sie hatte ihre Patientin allerhöchstens drei Minuten allein gelassen. Und wer war er, der große Unsichtbare, daß er sich über *sie* ein Urteil erlaubte?

„Es … es tut mir leid, Herr Doktor", stammelte sie. Die Worte kamen nur mühsam über ihre Zunge. Sie trat ins Zimmer und stellte die Schale eilig neben Mrs. Baldovino auf den Tisch. Dann wich sie zurück, um schnell diesen blauen Augen auszuweichen.

Die klar geschnittenen Linien seines Profils wurden weicher, als er sich wieder seiner Patientin zuwandte. „Was nun die Fotos für die Modellagentur angeht …"

Dr. Martins Bemerkung entlockte seiner erschöpften Patientin ein Lächeln. „Daraus wird wohl nichts werden, Herr Doktor", erwiderte Mrs. Baldovino kopfschüttelnd. „Meine Kleider hängen wie ein Sack an mir. Und mein Mann sagt, er kaufe mir keine neue Garderobe, denn sobald ich mich wieder besser fühle, fange ich bestimmt wieder an zu essen." Einen Augenblick lang stahl sich eine unübersehbare Wehmut über ihr Gesicht. „Ich glaube, Ernesto mag mich lieber mit ein bißchen mehr Polstern auf diesen alten Knochen."

„Ich bin überzeugt, daß Sie mit jedem Tag schöner für ihn werden", antwortete Dr. Martin mit großem Mitgefühl. Er lehnte sich in seinem Drehstuhl zurück und steckte die Hände in die Taschen seiner khakifarbenen Hose. „Was halten Sie davon, wenn ich Sie und Ihren Mann zu einem Lasagneessen einlade, sobald die Chemotherapie abgeschlossen ist?" fragte er. Die Wärme seines Lächelns spiegelte sich in seiner Stimme wider. „Sie entscheiden, wann und wo."

„Aber, Dr. Martin", erwiderte Mrs. Baldovino mit leuchtenden Augen. „Sie wissen nicht, was Sie da sagen. Wir Italiener sind in bezug auf unsere Nudelgerichte sehr wählerisch."

„Natürlich sind Sie das", antwortete Dr. Martin. Er beugte sich vor und nahm ihr Krankenblatt in die Hand. „Warum glauben Sie, sollen Sie entscheiden, in welches Restaurant wir gehen?"

Mrs. Baldovinos Lächeln verwandelte sich in ein herzhaftes Lachen.

Was ist nur mit dieser Frau geschehen? fragte sich Jaquelin. Vor einem Augenblick hatte der Neue sie noch vehement gerügt, weil diese Patientin sich angeblich übergeben müsse, und jetzt sprach die Frau über Nudeln und plante ein Abendessen …

„Entschuldigen Sie bitte", mischte sich Jaquelin ein und trat vor. Sie verschränkte die Arme vor der Brust und schaute demonstrativ auf die Brechschale auf dem Untersuchungstisch. „Ich dachte, Ihnen sei sehr übel."

„Das war auch so." Das Lächeln der Frau wurde noch freundlicher, als sie sich jetzt zu ihrem Arzt umdrehte. „Aber dieser Mann bringt mich immer zum Lachen."

„Ah, Concetta, jetzt bringen Sie mich aber in Verruf." Dr. Martin schlug Mrs. Baldovinos Krankenblatt auf und schien es aufmerksam zu studieren. „Hmmm. Aus Schwester Jaquelins Notizen entnehme ich, daß Sie sich entschieden haben, sich einer Mastektomie zu unterziehen. Ich kann Ihrem Mann also eine Gummibrust zum Spielen geben."

„Eine Gummibrust zum Spielen!" Die Frau warf den Kopf zurück und brach in lautes Gelächter aus. „Doktor Martin, Sie sind mir ein Schlimmer! Aber Sie haben recht – mein Ernesto könnte wirklich mehr zum Spielen vertragen!"

Jaquelin drehte sich zu den Schränken an der Wand herum und verdrehte die Augen. *So viel zu sachlicher und effizienter Arbeitsweise...* Dann drehte sie sich wieder mit einem „Jetzt-wollen-wir-doch-einmal-ernst-sein"-Blick im Gesicht zu ihm um und zuckte leicht zusammen, als seine ausdrucksstarken Augen ihren Blick erwiderten.

Dr. Martin beugte sich zu seiner Patientin vor und schlug sich leicht mit der Hand aufs Knie. „Ich weiß, wie wir diesem Lasagneessen die richtige Würze verleihen können", sagte er und senkte die Stimme zu einem bewußten Flüstern, das im ganzen Raum zu vernehmen war. „Zur besseren Unterhaltung könnten wir doch Schwester Jaquelin einladen. Ich habe das Gefühl, sie ist eine richtige Ulknudel."

Jaquelin spitzte die Lippen und schaute zur Zimmerdecke. Ihre Verlegenheit wich jedoch sehr schnell einer wütenden Empörung.

„Oh, ich weiß nicht, ob das eine gute Idee ist", hörte sie Mrs. Baldovino antworten. „Mein Mann würde sich bestimmt freuen, wenn eine so hübsche junge Frau dabei ist, aber da ich nicht mehr so attraktiv bin wie früher . . ."

„Ernesto wird sie nicht einmal richtig anschauen", antwortete Dr. Martin und schrieb eine Notiz in die Kartei seiner Patientin. „Er wird viel zu sehr damit beschäftigt sein, Sie anzuschauen, Concetta."

Und was bin ich? Hundefutter? Dieser eitle Gedanke sprang wie ein wilder Hase durch Jaquelins Kopf. Sie starrte ihn finster an, fuhr dann aber erschrocken zusammen, als der Arzt aufblickte und sie unverblümt begutachtete.

„Oh, meine Güte!" Ein spöttisches Funkeln glitzerte in Dr. Martins Augen. „Ich fürchte, ich habe Schwester Jaquelin beleidigt. Dabei haben wir uns gerade erst kennengelernt. Ich möchte auf keinen Fall, daß wir unser Arbeitsverhältnis auf dem falschen Fuß beginnen."

„Auf dem falschen Fuß?" platzte Jaquelin heraus, die innerlich vor Entrüstung kochte. Einen Augenblick lang vergaß sie, daß man nie vor einem Patienten seinem Ärger Luft machen sollte. Sie vergaß auch alles über professionelles Benehmen, über den Respekt, den eine Schwester einem Arzt entgegenzubringen hatte. Dieser Mann aber war neu – er hatte sich ihren Respekt noch nicht verdient. Er verdiente ihn auch nicht.

Bitterkeit lag in ihrer Stimme, als sie scharf antwortete: „Ich würde sexuelle Belästigung für die falsche Art halten, um eine Arbeitsbeziehung zu beginnen." Auf der Suche nach einer Verbündeten schaute sie Mrs. Baldovino demonstrativ an. „Würden Sie mir darin nicht recht geben, Mrs. Baldovino?"

„Oh, meine Güte." Das Gesicht der Frau wurde noch eine Stufe blasser. „Schwester Jaquelin, der Herr Doktor hat doch nur einen Scherz gemacht."

Jonah Martins Gesichtszüge wurden hart. „Zweifellos war mein Scherz geschmacklos", sagte er, ohne auf die leise Verteidigung der Patientin einzugehen. Wie ein Pfadfinder, der einen Eid ablegt, hob er seine rechte Hand und schaute Jaquelin mit feierlichem Ernst in die Augen. „Bei meinem Ehrenwort, Schwester, ich verspreche hiermit, daß ich in keinem Fall die Absicht hatte, Sie zu beleidigen oder anzudeuten, daß Ihre Teilnahme an einem geselligen Lasagneabend nötig wäre, um Ihren Arbeitsplatz zu behalten. Ich hoffe, mein Scherz hat in keiner Weise Ihr Unbehagen oder gar einen psychischen Schaden bei Ihnen ausgelöst."

Bei dem beißenden Tonfall in seiner Stimme knirschte Jaquelin mit den Zähnen – wollte er sie verspotten, oder war er einfach ein Zyniker? Wie dem auch sei, sie schätzte die Art jedenfalls nicht, wie er seine Patienten und seine Arbeitskollegen behandelte.

Sie hob das Kinn und erwiderte seinen eisigen Blick, ohne mit der Wimper zu zucken. „Herr Doktor", sagte sie, ohne sich von Mrs. Baldovinos betroffener Miene aufhalten zu lassen. „Wenn Sie die Blutwerte dieser Patientin für gut halten, bin ich bereit, sie in das Behandlungszimmer für ihre Chemotherapie zu führen. Wir sind mit unserem Zeitplan etwas im Hintertreffen, und es warten schon andere Patienten auf Sie."

„Selbstverständlich." Der Mann, der sie so wütend gemacht hatte, lächelte seine Patientin erneut an. In ihr bleiches Gesicht kehrte sofort wieder etwas Farbe zurück. „Mrs. Baldovino, ich fürchte, wir müssen zum geschäftlichen Teil kommen. Aber meine Einladung zum Essen gilt."

„Ich werde darauf zurückkommen, Herr Doktor", antwortete die

Frau, deren dünne Lippen sich belustigt verzogen, als sie die ausgestreckte Hand des Arztes ergriff und würdevoll vom Untersuchungstisch rutschte. „Es gibt also Lasagne. Aber wichtiger wäre mir, diese Gummibrust für Ernesto zu bekommen."

„Das ist plastische Chirurgie und leider nicht mein Fachgebiet", antwortete Dr. Martin mit freundlicher Stimme, während er zurücktrat, um Jaquelin, die Mrs. Baldovino aus dem Raum folgte, an sich vorbei zu lassen. Dabei meinte sie, ein Funkeln in seinen ausdrucksvollen Augen zu entdecken, aber dann senkte er den Blick wieder auf das Krankenblatt seiner Patientin und bemerkte leichthin: „Es war übrigens höchste Zeit, daß Sie aus Ihrem Urlaub zurückkamen, Schwester Wilkes. Ich muß gestehen, ich konnte es nicht erwarten, die sagenumwobene Schwester des Jahres in Aktion zu sehen." Als er sie wieder anschaute, war das spöttische Leuchten in seine Augen zurückgekehrt. „Jetzt, da mir dieser Wunsch erfüllt wurde, ist mein Leben vollkommen."

In *dieser* Bemerkung steckte jedenfalls kein einziges Fünkchen Wahrheit.

„Gut", konterte Jaquelin. Ihr zusammengekniffener Mund verriet ihre innere Auflehnung. „Dann können Sie jetzt als glücklicher Mann sterben." Ohne ihn noch eines weiteren Blickes zu würdigen, schob sie ihr Kinn vor und folgte ihrer Patientin zum Behandlungsraum.

2

„Und? Was hältst du von ihm, Jaquelin?" Stacy trug genau die richtige Menge Lippenstift auf, um ihren makellosen Mund hervorzuheben, und betrachtete dann ihr Gesicht im Spiegel der Damentoilette.

„Willst du das ehrlich wissen?" Jaquelin riß ein Papierhandtuch von der Rolle an der Wand und zerknüllte es theatralisch zwischen den Händen. „Genau das hätte ich nach meiner ersten Begegnung mit ihm heute am liebsten gemacht. Ich glaube, ich hasse diesen Mann."

„Wirklich?" Stacy zog eine Braue in die Höhe. „Ich muß zugeben, daß er kein ‚Doktor Entzückend' ist, aber mir gegenüber verhält er sich sehr sachlich." Sie verzog die Lippen vor dem Spiegel zu einem Schmollmund. „*Zu* sachlich sogar, um genau zu sein. Es ist eine Schande, daß jemand, der so gut aussieht, so ... distanziert sein muß. Ich habe jeden todsicheren Annäherungsversuch aus meinem Repertoire angewandt, aber ich kann nicht den geringsten Funken Interesse bei ihm wecken."

„Vielleicht ist er zu beschäftigt."

„Er ist erst seit zwei Wochen hier – wie beschäftigt kann er da schon sein? Ich glaube, er hat irgendwo anders eine Freundin. Dr. Kastner sagte, er stamme aus Virginia."

„Ich habe seinen Lebenslauf gesehen. Er hat fast schon überall gewohnt." Jaquelin räusperte sich, um nicht zu interessiert zu wirken, auch wenn sie vor Neugier beinahe platzte. „Seltsam, findest du nicht, daß er so oft die Stelle wechselt? Hat Dr. Kastner irgend etwas über das fachliche Können dieses Mannes gesagt?"

„Eigentlich nicht." Stacy senkte die Stimme und drehte sich zu Jaquelin um. „Aber jetzt, wo du es erwähnst, ist mir schon etwas Seltsames an ihm aufgefallen. Lauren versuchte, ihn neulich in der Mittagspause in ein Gespräch zu verwickeln, und als sie den Namen von Leuten erwähnte, die sie an der Universitätsklinik von Virginia kennt, wurde er auffällig ruhig und wechselte das Thema. Später fragte Dr. Kastner ihn nach jemandem in Seattle, und wieder wechselte er das Thema. Ebenfalls nicht gerade unauffällig."

„Na ja, wenigstens wissen wir, daß er keinem Patienten das falsche Bein amputiert hat", murmelte Jaquelin und lehnte sich mit verschränkten Armen an das Waschbecken. „Er ist kein Chirurg. Aber in Krankenhäusern kommen oft genug seltsame Dinge vor."

„Dr. Kastner hätte ihn nicht empfohlen, wenn er kein guter Arzt wäre", strich Stacy heraus. „Das weißt du selbst ganz genau. Wenn es also in seiner Vergangenheit irgendein tiefes, dunkles Geheimnis gibt, dann kannst du sicher sein, daß es nichts mit seinem fachlichen Können zu tun hat."

„Das hoffe ich." Jaquelin warf das zusammengeknüllte Papierhandtuch in den Abfalleimer und betrachtete sich im Spiegel. Die Sekretärin hatte recht. Keine einzige Spur von Urlaub war in ihrem Gesicht zu sehen, nicht einmal die leichteste Bräune, die verraten würde, daß sie zwei Wochen an einem zauberhaften weißen Sandstrand verbracht hatte ...

„Was ist jetzt mit heute abend?" fragte Stacy und zupfte an einer losen Strähne ihrer dunkelbraunen Haare. „Kommst du mit? Auf dieser Party sind bestimmt ein halbes Dutzend Ärzte, alle noch zu haben, alle gut gelaunt, und alle sehnen sich verzweifelt nach ein wenig Entspannung und netter Gesellschaft."

„Danke, ich habe keinen Bedarf. Außerdem bin ich müde." Jaquelin seifte ihre Hände sorgfältig ein und spülte sie dann unter einem Strahl warmen Wassers gründlich ab. Die Krankenpflegeschule hatte sie einen gesunden Respekt vor dem verborgenen Leben von Viren und Keimen gelehrt. Gründliches Händewaschen war für sie ein fast zwanghaftes Ritual geworden.

„Ich bin ziemlich sicher, daß Dr. Jonah Martin nicht dort sein wird", fügte Stacy in einem erneuten Überredungsversuch hinzu.

„Das macht die Sache schon viel interessanter." Jaquelin hob die Hände aus dem Waschbecken. Das Wasser lief ihr zu den Ellbogen, während sie zu der Halterung mit den Papierhandtüchern ging. „Aber ich habe nichts anderes zum Anziehen dabei, und ich werde nicht in meiner Schwesterntracht auf eine Party gehen."

Stacy hatte bereits ihre weiße Hose und ihr Schwesternhemd gegen ein perlenbesetztes Cocktailkleid eingetauscht. Sie sah von Kopf bis Fuß wie ein lebensfroher Teenager und nicht im geringsten wie eine gestandene Krankenschwester aus. „Du wirst es bereuen, wenn du nicht mitgehst", antwortete sie in ihrer singenden Stimme. „Hast du Dr. Fenton schon kennengelernt, den neuen Mann auf der Chirurgie? Er hat sich neulich nach dir erkundigt."

„Doktor wer?"

„Siehst du, in der Tiefe deines Herzens willst du doch mitkommen! Dr. Fenton ist der großgebaute Adonis mit dem umwerfenden Lächeln, bei dem alle Frauen dahinschmelzen. Letzte Woche hielt er Lauren in der Cafeteria an und fragte nach der hinreißenden rothaarigen Schwester auf der Onkologie."

„Vielleicht wollte er mich nur meiden, weil ich in der Kantine zu viel Ketchup nehme."

„Nein. Er sagte Lauren, er habe dich gesehen, als du dich um eine von Dr. Wilders Mastektomie-Patientinnen gekümmert hast. Er erzählte ihr, daß er von deinem Fachwissen beeindruckt sei, oder so etwas Ähnliches."

Jaquelin knurrte leise. „Das ist wieder typisch. Sie suchen alle eine Frau, die *beeindruckend* ist. Würde er eine gute Krankenschwester suchen, dann wäre es ihm gleichgültig, wie ich aussehe. Er sucht eine Frau, die er als Trophäe herumzeigen kann. Genauso wie alle anderen. Eine kleine Hausfrau, die dann in seinem eleganten Haus sitzt und seine vornehmen Cocktailparties ausrichtet."

„Was ist daran so schlimm?" fragte Stacy und schaute mit einem strahlenden Lächeln in den Spiegel. „Ich fände es toll, zu Hause zu bleiben und das gesellschaftliche Leben eines Arztes zu organisieren. Mit den vornehmen Damen im Country Club zu dinieren ist allemal interessanter als die Krankenhauskantine."

Sie hielt erneut inne und betrachtete ihr verführerisches Bild im Spiegel, dann hob sie eine Einkaufstasche auf und warf ihre Schwesterntracht hinein. „Nach diesem Anruf wegen Alicia Hubbard kann ich eine kleine Aufmunterung gut vertragen. Ein Abend, an dem ich hemmungslos flirten und mich über Belanglosigkeiten unterhalten kann, kommt mir heute gerade recht. Kommst du jetzt also mit oder nicht?"

„Ich wünsche dir viel Spaß, aber ohne mich." Jaquelin warf das nasse Papiertaschentuch in den Abfalleimer, beugte sich zum Spiegel vor und deutete auf nicht vorhandene Tränensäcke unter ihren Augen. „Siehst du, wie müde ich bin? ‚Doktor Blaue Augen' hat mich den ganzen Tag immer wieder aus der Routine gerissen und mir meine Arbeit erschwert."

Stacy grinste. „Ich hätte gar nicht gedacht, daß dir seine Augenfarbe auffallen würde."

„Ist mir auch nicht – besser gesagt, es ist mir völlig gleichgültig, welche Farbe seine Augen haben." Jaquelin betrachtete ihre zerzausten Haare und zog abrupt die Haarnadeln aus ihrem Haarknoten. „Er hat auf voller Linie unrecht, und er geht viel zu vertraut mit den Patienten um. Er ist wie überbackenes Eis – warm und knusprig außen, aber innen drinnen eiskalt. Mir gegenüber war er kühl und sarkastisch, aber mit den Patientinnen hat er praktisch geflirtet."

„Eifersüchtig?"

„Natürlich nicht. Ich finde nur, er ist nicht professionell genug und viel zu launisch."

„Aber die Patienten finden ihn klug und sehr charmant." Stacy lächelte nachdenklich. „Ich gebe zu, es macht nicht gerade Spaß, mit ihm zusammenzuarbeiten, aber die Patienten scheinen ihn mehr zu mögen als Dr. Winston. Von ihm sagen sie oft, er sei zu ungeduldig."

„Was wissen Patienten schon?" Jaquelin zuckte mit den Schultern und warf ihre Haare darüber zurück. „Gute Ärzte wissen, daß sie eine sachliche Distanz wahren, ihren Terminplan einhalten müssen."

„Das kommt ganz darauf an, wie du ‚gute Ärzte' definierst." Ein schelmischer Blick trat in Stacys Augen. „Es kann ja sein, daß dir an Dr. Martin nicht viel aufgefallen ist, aber *er* hat *dich* ganz gewiß bemerkt. Soviel steht fest."

Bei dem spöttischen Tonfall in Stacys Stimme hielt Jaquelin in ihren Bewegungen inne und starrte sie finster an. „Hat er das? Wie kommst du denn darauf?"

Stacys Brauen zogen sich vorwurfsvoll nach oben. „Er fragte, warum du heute morgen Mrs. Baldovino brachtest, obwohl doch die kleine Hanna Johnson als nächste an der Reihe gewesen wäre. Er fragte mich, ob du etwas gegen Kinder hättest."

Jaquelin schaute Stacy überrascht an. „Nun, ich hoffe doch, daß du das geklärt hast. Ich mag Kinder, und Hanna ist eine meiner liebsten Patienten!"

„Genau das habe ich ihm auch gesagt." Ein nachsichtiges Funkeln leuchtete aus Stacys Augen. „Und ich habe ihm die Wahrheit verraten: Du hast nicht das Herz, um mit den jüngeren Patienten zu arbeiten, wenn es mit ihnen immer mehr bergab geht. Ich habe ihm erzählt, daß du zwar eine der besten Schwestern im Krankenhaus bist, aber im Dienst deine Gefühle hinter einer Fassade versteckst. Bei Erwachsenen kommst du gut damit zurecht, aber bei Kindern und Tieren schmilzt du dahin wie Eis in der Sonne."

„Stacy!" Jaquelins Lippen wurden vor Verärgerung ganz dünn. „Du weißt nicht, was du da sagst."

„Vergiß nicht: Du hast mich einmal ins Kino geschleift, um den Film *König der Löwen* anzusehen, und hast schon in den ersten fünf Minuten wie ein kleines Kind geheult."

„Das war das Lied. Musik macht mich sentimental."

„Ja, natürlich." Stacy lächelte und schüttelte mit einem verschmitzten Grinsen den Kopf. „*Lassie*, erinnerst du dich? Du bist in Tränen ausgebrochen. Schau den Tatsachen ins Auge, Jaquelin. Du kannst vielleicht den Patienten etwas vormachen, aber Lauren und mir kannst du nichts vorspielen. Dafür kennen wir dich zu gut."

„Du hättest das aber nicht ‚Dr. Eisschrank' erzählen zu brauchen. Ich hoffe, du hast ihm wenigstens nicht erzählt, daß ich in Kinderfilmen weine."

„Vielleicht habe ich es ihm erzählt, vielleicht auch nicht." Stacy grinste und trat zur Tür. „Ich werde dich auf der Party vermissen. Und da du an Dr. Fenton nicht interessiert bist, sehe ich ihn als freigegeben an."

„Mach mit ihm, was du willst", antwortete Jaquelin, während sie sich umdrehte und ihrer Kollegin folgte. „Ich fahre nach Hause. Mein überaus aufmerksamer, immer treuer Craig hat mir versprochen, mit mir zu Abend zu essen."

„Craig Bishop?" Stacy verzog das Gesicht. „Ich dachte, ihr zwei hättet euch getrennt."

„Nein", erwiderte Jaquelin. „Nach einem halben Jahr sind wir beide immer noch fest befreundet – beziehungsweise so fest befreundet, wie man es eben sein kann, wenn der Mann ein ehrgeiziger Geschäftsmann ist. Craig könnte Tag und Nacht arbeiten."

„Ja, Craig ist eine wandelnde Wirtschaftszeitung", bemerkte Stacy, während sie auf den Gang hinaustrat. „Und so langweilig wie ein Hundekuchen."

„Sag nichts gegen Hundekuchen", antwortete Jaquelin. „Ohne sie wäre die Welt ärmer." Sie lächelte und mußte an Bailey, ihre einjährige Dogge, denken, die zu Hause auf sie wartete.

„Ach ja, beinahe hätte ich deinen sabbernden Hund vergessen." Stacys Mund verzog sich zu einem trockenen Lächeln. „Ehrlich, Jackie, wenn du auf Männer so viel Zeit und Aufmerksamkeit verwenden würdest wie auf diesen Köter ..."

„Meine Dogge ist kein Köter", erwiderte Jaquelin, während sie im Vorübergehen Linda an der Empfangstheke zum Abschied zuwinkte. „Und er sabbert nicht mehr als mancher junge Doktor. Ich wünsche dir einen schönen Abend, Stacy. Viel Spaß! Ich hoffe, du schaffst es, dir die Wölfe vom Hals zu halten."

* * *

Ein warmer Wind wehte durch Jaquelins Haare, als sie den Parkplatz im Zickzack durchquerte, um zu ihrem Auto zu gelangen. Auf der breiten Hauptstraße vor dem Krankenhaus rollte der Feierabendverkehr dröhnend vorbei. Leise murmelte sie: „Bitte, Craig, mach wenigstens ein einziges Mal in deinem Leben pünktlich Feierabend!"

Craig Bishop engagierte sich sehr in seiner Mietwagenfirma. Unwillkürlich mußte Jaquelin bei der Erinnerung an Stacys Vergleich mit einem Hundekuchen lächeln. Craig war wirklich ein bißchen wie ein liebenswerter, knuddeliger, goldbrauner Apportierhund. Solide, kräftig und verantwortungsbewußt. Der Stoff, aus dem gute Ehemänner gemacht sind.

Jaquelin bemerkte aus dem Augenwinkel eine Bewegung. Als sie aufblickte, sah sie Dr. Jonah Martin neben einem roten Mustang-Cabriolet stehen, der in der Nähe ihres eigenen Autos geparkt war. In einer Hand trug er eine abgegriffene Aktentasche, mit der anderen wühlte er erfolglos in seiner Hosentasche – wahrscheinlich nach seinem Autoschlüssel. Jaquelin spürte, wie ihre Stirn sich noch tiefer runzelte. Sie hätte sich denken können, daß dieser Doktor einen *bescheidenen* Sportwagen fuhr – der paßte zu ihm.

Jaquelin hätte ihn am liebsten nicht beachtet, aber wenn sie, ohne ein Wort zu sagen, an ihm vorbeiginge, würde er merken, daß sie bewußt grob zu ihm war, und morgen bestimmt eine Bemerkung darüber fallen lassen. „Probleme?" rief sie und blieb widerwillig stehen. „Haben Sie Ihre Schlüssel verloren?"

„Nein", antwortete Dr. Martin und schaute zu ihr auf. Wie Stacy hatte auch er sich schon umgezogen. Seine sandblonden Haare wehten ungezähmt im Wind und strichen über den Kragen eines lässigen Freizeithemdes. In seiner weiten Hose und den Halbschuhen sah er eher wie ein Tourist aus als wie ein Arzt.

Der Versuch ist nicht schlecht, Dr. Cool. Aber das kauft Ihnen keiner ab.

„Ich weiß, daß sie irgendwo hier drinnen sind." Sein Blick wanderte schnell von ihren Augen auf den Asphalt unter ihren Füßen. „Es sei denn, ich habe ein Loch in meiner Hosentasche. Ah – da sind sie ja."

Mit einer schwungvollen Bewegung zog er seine Schlüssel heraus und hielt sie hoch, um sie ihr zu zeigen. Jaquelin nickte und wollte weitergehen.

„Warten Sie bitte einen Augenblick, Schwester Jaquelin", rief er, während er seine Autotür aufsperrte. „Ich würde gern kurz unter vier Augen mit Ihnen sprechen."

Seine Worte ließen sie erstarren. *Geht es um Hanna? Um Mrs. Baldovino?* Widerwillig wartete sie, bis er die Tür öffnete, seine Aktentasche auf den Rücksitz warf und dann um das Auto herumkam und vor ihr stehen blieb.

Instinktiv drehte sie sich um und schaute ihn direkt an, bereit für den Angriff, den er gegen sie starten würde. Das konnte nicht gut gehen. In ihren fünf Jahren als Krankenschwester hatte sie gelernt, daß Ärzte nur dann um ein „Gespräch unter vier Augen" baten, wenn sie eine Beschwerde vorzubringen hatten.

Ausgezeichnet, Jaquelin! Der erste Tag zurück an der Arbeit, und der neue Arzt hat schon etwas gegen dich. Jetzt kommt die erste Verwarnung.

„Ja, Herr Doktor?" Sie verschränkte die Arme vor der Brust und versuchte, ihre Stimme ruhig klingen zu lassen. „Habe ich etwas getan, das nicht Ihre Zustimmung findet?"

Dr. Martin trat näher, steckte die Hände in seine Hosentaschen, und einen Augenblick lang huschte ein nachdenkliches Lächeln über seine Lippen. „Das ist ja lustig. Genau dasselbe wollte ich Sie fragen."

Seine Nähe war so *männlich*, so anregend, daß Jaquelin einen kurzen Aussetzer hatte. Sie konnte ihn nur sprachlos anstarren und hatte alle Mühe, die Verwirrung zu bekämpfen, die seine Ausstrahlung in ihr weckte. Die anderen Ärzte lösten bei ihr keine solche Reaktion aus – nicht einmal Craig konnte das. Warum auf einmal dieser Mann?

Jonah Martin schien nicht zu bemerken, daß es ihr die Sprache verschlagen hatte. „Wissen Sie, Schwester Jaquelin", sprach er weiter und ließ seine Augen kühn über sie hinweg wandern. „Auch wenn Männer entschieden weniger einfühlsam und manchmal sogar blind für die Menschen um sie herum sind, hatte ich doch in den wenigen Stunden, seit wir uns kennen, das Gefühl, daß Sie eine tiefe Abneigung gegen mich hegen. Und da wir in derselben Klinik angestellt sind, muß ich wissen, ob diese Abneigung unsere Arbeitsbeziehung beeinträchtigen wird. Falls Sie mich menschlich nicht mögen, hoffe ich doch, daß wir über unseren Verschiedenheiten stehen und uns auf unsere gemeinsame Arbeit konzentrieren können. Falls Sie aber Probleme mit meinem Verhalten als Arzt, mit meiner fachlichen Kompetenz oder mit meinen Methoden haben, sollten wir besser dafür sorgen, daß Sie in Zukunft nur mit Dr. Kastners Patienten arbeiten."

Jede Spur von Belustigung verschwand aus seinen blauen Augen, als er sie jetzt anschaute. Jaquelin war darauf vorbereitet, jedem Vorwurf zu widersprechen, den er gegen sie vorbringen würde, aber seine Worte waren so unerwartet, daß sie den Mund nicht aufbrachte. Daß er sie durchschaute und ihr das so unverblümt auf den Kopf zusagte, verblüffte sie. Er hatte soeben genau das ausgesprochen, was sie an ihm kritisierte.

Sie trat einen halben Schritt zurück und wappnete sich zum Gegenangriff. Seine Kritik, wenn sie es so nennen wollte, hatte nichts mit ihrem Verhalten, ihrem fachlichen Können oder ihrer Arbeit zu tun. Einen kurzen Moment empfand sie eine tiefe Erleichterung, doch dann loderte ihre glimmende Abneigung wieder auf. Warum interessierte es ihn, was sie von ihm dachte? Falls das nur ein Trick war, der ihm dazu verhelfen sollte, großzügig und verständnisvoll zu erscheinen, irgendeine Masche, um Freunde zu gewinnen und Patienten zu beeinflussen ...

„Dr. Martin, wenn bei Ihnen der Eindruck entstand, ich würde Sie nicht mögen, dann muß ich mich entschuldigen", antwortete Jaquelin mit einer Würde und einem Taktgefühl, das sie sich gar nicht zugetraut hatte. „Ich bin überzeugt, daß Sie ein wunderbarer Arzt sind. Die Patienten scheinen Sie anzubeten, und die anderen Schwestern achten Ihre fachliche Kompetenz. Selbst Dr. Kastner hält Sie für den besten Onkologen im ganzen Land."

„Aber Sie nicht." Sein schwaches Lächeln ließ ihren Puls schneller schlagen.

„Ich teile nicht Ihren Sinn für Humor, Dr. Martin. Mrs. Baldovino ging es heute nachmittag sehr schlecht, und Sie haben mit ihr gescherzt und ihren Zustand auf die leichte Schulter genommen."

Jonah Martins Miene wurde ernst. „Ich versichere Ihnen, daß ich nie ernster bin, als wenn ich meine Patienten behandle. Ich mache keine Witze über Krebs. Ich wollte, falls es Ihnen aufgefallen ist, die düstere Wolke der Trostlosigkeit und Verzweiflung, die über dieser Frau schwebte, etwas vertreiben. Sie war krank vor Sorge darum, daß ihr Mann sie nicht mehr attraktiv finden könnte. Und es kann sein, daß sie sich einer Mastektomie unterziehen muß, wenn die Therapie nicht anschlägt ..."

„Wir haben einen Videofilm, der die Fragen des Selbstwertgefühls behandelt. Wir haben über alles Videos, angefangen von Haarausfall bis zu Narben nach einer Brustentfernung. Wenn es nach mir ginge, hätten wir noch weitere Videos. Es hält uns viel zu lange auf, jeden Tag zwanzigmal dieselbe Rede zu halten ..."

„Einen Videofilm." Wütende Erregung funkelte in seinen Augen auf. „Ich fürchte, ein Video würde Mrs. Baldovino nicht helfen. Sie brauchte Zuspruch – ruhigen, kompetenten, *männlichen* Zuspruch ..."

„Der aber ganz und gar nicht in Ihren Aufgabenbereich fällt", fiel Jaquelin ihm ins Wort und schob ihr Kinn eigensinnig vor. „Was gibt Ihnen das Recht, sich in das Privatleben Ihrer Patienten einzumischen? Sie sind Arzt. Von Dr. Winston habe ich gelernt, daß ein Arzt sich keine Gedanken darüber machen sollte, ob seine Patienten ihn mögen. Mit der Persönlichkeit eines Arztes, der zu sehr darauf bedacht ist, das Wohlwollen seiner Patienten zu gewinnen, ist etwas ernsthaft nicht in Ordnung. Ein guter Arzt sollte sich nur dafür interessieren, daß er das Richtige für seine Patienten tut. Wenn Sie korrekte Entscheidungen treffen, werden Ihre Patienten Sie mögen. Und wenn sie Sie trotzdem nicht mögen, dann haben Sie wenigstens getan, was richtig ist."

„Wollen Sie damit sagen ..." Ein leise warnender Unterton schwang in seiner Stimme mit. „Daß mit meiner Persönlichkeit etwas nicht stimmt?"

Zwei Ärzte, die über den Parkplatz gingen, warfen neugierige Blicke in ihre Richtung. Jaquelin schloß die Augen und dachte mit Entsetzen, daß diese Männer womöglich ihre respektlose Auseinandersetzung mit einem Arzt gehört hatten.

Jonah Martin war noch nicht fertig. „Sie haben nur *acht* Stunden mit mir zusammengearbeitet. Wie wollen Sie da wissen, ob ich nur das Wohlwollen meiner Patienten suche?" Seine Stimme war leise wie Samt, der mit hartem Stahl durchzogen war. „Es muß herrlich sein, den Charakter anderer Menschen so schnell beurteilen zu können."

„Ich wünschte nur, ich besäße Ihren Sarkasmus", fauchte Jaquelin und blickte zu ihm auf. Ihr Gesicht glühte vor Beschämung. Sie wandte abrupt den Blick ab, da sie das zynische blaue Funkeln in seinen Augen nicht ertragen konnte. „Ich kenne Sie nicht gut, aber ich kenne Ärzte."

„Sie sollten lieber mehr Zeit darauf verwenden, Patienten kennenzulernen." Sein anschuldigender Blick wich nicht von ihrem Gesicht. „Sie vergessen eines, Schwester Jaquelin." Er trat näher und senkte die Stimme. „Für Patientinnen wie Mrs. Baldovino ist Brustkrebs im Gegensatz zu jeder anderen Krankheit eine zutiefst persönliche Angelegenheit."

„Sie brauchen mir nicht zu sagen ..."

„Offenbar muß ich das doch. Ein Auffrischungskurs über die Grundlagen im Umgang mit Patienten könnte Ihnen bestimmt nicht schaden." Jonah Martin verschränkte die Arme vor der Brust. „Nehmen wir einmal an, Mrs. Baldovino wäre mit einer Blinddarmentzündung zu mir gekommen. Für einen kompetenten Chirurgen wäre der

Behandlungsverlauf recht unkompliziert. Sie brauchte sich keine Gedanken darüber zu machen, welche Philosophie ihr Arzt über eine Blinddarmoperation vertritt, welche Art von Operation er durchführen würde. Ihre Überlebenschancen nach der Operation wären ausgezeichnet. Und sie würde sich wohl kein Kopfzerbrechen wegen der kleinen Narbe in ihrer Leiste machen. Der Verlust ihres Blinddarmes hätte praktisch keine Auswirkung auf ihr körperliches oder psychisches Wohlbefinden, es würde auch ihr Selbstbewußtsein nicht sonderlich erschüttern."

Jaquelin biß sich auf die Unterlippe und senkte den Blick auf den Asphalt.

„Mrs. Baldovino aber kam zu mir, weil Sie *Brustkrebs* hat", schloß Jonah Martin mit einem Tonfall, der ihr eine unaussprechliche Ignoranz vorwarf. „Und wenn Sie in Ihrem hübschen Kopf auch nur ein bißchen Verstand haben, dann muß ich eigentlich nicht weitersprechen."

Jaquelin erstickte fast an den Worten, die sie ihm am liebsten an den Kopf geschleudert hätte. Ihre Unterlippe zitterte, als sie seinen Blick erwiderte. Ein dunkler Schleier wehte schmerzlich in den hintersten Winkeln ihres Herzens und brachte Erinnerungen an ein sechzehnjähriges Mädchen zum Vorschein, das gerade erfahren hatte, ihre Mutter würde nie wieder gesund, weil die Operationen, die Bestrahlungen und die Chemotherapie nicht geholfen hatten ...

Jaquelins Gedanken hatten gefährliche Wege eingeschlagen. Er wußte nichts von ihrer Mutter, von dem Schutzmantel, den sie sorgsam über ihren eigenen Schmerz gezogen hatte. Einen Augenblick lang war sie versucht, dies ihm an den Kopf zu werfen – *Ich weiß Bescheid über Krebs, Sie arroganter Affe* –, aber dann würde er bestimmt wissen wollen, warum sie ihren eigenen Patienten nicht mehr Mitgefühl entgegenbringen konnte.

Beruhige dich, Jaquelin. Du hast heute erst den ersten Tag mit ihm gearbeitet. Das ist nur ein Mißverständnis; er ist auf irgendeinem Machotrip und will irgend etwas beweisen. Diese Sache ist es nicht wert, daß du dafür deinen Arbeitsplatz riskierst ...

Wie ein ertrinkender Schwimmer stieß sie sich im Geist an die Wasseroberfläche hoch und atmete die Wirklichkeit tief ein. „Ich schätze, ich bin Ihre Methoden einfach nicht gewohnt", sagte sie schließlich und verwies ihren Ärger in seine Schranken. Sie blickte in seine forschenden Augen. „Ich arbeite seit fünf Jahren auf der Krebsstation, und Sie sind noch ganz neu hier. Dr. Kastner und Dr. Winston sind objektive, sachliche Ärzte; sie haben mehr Abstand zu den Patienten ..."

„Ich kenne Hunderte von Ärzten wie Winston und Kastner, und ich achte sie", unterbrach Dr. Martin sie und verlagerte sein Gewicht auf das andere Bein, während er die Hände hob, um seine Worte zu unterstreichen. „Aber ihre Einstellung ist unparteiisch. Sie sind wie ein Richter; sie sehen den Patienten und den Krebs als gleichberechtigte Gegner. Sie sind glücklich, wenn der Patient gewinnt, aber sie stehen nicht ausdrücklich auf der einen oder auf der anderen Seite.

Ich dagegen, Schwester Jaquelin", sprach er weiter. „Ich bin ein Anwalt der Verteidigung. Je schwieriger der Fall, um so größer ist die Herausforderung für mich. Ich kämpfe für meinen Patienten. Ich lasse mich von einem aggressiven Krebs nicht einschüchtern, sondern bekämpfe ihn mit aller Kraft, allem Wissen und allen Mitteln, die mir zur Verfügung stehen. Ein glücklicher, zuversichtlicher Patient ist ein stärkerer Klient und erhöht unsere Chance, den Fall zu gewinnen." Die Augen, mit denen er sie anschaute, glühten jetzt. Er trat einen Schritt vor, stemmte die Hände in die Hüften und beugte den Kopf zu ihr vor. „Können Sie das verstehen?"

Jaquelin mußte dem inneren Drang, einen Schritt zurückzuweichen, widerstehen, so sehr rührte die funkelnde Bedrohung seiner Nähe ihre Nerven an. Seine glühenden Augen ließen sie in ihren Bewegungen erstarren, und sie merkte, wie sie langsam nickte. „Ich kann es versuchen", antwortete sie und konnte es plötzlich nicht erwarten, von ihm fortzukommen. Wenn er sich entschied, aufrichtig zu sein, konnte sie der Anziehungskraft dieser blauen Augen nur mit Mühe widerstehen – kein Wunder, daß seine verzweifelten Patienten ihn bewunderten!

„Gut." Das Thema war geklärt, und sie standen unsicher schweigend neben ihrem Auto. Er zögerte einen Augenblick und zog fragend eine Augenbraue in die Höhe. „Dann gehe ich also davon aus, daß Sie weiterhin mit mir zusammenarbeiten wollen? Ich habe mich noch nicht zu sehr als schlimmer Unmensch erwiesen?"

„Nicht zu sehr", antwortete Jaquelin und mußte dabei fast lächeln. Den Bruchteil einer Sekunde glaubte sie, ihn irgendwie entwaffnet zu haben, aber dann legte sich die frostige Maske des sachlichen Arztes wieder über seine Gesichtszüge.

„Gut. Außerdem wollte ich Ihnen noch sagen, daß ich Sie nur im Scherz zu den Baldovinos und dem Lasagneessen eingeladen habe. Ich selbst habe zwar die feste Absicht, daran teilzunehmen, aber ich würde nicht im Traum daran denken, Sie zu diesem Essen zu zwingen. Ich bin überzeugt, daß Sie ein ausgefülltes und befriedigendes Privatleben haben."

Die frostige Art dieses Mannes kommt wieder zum Vorschein.

„Jetzt, da ich Sie verstehe", erwiderte Jaquelin und legte bewußt einen leichten Unterton in ihre Stimme, „können Sie versichert sein, daß ich nicht daran denke, irgendeine Einladung anzunehmen, die Sie vielleicht irgendwann aussprechen sollten." Sie schlenderte zu ihrer Autotür und rief über die Schulter zurück. „Ich begreife jetzt, daß Sie so etwas nur um Ihrer Patienten willen tun."

„Es tut mir leid, wenn ich Sie beleidigt habe", antwortete Dr. Martin mit einem Gesicht, das so undurchdringlich war wie ein Stein, während er ihr zuschaute, wie sie die Tür öffnete. „Sie sind eine gute Krankenschwester. Heute habe ich gesehen, wie Sie Organisation in ein Durcheinander und Ruhe in das Chaos bringen können. Sie könnten es sogar schaffen, mich dazu zu bewegen, den Klinikzeitplan einzuhalten. Schwestern mit diesen Fähigkeiten sind schwer zu finden."

„Danke." Sie legte die Arme auf die offene Autotür, dann warf sie ihm ein gezwungenes Lächeln zu. „Und ich wünsche Ihnen alles Gute mit Mrs. Baldovino. Ich hoffe, Sie können diese Lasagne mit ihr essen."

Er nickte etwas steif, dann drehte er sich abrupt um und ging zu seinem Auto zurück.

Jaquelins Lächeln verschwand von ihren Lippen. Angesichts von Mrs. Baldovinos derzeitiger Verfassung sah es nicht so aus, als könnte man dieses Abendessen in nächster Zeit genießen.

Aber wenn Jonah Martin das Todesurteil, das über Mrs. Baldovinos Kopf schwebte, von ihr abwenden könnte, *war* er vielleicht tatsächlich der Wunderdoktor, für den er sich hielt.

* * *

„Natürlich verstehe ich das, Craig", murmelte Jaquelin. Sie hielt mit einer Hand den Telefonhörer an ihr Ohr, während die andere Hand unter Baileys Kopf eingeklemmt war. „Wichtige Politiker laufen einem nicht jeden Tag über den Weg."

Craig erzählte von dem lukrativen Geschäft, das er bald unter Dach und Fach hätte. Jaquelin gähnte. Sie hatte es sich auf ihrem großen Bett mit einem Buch gemütlich gemacht, als Craig nicht gekommen war.

Das war ihr als eine gute Alternative zu einem vergeudeten Abend vor dem Fernseher erschienen. Dabei waren sie und Bailey eingeschlafen.

„Ruf mich morgen an und laß mich wissen, wie die Sache ausgeht", murmelte sie und zog langsam ihre Hand unter Baileys samtigem Fell hervor. „Ich weiß, daß es dir leid tut. Aber du kannst es Freitagabend wieder gutmachen. Wir könnten zum Essen gehen oder etwas Ähnliches."

„Wohin willst du gehen?" Craig schien wirklich ein schlechtes Gewissen zu haben. Sie stellte ihn sich vor, wie er sich auf seinem ledernen Bürostuhl zurücklehnte und mit der Hand durch seine braunen, gewellten Haare fuhr.

„Das weiß ich noch nicht." Jaquelin versuchte, ein weiteres Gähnen zu unterdrücken. „Vielleicht italienisch. Ich habe plötzlich Lust auf Lasagne."

Craig verabschiedete sich lachend. Jaquelin rollte sich auf den Bauch, um den Telefonhörer wieder aufzulegen. Als sie den Arm zum Nachttisch ausstreckte, fühlte sie ein plötzliches Stechen in ihrer Brust.

„Oh, meine Güte", stöhnte sie und ließ sich auf den Rücken fallen. Bailey schlug die Augen auf und blinzelte. Der Hund hob seinen riesigen Kopf und schaute Jaquelin mit einem neugierigen Gesichtsausdruck an. „Nichts Schlimmes, Kleiner", beruhigte sie den Hund und legte den Kopf auf ihre linke Hand. Sie steckte die rechte Hand unter das T-Shirt, das sie anhatte, und tastete langsam ihre linke Brust ab. Da! Auf der Seite. Ein kleiner Knoten, wahrscheinlich eine Zyste – nichts Ernstes. Das schmerzvolle Stechen bedeutete normalerweise, daß nichts Besorgniserregendes vorlag.

„Schwester, heile dich selbst", murmelte sie und rollte sich auf die Seite. „Einen Monat lang kein Koffein, und zum Frühstück gibt es Vitamin E. Das übliche Rezept gegen Zysten."

Die Müdigkeit übermannte sie erneut. Sie rollte sich um ein Kissen und sank mit Baileys leisem Schnarchen im Ohr in einen ruhigen Schlaf.

3

Jaquelin war entzückt, als der Tag der Arbeit [1] sie mit einem leuchtend blauen Morgenhimmel begrüßte: Craig hatte vorgeschlagen, daß sie den traditionell letzten Sommertag gemeinsam am See verbringen könnten. „Ich würde gern picknicken", hatte sie ihm erklärt, als er am Samstag angerufen hatte, um sich zu entschuldigen, weil er wieder einmal einen Kunden betreuen mußte. „Ich kann mir nichts Besseres vorstellen, um einen arbeitsfreien Tag zu genießen."

Sie hatte inzwischen zweieinhalb anstrengende Monate mit Dr. Jonah Martin hinter sich. Auch wenn es ihnen gelang, zivilisiert miteinander umzugehen, mußte sie sich in seiner Gegenwart doch ständig auf die Zunge beißen. Im Umgang mit den Patienten war er ganz anders als alle Ärzte, die sie bis jetzt erlebt hatte – unerschütterlich optimistisch, ermutigend, fürsorglich und aufmerksam; und er ging auch auf die kleinsten Klagen ein und nahm sie ernst. Den Schwestern gegenüber aber war er arrogant, distanziert und unerbittlich beherrscht. Spontan lachte er mit einem Patienten im Untersuchungszimmer, und im nächsten Augenblick drückte er Jaquelin mit einem spöttischen, unfreundlichen Blick in den Augen ungeduldig ein Krankenblatt in die Hand. Im Schwesternzimmer kursierte das Gerücht, daß Jonah Martin eine besondere Abneigung gegen Krankenschwestern und Sekretärinnen habe. Und zum ersten Mal, solange Jaquelin zurückdenken konnte, erhob nicht einmal Stacy ihre Stimme, um einen gutaussehenden Mann zu verteidigen.

„Er ist ein Engel", hatte Jaquelin eine Patientin sagen hören. „Mit seinen blauen Augen und diesen blonden Haaren! Man könnte meinen, er kommt direkt vom Himmel."

„Ein gefallener Engel vielleicht", murmelte Jaquelin, während sie das Frühstücksgeschirr von dem schmiedeeisernen Tisch in ihrem Garten hinter dem Haus abräumte und mit Bailey im Gefolge in die Küche zurückging.

Es *war* schwer, mit Dr. Martin zusammenzuarbeiten. Wenn sie es auch nicht gern zugab, war Jaquelin dennoch froh, daß Jonah Martin die Stelle in der Tagesklinik angenommen hatte. Er erleichterte spürbar die Arbeitslast und hatte sogar mehrere von Dr. Kastners schweren Krebsfällen im Endstadium übernommen. Im Laufe eines einzigen

[1] Der Tag der Arbeit wird in den USA im Herbst gefeiert.

Monats hatte Jaquelin eine bemerkenswerte Besserung im Verhalten dieser Patienten festgestellt; und zufriedene Patienten waren im allgemeinen gesündere Patienten mit einer größeren Lebenserwartung.

Sie lernte, daß hinter der charmanten Fassade des Arztes ein enzyklopädisches Wissen steckte. Er kannte Dosierungen, Medikamente und die Behandlungspläne – die sogenannten Protokolle – auswendig; Kontraindikationen und Erfolgsstatistiken kamen so selbstverständlich wie das Alphabet über seine Lippen. Die Sekretärin ließ ihn ständig ausrufen; Ärzte aus dem ganzen Land fragten bei dem einen oder anderen Protokoll um seinen Rat. Jaquelin hatte verstohlen einen Blick auf seine Telefonnotizen geworfen und dabei festgestellt, daß Jonah Martin an einer laufenden Untersuchung von John Hopkins und an einer anderen an der Fred-Hutchinson-Krebs-Forschungsklinik in Seattle mitarbeitete. Wenn Jaquelin morgens in der Klinik ankam, saß er in seinem Arztzimmer bereits am Telefon, und wenn sie abends lange nachdem die Tagesklinik für ihre Patienten schon geschlossen war, das Krankenhaus verließ, arbeitete er immer noch.

Eine starke männliche Ausstrahlung ging von ihm aus, unterstützt von seinem auffallend guten Aussehen und seinen durchdringenden blauen Augen. Jaquelin konnte nicht leugnen, daß er intelligent, beeindruckend und charismatisch war – wenn er wollte. Aber er war gleichzeitig rätselhaft, launisch und – so argwöhnte sie – mehr als nur ein bißchen gefährlich. Er flößte Ehrfurcht ein, wohin er auch kam.

Jaquelin schüttelte die Gedanken an ihn von sich ab und schaltete ihre Geschirrspülmaschine ein. Sie versuchte, sich auf einen erholsamen Tag am Strand zu konzentrieren.

Trotz ihrer festen Entschlossenheit aber schlich sich Jonah Martin immer wieder bei ihr ein. Jaquelin mußte sich eingestehen, daß sie ihn unsympathisch finden wollte, ihr dies aber nicht gelang – als Arzt war er einfach zu gut. Sie wollte sich zu einer entschiedenen Gleichgültigkeit ihm gegenüber durchringen, aber warum erhöhte sich jedes Mal ihr Pulsschlag, wenn er ausdrücklich sie verlangte? Er strahlte eine Energie aus, die sie wie ein Magnet anzog. Von seinem ungewöhnlichen Fleiß, nur beste Arbeit zu leisten, und von seiner ungewöhnlichen Fürsorge für seine Patienten war sie einfach angetan. Jonah Martin *war* ein guter Arzt, selbst wenn sein Verhalten manchmal so launisch und bedrohlich wie ein Sommergewitter war.

Zum ersten Mal seit fünf Jahren hatte Jaquelin angefangen, die Arbeit auf einer Krebsstation als aufregende und lohnende Arbeit anzusehen. In den Augen von Jonah Martin war Medizin viel mehr als Schneiden, Nähen und Lindern. Es war vor allem *Heilen.*

Jedes Mal, wenn gute Ergebnisse aus dem Labor zurückkamen, strahlten Dr. Martins Augen, als wäre jeder Patient der erste, den er erfolgreich behandelte. Er hielt spontane Feiern für erleichterte Patienten in der Mitarbeiterkantine und gab den Schwestern den Auftrag, den Leuten, deren Krebs im Rückzug begriffen war, Glückwunschkarten zu schicken. Er gratulierte aber nicht nur den „Gewinnern", sondern schickte auch Karten an die Patienten, die sich durch die Chemotherapie quälten oder mit der bangen Aussicht auf eine weitere Operation fertig werden mußten, um ihnen Mut zu machen.

Zuerst rebellierte Jaquelin bei dem Gedanken an handgeschriebene Karten. „Weiß er denn nicht, daß wir die Namen und Adressen alle im Computer gespeichert haben?" zischte sie Linda an der Empfangstheke zu. „Und daß vor langer Zeit jemand etwas Wunderbares erfunden hat, das Adreßaufkleber heißt?" Aber dann kamen Patienten in die Klinik und umklammerten seine Karte oder hatten sie in ihrem Portemonnaie stecken, und Jaquelin begriff, daß die Patienten Dr. Martins unkonventionelle, unbürokratische Aufmerksamkeit sehr schätzten. Persönliche Grußkarten waren angesichts der vielen anderen Papierarbeit, die die Schwestern bewältigen mußten, zusätzliche Belastungen, aber die Patienten liebten diese Aufmerksamkeiten. Und da dies offenbar so viel bedeutete, kam Jaquelin zu dem Schluß, daß diese zusätzliche Arbeit nicht zu viel verlangt war.

Jaquelin seufzte und schaute durch das Küchenfenster. Wenigstens konnte sie am Ende des Tages nach Hause gehen. Und in ihrem gemütlichen, kleinen Haus konnte sie Jonah Martin vergessen und ihre Gedanken auf Craig Bishop konzentrieren. Im Vergleich zu dem beunruhigenden Dr. Martin war Craig so gemütlich wie ein alter Hausschuh. Und bevor er sich am Samstagabend am Telefon verabschiedete, hatte Craig versprochen, daß ihrem Picknick am Montag absolut nichts im Wege stünde. Jaquelin freute sich auf einen faulen, warmen Tag am See.

Wie versprochen bog Craig um elf Uhr in die Einfahrt vor ihrem Haus ein. Sein Mund verzog sich zwar verärgert, als Jaquelin Baileys Leine holte und sie am Halsband des Hundes befestigte, aber er sagte nichts. Jaquelin hatte den Hund vor einem halben Jahr von einer Organisation zur Rettung herrenloser Doggen adoptiert, und der Hund war ihr bereits mehr ans Herz gewachsen, als sie dies zuvor für möglich gehalten hätte. Manchmal, so erklärte sie Craig, während sie eine

Wasserschüssel unter der Spüle in der Küche holte, habe sie das Gefühl, als wäre der riesige Hund fast wie ein Mensch. Bailey schien ihre Stimmung, ihre Gefühle zu erahnen, und er war immer da . . . und das war mehr, als sie von Craig sagen konnte.

„Du weißt, daß ich eine unregelmäßige Arbeitszeit habe", verteidigte sich Craig.

„Ich verstehe das, und es stört mich auch nicht", antwortete Jaquelin und drehte die lange Leine in ihrer Hand. „Aber ich habe nun einmal gern jemanden in meiner Nähe. Und es ist einfach nicht fair, wenn wir jetzt fortfahren und Bailey den ganzen Tag allein im Haus eingesperrt bleiben soll." Jaquelin führte den sanften Riesen auf die Veranda. „Er macht uns überhaupt keine Umstände, Craig. Er läuft wahrscheinlich nur in der Sonne herum und legt sich dann zu einem gemütlichen, langen Nickerchen ins Gras."

„Bitte hole noch eine Decke, damit die Autositze sauber bleiben", forderte Craig sie auf und stieg mit einem schweren Seufzen hinter ihr die Verandastufen hinab. „Ich hoffe, daß ich dieses Auto morgen früh verkaufen kann. Wenn du den Hund mitnimmst, muß ich heute abend noch staubsaugen."

„Du saugst den Wagen höchstwahrscheinlich sowieso aus, egal, ob ein Hund mitfährt oder nicht", erwiderte Jaquelin und öffnete die Tür des Sportcabriolets. Bailey warf einen einzigen Blick auf den kleinen Platz, der als Rücksitz vorgesehen war, und schaute dann Jaquelin fragend an. „Es ist schon in Ordnung, Kleiner", flüsterte Jaquelin mit beruhigender Stimme. Sie warf Craig einen verschmitzten Blick zu. „Onkel Craig hat bestimmt nichts dagegen, wenn du dein Kinn auf seiner Schulter ausruhst."

Craig schüttelte humorlos den Kopf, dann drehte er sich um und steuerte noch einmal zum Haus zurück. „Wo hebst du deine kleinen Gästehandtücher auf?" fragte er, während er, immer zwei Stufen auf einmal nehmend, zur Haustür hinaufstieg. „Ich will bei meiner Besprechung heute abend nicht mit Hundehaaren und Spucke am Anzug erscheinen. Ehrlich, Jaquelin, was ich dir zuliebe alles aushalte . . ."

Jaquelin bückte sich und schob den Beifahrersitz weiter vor, dann forderte sie Bailey auf, ins Auto zu steigen. Als der riesige Hund es sich bequem gemacht hatte, rutschte Jaquelin auf ihren Sitz und verzog das Gesicht. „Das ist aber gemütlich", murmelte sie sarkastisch, als sie feststellte, daß sie knappe fünfzehn Zentimeter über dem Asphalt saß. „Ich werde nie verstehen, warum Männer so verrückt nach Sportwagen sind."

Auf der Stelle tauchte das Bild von Jonah Martin und seinem Mustang vor ihrem geistigen Auge auf. Sein Auto war nicht so sportlich wie dieses hier, aber auch er schien eine Schwäche für hohe Geschwindigkeiten und windschnittige Formen zu haben.

Einen Augenblick später tauchte Craig auf. Er hatte ein kleines Handtuch ordentlich über seine rechte Schulter gelegt. Auf den ersten Blick sah er aus wie einer dieser gestreßten Väter in ihrer Gemeinde – mit einem Baby auf dem Arm und einem Spucktuch über der Schulter. Das Bild paßte so gar nicht zu Craig. Sie mußte sich das Lachen verkneifen. Craig Bishop – mit seinen maßgeschneiderten Anzügen und seinen fleckenlosen Autos – war nicht der Typ für eigene Kinder. Er behauptete auch immer steif und fest, er wolle nicht heiraten, aber Jaquelin würde ihn schon dazu bringen, seine Meinung zu ändern. Immerhin hatte er ihr vor neun Monaten, als sie ihn kennenlernte, versichert, daß er keine Zeit für eine feste Freundin habe. Doch nach zwei Verabredungen hatte er sie jeden Abend angerufen und ihr jedes Wochenende Blumen geschickt. Die nächsten Schritte – Heiraten und Kinder – nun, dazu würde sie ihn genauso leicht überreden können, wie sie ihn dazu bewegt hatte, Bailey heute zu dem Picknick mitzunehmen.

Außerdem hatte Jaquelin es nicht eilig. Mit ihren achtundzwanzig Jahren stand ihr noch die ganze Welt offen. Sie würde heiraten, wann es ihr gefiel, Craig oder einen anderen Mann, der so war wie er. Einen Mann, der logisch, tüchtig und charmant war. Einen Mann, der nichts gegen ihren Beruf, ihren Hund oder ihre Abneigung gegen Kochen einzuwenden hätte.

„So, ich denke, damit wäre für alles gesorgt." Craigs muskulöse, untersetzte Gestalt rutschte auf den Fahrersitz. Er hielt einen Augenblick inne und warf Bailey einen finsteren Blick zu, dann schüttelte er erneut den Kopf. „Jaquelin, ich werde nie verstehen, wie eine so vernünftige Frau wie du jeden Funken gesunden Menschenverstand über Bord werfen kann, sobald es um einen Hund geht."

„Das ist genauso, wie wenn ein Mann seinen ganzen gesunden Menschenverstand über Bord wirft, wenn er eine Frau liebt", antwortete sie mit einem zuckersüßen Lächeln. Sie legte schützend eine Hand auf Baileys Halsband. „Und Bailey ist nicht einfach irgendein Hund. Er ist eine Dogge. Ich habe mich mit dieser Hunderasse beschäftigt und zudem einen Hund angenommen, der gerettet werden mußte. Ich habe vier Jahre darauf gewartet, eine Dogge zu besitzen, und ich habe meine Entscheidung noch keinen Augenblick bereut."

„Meinetwegen." Craig gab sich geschlagen und hob als Zeichen des Waffenstillstandes die Hände. Dann steckte er den Autoschlüssel ins Zündschloß. „Wenn er ein guter Hund ist, wie du sagst, werde ich es hoffentlich lernen, mit ihm zu leben. Aber er ist dein Hund, Jaquelin, nicht meiner."

Der Motor erwachte dröhnend zum Leben. Jaquelins Herz schlug vor Freude. Craig könnte *lernen, mit Bailey zu leben.* Er hatte sich also doch schon Gedanken über das Heiraten gemacht. Jaquelin hatte klargestellt, daß sie nie mit einem Mann zusammenleben würde, ohne mit ihm verheiratet zu sein, und Craig schien ihre Einstellung zu respektieren. Er wußte, daß ihr Glaube an Gottes Gebote es ihr nicht erlaubte, sich einem Mann hinzugeben, ohne ihm zuvor vor dem Altar ihre lebenslange Liebe und Treue versprochen zu haben.

Vielleicht, dachte sie und genoß den Wind in ihren Haaren, während das Auto auf die Straße bog, *will er mir heute sogar einen Heiratsantrag machen.* Craig hatte ein romantisches Picknick zu zweit mit Blumen und Decke geplant. Der CD-Spieler im Kofferraum war mit entsprechender Musik bestückt.

Jaquelin drehte ihr Gesicht zur Straße, damit Craig das hoffnungsvolle Leuchten in ihren Augen nicht sehen konnte. Ihre Träume waren einfach zu beschreiben: Sie wollte einen liebevollen Mann, der mit ihr in ihrem Haus wohnte, Kinder, die Leben in die leeren Räume brächten, und eine Beförderung zur Stationsschwester in der Tagesklinik. Alles zu seiner Zeit natürlich, aber jetzt war nicht die schlechteste Zeit, um damit anzufangen.

Jaquelin legte die Hand auf Baileys Halsband. Sie liebte die Wärme seines Felles auf ihrer Haut und die solide Zuverlässigkeit des Mannes an ihrer Seite.

Die Zukunft sah plötzlich viel heller aus als vor ein paar Stunden.

Craig lenkte den Sportwagen gekonnt über die Straße, scherte von einer Spur auf die nächste und überholte die langsam dahin kriechenden Urlaubsfahrer. Winter Haven, die Stadt im Landesinneren des Bundesstaates Florida, in der Jaquelin geboren und aufgewachsen war, hatte viele ihrer Kleinstadtqualitäten bewahren können, während andere Städte in der Gegend sich unter dem Einfluß von Disney World innerhalb kürzester Zeit in Touristenzentren verwandelt hatten. Die unwiderstehliche Sucht, schnell das große Geld zu verdienen, hatte in Städten wie St. Cloud und Kissimmee endlose Reihen von Motels aus der Erde schießen lassen, aber Winter Haven war weitgehend unberührt davon geblieben, und Jaquelin war dankbar darüber.

Über einhundert Seen lagen in der näheren Umgebung von Winter Haven. Sie und Craig waren zum Lake Silver unterwegs, einem der größeren Seen mit einem gepflegten öffentlichen Strand. Während Jaquelin Baileys lange Leine mit einem Stock in der Erde verankerte, breitete Craig pflichtbewußt die Decke unter einer weit ausholenden Eiche aus. Die Hundekette war mindestens acht Meter lang – so, daß der Hund ungehindert spielen konnte und doch sicher in Hörweite blieb. Obwohl Bailey ein sanftes Temperament hatte, wußte Jaquelin, daß allein schon die Größe des Hundes so manchen Passanten einschüchtern konnte.

„Hierher, Bailey", rief Jaquelin und stellte eine große Schüssel mit frischem Wasser an eine schattige Stelle. Bailey trottete gehorsam hinüber, schlurfte ein paar Schlucke und schaute dann sein Frauchen an, als warte er auf weitere Anweisungen.

Jaquelin lachte. „Los jetzt. Schau dir die Gegend an, mach dir eine schöne Zeit", sagte sie und winkte den Hund weiter. „Heute ist Feiertag."

Craig trat zu ihr. Seine Muskeln traten unter dem Gewicht des Picknickkorbes hervor. „Er ist doch nur ein Hund, Jaquelin. Alles, was du sagst, klingt in seinen Ohren wie ‚Bla-bla-bla'."

„Da muß ich dir widersprechen", entgegnete Jaquelin bewußt ruhig, da sie sich diesen schönen Tag nicht mit einem Streit verderben wollte. „Er versteht mehr, als du dir vorstellen kannst." Sie drehte sich um und half Craig mit dem Korb. „Und er ist klüger als ein durchschnittlicher Hund."

„Ja, meinetwegen", gab sich Craig geschlagen, während er den Korb auf die Decke stellte.

„Was in aller Welt hast du denn alles in diesen Korb gepackt?" fragte Jaquelin. Sie kniete nieder und hob den Deckel hoch. „Er ist ja so schwer, als wäre Essen für eine ganze Fußballmannschaft darin!"

„Nur soviel, daß wir heute nachmittag nicht verhungern müssen", erwiderte Craig und setzte sich neben sie auf die Decke. Seine starke Hand legte sich um ihr Handgelenk, und seine braunen Augen schauten sie direkt an. „Ich wollte, daß es ein besonderer Tag wird. Ein Tag, an den wir uns immer erinnern."

Eine freudige Röte stieg in ihre Wangen. *Ein besonderer Tag!* Schnell wandte Jaquelin das Gesicht ab, weil sie fürchtete, Craig würde an ihren Augen ablesen, wie gern sie auf einen Heiratsantrag von ihm wartete. Sie war bereiter denn je zuvor. Die letzten Wochen mit dem unberechenbaren Jonah Martin hatten sie davon überzeugt, daß sie Sicherheit, Beständigkeit und Zuverlässigkeit in ihrem Leben wollte ... und wenn sie mit Craig verheiratet wäre, würde ihr Herz vielleicht auch nicht mehr schneller schlagen und ihr Puls würde nicht mehr so rasen, sobald Jonah Martins Stimme auf dem Krankenhausgang zu hören war.

„Das sieht ja nach einem gebratenen Hähnchen aus“, sagte sie und holte einen der sauberen Behälter heraus, die er in den Korb gepackt hatte. „Oh, das riecht ja köstlich. Ich kann gar nicht glauben, daß dein Metzger so etwas Gutes hat.“

„Hat er auch nicht. Ich habe alles in einem Delikatessengeschäft gekauft“, erwiderte Craig und zog in einem beiläufigen Zucken eine Schulter nach oben. „Dort bekommt man mehr als nur großartigen Käsekuchen.“

„Kartoffelsalat“, sagte sie, als sie einen weiteren Behälter aus dem Korb holte. „Und frische Croissants?“

„Mit Honigbutter.“

„Und was ist das?“ Sie zog eine tellergroße blaue Dose heraus und schüttelte sie. Etwas klapperte darin. „Kekse?“

„Nein, wir haben Käsekuchen zum Nachtisch.“ Seine dunklen Augen funkelten geheimnisvoll. „Mach doch die Dose auf.“

Jaquelin nahm den Deckel ab, halb neugierig und halb ängstlich. Ein entzückter Aufschrei entfuhr ihren Lippen, als sie vier riesig große Hundekuchen darin entdeckte.

„Es heißt, der Weg zum Herzen eines Mannes gehe durch seinen Magen“, bemerkte Craig trocken, ohne den Blick von ihrem Gesicht abzuwenden. „Ich schätze, der Weg zum Herzen einer Frau führt über ihren Hund.“

„Du bist wirklich lieb.“ Jaquelin beugte sich vor und verpaßte ihm einen leichten Kuß auf die Wange. Auch wenn das nicht die Überraschung war, die sie erwartet hatte, zeigte er doch zumindest Interesse an einer ihrer vorrangigsten Leidenschaften. Manchmal, besonders wenn er eine Verabredung absagte oder nicht – wie versprochen – zum Abendessen kam, fragte sie sich, ob er sich mehr noch für etwas anderes als für sein Geschäft interessierte. Aber er war Geschäftsmann, ein fleißiger Mann, ein Mann, der sich selbst den Marschschritt vorgab ...

Craig half ihr, den Rest aus dem Korb auszupacken, dann breiteten sie das Festessen auf der Decke aus und begannen zu essen. Obwohl Bailey zu ihnen getrottet kam und mit unverhohlener Sehnsucht in seinen samtbraunen Augen das Essen betrachtete, schien er damit zufrieden zu sein, einen seiner Hundekuchen zu bekommen und sich an ein schattiges Plätzchen unter Büschen zurückzuziehen.

Während Jaquelin genießerisch in ihr Croissant biß, weihte Craig sie in seine neuesten Geschäftspläne ein – eine Erweiterung seiner Gebrauchtwagenfirma. „Ich kann mir gut vorstellen, eine Abteilung für hochwertige Gebrauchtwagen zu eröffnen", sagte er und fischte mit seiner Gabel ein Kartoffelstück von seinem Plastikteller. „Nur Mercedes, Cadillacs, BMWs – lauter Edelmarken. Sie behalten ihren Wiederverkaufswert, und viele Firmen geben sie nach einem ein- oder zweijährigen Leasingvertrag wieder zurück. Weil den Firmen der Wagen nicht gehört, diskutieren sie nicht lange darüber, für welchen Preis sie wieder in Zahlung genommen werden. Auf diesem Markt kann man ein Vermögen machen, und ich denke, ich habe genug Ideen, wie ich mir ein Stück von diesem Kuchen abschneiden kann."

„Das ist großartig, Craig." Jaquelin nickte mechanisch und ließ ihre Augen über den See wandern. Ein halbes Dutzend Boote kreuzten auf der diamantenen Wasseroberfläche, und jedes zog einen oder zwei Wasserskifahrer hinter sich her. Das Rufen und Kreischen der Bootsinsassen drang bis ans Ufer. Mehrere Familien und Paare hatten sich entschieden, ebenfalls an diesem Strand zu picknicken, auch wenn die meisten ihre Decken und Schirme unmittelbar am Seeufer ausgebreitet hatten. Hie und da lief ein kleines Kind spritzend ins Wasser oder watete mit einem Eimer in der Hand durch den Sand. Besorgte Mütter waren immer in ihrer Nähe.

Jaquelin traten plötzlich Tränen in die Augen. Ihre Erinnerungen an ihre frühe Kindheit waren nur bruchstückhaft und wurden alle von den bedrückenden, düsteren Erinnerungen an den fünf Jahre dauernden Kampf ihrer Mutter mit ihrer Krebserkrankung überschattet. Andere Erinnerungen, die nicht so weit zurücklagen, waren in ihrem Gedächtnis immer noch schmerzlich lebendig: lange Stunden, in denen sie auf den unpersönlichen Krankenhausgängen gewartet hatte, während ihre Mutter operiert wurde, die schmerzerfüllten Geräusche, wenn sie sich hatte übergeben müssen, der beißende Geruch nach Desinfektionsmitteln.

Aber sie und ihre Mutter waren auch einmal über einen solchen Strand gelaufen. Jaquelin besaß davon verblichene Fotos. Die Sonne hatte bestimmt warm geschienen, und es hatte sicher eine ausgelassene Freude geherrscht, wenn Mutter und Tochter miteinander lachten und spielten. Aber diese Erinnerung an eine angenehme, längst vergangene

Wirklichkeit war tief unter all den anderen, unaussprechlichen Schmerzen begraben.

Jaquelins Vater hatte es geschafft, die Vergangenheit zu vergessen und ein neues Leben zu beginnen. Nachdem er fünf Jahre lang ruhig und schweigend um seine Frau getrauert hatte, begann er mit anderen Frauen auszugehen. Und als Jaquelin ihre Berufsausbildung abgeschlossen hatte und nach Winter Haven zurückgekehrt war, hatte ihr Vater ihr die Schlüssel und die Eigentumsrechte an dem Haus überreicht. Überraschend verkündete er seine bevorstehende Heirat mit Helen, einer ruhigen, unbeschwerten Frau, die seit mehreren Monaten seine ständige Begleiterin gewesen war. Er würde in Helens Eigentumswohnung ziehen, erklärte er Jaquelin, und sie sollte das Haus behalten. Die Nachbarschaft war ruhig und friedlich, ein guter Ort für eine junge alleinstehende, berufstätige Frau.

Während der vier Jahre, die sie am College war, hatte ihr Vater das Haus neu gestrichen, viele alte Möbel verkauft und neuen Teppichboden verlegt. Jaquelin hatte dann das alte Haus mit Tapeten, Polstermöbeln, Vorhängen und Bildern so verändert, daß es nun einem englischen Landhaus glich. Ein Beet mit bunten Blumen säumte den schmalen Gehweg, der zur Straße führte. Ein weißer Eisenzaun ermöglichte Bailey einen sicheren Auslauf. So war das Haus wirklich ein Zuhause geworden. Ihr Zuhause.

Aber selbst das schönste und gemütlichste Zuhause wurde nach einer Weile langweilig. Jaquelin war nicht so unsicher und unselbständig, daß sie einen Mann brauchte, aber sie mußte zugeben, ihr Leben war ausgefüllter, seit sie Craig kannte. Bei ihm schlug ihr Herz nicht schneller, er forderte sie auch nicht heraus – manchmal lediglich ihre Geduld –, aber sie hatte in ihm einen angenehmen Freund gefunden. Er verstand ihre Ziele; sie schätzte seinen beruflichen Ehrgeiz. Liebe dagegen war etwas für Teenager und Romanschreiber. Nach einem langen Arbeitstag mit geschwächten, von ihrer schweren Krankheit gezeichneten Patienten fand Jaquelin den Gedanken an Leidenschaft seltsam befremdlich und ermüdend.

„Wo bist du denn mit deinen Gedanken?“ Craigs direkte Frage holte sie in die Wirklichkeit zurück. Sie errötete schuldbewußt. Sie hatte ihm gar nicht zugehört.

„Was ich denke?“ Jaquelin verzog das Gesicht. „Ich denke, du solltest mir sagen ...“

Ein plötzliches Jaulen unterbrach sie. *Bailey.* Jaquelin fuhr in die Richtung herum, aus der das Geräusch kam. Gerade rechtzeitig, um zu sehen, wie der riesige Hund sich aus einem dichten Gestrüpp befreien wollte. Er schüttelte in abrupt abgehackten Bewegungen den Kopf und versuchte gleichzeitig, einen Satz auf Jaquelin zuzumachen, aber seine Kette war irgendwo hängen geblieben. Mit einem jämmerlichen Jaulen sprang der Hund in die Luft und fiel dann regungslos zu Boden.

„Craig, hilf mir!" Jaquelin sprang auf und lief zu dem Hund. Das Tier lag auf der Seite. Seine Brust hob und senkte sich. Die weichen Hautfalten um seinen Mund waren mit schneeweißem Schaum bedeckt. Entsetzen griff mit eiserner Faust nach ihrem Herzen. „Wir müssen etwas unternehmen, Craig! Was kann er denn nur haben?"

„Woher soll ich das wissen?" Craig stand neben ihr und hob in einer hilflosen Geste die Hand. „Ich bin doch kein Tierarzt, Jaquelin. Ich habe keine Ahnung von Hunden."

„Hilf mir. Zuerst einmal müssen wir seine Leine freibekommen, dann können wir ihn hochheben." Jaquelin stolperte in das Gebüsch und fand die Stelle, an der die Kette sich um einen Baumstamm gewikkelt hatte. Mit zitternden Fingern riß und zerrte sie immer wieder an der Leine, bis sie endlich von den hinderlichen Zweigen befreit war. Dann hatte sie hastig die Kette von dem Pflock in der Erde gelöst und war zu Bailey geeilt, um die Leine von seinem Halsband zu lösen.

„So, Craig, jetzt hilf mir", keuchte sie und warf die Leine auf den Boden. Sie drehte das bewußtlose Tier herum und bückte sich, um die Arme unter den Brustkorb des Hundes zu schieben.

Verwundert stand Craig mit den Händen in die Hüften gestemmt da und schüttelte verständnislos den Kopf. „Du kannst ihn nicht tragen. Dieser Hund wiegt mehr als du."

Jaquelin war nicht in der Stimmung, mit ihm zu diskutieren. „Hilf mir!" schrie sie mit befehlender Stimme.

Schließlich reagierte Craig. Er bückte sich neben sie und hob den Hund hoch. Irgendwie konnten sie Bailey halb tragend, halb schleppend zu der Decke bringen. Jaquelin warf eilig die Behälter mit dem Essen ins Gras und wickelte dann die Decke um den Hund. Als das große Tier zugedeckt war, kniete sie nieder und drückte ihr Ohr auf die Brust des Tieres. Der Herzschlag war langsam und ruhig, aber die Haut fühlte sich glühend heiß an. Was war nur passiert? Ein Hitzschlag? Es war warm, aber Bailey hatte Wasser und Schatten in seiner Reichweite gehabt. Ein Schlangenbiß? Gewiß eine Möglichkeit. Bißwunden konnten winzig klein in den Falten unter diesem geliebten Fell versteckt sein.

„Er fällt in einen Schock", sagte sie und zwang sich zu einem ruhigeren Tonfall. „Wir müssen ihn ins Auto und zum Tierarzt bringen."

„Der Tierarzt wird an einem Feiertag seine Praxis nicht geöffnet haben, Jaquelin."

Etwas an seinem sachlichen Tonfall machte Jaquelin ärgerlich. „Craig, ich werde *nicht* hier sitzen und mit dir streiten. Hilf mir, ihn hochzuheben! Sofort!"

Verblüfft gehorchte Craig und kniete neben Jaquelin nieder.

„Halte durch, Bailey. Frauchen hilft dir", flüsterte sie und wickelte das Tier in die leichte Decke. Sie zog den Stoff über den Kopf des Tieres, damit ihm die Sonne nicht in die Augen stach. „Wenn wir ihn nur zur Straße schaffen könnten ..."

„Liebling, laß mich das machen", seufzte Craig, der schließlich einsah, daß er etwas unternehmen mußte. Er stellte ihre Entscheidung nicht in Frage und begann auch keine Diskussion, sondern hob das Tier auf seine Arme. „Bei drei heben wir ihn gemeinsam hoch. Okay? Hilf mir nur, daß ich ihn gut fassen kann."

Jaquelin nickte. Tränen traten ihr in die Augen. Wenn es darauf ankam, war Craig immer zur Stelle.

„Eins, zwei, drei!"

Gemeinsam hievten sie das Tier in die Höhe. Jaquelin flüsterte ein leises Gebet: „Lieber Gott, bitte laß Bailey wieder gesund werden!"

4

Ein Adler schwebte in den warmen Steigwinden über dem See. Jonah Martin legte die medizinische Fachzeitschrift, in der er gelesen hatte, zur Seite und schaute zum Himmel. Insekten summten in den Bäumen über ihm, und das entfernte Kratzen einer Gabel auf einem Picknickteller machte ihm seine eigene Einsamkeit bewußt. Irgendwo über ihm bewegte sich ein Flugzeug durch den wolkenlosen Himmel und erinnerte ihn für den Bruchteil einer Sekunde daran, daß er schon lange nicht mehr zu Hause gewesen war ...

Plötzlich ertönte ein lauter Schrei und ging ihm durch Mark und Bein. Draußen auf dem See war eine junge Frau auf ihren Wasserskiern gestürzt. Sie schlug um sich und schrie um Hilfe. Jonahs Puls ging schneller, und seine Hände waren von dem bekannten Adrenalinstoß, den er aus der Arbeit in der Notaufnahme kannte, wie elektrisiert. Dann verwandelte sich der Schrei der Frau in ein herzhaftes Lachen, und Jonah erspähte die leuchtend rote Schwimmweste, die ihren Kopf und ihre Schultern sicher über dem Wasser hielt. Ihr Freund lenkte das Boot herum und zog sie schließlich hinein.

„Ja, beeile dich", murmelte Jonah und richtete seinen Blick wieder auf die medizinischen Berichte, die er sich an seinem arbeitsfreien Tag zu Gemüte führen wollte. „Laß sie nicht zu lange warten, Junge. Das könntest du sonst bereuen."

Er fuhr mit den Fingern unter seine Sonnenbrille und rieb sich den Nasenrücken. Er hatte seine Lektion gelernt. Er hatte es jedes Mal schwer bereut, wenn er sich auf eine Frau eingelassen hatte. Für Christine, die große Liebe seiner High-School- und Collegejahre, war ein Ring an ihrem Finger begehrenswerter gewesen als er. Eine Ehe während seines Medizinstudiums wäre für keinen von beiden sinnvoll oder fair, hatte er ihr erklärt; er stünde unter einem enormen Leistungsdruck und müßte lange Schichten im Krankenhaus arbeiten. Wenn ihre Liebe echt sei, könnte sie diese Prüfung überstehen ...

Aber Christine hatte ihre Liebe nicht einer Prüfung unterziehen wollen. Eine Woche nach seinem Studienbeginn hatte sie ihm einen Brief geschrieben: Sie hatte einen anderen gefunden – einen ehrgeizigen jungen Mann aus Georgia, der bereit war, sie vom Fleck weg zu heiraten. „Es stört ihn nicht, wenn wir während seines Jurastudiums schon verheiratet sind", hatte sie geschrieben. Jonah hatte sich gefragt, ob ihr eigentlich bewußt war, daß sie ihren frisch angetrauten Ehemann finanziell unterstützen müßte, bis dieser seine Ausbildung abgeschlossen hätte. Jonah hatte ihr diese Last nicht aufbürden wollen. Er hatte mehrere Jahre Studium und schwere Arbeit vor sich, bevor er ernsthaft daran denken könnte, eine Familie zu gründen. Und so hatte er nach Christines Brief sein Herz gegen romantische Abenteuer verbarrikadiert.

Doch aus einem unerklärlichen Grund waren viele Frauen von ihm angetan. Ein Professor hatte gewarnt, daß Patientinnen oft dazu neigten, sich in ihren Arzt zu verlieben, aber Jonah hatte immer die Erfahrung gemacht, daß Patientinnen – besonders ältere Frauen – in ihm eher einen Sohn sahen als einen interessanten Mann. Nein, seine Patientinnen stellten nie eine Bedrohung für ihn dar.

Es waren andere Frauen, die ihm das Leben schwer machten. Seit jenem Vorfall an der Universitätsklinik in Virginia hatte Jonah sorgfältig darauf geachtet, alle Krankenschwestern von sich fernzuhalten. Während seiner Zeit in Virginia war er naiv und unschuldig gewesen. Aber eine Krankenschwester, mit der er einmal ausgegangen war, hatte darüber eine frei erfundene und haarsträubende Geschichte verbreitet. Er hatte ihre Hinterhältigkeit genauso stark gerochen wie das billige Parfüm, das sie benutzte. Deshalb hatte er nach einem einzigen, verheerenden Abend, an dem er sie zum Essen ausgeführt hatte, ihre Annäherungsversuche einfach ignoriert. Später hatte er versucht, ihre Drohungen in den Wind zu schreiben. Aber er hatte feststellen müssen, daß das nicht möglich war.

So begannen seine Probleme. Seine Flucht! Inzwischen war Jonah Experte darin, den unverhohlen verführerischen Blick in den Augen einer Frau zu erkennen, der Schwierigkeiten signalisierte. Und es war anscheinend immer leichter, das Handtuch zu werfen und zu flüchten, als sich auf Auseinandersetzungen einzulassen.

Außerdem glauben die Leute sowieso immer der Frau.

Und so saß er jetzt an einem See mitten in Florida. Er war der Arzt, den er sich in seinen Träumen immer vorgestellt hatte, und seine Arbeit füllte ihn aus, auch wenn er einsam war. Vom ersten Tag an hatte er eine starke Beziehung zu seinen Patienten aufgebaut und eine eisige Feindschaft zu den Frauen in der Klinik – besonders zu Jaquelin Wilkes, die er außerordentlich beunruhigend fand. Er war zu ihr unfreundlicher als zu den anderen, auch wenn er nicht sagen konnte, was ihn dazu veranlaßte, sie grob und abweisend zu behandeln. Vielleicht war es ihr ruhiges Selbstvertrauen, ihr sachliches Auftreten ... Oder waren es ihre grünen Augen?

„Beeile dich, Craig! Ich höre ihn kaum noch atmen!"

Die bekannte Stimme zehrte an seinen Nerven und riß ihn unsanft aus seinen Tagträumen. Instinktiv ließ Jonah seine Zeitschrift sinken und sprang auf. Jaquelin Wilkes und ein Mann kamen von der Picknickwiese am Strand gelaufen. Der Mann stolperte fast unter dem Gewicht eines Körpers auf seinen Armen, der in eine Decke gewickelt war. Nach der schwer hängenden Gestalt in der Decke zu beurteilen, mußte der Patient ein schwerer Erwachsener, möglicherweise ein Ertrunkener sein.

Ohne zu zögern nahm Jonah sein Handy von seinem Gürtel und wählte die Notrufnummer. „Wir brauchen einen Krankenwagen auf der Picknickwiese am Lake Silver", erklärte er, dann legte er auf und eilte zu Jaquelin.

„Schwester Jaquelin!" rief Jonah: „Was ist passiert?" Zum ersten Mal, seit er sich erinnern konnte, schaute sie ihn mit ehrlicher Wertschätzung in den Augen an. „Dr. Martin, Gott sei Dank! Ich weiß nicht, was passiert ist." Ihre grünen Augen waren vor Angst geweitet, während sie weiter zum Parkplatz lief. „Ein Hitzschlag, glaube ich. Vielleicht auch ein Schlangenbiß."

Jonah nickte. „Puls? Atem?"

„Der Puls ist stark, aber langsam", antwortete Jaquelin schluchzend. „Der Atem kommt abgehackt."

„Stichwunden?"

„Keine, die ich sehen konnte. Aber ich habe ihn nicht genau untersucht. Es war keine Zeit ..."

Das Heulen der Sirenen durchschnitt die friedliche Stille des Sommernachmittags. Ein Krankenwagen kam mit quietschenden Bremsen auf dem Parkplatz zum Stehen.

Der untersetzte, muskulöse Mann, der das Opfer trug, blieb abrupt stehen und warf Jonah ein schiefes Lächeln zu. „Sie haben einen Krankenwagen bestellt?"

„Natürlich." Jonah runzelte die Stirn, weil er die Frage des Mannes nicht verstehen konnte. Aber jetzt war keine Zeit, um sich über die seltsamen Bemerkungen von Jacquelins Freunden den Kopf zu zerbrechen. Die Rettungssanitäter sprangen aus dem Fahrzeug. Eine Schar Schaulustiger hatte sich bereits eingefunden.

„Möglicherweise Hitzschlag oder Schlangenbiß", rief Jonah und eilte vor. Er zog selbst die hinteren Türen des Krankenwagens auf. „Ich bin Arzt, und ich bin gern bereit, mit dem Patienten zur Notaufnahme zu fahren."

„Ist das der Patient?" fragte einer der Rettungssanitäter und deutete auf den Weg. Jonahs Augen folgten dem Blick des Mannes. Jaquelin und ihr Freund kamen näher. Der in die Decke gewickelte Körper lag immer noch auf den Armen des Mannes. „Ja", antwortete Jonah und griff nach der Trage. „Soll ich Ihnen helfen?"

„Jaquelin", keuchte der stämmige Mann und blieb mit seiner Last stehen. Seine leichte Röte verwandelte sich vor den Augen der neugierigen Zuschauer, die sich schnell eingefunden hatten, in ein tiefes Purpurrot. „Du mußt es ihnen sagen."

„Ihnen was sagen?" fragte Jaquelin und hob die Decke hoch.

Jonahs Nerven spannten sich. „Uns was sagen?" wiederholte er und wappnete sich gegen alles, was nun kommen könnte.

In diesem Augenblick rutschte die Decke zur Seite. Das Gesicht des Patienten war schwarz und von Fell überzogen; ein samtenes Ohr hing über den Arm seines Retters. Seine langen Glieder streckten sich zum Himmel empor, und ein schwacher brauner Schwanz baumelte an der Seite aus der Decke.

Einige der umstehenden Zuschauer kicherten. Einer der beiden Sanitäter drehte sich um, um sein Grinsen zu verbergen. Das Gesicht des zweiten Sanitäters wurde vor Wut rot. „Was ist denn das?" Er drehte sich zu Jonah um. „Sie haben uns hierher kommen lassen, um einen *Hundeköter* zu retten?"

Jonah forderte ihn mit einer beschwichtigenden Handbewegung zum Schweigen auf, wußte aber nicht, was er als Erklärung sagen sollte. Der Mann mit dem roten Gesicht ließ den Hund auf den Boden sinken. Dann trat er zurück und verschränkte die Arme uneinnehmbar wie ein großes Tor vor seiner Brust. Der Miene in seinem schweißgebadeten Gesicht konnte Jonah ansehen, daß der Mann sich wünschte, in der immer größer werdenden Zuschauermenge unterzutauchen und einfach zu verschwinden.

Auch Jonah wäre in diesem Augenblick gern selbst auch in der Menge untergetaucht und wünschte sich, weit weg zu sein. Aber seine Augen wanderten zu Jaquelin, die aufgeregt und besorgt mit ihren Händen spielte. Ihre kupferbraunen Locken klebten feucht auf ihrer Stirn und in ihrem Nacken. Ihre grünen Augen waren aufgewühlt wie ein stürmisches Meer.

Ein plötzliches, unerwartetes Verlangen in seinem Herzen zwang Jonah, schnell den Blick abzuwenden. Jaquelin war eine schöne und begehrenswerte Frau, Grund genug für ihn, ihr aus dem Weg zu gehen. Sie hatte eine tiefe Abneigung gegen ihn – soviel stand fest.

Mit ihrer Abneigung konnte er umgehen, ja, er begrüßte sie sogar.

Aber wenn er ihr jetzt nicht half, würde sie ihn von ganzem Herzen hassen. Ein einziger Blick in ihre Augen hatte ihn davon überzeugt, daß der Hund – Köter oder nicht Köter – ihr sehr viel bedeutete.

„Bitte, Doktor Martin. Würden Sie ihm helfen?"

Ohne auf die aufgebrachten Sanitäter zu achten, kniete er nieder und untersuchte das Tier.

„Was ist passiert?" fragte er und hob eines der Augenlider des Hundes hoch. Seine Backen waren dick angeschwollen. Der Hund hatte offenbar Schwierigkeiten, Luft zu bekommen. Jonah bewegte schnell seine Hand im Blickfeld des Hundes und stellte fest, daß sich der Schutzreflex des Tieres sehr langsam einstellte.

„Ich sehe keine Stichwunden", sagte Jaquelin mit einer Stimme, die ihre wachsende Panik verriet.

Jonah hob die geschwollenen Backen vorsichtig hoch und spähte in den Mund des Hundes. Eine weiße Schaumschicht lag über den Zähnen und dem Gaumen. Nachdem er diese Schicht weggewischt hatte, sah er winzige, rote Stichstellen auf dem rosafarbenen Fleisch.

„Ich würde sagen, Ihr Hund hat ein Insektennest aufgestöbert", erklärte er und ließ den Kopf des Hundes vorsichtig sinken. „Wespen oder Bienen. Das ist wahrscheinlich eine allergische Reaktion."

„Aber ... das kann tödlich sein! Wenn seine Luftröhre zuschwillt ..."

Jonah schaute zu dem verärgerten Sanitäter auf. „Bringen Sie uns zur Notaufnahme", sagte er und zog seine Brieftasche und seinen Personalausweis aus der Tasche seiner kurzen Hose. „Ich bin Dr. Jonah Martin. Ich übernehme die Verantwortung."

„Auf keinen Fall." Der Fahrer baute sich breitbeinig vor seinem Fahrzeug auf und verschränkte abwehrend die Arme vor seiner Brust. Ihm war sehr wohl bewußt, daß mögliche Protestbriefschreiber unter den Leuten waren und das Spektakel beobachteten. „Ich fahre keinen Hund ins Krankenhaus. Rufen Sie einen Tierarzt an."

„Sie müssen doch ohnehin zum Krankenhaus zurückfahren", betonte Jonah. „Warum wollen Sie uns denn nicht mitnehmen? Ich übernehme die volle Verantwortung."

„Ich werde nicht ..." Der Mann schwieg kurz, um seine Worte zu betonen. „Ich werde nicht mit einem Hund auf *meiner* Trage vor den Augen *meines* Chefs auf *meinen* Parkplatz fahren. Auf keinen Fall."

„Wenn Sie diesen Hund nicht mitnehmen", Jonah senkte die

Stimme. „Dann stirbt er vielleicht. Wollen Sie das auf Ihr Gewissen laden?"

Er hatte leise gesprochen, aber die Leute hatten es trotzdem gehört.

„Geben Sie dem Hund doch eine Chance!" rief jemand.

„Haben Sie doch ein Herz!"

„Haben Sie denn zu Hause keinen Hund?"

Dem Sanitäter wurde unbehaglich. „Ich bekomme größte Schwierigkeiten, wenn ich einen Hund auch nur in die Nähe der Notaufnahme bringe."

„Sie können ihn in mein Büro bringen", sagte Jonah und bückte sich, um Jaquelin zu helfen, den Hund auf die Trage zu rollen. „Ich werde ihn dort behandeln. Und ich bezahle die Rechnung für diese Fahrt."

Der Sanitäter stimmte schließlich widerstrebend zu. Er warf die Hände in die Höhe und ging nach vorne zur Fahrertür. Der zweite Sanitäter half Jaquelin und Jonah, die Trage in den Wagen zu laden, dann ging auch er nach vorne.

Jonah drehte sich zu Jaquelin um. „Ich muß mitfahren, um sie in das Gebäude zu lassen", sagte er und beobachtete die aufgewühlten Gefühle, die sich auf ihrem hübschen Gesicht widerspiegelten. Noch nie hatte er eine so tiefe Zuneigung in ihren Augen gesehen. „Ich nehme an, Sie wollen uns mit Ihrem Freund folgen."

„Nein, ich lasse Bailey nicht allein", antwortete Jaquelin und sprang neben der Trage in den Krankenwagen.

„Ich komme mit dem Auto nach, wenn ich unsere Sachen eingepackt habe", rief ihr Freund und verschwand. Noch bevor Jonah einsteigen und die Doppeltüren hinter sich zuziehen konnte, war der Mann schon verschwunden.

Aber er hatte ‚*unsere* Sachen' gesagt.

Jaquelin beugte sich vor und kraulte das Tier. „Alles wird gut, mein Kleiner. Mama ist da." Zu Jonahs Überraschung winselte der Hund und bemühte sich, an ihrer Hand zu schnuppern. Etwas an dieser zärtlichen Beziehung rührte sein Herz.

Genug jetzt. Bringe den Hund in Ordnung und schicke die beiden nach Hause. Dann hast du deinen Teil dazu beigetragen, den Frieden an deinem Arbeitsplatz zu wahren.

Jonah winkte Jaquelin zu. „Wenn Sie mir die Flasche mit der Kochsalzlösung reichen, die hinter Ihnen steht, Schwester, könnten wir anfangen, seinen Mund zu reinigen." Er nahm ein Paar steriler Handschuhe und zog sie an. „Ich weiß nicht, wie viele Bestimmungen wir heute brechen ..." Er schaute zu ihr auf und schwieg kurz. Die feine

Form ihres Mundes und ihr schlanker Hals raubten ihm die Sprache. Als er wieder sprechen konnte, klang seine Stimme beherrscht. „Ich hoffe, es ist für eine gute Sache."

Jaquelin blickte nicht auf. Die Spitzen ihrer langen Wimpern warfen Schatten auf ihre Wangen, während sie den Atem des Hundes kontrollierte und nach der Kochsalzlösung griff. „Ja, Dr. Martin, das ist es. Und falls Sie selbst einen Hund haben, werden Sie das bestimmt verstehen."

Jonah beugte sich über das Tier und biß die Zähne zusammen. „Ich habe keinen Hund. Ich lebe allein."

Jetzt schaute sie ihn direkt an. In ihren ausdrucksstarken Augen entdeckte er Zärtlichkeit gemischt mit Mitleid. „Aber ich bin sicher, daß Sie irgendwann einmal einen Hund gern gehabt haben und wissen, daß wir Hundebesitzer fast alles für unsere Tiere tun."

Jonah zog eine Braue in die Höhe und fuhr vorsichtig mit einem Finger über die Innenseite der Backe, um mögliche Schwellungen oder Knoten zu finden. „Er beißt mich doch hoffentlich nicht, oder?"

„Nein", antwortete Jaquelin, während sie den großen Kopf des Hundes in ihre Hände nahm und Jonah einen fragenden Blick zuwarf. „Aus irgendeinem Grund dachte ich, Sie hätten einen Hund, vielleicht einen Chow-Chow oder einen Rottweiler."

„Kein Hund, keine Katze, nicht einmal eine Springmaus", antwortete Jonah und griff geistesabwesend nach ihrer Hand. Der leichte Kontakt schickte eine angenehme Erregung durch seine Sinne.

„Wenn Sie so freundlich wären, Schwester", sagte er, ohne die Augen von dem Hund abzuwenden, während er ihre Hand zur Schnauze des Hundes bewegte. „Würden Sie bitte diese Hautfalte zurückziehen? Ich muß mir seinen Mund genauer anschauen."

„Natürlich." Ihre kräftigen, sicheren Finger ließen ihn los und zogen die lockeren Wangen des Hundes zurück. Jonah knipste die Deckenleuchten an und spähte in den Mund des Tieres. Eine ganze Reihe starker roter Geschwüre schimmerte ihm durch eine dünne Schicht weißlichen Schaumes entgegen. Seine Vermutung war richtig gewesen. Jaquelins Hund hatte ein Insektennest aufgeschreckt, wahrscheinlich Wespen, so böse sah sein Mund aus. Während seines Dienstes in der Notaufnahme hatte Jonah einmal einen kleinen Jungen mit ähnlichen Stichen behandelt.

„Überhaupt keine Haustiere?" Jaquelin reichte ihm ein steriles Mulltuch, damit er den entzündeten Bereich auswischen konnte. „Wie können Sie denn so leben? Keine angeknabberten Schuhe, keine Tierarztrechnungen, kein Knurren, das Sie mitten in der Nacht weckt." Ihre grünen Augen schauten ihn von der Seite an. „Wie können Sie nach der Arbeit in ein leeres Haus zurückkommen, ohne dort liebkost und abgeschleckt zu werden?"

Jonahs innere Antenne empfing etwas, das als nicht gerade unauffälliges Flirten gedeutet werden konnte. Er wurde steif und war augenblicklich auf der Hut. Aber sie betrachtete wieder den Hund und war ganz auf das Tier konzentriert. Nach einem Moment kam Jonah zu dem Schluß, daß sie mit dieser Bemerkung offenbar nichts dergleichen im Sinn gehabt hatte. Immerhin war sie mit einem Mann am See gewesen. Und wenn Jonah mit Frauen weiterhin so viel „Glück" hatte wie bisher, dann war er der letzte Mann auf Erden, den eine intelligente Frau wie Jaquelin attraktiv finden würde. Die Frauen, die ihn interessant fanden, waren wie Rundfunksender – jeder konnte sie sich ins Haus holen, besonders nachts.

Sanft wischte er den geschwollenen Bereich aus, dann warf er das schmutzige Mulltuch in einen Abfalleimer. „Ich hoffe, mein Haus bleibt nicht immer leer." *Wer läßt jetzt Andeutungen fallen?* Es kostete ihn Mühe, seine Augen auf den Patienten zu konzentrieren; es wäre nicht weise, sich in Jaquelins smaragdgrünen Blick zu verlieren.

„Oh?" Ihre Stimme war kühl und unpersönlich. „Planen Sie, sich ein Haustier zuzulegen ... oder eine Ehefrau?"

Jonah ließ die Lippe des Tieres sinken und forderte sie mit einer Handbewegung auf, den Kopf des Tieres zu drehen, damit er die andere Seite untersuchen könnte. Er wollte nicht das Risiko eingehen, ihre Hand ein zweites Mal zu berühren.

„Oh, ich weiß nicht." Er holte sich ein neues Mulltuch. Komisch, eigentlich sollte er sich über diese Störung seines freien Tages ärgern, aber er genoß jede Minute dieser zufälligen Begegnung. „Vielleicht finde ich ja eine Frau, die mich stundenlang liebkost, ohne meine Schuhe anzuknabbern."

Das war die freundlichste scherzhafteste Bemerkung, die Jonah ihr gegenüber bisher jemals ausgesprochen hatte. Er wagte es nicht, den Kopf zu heben, um zu sehen, wie sie reagierte. Sie schwieg einen Augenblick, ja es war fast, als würde sie den Atem anhalten.

Als sie wieder sprach, klang ihre Stimme unbeschwert. „Wenn Sie großes Glück haben", sagte sie und begann, mit einer Hand die schwitzende Seite des Hundes zu streicheln. „... finden Sie ja eine Frau mit einem Hund."

Genug. Schluß jetzt. Warum um alles in der Welt flirtete er mit einer

Krankenschwester? Er kannte Schwester Jaquelin kaum, und hatte keine Ahnung, wie sie seine Bemerkungen deuten würde. Wenn er nicht vorsichtig war, würde sie morgen auf der ganzen Station erzählen, er habe sie gebeten, ihn zu heiraten, und wenn er das abstritt, würde sie ihn womöglich wegen sexueller Belästigung oder Bruch eines Eheversprechens oder etwas Ähnlichem verklagen.

Er runzelte die Stirn. „Ihr Hundeliebhaber seid schon seltsame Leute", bemerkte er und tupfte den entzündeten Gaumen mit einem sterilen Tuch ab. „Ihr seid vollkommen unlogisch. Leute wie Sie sind am glücklichsten, wenn sie die größten Unannehmlichkeiten haben."

Jonah blickte auf und erwartete, ihre übliche strenge Miene zu sehen, aber sie lächelte nur und nahm ihm das schmutzige Mulltuch aus der Hand.

„Ist das nicht das große Geheimnis der Liebe?" fragte sie und schaute den Hund mit einer Zärtlichkeit an, die er in ihren Augen bisher noch nicht gesehen hatte.

Der Krankenwagen wurde langsamer und blieb schließlich stehen. Einen Augenblick später öffnete der untersetzte Sanitäter die hinteren Türen. „Ende der Fahrt für den Hundeköter, Herr Doktor", sagte er und deutete auf die Tagesklinik. „Ihr Sprechzimmer, wie Sie angeordnet hatten."

Jonah lächelte und nahm das Ende der Trage. „Helfen Sie mir bitte nur, den Hund hineinzutragen. Dann werde ich dafür sorgen, daß Sie nicht umsonst über Ihren Schatten gesprungen sind und mehr getan haben, als Ihre Pflicht verlangt."

* * *

Nach der Injektion von Steroiden und Antihistaminen, um den Schock zu behandeln und das Insektengift zu bekämpfen, stellte Jonah aus Medikamentenproben eine zehn Tage lange Behandlung mit Amoxycillin zusammen und beschriftete dann eine Arzneiflasche mit „Bailey Wilkes."

„Geben Sie ihm davon jeden Tag zweieinhalb Löffel", sagte er und machte Notizen auf einer Kartei, die er aus den Vorräten, die er gerade zur Verfügung hatte, improvisierte. Als er aufblickte, sah er, das Jaquelin ihn mit einem leicht verwunderten Blick betrachtete. Er runzelte die Stirn. „Stimmt etwas nicht, Schwester Jaquelin?"

„Nein", sagte sie schnell. Ein zitterndes Lächeln huschte über ihre Lippen, während sie das Tier streichelte. „Es ist nur so, daß ... Nun ja, Sie überraschen mich. Dr. Kastner hätte Bailey dort am See sterben lassen. Wahrscheinlich würden neunzig Prozent der Ärzte in diesem Krankenhaus nichts mit einem Tier zu tun haben wollen, und schon gar nicht an einem Feiertag."

„Neunzig Prozent der Ärzte in diesem Krankenhaus haben nicht meine schwer angeschlagene Persönlichkeit", antwortete Jonah und schob ihr die Karteikarte über den Tisch hinweg zu. „Es ist ihnen egal, ob ihre Patienten sie mögen oder nicht."

Eine leichte Röte zog wie ein Schatten über ihre Wangen. „Es tut mir leid. Es war falsch von mir, so etwas zu sagen."

Schwester Jaquelin sah so verwundbar aus, so schuldbewußt, daß er nur mühsam den Drang unterdrücken konnte, auf sie zuzugehen und sie in seine Arme zu ziehen.

„Nein, Sie hatten recht." Er wandte den Blick ab und tat so, als suche er etwas auf seinem Schreibtisch. „Ein Arzt muß aufpassen, daß er sich nicht zu sehr auf seine Patienten einläßt, daß er die Dinge nicht mehr klar sehen kann. Aber es fiel mir schon immer viel leichter, mich auf Patienten einzulassen als ..."

Auf attraktive Krankenschwestern. Jonah wurde steif und verlegen bei dem, was er um ein Haar gesagt hätte. Zum Glück galt Jaquelins Aufmerksamkeit offenbar allein dem Hund.

„Ich schätze, man könnte sagen, daß ich bei solchen Augen einfach schwach werde", flüsterte er und fühlte die große Kluft zwischen dem, was er war, und dem, was er plötzlich gern gewesen wäre.

„Sie sind kaffeebraun", sagte sie und warf ihm ein flüchtiges Lächeln zu. „Ich werde bei Baileys Augen auch immer schwach."

Er drehte sich um und räumte den Tisch ab. Sollte sie ihn ruhig mißverstehen. *Vergiß es ganz schnell wieder,* warnte er sich selbst. *Sie ist deine Krankenschwester. Sie hat einen Freund. Denke an früher; bleibe kühl. Liebe und Arbeit passen einfach nicht zusammen.*

Als hätte sie seine Gedanken in bezug auf den Freund erraten, verließ Jaquelin leise das Zimmer. Als sie wenig später zurück kam, hatte sie einen gelben Zettel in der Hand. „Eine Nachricht von Craig", sagte sie und runzelte ihre zarte Stirn. „Er schreibt, daß er gekommen war, eine Weile wartete und dann wieder fort mußte. Er habe um vier Uhr einen wichtigen Geschäftstermin."

Jonah blickte auf. „Bekommen Sie dadurch Probleme?"

„Ein kleines Problem." Sie lächelte vorsichtig. „Ich möchte Sie nicht noch mehr belästigen, Dr. Martin, besonders nicht nach allem, was Sie heute schon für Bailey und mich getan haben. Aber so wie es aussieht, kommen wir nicht von hier fort." Sie warf die Hände in die Luft und steckte sie dann in den Gürtel, der ihre schlanke Taille betonte. „Ohne Auto, meine ich. Ich könnte ein Taxi rufen, aber ich weiß nicht, wie ich Bailey auf den Rücksitz des Autos transportieren soll."

„Sie können diesen Hund doch unmöglich allein tragen", stellte Jonah heraus. „Und Bailey sieht nicht so aus, als wäre er schon wieder sicher auf den Beinen. Ich rufe ein Taxi und bringe Sie beide nach Hause. Ich war zu Fuß zum See hinausgelaufen. Ich brauche also sowieso ein Taxi, um nach Hause zu kommen."

„Nein." Ihr Gesicht war fest entschlossen. „Das wäre zu viel verlangt. Ich muß hier bleiben und das Durcheinander in Ordnung bringen, das wir hier angerichtet haben. Ich werde Bailey ins Wartezimmer bringen, damit ich dieses Zimmer sterilisieren und wieder alles herrichten kann. Dann muß ich eine Liste mit den ganzen Medikamenten aufstellen, die Sie ihm gegeben haben, damit ich eine Rechnung schreiben und bezahlen kann."

Jaquelin lächelte plötzlich und schaute ihn schief an. „Und da ich mir Ihren Stundensatz nicht leisten kann, Herr Doktor, sollten Sie es einfach vergessen, noch irgend etwas für mich zu tun. Bailey und ich können hier warten, bis Craig zurückkommt. Ich rufe gegen fünf Uhr über sein Handy an. Dann kommt er und holt uns ab, sobald er fertig ist."

Jonah lachte. Ihr detailliertes Pflichtbewußtsein belustigte ihn. Die meisten seiner Kollegen betrachteten Diebstahl von Medikamenten als den Artikel Nummer eins auf der Privilegienliste für Ärzte.

„Vergessen Sie es. Sie brauchen sich keine Rechnung zu stellen", beharrte Jonah und drehte sich zum Waschbecken um. „Praktisch alles, was ich benutzt habe, waren kostenlose Probepackungen. Machen Sie sich deshalb keine Sorgen."

Sein Blick blieb an ihren fragenden Augen hängen, aber dann zwang ihn sein Selbsterhaltungstrieb, sich von ihr abzuwenden.

Du bist ein Idiot, Jonah. Was machst du denn? Laß sie hier und fahr mit einem Taxi in deine Wohnung zurück. Du könntest den Abend damit verbringen, im Internet zu surfen, und du mußt diese neuesten Statistiken von dem Johns-Hopkins-Projekt durchsehen ... aber heute ist ein Feiertag, und vielleicht passiert dieses eine Mal ja nichts.

Jonah räusperte sich. „Ich habe noch nie einen Patienten verlassen, ohne sicherzustellen, daß er gut versorgt ist, und ich habe nicht die Absicht, es jetzt zu tun. Es macht mir wirklich nichts aus, Sie nach

Hause zu bringen, außer Sie wollen tatsächlich lieber auf – wie war sein Name doch gleich? – Craig warten."

Das Funkeln in ihren Augen verriet ein schwer zu definierendes Gefühl, als er den Namen des Freundes erwähnte. Sie lächelte, dann verschränkte sie die Arme vor der Brust und lehnte sich an den Türrahmen. „Ich habe keine Ahnung, wie lange Craig brauchen wird. Sind Sie sicher, daß es Ihnen nicht zu viel wird, uns mitzunehmen?"

Jonah drehte den Wasserhahn auf und begann, seine Hände zu schrubben. „Absolut sicher – das heißt, wenn es Craig nicht stört. Ich möchte auf keinen Fall, daß er etwas Falsches denkt. Immerhin bringe ich Sie ja nur nach Hause."

Da. In einem einzigen Satz hatte er ihr gesagt, daß sein Angebot nichts zu bedeuten habe, und ihr gleichzeitig eine ausgezeichnete Gelegenheit gegeben, zu lachen oder zu sagen, daß Craig nur ihr Bruder, ihr Vetter oder irgendein flüchtiger Freund sei, den sie kaum kannte ... Aber das tat sie nicht.

„Craig würde das verstehen", erwiderte sie. Ihr Lächeln verschwand. „Wenn Sie mich nach Hause bringen ... hat das nichts zu bedeuten."

Jonah zwang sich zu einem Lächeln, während er den Wasserhahn abdrehte und seine Hände ins Waschbecken tropfen ließ. „Sie müssen mir aber helfen, das Tier ins Wartezimmer zu tragen, damit wir hier drinnen aufräumen können. Morgen früh darf niemand, nicht einmal das Gesundheitsamt merken, daß wir hier in der Klinik irgend etwas anderes als einen *Homo sapiens* behandelt haben."

Jaquelins nachdenkliche Miene wurde weicher und verriet ihre Dankbarkeit, während sie zum Wandschrank ging, in dem die Putzmittel aufbewahrt wurden. „Ich stehe ewig in Ihrer Schuld, Dr. Martin. Was Sie heute getan haben ... nun, das hätte ich von keinem Arzt erwartet. Sie haben mich wirklich überrascht."

„Schwester Jaquelin", sagte Jonah und lächelte trocken, während er sich ein Papierhandtuch holte. „Manchmal bin ich selbst von mir überrascht."

5

Das Taxi hielt vor einem der älteren stilvollen Häuser, die Jonah schon öfter am Seeufer bewundert hatte. Breite Stucksäulen säumten eine elegante Holzveranda, auf der eine Schaukel für zwei Personen träge im Nachmittagswind baumelte. Jonah bezahlte den Taxifahrer. Dann hievten sie mit vereinten Kräften die riesige Dogge vom Rücksitz des Autos.

Bailey, der immer noch ein wenig wackelig auf den Beinen war, mußte die Treppen halb hinaufgetragen und halb hinaufgezogen werden, aber sobald Jaquelin und Jonah ihn ins Haus geschafft hatten, stand der Hund wackelig auf und trottete dankbar zu einer alten Decke am Kamin.

„Er weiß, wo er zu Hause ist", stellte Jonah fest und beobachtete, wie der Hund sich zu einem Nickerchen zusammenrollte. „Es ist ein schönes Bild, einen Hund neben dem Kamin liegen zu sehen."

„Auch wenn wir selten ein Feuer an haben", antwortete Jaquelin und ließ ihre Schlüssel auf einen kleinen Schreibtisch fallen, während sie den Eingangsbereich durchquerte und in eine freundliche Küche trat. „Darf ich Ihnen etwas Kaltes zum Trinken anbieten, Doktor Martin? Draußen ist es immer noch so heiß wie in einem Backofen, und Bailey zu schleppen ist gewiß keine leichte Arbeit."

Jonah schwieg kurz und wog die Schwere seiner früheren Erfahrungen ab gegen die wenig einladende Aussicht auf einen weiteren Abend allein in seiner Wohnung. Warum sollte er nicht ein paar Minuten bleiben? Er hatte geplant, von hier aus zu Fuß zu seiner Wohnung zurückzugehen, und es wäre bestimmt angenehm, einen kalten Schluck zu trinken, bevor er aufbrach. Das war unbedeutend. Jaquelin hatte einen Freund und hatte gewiß kein Interesse an ihm. Im Gegenteil, sobald ihre Dankbarkeit für seine Hilfe verflogen war, würde sie wahrscheinlich ihren stillen Kreuzzug gegen seine Arbeitsmethoden im Krankenhaus dort fortsetzen, wo sie aufgehört hatte.

„Ich nehme eine Cola, wenn Sie eine haben", antwortete Jonah und folgte ihr in die Küche. „Danke für die Einladung, Schwester Jaquelin."

„Schwester Jaquelin?" Sie rümpfte die Nase, während sie anmutig an einen Küchenschrank trat. „Nach dem Tag, den wir heute miteinander durchgemacht haben, könnten Sie mich doch einfach Jaquelin nennen. Finden Sie nicht auch? Dr. Kastner nennt mich auch so."

Er kniff die Lippen zusammen. Bei dieser neuen Stufe von Intimität war ihm unbehaglich zumute. „Wenn Ihnen das lieber ist."

„Das ist mir lieber. Ich will nicht mehr diese förmliche Schwester Jaquelin hören. Ich bin Jaquelin. Oder Jackie. Was Ihnen besser gefällt."

„Was gefällt Ihnen besser?"

Sie überlegte. „Seltsam", murmelte sie und öffnete langsam die Schranktür. „Das hat mich noch nie jemand gefragt. Mein Vater nennt mich Jaquelin und spricht meinen Namen französisch aus. Sie wissen schon: Scha-ke-lien. Mein Bruder nennt mich Jack, und Craig sagt Jaquelin – Dschäk-lien."

Der Freund. Er mußte eine wichtige Rolle spielen. Sonst hätte sie ihn gewiß nicht erwähnt. Jonah merkte, wie seine Distanziertheit allmählich ins Wanken geriet. Er zwang sich zu einem Lächeln. „Und wie nennt Bailey Sie?"

Ihre Augen funkelten belustigt. „Mama."

Jaquelin holte zwei Gläser aus dem Schrank und schaute ihn dann an. „Sie dürfen ruhig lächeln. Bailey und ich beißen Sie nicht. Warum sind Sie so förmlich, Doktor Martin?"

Jonah verschränkte die Arme vor der Brust und lehnte sich an die Wand. „Das bin ich nicht immer. Sie haben selbst gesagt, daß ich zu den Patienten nicht förmlich genug bin."

„Das gilt aber nicht für die Krankenschwestern." Sie hielt die Gläser einen Augenblick fest und betrachtete ihn. Dann lächelte sie und deutete zum Kühlschrank. „Eis wäre auch nicht schlecht, oder? Holen Sie doch schon einmal das Eis, während ich in der Speisekammer eine Flasche Cola hole."

Jonah trat näher und nahm ihr die Gläser ab. Er fühlte sich ein wenig wie ein Fremder in feindlichem Territorium. Seit sie das Haus betreten hatten, war Jaquelin wie eine Rosenknospe aufgeblüht, während seine Widerstandskraft immer mehr dahinwelkte. Bald wäre von ihm nicht viel mehr übrig als ein dummes Grinsen ... wenn er nicht bald dieses Haus verließe. Und zwar schnell.

„Machen Sie sich meinetwegen keine Umstände", rief er in die Richtung der Speisekammer, in der sie verschwunden war. „Mir ist gerade eingefallen, daß ich für eine Forschungsarbeit unbedingt noch ein paar Zahlen durchgehen muß. Ich habe einigen Kollegen in Kalifornien versprochen, Ihnen meine Analysen zu schicken ..."

„Dumm." Sie kam aus der Speisekammer und wischte sich die Hände an ihrer kurzen Hose ab. Bei dem konzentrierten Blick in ihrem Gesicht bezweifelte er, daß sie auch nur ein Wort von dem gehört hatte, was er soeben sagte. „Ich dachte, ich hätte noch ein paar Flaschen Cola. Warten Sie bitte einen Augenblick. Ich sehe draußen in der Garage nach."

„Jaquelin, ich ..."

Doch sie war schon durch den Hintereingang hinausgelaufen und schlug die Tür wie ein Ausrufezeichen hinter sich zu. Seufzend trat Jonah an den Kühlschrank und hielt die Gläser an den Eisspender. Er *hatte* Durst. Vielleicht könnte er ein paar Minuten bleiben und dann schnell zum Rückzug blasen.

Die Tür quietschte und fiel wieder zu. Sie stand mit gerötetem Gesicht in der Küche. „Ich hatte es ganz vergessen! Ich habe leider keine Cola im Haus. Überhaupt nichts Koffeinhaltiges. Aber ich habe Sprite und Ginger Ale."

„Mir ist alles recht." Jonah stellte die mit Eis gefüllten Gläser auf den Tisch. „Ich trinke auch Wasser; was Sie haben." *Und zwar schnell.*

„Okay." Sie ging in die Speisekammer und holte eine Zwei-Liter-Flasche Soda. Dann begann sie, die Gläser vollzuschenken.

Nachdenklich nahm Jonah an ihrem kleinen Tisch Platz und schaute sich um. Er hatte damit gerechnet, daß die Küche seiner fähigen Krankenschwester makellos sauber und praktisch eingerichtet war, aber der Raum war reizender und gemütlicher, als er ihn sich vorgestellt hatte. Blauweiße Ginganvorhänge flatterten vor dem offenen Fenster. Das lebhafte Muster wiederholte sich auf den Sitzkissen, den Platzdeckchen und sogar auf dem Geschirr in dem Holzschrank. Das Dekor erinnerte Jonah an die gemütliche Küche seiner Mutter – eine Erinnerung, die er mit aller Kraft schnell verdrängte.

„Sie trinken wohl nur gesunde Sachen?" fragte er auf der Suche nach einer Möglichkeit, höflich und zwanglos Konversation zu machen. „Sie meiden Koffein?"

„Ja." Sie ließ die Sodaflasche sinken und wartete, bis die Kohlensäure nicht mehr so stark sprudelte. Eine ihrer schlanken Schultern bewegte sich achselzuckend nach oben. „Sie wissen ja: die Standardbehandlung bei Zysten."

„Sie haben eine Zyste?"

„Vor ein paar Wochen stellte ich einen Knoten in meiner Brust fest und beschloß, vorerst Koffein wegzulassen und Vitamin E einzunehmen."

„Sind Sie sich da sicher?" fragte er und schaute zu, wie sie sein Glas erneut vollschenkte. „Daß der Knoten eine Zyste ist? Haben Sie ihn untersuchen lassen?"

Jaquelin warf ihm ein sorgloses Lächeln zu. „Doktor Martin, jetzt fangen Sie nicht an, mich wie eine Patientin zu befragen. Ich bin achtundzwanzig, und ich habe *nicht* Brustkrebs. Was sollte schon dafür sprechen?"

Jonah nahm das Glas an, das sie ihm reichte, und rang damit, ob er das Thema fallen lassen sollte oder nicht. „Was dafür spricht?" Er nippte beiläufig an seinem Glas. „Vielleicht sollten *Sie* mir das sagen. Haben Sie schon ein Kind geboren?"

Jaquelins Hand fuhr in einer Geste gespielten Entsetzens an ihren Hals. „Doktor Martin, was für eine persönliche Frage!"

Er beugte sich vor. „Das ist kein Spaß, Jaquelin. Sie haben gefragt, was dafür sprechen könnte. Also, gehen wir der Sache auf den Grund. Jetzt sagen Sie mir: Haben Sie je ein Kind geboren?"

Jaquelin sank ihm gegenüber auf einen Stuhl und lächelte mit geduldiger Verzweiflung. „Nein."

„Gut. Haben Ihre Menstruationsblutungen eingesetzt, bevor Sie zwölf waren?"

Sie verdrehte die Augen. „Nein."

„Gut. Haben Sie je eine Abtreibung vornehmen lassen?"

Ihre Augen wurden eng und ernst. „Das *ist* aber eine ganz persönliche Frage."

„Ich bin Arzt."

„Sie sind nicht *mein* Arzt."

„Beantworten Sie bitte die Frage. Eine Abtreibung vor dem achtzehnten Lebensjahr erhöht das Risiko einer Frau, Brustkrebs zu bekommen – hatten Sie also schon einmal eine Abtreibung?"

„Nein."

„Gut." Er lehnte sich auf seinem Stuhl zurück. „Nur noch eines – irgendwelche Verwandte mit Brustkrebs?"

„Ja." Ihr Gesicht verzog sich zu einer angespannten, mühsam beherrschten Miene.

„Ihre Mutter?"

„Ja."

Jonah atmete tief ein. „Trat der Brustkrebs Ihrer Mutter vor oder nach der Menopause ein?"

„Vorher. Sie starb mit sechsunddreißig." Jaquelins Stimme war nur noch ein Flüstern. „Ich war damals sechzehn."

Eine nicht abzuschüttelnde Unruhe erfüllte ihn. Das muß nicht unbedingt tragisch sein – Frauen, deren Mütter vor der Menopause in einer Brust an Krebs erkrankten, hatten nur das anderthalbfache

Risiko der Normalbevölkerung, dieselbe Krankheit zu bekommen.

„Der Krebs Ihrer Mutter", fragte er weiter und zwang sich zu einem sachlichen Tonfall. „War er einseitig oder beidseitig?"

„Er wurde in beiden Brüsten festgestellt", antwortete Jaquelin leise. Unsicherheit überkam sie. „Sie hatte eine beidseitige Mastektomie, aber es war zu spät. Der Krebs war schon auf ihre Knochen übergegangen. Es war hoffnungslos."

Unter dem Tisch, vor ihren Augen sicher versteckt, verkrampfte sich Jonahs Hand. Bei Verwandten ersten Grades von bilateralen Brustkrebspatientinnen vor der Menopause bestand ein neunfach höheres Risiko, dieselbe Krankheit zu bekommen. Bei Töchtern von Frauen mit Brustkrebs trat der Krebs in einem früheren Alter auf als bei ihren Müttern.

Eigentlich müßte Jaquelin das alles wissen.

„Schwester Jaquelin", sagte er und drückte bewußt seine Handfläche auf den Tisch, um seine Worte zu unterstreichen. „Sie müssen sich einen Termin geben lassen und diesen Knoten untersuchen lassen. Zögern Sie die Sache nicht länger hinaus. Verlieren Sie nicht mit Vitamin E und koffeinfreier Ernährung möglicherweise kostbare Zeit."

„Das werde ich", sagte sie und griff mit gezwungener Gelassenheit nach ihrem Glas. Doch als ihre Blicke sich trafen, zitterten in ihrem Lächeln unterdrückte Gefühle mit. „Sie wissen ja, was man so sagt: Ärzte und Schwestern sind die schlimmsten Patienten."

„Versprechen Sie mir, sich bald einen Termin geben zu lassen."

Jaquelin seufzte schwer. „Wir haben auf der Station so viel Arbeit. Vielleicht nächsten Monat, wenn es wieder ein wenig ruhiger wird."

„Jetzt. Sie müssen morgen Ihren Arzt anrufen und sich den frühestmöglichen Termin geben lassen. Versprechen Sie mir das, oder ich verbiete Ihnen morgen zur Arbeit zu kommen."

Sie setzte ein unbesorgtes Lächeln auf. „Einverstanden! Aber nur weil ich Ihnen einen Gefallen schulde. Ich bin sicher, daß es nichts Besorgniserregendes ist. Ich bin schließlich auch vom Fach, wissen Sie."

„Und so ziemlich die beste Schwester, mit der ich bisher zusammenarbeiten durfte", antwortete Jonah und hob sein Glas, um ihr zuzutrinken, ehe der vorsichtige, pflichtbewußte Arzt in ihm frustriert mit den Füßen aufstampfen konnte. Er hatte zu viel gesagt. Ohne es zu wollen, hatte Jonah einer einzigen Schwester seine besondere Aufmerksamkeit geschenkt – ein hinreißendes Wesen, das einen ganz anderen, vollkommen neuen Mann in ihm zum Leben erweckte.

„Vereinbaren Sie einen Termin, Schwester Jaquelin", wiederholte er förmlich und zwang sein Gesicht, unbeweglich zu bleiben. „Ich würde sehr ungern eine gute Krankenschwester verlieren."

„Meine Güte", antwortete sie mit einem süffisanten Lächeln. „Ich hatte keine Ahnung, daß Sie Krankenschwestern so sehr schätzen. Ich hatte vielmehr das Gefühl, daß auf Ihrer Werteskala eine Krankenschwester etwa so hoch steht wie ein Maikäfer."

Aus irgendeinem Grund traf ihn ihre scherzhafte Bemerkung, aber Jonah schob seinen Stuhl zurück und setzte ein humorloses Lächeln auf. „Ich habe über zwei Monate darauf verwendet, Sie einzuarbeiten", erklärte er und stand auf. „Ich kann es mir nicht leisten, sobald eine neue Schwester einzuarbeiten."

Jonah verließ die Küche, blieb aber noch einmal auf dem Gang stehen, der zur Haustür führte. Jetzt, da die Sonne im Untergehen begriffen war, lag der Gang im Schatten. Sie saß immer noch an ihrem Küchentisch und schaute ihm nach, als hätte er einen bösen Zauber an sich.

„Sparen Sie sich die Mühe aufzustehen", sagte er, obwohl er wußte, daß sie das nicht würde. „Ich finde allein hinaus."

* * *

Eine warme Septembersonne leuchtete am nächsten Morgen durch die Krankenhausfenster. Jaquelin ertappte sich dabei, daß sie sich wünschte, wieder mit Bailey und – wem? Craig oder Jonah Martin? – am See zu sein.

Jonah hatte ihr beigestanden, aber nur weil sie einen medizinischen Notfall gehabt hatten. Wenn sie in der Einkaufspassage gewesen wäre und ihr zwanzig Dollar gefehlt hätten, wäre Craig ihr bestimmt zu Hilfe geeilt. Wenn ihr Auto nicht mehr anspränge, würde er innerhalb von zehn Minuten jemanden schicken, der es repariert. Wenn das Dach undicht wäre, wüßte er genau, wen er anrufen müßte, und wie man den besten Preis für eine Renovierung aushandelt.

Warum verteidigte sie Craig? Er war der Mann, den sie respektierte, der Mann, von dem sie hoffte, daß er eines Tages ihr Haus, ihr Leben, ihre Liebe mit ihr teilen würde. Er war natürlich von Grund auf anders als Jonah Martin. Craig war ein pragmatischer Geschäftsmann; Dr. Martin war ein einziges Rätsel. Craig war logisch; Jonah war innerlich gespalten. Craig gehörte ihr; Jonah Martin war so weit weg von ihr wie der Mond.

Gestern abend in ihrer Küche hatte es einen kurzen Augenblick gegeben, in dem diese kalten blauen Augen sich erwärmt hatten, und Jaquelin dachte, sie könnten vielleicht Freunde werden. Später war sie aber zu dem Schluß gekommen, daß die untergehende Sonne ihre Augen wohl getäuscht haben mußte. Dieser Mann war nun einmal nicht gerade ein freundlicher Typ.

Warum aber mußte sie dann doch so viel an Jonah Martin denken?

Diese kleine Faszination wird sich bald legen, redete sie sich ein, während sie die Akte einer neuen Patientin zur Hand nahm, die im Wartezimmer bereits wartete. *Er sieht wirklich sehr gut aus, und du hast dich in ihn verknallt, weil er so nett war, Bailey zu helfen. Aber so etwas vergeht wieder. Wenn man den schönen Lack abkratzt, ist Jonah Martin auch nur einer dieser selbstherrlichen Ärzte auf der Suche nach einer Eroberung ...*

Jaquelin blieb im Türrahmen stehen, der zum Wartezimmer führte. Drei Patienten warteten dort: ein älterer Mann, der ungeduldig in einer Hausfrauenzeitschrift blätterte, eine Frau mittleren Alters mit einem leuchtend orangefarbenen Schal um den Kopf, und eine Frau über dreißig mit auffallend rotblonden Haaren.

„Daphne Redfield?“ fragte Jaquelin ins Zimmer.

Die großgewachsene, rothaarige Frau stand auf und kam mit einem freundlichen Lächeln auf sie zu.

„Guten Tag, Mrs. Redfield“, begrüßte Jaquelin sie und reichte ihr in einer mechanischen Bewegung die Hand. „Ich bin Schwester Jaquelin. Ich freue mich, Sie in unserer Tagesklinik begrüßen zu dürfen.“

„Ich bin so froh, daß ich hier sein kann“, antwortete die Frau. Aus dem dankbaren Blick in ihren Augen schloß Jaquelin, daß sie diese Aussage ehrlich meinte. „Wir sind erst vor kurzem aus Ohio nach Winter Haven gezogen. Die Krankenhäuser dort sind so trist – ganz anders als hier! Meine Familie und ich freuen uns, daß ich meine Chemotherapie in dieser freundlichen Umgebung bekommen kann.“

Jaquelin lächelte und deutete den Gang hinab, da sie ihre Routineuntersuchungen durchführen wollte. Sie wog ihre Patientin, maß den Blutdruck und stach die Frau in den Zeigefinger. Während das abgenommene Blut zur Untersuchung ins Labor gebracht wurde, begleitete sie Mrs. Redfield zu einem kleinen Sofa im Besprechungszimmer und zog mehrere fotokopierte Blätter aus der Schublade des Schwesternschreibtisches.

„Machen Sie es sich gemütlich, Mrs. Redfield", begann sie. „Heute unterhalten wir uns nur und verabreichen Ihnen keine Medikamente."

„Bitte nennen Sie mich Daphne", bot die Frau an und schaute Jaquelin mit ihren hellblauen Augen offen an, während sie anmutig auf den Sofakissen Platz nahm. „Wir werden uns wahrscheinlich in nächster Zeit oft sehen."

„Einverstanden, Daphne", willigte Jaquelin ein. „Gut, daß Sie zu uns gekommen sind. Ich werde Ihnen mehrere Broschüren geben, die Sie bitte mit nach Hause nehmen und aufmerksam lesen. Wir verstehen, daß viele unserer Patienten Angst vor dem Unbekannten haben, das sie erwartet, wenn sie zu uns kommen, aber ..."

„Oh, ich habe keine", unterbrach Daphne sie.

„Sie haben was nicht?" fragte Jaquelin verwirrt. Sie hatte es so eilig, ihre Standardunterweisungen abzuspulen, daß sie sich bereits nicht mehr erinnern konnte, was sie soeben gesagt hatte.

„Ich habe keine Angst vor dem Unbekannten." Daphne lächelte sie mit ungewöhnlicher Wärme und Spontaneität an. „Der Herr ist mit mir, wissen Sie, und er weiß, was vor mir liegt. Ich vertraue ihm."

„Das ist großartig." Jaquelin lächelte nachsichtig. „Wo war ich stehen geblieben? Ach ja. Vergessen Sie, was andere Krebspatienten Ihnen vielleicht erzählt haben, denn jeder Mensch ist anders, und jeder reagiert ganz individuell auf eine Behandlung. Falls Sie irgendwelche unangenehmen Nebenwirkungen der Chemotherapie feststellen, sollten Sie uns sofort anrufen. Warten Sie keinen ganzen Tag, warten Sie keine Stunde. Rufen Sie uns sofort an. Dann können wir Ihnen helfen. Lauren ist unsere Stationsschwester, und Stacy und ich sind die anderen Schwestern in der Tagesklinik. Wir stehen zu ihrer Verfügung. Bitte rufen Sie an, wenn Sie irgend etwas brauchen."

Mrs. Redfield nickte.

„Jetzt wollen wir sehen, welches Protokoll Dr. Martin für Sie vorgesehen hat." Jaquelin öffnete den Ordner und überflog das Krankenblatt der Patientin. Daphne Redfield hatte Krebs im Stadium T4 – die Krankheit hatte sich über die Brust und die Lymphknoten im Achselbereich, auf die Knochen, die Leber und die Lunge ausgebreitet. In den letzten drei Jahren in Ohio hatte sie sich einer Biopsie, einer Chemotherapie und einer radikalen Mastektomie unterzogen. Dr. Martin wollte sie langfristig mit Chemotherapie behandeln.

Über dem Krankenblatt stand unsichtbar das Wort *Hoffnungslos.* Jaquelins Mutter hatte ebenfalls Krebs im Stadium T4 gehabt. In ihrem Herzen regte sich ein tiefes Mitgefühl für die Frau, die neben ihr saß.

Doch Jaquelin kämpfte schnell gegen dieses Gefühl an. Sie durfte diese Frau nicht in ihr Herz sehen lassen. Daphne Redfield würde ihren Glauben an Gott brauchen, wahrscheinlich schon sehr bald.

Jaquelin blickte auf und zwang sich zu einem unsicheren Lächeln. „Es sieht so aus, als würden Sie eine ganze Weile bei uns bleiben", sagte sie und bemühte sich um eine ruhige Stimme. „Dr. Martin will, daß Sie Adramycin und Cytoxan bekommen. Bevor Sie diese Medikamente einnehmen, bekommen Sie über einen venösen Zugang Kytril und Decadron. Das sind Medikamente gegen Übelkeit. Falls Sie nach der Behandlung eine starke Übelkeit bekommen, sich übergeben müssen oder Durchfall bekommen oder Ihre Temperatur auf 38,3 Grad oder darüber ansteigt, oder falls ungewöhnliche Blutungen oder Blutergüsse auftreten, Atemnot, Brennen beim Wasserlassen oder häufiges Wasserlassen oder Schmerzen, Röte oder Schwellungen an der Einstichstelle, rufen Sie uns bitte unverzüglich an. Nehmen Sie kein Aspirin oder Produkte, die Aspirin enthalten. Falls Durchfall auftritt, nehmen Sie ..."

„Was ist los, meine Liebe?"

Die unverblümte Frage der Frau überraschte Jaquelin. Die meisten Patienten waren bei ihrem ersten Besuch in der Klinik oft ängstlich und erschreckt von den vielen auf sie niederprasselnden Informationen, daß sie wenig sprachen und kaum wagten, ihr in die Augen zu schauen. Diese Frau aber hatte aufmerksam jedem ihrer Worte zugehört, und ihr klarer Blick wanderte wie ein Suchscheinwerfer über Jaquelins Gesicht.

Jaquelin wurde steif. „Wie bitte?"

„Irgend etwas beunruhigt Sie. Wollen Sie darüber sprechen?"

Mit ihr worüber sprechen? Jaquelin atmete tief ein und setzte wieder ihr sachliches Lächeln auf. „Ich weiß nicht, wovon Sie sprechen."

Die Hand der Frau legte sich auf Jaquelins Arm. „Obwohl ich nicht die Gabe der Erkenntnis habe, sind mir die Schatten hinter Ihren hübschen Augen nicht verborgen geblieben. Etwas lastet schwer auf Ihnen, und das hat nichts mit meinem aussichtslosen Fall zu tun. Sagen Sie mir, meine Liebe – was bereitet Ihnen Kopfzerbrechen?"

„Nichts", stammelte Jaquelin und suchte nach Worten. „Sie brauchen sich um mich keine Sorgen zu machen. Mein Privatleben hat bei der Arbeit keinen Platz."

„Liebes, ich habe noch keine Frau kennengelernt, die sich wie eine Amöbe aufspalten und ihr Herz an einem Ort und ihren Verstand an einem anderen Ort lassen kann. Erzählen Sie mir, was Sie bedrückt."

Jaquelin traf der Gedanke wie ein Blitz: *Sie weiß es.* Aber *was* wußte sie? Welche Sorge hatte sich in Jaquelins Gesicht geschlichen und verriet sie? Ihre neuerliche Schwäche für Dr. Martin war rein oberflächlich und bestimmt nicht so ernst, daß man darüber auch nur ein Wort verlieren mußte. Baileys Unfall gestern hatte sie sehr aufgewühlt, und sie war schwer enttäuscht gewesen, daß Craig gerade dann verschwunden war, als sie ihn am nötigsten gebraucht hätte. Und ja, da war noch diese lästige Zyste – dieses kleine, unbekannte Ding, das sich gleich neben ihrem Herzen eingenistet hatte ...

Vielleicht machte sie sich größere Sorgen, als sie sich eingestehen wollte. Das war natürlich alles Jonah Martins Schuld. Er hatte alle möglichen Zweifel und Sorgen in ihr geweckt.

„Es ist nichts Tragisches, davon bin ich überzeugt", antwortete Jaquelin schließlich und senkte die Stimme. „Ich habe vor ein paar Wochen einen Knoten in meiner Brust entdeckt. Ich bin sicher, daß es nur eine Zyste ist, doch ich habe alles getan, was in einem solchen Fall zu tun ist, und sie geht einfach nicht weg. Und immer wieder spricht irgend jemand etwas an, das mich daran erinnert."

„Ich muß etwas wissen, meine Liebe – sind Sie Christin?"

Diese Frage überraschte Jaquelin noch mehr als die erste. „Nun, ja", sagte sie und nickte. „Ich habe als Kind Jesus als meinen Herrn angenommen."

Daphne schloß die Augen und lächelte langsam. „Dann ist dieser nagende Zweifel die Stimme des Heiligen Geistes. Hören Sie darauf, meine Liebe. Lassen Sie diesen Knoten untersuchen. Zwingen Sie den Herrn nicht, zu verzweifelten Maßnahmen zu greifen, um Ihre Aufmerksamkeit zu wecken."

Verzweifelte Maßnahmen? Jaquelin wandte nachdenklich den Blick ab. War Baileys Unfall Gottes Versuch gewesen, ihre Aufmerksamkeit zu wecken? Sie ging gelegentlich zur Kirche und las manchmal in der Bibel, wenn gerade nichts Interessantes im Fernsehen kam, aber es war lange her, seit sie ihr Herz offen vor Gott ausgebreitet hatte.

Vielleicht war Jonah Martin von Gott geschickt worden, um sie an die Risiken zu erinnern, die sie einging, und auch, um Bailey zu helfen. Dr. Martin *hatte* von ihr verlangt, ihm zu versprechen, ihre Frauenärztin anzurufen, sich einen Termin geben und diese Zyste untersuchen zu lassen – etwas, das sie bis jetzt noch nicht getan hatte. Und jetzt hatte Gott Daphne Redfield als Verstärkung geschickt.

Es heißt, daß Gott auf wundersame Weise arbeitet. Jaquelin schaute ihre Patientin wieder an und erwartete fast, daß die Frau verschwunden wäre und sie nur noch den Hauch von Engelsflügeln hören würde. Aber Daphne saß immer noch da. Ein mitfühlendes Lächeln lag auf ihrem Gesicht.

„Ich danke Ihnen, Mrs. Redfield“, sagte Jaquelin und nickte. „Ich werde meine Frauenärztin anrufen und mir einen Termin geben lassen, sobald wir hier fertig sind.“

* * *

Drei Tage später saß Jaquelin in der Praxis ihrer Gynäkologin im Untersuchungszimmer. Sie ärgerte sich über den Knoten, der sie gezwungen hatte, in diese Praxis zu kommen. Es war nur eine Zyste. Sie hatte in einer Nacht, als sie sich auf ihre Brust drehte, Schmerzen gespürt, und Zysten waren normalerweise schmerzhaft.

Ein abruptes Klopfen an der Tür riß sie aus ihren Gedanken. Dr. Rita Shaw betrat das Zimmer. „Nun, Jaquelin, was führt Sie zu mir?“ fragte sie mit fröhlicher Stimme, während ihre Augen die Notizen der Arzthelferin auf dem Krankenblatt überflogen. „Ein Knoten in der Brust?“

„Linke Brust, obere Hälfte.“ Jaquelin zuckte mit den Schultern. „Eine Zyste höchstwahrscheinlich. Ich habe es schon mit Vitamin E und koffeinfreier Ernährung versucht, aber der Knoten ist immer noch da.“

„Legen Sie sich bitte zurück.“ Die Ärztin legte die Patientenkartei auf einen kleinen Tisch und begann, vorsichtig das fragliche Gebiet abzutasten. „Wie lang verzichten Sie schon auf Koffein?“

Jaquelin stützte den Kopf auf ihre linke Hand, drehte die Augen zur Decke und rechnete zurück. „Ungefähr seit zehn Wochen.“

„Führen Sie eine monatliche Selbstkontrolle an Ihrer Brust durch?“

Jaquelin seufzte. „Ich weiß, daß ich das eigentlich tun sollte. Aber manchmal vergesse ich es, und wenn ich daran denke, dann fühlt sich meine Brust manchmal so klumpig und hart an, daß ich nicht weiß, was normal ist und was nicht.“

Dr. Shaw schüttelte leicht den Kopf. „Jaquelin Wilkes, Sie sollten es doch besser wissen. Wir sagen den Frauen immer, daß sie auf ihre Gesundheit achten müssen ...“

„Verschonen Sie mich bitte mit dieser Lektion, Frau Doktor. Ich könnte sie Ihnen im Schlaf aufsagen.“ Jaquelin schloß die Augen und zuckte zusammen, als die Ärztin die empfindliche Stelle abtastete. „Das ist die Stelle. Was halten Sie davon?"

Die Ärztin sagte einen Augenblick nichts, dann trat sie zurück und las noch einmal Jaquelins Krankenblatt. „Ihre Mutter starb an Brustkrebs, richtig?"

„Ja. Vor der Menopause, beidseitiger Krebs."

Dr. Shaw zog eine Augenbraue in die Höhe. „Dann ordne ich eine Ultraschalluntersuchung und eine Mammographie an. Melden Sie sich noch heute auf der Gynäkologiestation. Wenn es eine Zyste ist, ist sie auf dem Ultraschallbild zu sehen. Wenn wir danach immer noch nicht sagen können, was es ist, hilft uns vielleicht die Mammographie weiter. In jedem Fall wird man mir die Aufnahmen schicken. Wenn ich sie mir angeschaut habe, rufe ich Sie an."

Jaquelin stieß ein erleichtertes Seufzen aus und setzte sich auf. „Ich bin sicher, daß es nur eine Zyste ist. Oder ein Ödem. Junge Frauen haben oft gutartige Knoten."

„Ich hoffe von ganzem Herzen, daß Sie recht haben", sagte Dr. Shaw und öffnete die Tür. „Ziehen Sie sich an und kommen Sie dann bitte zu meiner Arzthelferin. Ich schicke Sie sofort zu den weiteren Untersuchungen ins Krankenhaus."

6

Mit den Armen auf der Rückenlehne ihres Sofas saß Jaquelin in ihrem Wohnzimmer und starrte auf den stürmischen See, den sie von ihrem Fenster aus auf der anderen Seite der Straße sehen konnte. Der Regen prasselte auf das Hausdach und ergoß sich wie aus Eimern über ihr Auto, ihren Vorgarten und die Verandamarkise. Es war ein für Florida typisches Gewitter, aber Jaquelin faszinierte die Macht des Wassers trotzdem jedes Mal neu.

Wie viele Stürme waren schon im Laufe der Jahre über dieses Haus hinweggezogen? Hunderte, vielleicht Tausende? Die Familie Wilkes hatte sogar schon zwei Orkane unter diesem Ziegeldach überstanden. Es war ein stabiles Gebäude, so gebaut, daß es auch dem rauhesten Wetter standhalten konnte, das Florida zu bieten hatte. Dennoch fühlte sich Jaquelin an diesem Nachmittag so, als würde das Haus und ihre ganze Welt über ihr zusammenbrechen.

Sie hatte keinen wirklichen Grund, Angst zu haben. Die Frau, die die Ultraschalluntersuchung vorgenommen hatte, hatte den Knoten nicht als Zyste identifizieren können. Er saß versteckt hinter dichtem Brustgewebe. Jaquelin hatte sich auf dem Untersuchungstisch aufgesetzt und in der verzweifelten Hoffnung, irgendein Anzeichen von einem mit Flüssigkeit gefüllten Knoten zu sehen, selbst den Bildschirm betrachtet. Doch es war nichts dergleichen zu erkennen gewesen. Und so war sie in den nächsten Raum geschickt worden, in dem die Mammographie vorgenommen wurde.

Die medizinisch-technische Assistentin arbeitete schnell und gründlich. Ihr freundliches „Das dauert nur eine Minute" erinnerte Jaquelin stark an ihre eigenen inhaltlosen Sprüche, mit denen sie ihre Patienten abfertigte. Sie stand vor der riesigen Maschine und hatte die Brust auf einer kalten Glasplatte liegen. Dann fühlte sie, wie das Gerät die Brust zusammendrückte, schmal genug für die Röntgenstrahlen.

„Nicht atmen", hatte die medizinisch-technische Assistentin sie aufgefordert und fröhlich gelächelt, während sie sich hinter den Schutzschild, der sie vor den Strahlen schützte, bückte. „In einer Minute ist alles vorbei."

Als die Mammographie beendet war, war Jaquelin wieder in ihre eigene Kleidung geschlüpft und hatte zusammen mit mehreren anderen Frauen, darunter eine mit einem weinenden Vorschulkind, im Wartezimmer Platz genommen. Die Assistentin hatte Jaquelins Röntgenbilder dem diensthabenden Radiologen gebracht, der eine erste Beurteilung der Aufnahmen abgeben sollte.

Die Tür zum Arztzimmer stand offen. Jaquelin legte den Kopf schief und strengte ihre Ohren an, um das Gespräch zwischen der Assistentin und dem Radiologen zu verstehen. „Ich sehe nicht ...", schnappte sie seine Worte auf. Doch dann weinte das kleine Mädchen so laut los, daß Jaquelin den Arzt nicht mehr verstehen konnte. Sie schloß die Augen und unterdrückte den dringenden Impuls, das kleine Kind zur Ruhe zu ermahnen.

„Miss Wilkes?" Die Assistentin kam mit einem sachlich freundlichen Lächeln aus dem Arztzimmer. „Der Herr Doktor wird Frau Dr. Shaw heute nachmittag anrufen. Die Aufnahmen werden in ihre Praxis geschickt."

„Was hat der Doktor auf den Aufnahmen gesehen?" flüsterte Jaquelin. Die heiseren Worte blieben ihr beinahe im Halse stecken.

Die Frau lächelte wieder. „Einen kleinen Knoten, wahrscheinlich gutartig, da Sie ja noch sehr jung sind. Er empfiehlt eine Feinnadelbiopsie. Ihre Ärztin bekommt die Aufnahmen und wird Sie dann anrufen und die weitere Vorgehensweise mit Ihnen besprechen."

* * *

Vier Stunden waren seither vergangen. Sie hatte sich den Rest des Tages frei genommen – ihr erster Krankheitstag seit über zwei Jahren. Die Uhr auf dem Kamin schlug fünfmal. Bei dem Gedanken, daß ihre Kolleginnen jetzt ihre Patientenkarteien aufräumten und alles für den Feierabend vorbereiteten, seufzte Jaquelin hörbar auf. In Dr. Shaws Praxis geschah jetzt bestimmt das gleiche. Wenn sie also anrufen wollte ...

Das Telefon klingelte und riß sie aus ihren Gedanken. Jaquelin war einen kurzen Augenblick wie gelähmt, doch dann eilte sie in die Küche und nahm den Hörer ab. „Hallo?"

„Hallo, Liebes", kam Craigs Stimme.

„Auch hallo." Ihr Versuch, unbefangen zu klingen, scheiterte erbärmlich.

„Ich wollte dich in der Arbeit anrufen. Man sagte mir, du seist krank. Was fehlt dir denn?"

„Eigentlich nichts. Ich mußte nur zum Arzt. Es ist keine große Sache."

„Geht es dir gut?"

Gott sei Dank stellte er diese Frage. Jaquelin hatte überhaupt nicht bemerkt, wie verzweifelt sie mit jemandem darüber sprechen, bei einem anderen Menschen ihre Sorgen und Last abladen wollte.

„Ich weiß es nicht." Sie schluckte schwer. Tränen brachen sich Bahn und liefen über ihre Wangen. „Ich habe einen Knoten in meiner Brust gefunden, Craig, und meine Ärztin riet mir zu einer Mammographie. Ich ging also ins Krankenhaus, und jetzt warte ich auf die Ergebnisse."

Auf diese Neuigkeit reagierte er mit einem langen Schweigen.

„Craig? Bist du noch dran?"

„Natürlich, Liebes. Was meint der Arzt, was es ist?"

Was meinst du, *was er meint?* wollte sie am liebsten schreien. Stattdessen zwang Jaquelin ihre Stimme, ruhig zu bleiben. „Ich dachte, es sei eine Zyste, aber jetzt denke ich, es könnte vielleicht ein Ödem sein – eine Art gutartiger Knoten, der bei Frauen in meinem Alter nichts Ungewöhnliches ist."

„Nun, dann." Craigs Stimme strotzte vor Zuversicht. „Dann brauchen wir uns ja keine Sorgen zu machen."

„Richtig." Sie lächelte ihr Spiegelbild in der polierten Ofentür an. „Überhaupt keine."

„Gut." Seine Stimme nahm ihren bekannten „Kommen-wir-wieder-zur-Sache"-Tonfall an. „Es tut mir leid, Schatz, aber ich werde es heute abend nicht schaffen, vorbeizukommen. Ich treffe mich mit einem Geschäftsmann aus Haines City, der seine Lizenz verkaufen will."

„Das ist schon in Ordnung." Sie schaute zu den Fenstern, an denen die Regentropfen hinunterliefen. „Wahrscheinlich bin ich ohnehin keine gute Gesellschaft. Ich bin wirklich müde."

„Also dann, ich hoffe, dir geht es bald wieder besser." Seine Stimme ließ vermuten, daß er in Gedanken schon wieder ganz woanders war. Es klang, als machte er bereits wieder Notizen in seinen Terminkalender.

„Danke."

Das Telefon klickte in ihrem Ohr, und sie legte den Hörer langsam auf. Craig wußte, daß ihre Mutter an Brustkrebs gestorben war, aber er wußte nichts von dem hohen Risikofaktor von Frauen, deren Mutter Krebs gehabt hatte. Hätte er noch nicht aufgelegt und sie getröstet, wenn er das gewußt hätte? Irgendwie glaubte Jaquelin das nicht. Craig war nicht besonders einfühlsam.

Der Regen, der inzwischen scharf wie Lanzenstiche gegen ihre großen Küchenfenster prasselte, ließ die Welt draußen vor ihren Augen verschwimmen und ihre Tränen drinnen im Haus. Sie sank auf einen Stuhl am Küchentisch, vergrub den Kopf in ihren Armen und ließ der Flut von Frustration und Angst, die sich in den letzten Tagen aufgestaut hatten, ungehindert freien Lauf. Sie würde jetzt weinen, sagte sich Jaquelin, und dann würde es ihr wieder besser gehen. Später würde sie darüber lachen, daß ein harmloses Ödem sie derart aus der Ruhe hatte bringen können.

Baileys weiche Pfoten tappten über den Fußboden. Seine Nägel klickten leise auf den harten Fliesen. Der Hund setzte sich an Jaquelins Seite, hob die Schnauze und stieß ein langes, trauriges Jaulen aus.

Jaquelin wischte sich die Tränen mit der Handfläche weg, richtete sich auf und legte die Arme um den samtigen Hals des Hundes. „Liebster, du bist der einzige, den ich jetzt habe", flüsterte sie, während sie ihre Wange auf das schwarze Ohr des Hundes legte.

Das Klingeln des Telefons ließ sie erneut hochschrecken. Die Frauenärztin. Sie putzte sich die Nase und nahm dann den Hörer ab.

„Hallo?" Ihre Stimme klang so unberührt ruhig und vernünftig, als käme sie aus einem anderen Körper.

„Schwester Jaquelin?"

Eine leichte Röte lief über ihr Gesicht, als sie die Stimme des Anrufers erkannte. Aus welchem Grund rief Jonah Martin sie an?

Sie wischte sich mit dem Daumen die Tränen von den Wangen. „Was kann ich für Sie tun, Doktor Martin?"

„Ich bin meine Krankenblätter durchgegangen und stieß dabei auf Baileys Karte", sagte er mit einem schwachen Anflug von Humor in der Stimme. „Da ich nicht will, daß die anderen Schwestern auf diesen Patienten stoßen, dachte ich, ich rufe selbst an und erkundige mich nach seinem Befinden. Wie geht es dem Hund denn heute?"

„Es geht ihm gut." Jaquelin mußte lächeln. Es tat ihr gut, über etwas anderes als über ihre Befürchtungen zu sprechen. Sie hatte Baileys kurzen Besuch im Krankenhaus nicht erwähnt, da sie keine Schwierigkeiten heraufbeschwören wollte. Sie konnte sich nicht vorstellen, daß Dr. Kastner es guthieße, daß Jonah die Klinik als Notaufnahme für einen Hund zweckentfremdet hatte.

„Bailey war in der Nacht nach seinem Abenteuer etwas k.o., aber am nächsten Morgen war er wieder ganz der alte. Die Schwellung ist zurückgegangen, und sein Appetit ist normal. Ihm geht es bestens."

„Das ist großartig." Die ruhigen Worte des Arztes klangen dennoch seltsam beunruhigend. „Vielleicht sollte ich auch fragen, wie es *Ihnen* geht. Ich habe bemerkt, daß Sie heute nicht an der Arbeit waren. Lauren sagte, Sie seien krank."

„Ich war bei meiner Frauenärztin, wie Sie empfohlen hatten", antwortete Jaquelin und drehte sich auf dem Stuhl, bis ihr Rücken dem Sturm zugewandt war.

„Und?"

„Sie ordnete eine Ultraschalluntersuchung und eine Mammographie an. Beides habe ich heute nachmittag über mich ergehen lassen. Jetzt warte ich darauf, aus Dr. Shaws Praxis Bescheid zu bekommen."

„Dann sollte ich Sie wahrscheinlich nicht länger aufhalten."

„Wahrscheinlich."

Ein langes, unsicheres Schweigen breitete sich aus. Warum sagte er nicht „Auf Wiederhören" und legte auf?

„Wenn Sie irgendwie Hilfe brauchen", sagte er langsam und mit stählerner Ruhe, „dann zögern Sie bitte nicht, uns das wissen zu lassen."

Jaquelin schloß die Augen. Sie wußte, daß er das auch zu jedem seiner Patienten sagen würde ... oder zu den anderen Schwestern. Er war eben immer unbestreitbar korrekt und höflich. „Danke, Doktor Martin. Und danke, daß Sie sich nach Bailey erkundigt haben."

Sie legte den Hörer auf und starrte durch das Fenster hinaus auf den strömenden Regen. Dieses erbärmliche Wetter war bestimmt der Grund dafür, warum sie sich so unerklärlich leer und einsam fühlte.

* * *

Obwohl die Angst wie ein harter Kloß in ihrem Hals steckte, mußte Jaquelin lächeln, als sie sich vier Tage später auf Dr. Shaws Untersuchungstisch legte. Irgendeine junge Arzthelferin hatte die Decke über dem Tisch mit Hochglanzfotos von Mel Gibson, Brad Pitt und Denzel Washington beklebt.

„Mir gefällt Ihr Kunstwerk", sagte sie zu der Arzthelferin, die damit beschäftigt war, die Instrumente auf einem Tablett vorzubereiten. Jaquelin deutete auf die Decke.

„Ach so, das." Die junge Schwester grinste. „Sie sehen alle nicht schlecht aus. Aber keiner davon ist mein Typ."

„Und wer ist Ihr Typ?" fragte Jaquelin leichthin in dem Versuch, ihre Gedanken von den Wolken abzulenken, die in letzter Zeit ihr Denken verdunkelten.

Die Arzthelferin lächelte und beugte sich vor. „Also, wenn ich ehrlich sein soll ..." begann sie und ließ ihre Augen prüfend nach links und rechts wandern, als stehe sie im Begriff, ein großes Geheimnis zu verraten. „Letzte Woche habe ich im Krankenhaus diesen Arzt gesehen, der so wahnsinnig gut aussieht. Blond, blaue Augen, gut gebaut und mit einem einnehmenden Lächeln." Sie seufzte. „Aber dann habe ich herausgefunden, daß er in einer der Tageskliniken arbeitet. Meine Chancen, ihn wieder einmal zu treffen, sind also gleich null."

„In welcher Tagesklinik?" fragte Jaquelin und ließ ihre Augen wieder zu dem Bild von Mel Gibson wandern. Mit blonden statt mit braunen Haaren und mit ein paar Falten weniger könnte der gute alte Mel dem Mann ähneln, den die Schwester beschrieben hatte ...

„Er ist der neue Doktor auf der Krebsstation."

Jaquelin warf der Schwester mit gespielter Ungläubigkeit einen langen Blick von der Seite zu. „Ungefähr dreißig? Etwa einen Meter achtzig groß?"

Die Schwester nickte lebhaft. „Das ist er! Sie kennen ihn?"

„Ich arbeite für ihn", erwiderte Jaquelin und schaute wieder zur Decke hinauf. „Ja, Dr. Jonah Martin ist ein attraktiver Mann. Ich weiß aber nicht, ob er irgend jemandes Typ ist. Er flirtet praktisch mit allen seinen Patientinnen, vor allem mit den Großmüttern. Aber auf der Station ist er einfach unmöglich. Nie ist er zu finden, wenn man ihn braucht; immer sitzt er in irgendeinem Behandlungszimmer und hört sich die Geschichte von irgendeinem Großvater an, der von seinen Enkeln erzählt, oder die Probleme irgendeiner Frau mit ihrer Perücke. Und während er zu den Patienten ausnehmend freundlich ist, ist er zu uns Schwestern wie ein hungriger, griesgrämiger Braunbär. Wir wissen nie, was als nächstes kommt."

Die Tür ging auf. Jaquelin schwieg, als Dr. Shaw in ihr Blickfeld trat. „Guten Morgen, Jackie", sagte sie mit einem kurzen Lächeln, bevor sie sich in Jaquelins Krankenblatt vertiefte. „Ich brauche Sie wohl nicht über die Biopsie aufklären. Wir reinigen das Gebiet mit Betadin, dann injiziere ich eine kleine Menge Lokalanästhetikum in die Haut, in der die meisten Nerven sitzen. Sie werden keine großen Schmerzen haben."

„Gut", sagte Jaquelin und verschränkte in dem Versuch, sich so zu benehmen, als bringe diese ganze Angelegenheit sie nicht im geringsten aus der Ruhe, die Beine. Doch während sie hier vor der Ärztin und ihrer Arzthelferin auf dem Tisch lag, konnte sie nicht umhin, sich wie ein Schlachtopfer für irgendeine Tempelgottheit aus der Antike zu fühlen.

„Ich führe eine feine Hohlnadel in den Knoten und ziehe die Flüssigkeit, die ich finde, in eine Spritze", sprach Doktor Shaw weiter. Sie hatte unübersehbar auf Autopilot geschaltet. „Da aber die Ultraschallaufnahmen vermuten lassen, daß keine Flüssigkeit da ist, schiebe ich die Nadel durch das Gewebe vor und zurück, um ein paar Zellen zu lösen, sauge sie in die Spritze und übertrage sie dann auf eine Glasplatte für das Labor."

„Und wenn das Labor keine Bösartigkeit feststellt, bin ich gesund, nicht wahr?" fragte Jaquelin.

Dr. Shaw kniff die Lippen zusammen. „Noch nicht ganz. Ein negatives Ergebnis bedeutet nur, daß wir bei dieser Biopsie keine Krebszellen gefunden haben. Wenn wir keine finden, werde ich eine Biopsie des Knotens anordnen, damit wir genau wissen, womit wir es hier zu tun haben. Sollten wir bösartige Zellen finden, wissen wir ziemlich genau, mit welcher Art von Krebs wir es zu tun haben."

Jaquelin schloß die Augen. Wenn sie nichts fanden, würde sie zu einer Biopsie ins Krankenhaus eingewiesen werden. Und falls sie Krebszellen fanden ...

Nein!

Sie verbannte diesen Gedanken aus ihrem Kopf und bemühte sich, ihre empfindliche Selbstbeherrschung nicht zu verlieren.

„Ich bin so weit", sagte sie und umklammerte die Kanten des Behandlungstisches.

* * *

Neun Tage später nahm Jaquelin an einem Donnerstagnachmittag auf dem Sofa in Dr. Shaws schön eingerichtetem Sprechzimmer Platz. Die Ärztin schaukelte leicht auf ihrem Lederstuhl hinter dem Schreibtisch und hatte Jaquelins Patientenkartei aufgeschlagen vor sich liegen. Der grün umrandete pathologische Befund aus dem Labor lag oben auf dem Stoß der sauber aufgestapelten Blätter.

„Jaquelin." Dr. Shaws Stimme war zwar ruhig, enthielt aber einen gewissen Unterton. „Ich muß Ihnen leider mitteilen, daß der Pathologe bösartige Zellen gefunden hat." Sie betrachtete Jaquelin mit vorsichtiger Miene. „Da wir jetzt wissen, daß wir es mit Krebs zu tun haben, können wir auf eine weitere Biopsie verzichten. Ich habe mir Ihre Vorgeschichte durchgelesen, und ich rate Ihnen, einen Chirurgen aufzusuchen. Eine Entfernung des Tumors mit nachfolgender Strahlenbehandlung erscheint möglich. Der Tumor sieht klein aus, und Sie sind jung ..."

Ihre weiteren Worte gingen in einem wirren Dschungel aufwallender Gefühle unter. Jaquelin senkte den Blick und konnte nur ein einziges Wort denken: *Krebs.* Das wütende Ungeheuer, das ihre Mutter dahingerafft hatte, hatte seine Klauen jetzt auch in sie hineingebohrt. Wie würde ihr Vater diese Nachricht aufnehmen? Sie konnte es ihm nicht erzählen. Er könnte es nicht verkraften, auch noch seine einzige Tochter zu verlieren, nachdem er schon seine geliebte Frau durch Krebs verloren hatte. Und was war mit Craig? Er war nicht einmal imstande gewesen, mit Baileys Notfall richtig umzugehen – wie würde er erst auf ihre Situation reagieren?

Brustkrebs! Wer hätte das vermutet? Abgesehen von dem Knoten wies sie keine anderen Symptome auf. Keine Atemnot, keine wirklichen Schmerzen. Ihre Nieren arbeiteten gut, ihr Verdauungssystem funktionierte normal, ihr Blutdruck war stabil wie ein Felsen. Sie war müde gewesen, aber nicht krank, und doch war sie, ohne es zu wissen, in den Kreis der Brustkrebspatientinnen gerutscht, dessen Mitglieder mit einer Rate von zwei Prozent im Jahr Metastasen entwickelten, und unter denen der Tod gnadenlos seinen Tribut forderte. Ihre Mutter hatte bezahlt, und Jaquelin würde auch bezahlen, wenn die Krankheit sich durchsetzte ...

„Jaquelin?" Die Ärztin schaute ihr direkt in die Augen. „Ich weiß, daß das ein schrecklicher Schock sein muß – besonders für jemanden, der in einer Krebsklinik arbeitet. Ich rate Ihnen dringend, jemanden zu finden, der sich persönlich für Sie einsetzt. Sie werden einen verantwortungsbewußten Freund brauchen, der Ihnen hilft, nichts von dem zu vergessen, was Sie gelernt haben, jemanden, der Ihnen hilft, die verschiedenen Möglichkeiten abzuwägen, jemanden, auf den Sie sich verlassen können. Dieser Mensch sollte Ihnen bei den ersten wichtigen Arztbesuchen zur Seite stehen."

Jaquelin hatte das Gefühl, als spräche die Ärztin durch eine dicke Nebelwand. Ihre Worte klangen dumpf, zusammenhangslos, mechanisch. Das konnte doch unmöglich etwas mit *ihr* zu tun haben. Sie war gesund und fit gewesen, als sie heute diese Praxis betreten hatte. Sie würde genauso wieder hinausgehen, wie sie hereingekommen war.

„Wie fühlen Sie sich, Jaquelin?" Dr. Shaws Stimme war leiser geworden, und Jaquelin mußte sich vorbeugen und ihre Ohren anstrengen, um sie verstehen zu können. „Kann ich jemanden für Sie anrufen?"

„Nein." Jaquelins Hand bewegte sich unkontrolliert zu ihren Haaren und spielte darin – eine nervöse Geste aus ihrer Kindheit, die sie sich seit Jahren abgewöhnt hatte. „Und ich fühle mich ..." Sie hielt eine Haarsträhne hoch. „Ich fühle mich, als hätten Sie mir gerade gesagt, daß ich einen Knoten in meinen Haaren habe, der mich umbringen könnte."

„Dann schlage ich vor", sagte Dr. Shaw und nickte langsam, „daß wir diesen Knoten so bald wie möglich herausschneiden."

* * *

Jaquelin rief auf der Stelle Craig an, der sofort alles stehen und liegen ließ, genau wie sie es erhofft hatte. Er begrüßte sie mit einem gezwungenen Lächeln im Gesicht und einem vor Besorgnis funkelnden Blitzen in den Augen in Dr. Shaws Praxis. Obwohl er versuchte, freundlich und entspannt zu sein, schmolz seine gekünstelte Ruhe unter Dr. Shaws ernstem Blick schnell dahin.

„Ich habe Jaquelin bereits erklärt, daß ich glaube, eine Tumorentfernung und eine nachfolgende Strahlenbehandlung werden genügen", erklärte Dr. Shaw. „Aber ich werde sie zur weiteren Behandlung an einen der Onkologen in der Chambers-Wyatt-Krebsklinik überweisen. Einer der Chirurgen an dem angeschlossenen Krankenhaus wird die Operation durchführen."

„Sie soll Patientin in ihrer eigenen Klinik werden?" fragte Craig. Seine buschigen Brauen zogen sich in einem skeptischen Runzeln nach unten. „Ist das nicht ein bißchen ... unangenehm?"

„Mein Arbeitsbereich sind Chemotherapien", warf Jaquelin steif ein. „Ich arbeite nicht in der Strahlenabteilung. Die Patienten werden mich nicht ... unmittelbar neben sich sehen."

Dr. Shaw nickte. „Ich glaube nicht, daß das eine Rolle spielen dürfte. Aber es stimmt natürlich. Und ich möchte noch einmal betonen, wie dankbar wir sein können, daß wir diesen Krebs so früh erwischt haben."

Jaquelin schaute zu Craig hinüber. Er lehnte seitlich in seinem Stuhl und stützte mit einer Hand seinen Kopf. Die andere hing schlaff an seiner Seite hinab. Jedes Leuchten war aus seinen Augen verschwunden. Sein Gesicht war starr vor Angst.

Ein Anflug von Verärgerung regte sich in Jaquelin. *Sie* war diejenige, die soeben ein mögliches Todesurteil verhängt bekommen hatte – warum sah *er* so deprimiert aus? Sie brauchte jemanden, der ruhig, vernünftig und mitfühlend war. Doch er hatte es nicht einmal fertig gebracht, ihr auch nur ein einziges Mal in die Augen zu sehen, seit er das Zimmer betreten hatte.

„Ich kann mir vorstellen, daß Sie beide einige Zeit brauchen, um über alles zu sprechen“, sagte Dr. Shaw und schloß Jaquelins Akte. „Ich schreibe Ihnen eine Überweisung aus, Jaquelin. Ich schicke seit Jahren alle meine Patientinnen zu Dr. Kastner, und da Sie ihn kennen ...“

„Nein“, fiel Jaquelin ihr ins Wort. „Ich möchte mir meinen Arzt gern selbst aussuchen. Bitte fragen Sie Dr. Martin, ob er meinen Fall übernehmen würde.“

„Dr. Martin?“ Einen kurzen Augenblick erwachte Craig zum Leben. „Aber du verabscheust diesen Mann doch!“

Dr. Shaw zog eine Augenbraue nach oben. „Er ist noch nicht sehr lange an diesem Krankenhaus.“

„Lange genug“, antwortete Jaquelin. „Er ist ein Kämpfer, und seine Patienten glauben an ihn. Dr. Kastner ist ein ausgezeichneter Arzt, aber ich ziehe trotzdem Dr. Martin vor.“

Dr. Shaw zuckte mit den Schultern. „Meinetwegen. Die Entscheidung liegt bei Ihnen.“ Sie stand auf, ein unmißverständliches Zeichen, daß das Gespräch beendet war. „Gehen Sie nach Hause, Jaquelin“, sagte sie und tippte in einer unterstreichenden Geste auf die Tischplatte. „Entspannen Sie sich. Tun Sie das, was Ihnen Spaß macht. Wir werden gut auf Sie aufpassen.“ Trotz ihrer ermunternden Worte enthielt das schwache Lächeln, das sie Jaquelin zuwarf, mehr Bedauern als Zuversicht.

* * *

Craig hatte es sprichwörtlich die Sprache verschlagen. Er sagte kein einziges Wort, als er Jaquelin zu ihrem Auto auf dem Parkplatz vor dem Krankenhaus begleitete.

„Danke, daß du gekommen bist“, sagte sie schließlich, als sie vor ihrer Autotür stehenblieb. Sie fuhr mit den Fingern leicht über seine Seidenkrawatte. „Ich weiß, daß du einen wichtigen Kunden sitzengelassen hast, um hierher zu kommen.“

„Was kann ich tun?“ fragte Craig mit aufgewühlter, rauher Stimme. „Ehrlich, Jaquelin. Ich weiß nicht, was ich sagen soll. So etwas habe ich noch nie durchgemacht.“

„Halte mich einfach fest“, bat sie und legte sich in seine Arme. Er hielt sie lange fest, aber sie fühlte keinen Trost in seiner Umarmung – keine Stärke. Mit einem einzigen kräftigen Stoß hätte sie ihn umwerfen können. Diese Diagnose warf ihn genauso aus dem Gleichgewicht wie sie.

„Ich lasse dich jetzt lieber fahren“, flüsterte Jaquelin und trat zurück. „Ich bin zu Hause, falls du mich später anrufen willst. Du weißt schon, um darüber zu sprechen, wie weit du mich bei dieser Sache unterstützen kannst. Ich muß wissen, wieviel du bereit bist zu tun.“

Er schaute sie mit ausdrucksloser Miene an, dann fuhr er mit einer Hand durch seine dunklen lockigen Haare. „Sicher. Ich rufe dich an.“

„Gut.“ Sie drehte sich um und sperrte das Auto auf, dann warf sie ihm ein letztes Lächeln zu. „Danke, Craig. Ich wüßte nicht, was ich ohne dich tun sollte.“

„Ich rufe dich später an.“ Er drehte sich um und ging davon. Seine Schultern hingen unter der Last, die sie ihm soeben aufgebürdet hatte, weit nach unten.

* * *

Von Dr. Shaws Nachricht und einem pochenden Kopfschmerz geschwächt, meldete sich Jaquelin am nächsten Morgen krank. Ob die Kopfschmerzen streßbedingt waren oder nicht, konnte sie nicht sagen. Sie rollte sich in ihrem Bademantel auf ihrem weichen Sofa zusammen und trank heißen Tee vor dem Fernsehgerät. Bailey störte es ganz und gar nicht, daß sie sich diesen Tag frei genommen hatte, um zu Hause zu bleiben. Er lag gehorsam vor ihren Füßen auf dem Boden, ein dreidimensionaler Fellteppich, der über dem Wohnzimmerteppich ausgebreitet war.

Kurz nach Mittag läutete es an der Tür. Ein Bote stand mit einem Korb Margeriten vor Jaquelin. Sie errötete vor bittersüßer Freude, als ihr bewußt wurde, daß nur Craig sie geschickt haben konnte. „Danke“, sagte sie und gab dem Botenjungen ein Trinkgeld. Sie brachte die Blumen ins Haus und stellte sie mitten auf den Küchentisch. Dann faltete sie die beiliegende Karte auseinander.

Auf einer Karte mit dem Vordruck „Gute Besserung" stand in Handschrift die kurze und schlichte Nachricht:

Liebste Jaquelin,

du solltest das Beste haben, was das Leben zu bieten hat, und ich bin ganz und gar nicht das, was du brauchst. Du hast meine Zuneigung und meine Gebete, aber du mußt jemanden finden, der stärker, besser und erfahrener ist als ich. Du sollst wissen, daß ich immer an dich denken werde, aber ich kann dir jetzt nicht helfen. Du verdienst mehr als mich.

Alles Liebe,

Craig

Jaquelin atmete scharf ein und sank dann neben ihrem unruhig gewordenen Hund zu Boden. Tiefe schmerzliche Traurigkeit durchbohrte ihr Herz.

7

„Ist das alles, Dr. Martin?“ Stacy Derry steckte mit einem freundlichen Lächeln den Kopf in Jonahs Arztzimmer. „Falls ich noch irgend etwas für Sie tun kann ...“

„Nein, gehen Sie nur nach Hause.“ Er blickte von den Krankenblättern auf, in die er vertieft war, und winkte die Krankenschwester mit dem verführerischen Blick mit einer abrupten Handbewegung fort. „Es ist Freitag; die Woche ist vorbei. Gehen Sie nach Hause.“

Die Schwester ließ sich nicht so leicht abwimmeln und lächelte ihn mit leichten Grübchen auf den Wangen unvermindert an. „Bin schon unterwegs. Ich wollte mich nur noch einmal vergewissern, daß alles erledigt ist. Sie wissen schon, immerhin war Jaquelin heute nicht da. Aber wenn es nichts mehr zu tun gibt ...“

„Auf Wiedersehen.“ Jonah schnitt ihr das Wort ab und konnte es nicht erwarten, sie endlich loszuwerden, aber dann schaute er doch noch einmal abrupt in ihre Richtung. „Stacy, warten Sie bitte eine Minute. Sie und Jaquelin sind doch gute Freundinnen, nicht wahr?“

Die Krankenschwester kam zurück und lehnte sich an den Türrahmen. „Ich weiß nicht, ob wir die *besten* Freundinnen sind“, schnurrte sie. „Aber wir sind Freundinnen, ja.“

Jonahs Blick wanderte wieder zu den Krankenblättern auf seinem Tisch. Er tat so, als habe er nur ein rein sachliches Interesse an Jaquelin. „Hat sie sich bei Ihnen gemeldet? Es sieht ihr doch gar nicht ähnlich, nicht zur Arbeit zu erscheinen, ohne zu erklären, was ihr fehlt, oder?“

Stacy zuckte mit den Schultern. „Lauren war am Telefon, als sie sich heute morgen krankmeldete.“ Ihre gleichgültige Miene verwandelte sich schnell in ein offenes, hilfsbereites Lächeln. „Aber ich könnte dieses Wochenende bei ihr vorbeischauen, wenn Sie das möchten.“

„Sparen Sie sich die Mühe. Wenn Schwester Jaquelin uns am Montag bis acht Uhr nicht mit ihrer Anwesenheit beehrt, soll Lauren sie anrufen.“ Er nickte kurz zum Abschied und konzentrierte seinen Blick dann wieder auf seine Karteikarten.

„Ist noch irgend etwas?“

Obwohl ihr Lächeln ein wenig nachgelassen hatte, leuchteten ihre Augen immer noch verlockend. Jonah schüttelte den Kopf und winkte sie fort. „Nein. Gehen Sie nach Hause. Wir bezahlen keine Überstunden.“

Von seiner Grobheit unbeirrt, warf Stacy ihm ein letztes Lächeln über die Schulter zu und ging dann den Gang hinab. Jonahs innere Alarmglocken waren bereits angegangen, als Schwester Stacy Derry ihm ihr erstes übereifriges Lächeln zugeworfen hatte. Er war schon Dutzenden von Frauen wie ihr begegnet und war klug genug, sich von ihrem anbiedernden Verhalten nicht beeindrucken zu lassen. Stacy war freundlich und charmant – die perfekte Krankenschwester für einen Werbeprospekt – aber bei mehr als einer Gelegenheit war ihm ihr geringer Sinn für Routinetätigkeiten aufgefallen. Blutdruckmessen, Blut abnehmen, Patienten wiegen und messen – diese Dinge langweilten sie, was bedauerlich war, denn Routinetätigkeiten machten einen großen Teil der Krankenpflege aus. Warum in aller Welt, so fragte er sich, war sie überhaupt Krankenschwester geworden? Und warum ließ sie trotz seiner absichtlich kühlen Art nicht locker und kam immer wieder in sein Arztzimmer gelaufen?

Jonah ertappte sich dabei, daß er immer eine Ausrede fand, um das Labor zu verlassen, sobald Stacy sich zu nahe über ihn beugte, um ihm eine Karteikarte oder eine Blutprobe zu reichen. Wenn er die Wahl hatte, sich eine Schwester auszusuchen, die ihm bei einer Behandlung zur Hand gehen sollte, dann rief er normalerweise Lauren – die ihn beäugte, als wäre er in der Mafia geboren und aufgewachsen – oder Jaquelin, deren zynische Bemerkungen in den letzten Tagen wieder fast genauso beißend gewesen waren wie früher, bevor er ihren Hund behandelt hatte.

Jonah klappte die Karteikarte auf seinem Schreibtisch zu, als ihm bewußt wurde, daß er in den letzten fünf Minuten seine Notizen angestarrt hatte, ohne auch nur ein einziges Wort aufzunehmen. In letzter Zeit waren seine Gedanken viel zu oft mit seiner intelligenten rothaarigen Krankenschwester beschäftigt. Eine nicht zu erklärende Intuition sagte ihm, daß ihr heutiges Fernbleiben von der Arbeit keine banale Ursache hatte. Daß sie Stacy nichts davon erzählt hatte, verstärkte Jonahs Besorgnis nur noch. Er wußte aus den Gesprächen der Schwestern untereinander, daß Jaquelin gestern früher gegangen war, weil sie einen Termin bei Dr. Shaw gehabt hatte. Wenn sie heute nur wegen einer harmlosen Erkältung fehlte, dann hätte sie das bestimmt irgend jemandem gegenüber erwähnt. Dieses ungewisse Schweigen zehrte an seinen Nerven.

Das Klingeln des Telefons riß ihn unsanft aus seinen Gedanken. Bevor er den Hörer abnahm, warf er einen Blick auf die Uhr. Achtzehn Uhr. Keiner der Patienten würde um diese Zeit in der Klinik anrufen – der Telefondienst nahm alle Patientenanrufe nach siebzehn

Uhr automatisch entgegen und läutete ihn bei Notfällen an. Der Telefondienst hatte diesen Anruf auf seine Privatleitung gelegt.

„Hallo?"

Die ernste Stimme am anderen Ende der Leitung klang höflich und sachlich. „Dr. Martin, hier ist Rita Shaw vom Gynäkologiezentrum des Chambers-Wyatt-Krankenhauses. Ich habe eine Patientin, in deren linker Brust ein bösartiger Tumor festgestellt wurde. Es liegt eine bedenkliche Familiengeschichte vor; aber ich glaube, eine Entfernung des Tumors mit nachfolgender Strahlenbehandlung müßte das Problem lösen – auch wenn ich natürlich weiß, daß Sie die Frau selbst untersuchen und Ihre eigene Diagnose stellen werden."

„Ich weiß nicht, ob ich Sie richtig verstehe, Frau Doktor Shaw." Jonah richtete sich auf seinem Stuhl auf. Er hatte hinter vorgehaltener Hand tuscheln gehört, daß er von Frau Dr. Rita Shaw keine Überweisungen zu erwarten hatte. Sie und Robert Kastner waren alte Freunde, und bis jetzt hatten sich ihre Patientinnen ausnahmslos dafür entschieden, von Dr. Kastner behandelt zu werden.

„Was verstehen Sie nicht? Ich habe eine Patientin mit Brustkrebs, und sie hat ausdrücklich verlangt, daß ich sie an Sie überweise", antwortete Dr. Shaw mit noch sachlicherer Stimme als zuvor schon. „Um ehrlich zu sein, habe ich versucht, sie umzustimmen. Sie sind neu in diesem Krankenhaus ..."

„Ich werde mein Bestes tun, um das Vertrauen der Frau in mich nicht zu enttäuschen", unterbrach Jonah etwas gereizt seine Kollegin. „Wenn Sie mir jetzt bitte den Namen der Patientin nennen würden. Dann beauftrage ich meine Mitarbeiterinnen, auf ihre Unterlagen zu achten."

„Das führt zu einem weiteren Grund für meine Einwände", entgegnete Dr. Shaw. „Die Patientin ist Krankenschwester an Ihrer Tagesklinik – Jaquelin Wilkes. Und ich halte es nicht für ratsam, die Beziehung zwischen Arzt und Patient durch eine Arbeitsbeziehung noch zu komplizieren ..."

Sie sprach weiter, aber Jonah hörte nichts mehr. Die Muskeln seines Unterarmes wurden unter seinem Ärmel stahlhart; seine Schläfen begannen zu pochen. Jaquelin – Krebs? Er hatte gewußt, daß diese Möglichkeit nicht auszuschließen war, als sie den Knoten in ihrer Brust erwähnte, aber er war fast genauso sicher gewesen wie sie selbst, daß dieser Knoten sich als Zyste oder Ödem herausstellen würde. Brustkrebs in ihrem Alter war sehr ungewöhnlich; siebenundsiebzig Prozent der Frauen mit der Diagnose Brustkrebs waren fünfzig Jahre oder älter.

Seine Gedanken rasten; er kam gerade noch rechtzeitig in die Wirklichkeit zurück, um die Zusammenfassung von Dr. Shaws Rede zu hören: „Sie verstehen also, warum ich versuchte, ihr auszureden, sich von Ihnen behandeln zu lassen. Wenn Sie einverstanden sind, würde ich vorschlagen, daß Sie Jaquelin zu Robert schicken."

Jaquelin zu Robert Kastner schicken? Das brachte Jonah nicht über sein Herz. Kastner würde die harmloseste Behandlung wählen, die in Frage käme, wahrscheinlich nur eine Tumorentfernung. Er würde ignorieren, daß Krebs bei jüngeren Frauen normalerweise viel aggressiver und sehr hinterhältig war.

„Für Dr. Kastner arbeitet Jaquelin auch", antwortete Jonah beherrscht und wählte seine Worte mit Bedacht. „Ich werde ihren Fall also übernehmen. Danke für Ihren Anruf, Frau Dr. Shaw. Ich warte auf Miss Wilkes' Unterlagen aus Ihrer Praxis."

„Dann auf Wiederhören, Doktor Martin", antwortete die Frau. Jede Spur höflichen Wohlwollens war aus ihrer Stimme verschwunden.

Jonah hörte ein Klicken in seinem Ohr. Er legte den Telefonhörer auf, lehnte sich auf seinem Stuhl zurück und rieb sich die Stirn. Eine Flut verwirrender Gefühle überrollte ihn. Sein Verhalten Dr. Shaw gegenüber konnte sehr leicht als anmaßend gedeutet werden, aber seit Jahren hatte er mit Bemerkungen über seinen häufigen Stellenwechsel und seine angeblich mangelnde Stabilität, die andere darin zu sehen glaubten, zu kämpfen. Für einen Dreißigjährigen hatte er schon in zu vielen Krankenhäusern gearbeitet und sich zu viele Feinde geschaffen, aber das konnte er nun einmal nicht mehr ändern.

Trotzdem hätte er seiner Frustration nicht gerade Jacquelins Frauenärztin gegenüber Luft machen sollen. Jaquelin brauchte ein Team *kooperativer* Ärzte, die sie durch die vor ihr liegenden Tage begleiten würden, und falls sie sich ihm nicht anvertraute – was er ernsthaft bezweifelte –, könnte es vielleicht sein, daß sie sich Dr. Shaw gegenüber öffnete.

Jonah runzelte die Stirn, als ihm plötzlich ein neuer Gedanke in den Sinn kam. Obwohl sie seine Behandlungsmethoden und die Art, wie er mit seinen Mitmenschen umging, unübersehbar mißbilligte, hatte Jaquelin *ihn* als ihren Arzt verlangt.

„Wenn es hart kommt, ändern die Harten ihre Meinung, was, Jakkie?" murmelte er und errötete dann, beschämt über seine eigenen Worte. Er hatte eine kleine Schlacht in dem Krieg gewonnen, der zwischen ihnen in Gang war, aber er konnte sich über seinen Sieg nicht freuen.

In den kommenden Tagen würden er und Jaquelin gemeinsam gegen Krebs in den Krieg ziehen müssen, und einen furchteinflößenderen Feind konnte sich Jonah Martin nicht vorstellen.

* * *

Jaquelin war *glücklich.* Sie tänzelte in einem Nebel tiefster Zufriedenheit durch das Haus und ließ die Hände über ihren Küchentisch, ihr Sofa und den antiken Schirmständer in der Garderobe gleiten. Bailey tapste an ihrer Seite, paßte seine Schritte den ihren an und schaute mit sanften Augen zu ihr auf. Sie konnte keinen konkreten Grund für ihr Glücksgefühl nennen, aber sie ging dennoch in schier kindlicher Einfalt dieses Gefühles auf. Alles war wieder so wie früher, bevor die düstere Diagnose sie über eine unsichtbare Schranke geführt und eine neue Lebensphase vor ihr eröffnet hatte.

Bailey begann zu winseln. Das leise Geräusch drang in den schützenden Schleier ihres Schlafes ein. Jaquelin riß die Augen auf. Obwohl sie sich sehnsüchtig an diesen Traum klammerte, strömte das Morgenlicht durch die Schlitze in den Jalousien ihrer Fenster. Die Wirklichkeit und der Sonnenaufgang vertrieben wie miteinander verbündete Gegner mit Gewalt ihr Glücksgefühl.

Sie setzte sich im Bett auf und war augenblicklich und unwiderruflich wach. Mit Krebs!

Steif schwang Jaquelin die Beine aus dem Bett, schlüpfte in ihren Morgenmantel und taumelte in Richtung Badetür. Die mechanischen Bewegungen kamen wie von selbst – dem Hund pfeifen, die Haustür öffnen, Bailey in den Garten hinauslassen, die Zeitung aufheben, schauen, ob auch keine Nachbarn sie beobachteten. Sie schlug die Zeitung auf und rechnete fast damit, ihren Namen in den Schlagzeilen zu lesen – *Schwester Jaquelin Wilkes hat Krebs!* Sie wunderte sich, daß eine einzige Entdeckung ihre ganze Existenz in ihren Grundfesten erschüttern und doch von allen anderen auf der Welt völlig unbemerkt bleiben konnte.

„Komm wieder auf den Boden zurück, Jaquelin“, sagte sie sich und zwang ihre Augen, das Titelblatt zu überfliegen. „Du mußt durch diese Sache durch. Alarmiere die Truppen; funke ein SOS. Was sagst du deinen Patienten immer? Schau dem Feind ins Auge, bekämpfe ihn, besiege ihn!“

Bailey kam mit wedelndem Schwanz zur Haustür getrottet, aber heute morgen fiel es Jaquelin schwer, die Zuneigung des Hundes zu erwidern. Sie ließ ihn wieder ins Haus, schüttete sein Frühstück in eine Hundeschüssel, und setzte sich dann an den Küchentisch. Die Zeitung lag ausgebreitet vor ihr, und das Telefon stand in greifbarer Nähe.

Sicher würde Craig anrufen. Er brauchte nur etwas Zeit, um sich auf diese neue Situation einzustellen. Immerhin stand er neulich am Tag der Arbeit kurz davor, ihr einen Heiratsantrag zu machen, und ein Mann, der bereit und willens war zu heiraten, würde seine auserwählte Braut doch nicht im nächsten Augenblick wie eine heiße Kartoffel fallen lassen. Die Nachricht von ihrer Krebserkrankung hatte ihn genauso aus dem Gleichgewicht geworfen wie sie, aber er würde zu ihr zurückkommen. Und am Samstagmorgen rief er sie immer an – *immer.* Um Punkt neun Uhr, nachdem er aufgestanden war und den Wirtschaftsteil der Zeitung gelesen hatte, nachdem er auf seinem Anrufbeantworter alle etwaigen Anrufe vom Freitagabend abgehört hatte. Der Samstag war immer ihre gemeinsame heilige Zeit, der einzige ganze Tag in der Woche, den sie wirklich ungestört miteinander verbringen konnten.

Jaquelin schlug mechanisch die Zeitung auf und versuchte zu lesen, während die Digitaluhr an der Mikrowelle geräuschlos weitersprang. Acht Uhr dreißig – noch zu früh. Sie atmete tief ein und blätterte die nächste Seite um. In Bosnien war erneut Krieg ausgebrochen, Aufständische verwüsteten eine abgelegene südafrikanische Stadt und ein tragischer Brand auf einer Fähre auf der Ostsee hatte nachts achtundneunzig Menschenleben gefordert. Probleme, die Lichtjahre von ihr entfernt waren.

Sie blickte auf. Acht Uhr siebenundvierzig. Craig war wahrscheinlich immer noch an seinem Telefon, meldete sich bei irgendwelchen potentiellen Kunden und vereinbarte Geschäftstermine für den Sonntagnachmittag. Sie blätterte auf die Seite mit den Comics und las ihre Lieblingscomics: *Peanuts, Hägar und Asterix.* Heute fand sie nichts davon auch nur im geringsten lustig.

Acht Uhr neunundfünfzig. Sie faltete die Zeitungsseite zusammen, deponierte sie auf einem leeren Stuhl neben sich, legte die Finger zusammen und starrte das Telefon an. Craig hatte wahrscheinlich eine unruhige Nacht gehabt und sich mit einem schlechten Gewissen gequält, weil er sie im Stich gelassen hatte. Vielleicht hatte er verschlafen.

Neun Uhr. Jaquelin verharrte ganze sechzig Sekunden in regungslosem Schweigen, dann zwang sie sich zu einem Lächeln. Er mußte wohl ein wirklich großes Geschäft an Land gezogen haben – *nein, das hatte er nicht. Er sagte immer, am Samstagmorgen mache niemand Geschäfte* – vielleicht war seine Uhr stehengeblieben, oder irgendein Notfall in seiner Familie war eingetreten.

Jaquelins Blick fiel auf die leuchtenden Blumen mitten auf dem Tisch. Warum gaukelte sie sich etwas vor? Sie könnte hier bis zum Mittag sitzen und warten, und Craig Bishop würde trotzdem nicht anrufen. Auf seine logische, unverrückbare Art hatte er bereits beschlossen, was für sie beide das beste war. Er hatte ihr die Freiheit gegeben, sich nach jemanden umzuschauen, der ihr besser helfen konnte, und dabei gleichzeitig sich selbst alle Hindernisse aus dem Weg geräumt, die ihn bei seinen ehrgeizigen Plänen hinderlich sein würden.

Jaquelin hätte eigentlich wütend sein müssen, aber sie konnte nicht die Energie aufbringen, auf jemanden wütend zu sein, der so leidenschaftslos war wie Craig. Er war ein Freund gewesen, unerschütterlich wie ein Fels und *langweilig wie ein Hundekuchen* ... Stacys spöttische Worte tauchten in ihrer Erinnerung auf, und trotz ihres Elends merkte Jaquelin, wie ihr Mund sich zu einem schiefen Lächeln verzog. Sie konnte nicht wütend sein. Dazu hatte sie viel zu viel Angst.

Sie ließ die Hand auf Baileys warme Ohren sinken. „Auch gut", flüsterte sie und schaute in seine treuen Hundeaugen. „Wir brauchen Craig Bishop nicht, oder? Wenn ein Mädchen in Schwierigkeiten steckt, braucht sie – ihre Familie."

Sie schluckte die Verzweiflung, die ihr die Kehle zuschnüren wollte, hinunter und beugte sich zum Telefon vor, dann zögerte sie. Gibt es eine Standardmethode, wie man seiner Familie erzählt, daß man Krebs hat? Als Krankenschwester war sie oft Zeugin gewesen, wenn Ärzte Patienten schlechte Nachrichten sagten, aber sie hatte keine Ahnung, wie diese Patienten das ihren Familien berichteten. Sie konnte sich nicht einmal daran erinnern, wie sie damals davon erfahren hatte, daß ihre Mutter Krebs hatte. Jaquelin war neun oder zehn gewesen, als der erste Knoten entdeckt wurde, und von diesem Tag an war ihre Mutter nie wieder ganz gesund gewesen ...

Sie lehnte sich zurück. Ihre Gedanken kreisten zusammenhanglos um diese Frage. Vielleicht wäre die unverblümte, direkte Art am besten: „Entschuldige die Störung, Daddy, aber ich dachte, es interessiert dich sicherlich, daß ich Krebs habe." Oder: „Hallo, Dad, habt ihr ein schönes Wochenende? Ich weiß, daß wir in den letzten Monaten nicht oft miteinander gesprochen haben, aber ich dachte einfach, daß es dich interessieren könnte, daß ich dir sagen muß, daß die Familiengene sich wieder einmal verselbständigt haben!"

Sie atmete tief durch. Nein, das war nicht fair. Kinder sollten ihren Eltern keine solchen Nachrichten nahebringen müssen. Etwas läuft schrecklich falsch auf der Welt, wenn eine Tochter ihrem Vater sagen muß, daß die Krankheit, die er am meisten fürchtete, erneut in seiner Familie zugeschlagen hatte.

Früher oder später müßte er es aber doch erfahren. Und im Augenblick war er der einzige Mensch auf der Welt, der ihr einfiel, dem sie etwas bedeutete.

Sie beugte sich vor und tippte die Telefonnummer ihres Vaters ein, dann legte sie den Kopf auf ihre Hand, während das Telefon in ihrem Ohr piepte. Schließlich erklang die rauhe Baritonstimme ihres Vaters in der Leitung. „Hallo?"

„Hallo, Daddy ..." Jaquelin schnürte es plötzlich die Kehle zu, als die Angst sich in ihr breitmachte und sie am Weitersprechen hinderte. Warum kochten ihre Gefühle ausgerechnet jetzt über? Sie hatte die Nachricht ruhig aufgenommen. Sie hatte ein vernünftiges, logisches Gespräch mit Dr. Shaw geführt. Warum konnte sie, eine Krankenschwester, nicht mit ihrem Vater über die Krankheit sprechen, die sie doch am besten kannte?

„Jaquelin? Bist du das?"

Sie hörte einen Anflug von Panik in seiner Stimme, konnte aber nur schluchzen. Sie winkte mit der Hand ab, eine törichte Geste, die er durch das Telefon nicht sehen konnte, während sie darum rang, ihre verwirrten Gedanken zu sammeln, ihre Panik zu unterdrücken.

„Schatz, geht es dir gut? Sollen wir die Polizei anrufen? Was ist denn passiert?"

„Nein", flüsterte sie schließlich mit erstickter Stimme. Sie drückte sich die Hand auf das Gesicht, räusperte sich und atmete tief ein. „Es tut mir leid, Daddy, aber ich habe leider schlechte Nachrichten."

„Gütiger Himmel. Roger ist doch nichts passiert, oder?" Jaquelins Gedanken wanderten zu ihrem Bruder, der mit seiner Familie weit weg in Oregon wohnte. Sie hatte seit Monaten nicht mehr mit ihm gesprochen – woher sollte sie wissen, ob Roger Probleme hatte? Aber Dad dachte natürlich zuerst an Roger. Die beiden hatten sich immer sehr nahe gestanden. Sie war mehr Mamas Mädchen gewesen.

„Nein, Daddy, es geht um mich." Sie betrachtete ihr Spiegelbild auf dem verchromten Toaster auf der Küchenplatte. Schmerz und Sehnsucht lagen ungeschützt in ihren rot umrandeten Augen, während ihre Lippen die gefürchteten Worte formulierten: „Daddy, ich habe Brustkrebs."

Es war, als hallten die Worte in der Luft wider.

„Daddy?"

Keine Antwort.

„Daddy, bist du noch da? Hast du mich gehört?"

„Das ist nicht wahr. Du bist zu jung."

Ein neuer Schmerz zuckte durch ihr Herz. „Daddy, es ist wahr. Es ist ein bösartiger Tumor. Man hat eine Gewebeprobe entnommen und sie untersucht."

„Unmöglich."

„Daddy, ich bin Krankenschwester. Ich weiß, daß es möglich ist. Bei Mamas Krankengeschichte war es sogar *wahrscheinlich*, daß ich einen bösartigen Tumor bekomme ..."

„Hole dir eine zweite Meinung ein, Jaquelin. Und dann eine dritte. Du bist zu jung, um Brustkrebs zu haben – hör nicht auf diese Ärzte, die immer gleich mit dem Messer bei der Hand sind. Sprich mit Helen. Sie soll dir sagen, daß ich recht habe."

„Daddy ..."

Er war fort. Sie hörte ein dumpfes Geräusch. Er hatte den Hörer auf den Tisch gelegt. Dann hörte sie seine Stimme, weit weg. Er rief seine Frau. Jaquelin drückte das Telefon an ihre Brust. Es traf sie wie ein scharfes Messer, daß sie von allen allein gelassen wurde. Ihr Vater würde ihr nicht helfen können. Er wollte ihr nicht einmal glauben.

„Jaquelin? Jackie?" Helens immer freundliche Stimme klang durch den Telefonhörer. „Jackie, bist du noch dran?"

Jaquelins Mund fühlte sich an wie altes Papier, trocken und staubig, aber sie hob den Hörer an ihr Ohr und zwang sich zu einer Antwort. „Ich bin noch dran, Helen." Die liebe, schlichte Helen würde damit nichts zu tun haben wollen. Sie und Jaquelin hatten immer nur über Belangloses gesprochen zum Beispiel, ob Helen Nelken oder Dahlien in ihren Vorgarten pflanzen sollte. Sie würde nicht über Jaquelins Krebs sprechen wollen – und das wußte ihr Vater ganz genau.

„Jackie, geht es dir gut?"

„Mir geht es gut, Helen. Ich muß mich nur ... operieren lassen ... und Daddy hat sich deshalb ein wenig aufgeregt."

„Aber du kommst damit klar?"

„Natürlich. Immerhin arbeite ich für das beste Krankenhaus im ganzen Land. Wie sollte da etwas schieflaufen?"

Jaquelin hörte Helen erleichtert aufseufzen, dann stellte sie ein paar Fragen nach ihren Plänen für das Wochenende. Als das Gespräch sich schneller verlaufen hatte als der Sand in einer Eieruhr, verabschiedete sich Jaquelin und legte auf.

Sie hätte es wissen müssen. Ihr Vater brachte nicht die Kraft oder den Willen auf, sich mit einem zweiten Krebsfall in der Familie abzuquälen. So sauber wie ein Chirurg mit seinem Skalpell hatte er sich von Mutters Haus, ihrer Tochter und sogar von ihrer Krankheit getrennt. Jaquelin wußte, daß ihr Vater sie liebte – aber er hatte einfach nicht die Kraft, in einen neuen Krieg zu ziehen.

Ihr Herz krampfte sich schmerzlich zusammen, als ihr bewußt wurde, daß sie plötzlich keinen einzigen Menschen hatte. Dr. Shaw hatte ihr geraten, einen persönlichen Beistand zu finden, aber Jaquelin hatte keine Verwandten oder engen Freunde, die eine solche Funktion ausfüllen könnten. Stacy war eine Freundin, aber äußerst ungeeignet für eine ernste Verpflichtung, die sich möglicherweise langfristig entwickeln könnte. Vor Jahren hatte Jaquelin enge Freunde in der Gemeinde gehabt, die ihr gern geholfen hätten, aber sie war schon vor ihrer Collegezeit nicht mehr regelmäßig zum Gottesdienst gegangen. Jaquelins Bruder, Roger, war viel zu beschäftigt. Rogers Frau Karen war nett und mitfühlend, aber in Oregon, am anderen Ende Amerikas, konnte sie schlecht als Beistand oder auch nur als Vertraute fungieren. Jaquelin brauchte jemanden, der sie zum Krankenhaus fuhr, der Bailey versorgte, der ihre Behandlung und ihre Medikamente kontrollierte. Jemanden, mit dem sie sprechen könnte ...

„Gott, ich habe niemanden als dich.“ Sie ließ den Kopf auf ihre Hände sinken. „Warum hast du zugelassen, daß mir das zustößt? Warum? Ich weiß, daß ich mich nicht so eng an dich gehalten habe, wie ich das hätte tun sollen, aber ich gebe doch mein Bestes, um die Arbeit zu tun, zu der du mich berufen hast. Warum hast du mich dann Krebs bekommen lassen?“

8

Jonah rückte zur Seite, um ein paar zu spät kommende Gottesdienstbesucher an sich vorbei in die Kirchenbank rutschen zu lassen, dann richtete er sich auf und versuchte, sich auf die Psalmlesung zu konzentrieren.

„Gott, hilf mir!" las der Pastor aus Psalm 69 vor. „Denn das Wasser geht mir bis an die Kehle. Ich versinke in tiefem Schlamm, wo kein Grund ist."

„,Ich bin in tiefe Wasser geraten.'" Jonah sprach bewußt leiser als die Leute, die um ihn herum standen, um seine eigenen Worte zu hören. „,Und die Flut will mich ersäufen.'"

Dieser Vers war ihm sehr vertraut. Immer wenn die Arbeit als Pfarrer sehr schwierig wurde, zitierte sein Vater mit Mühe diesen Vers aus seiner alten Bibel: „Haltet durch, Familie", hatte er dann immer gesagt, wenn er sich am Ende eines anstrengenden Tages an den Küchentisch setzte. „Heute bin ich in tiefe Wasser geraten, und die Flut will mich ersäufen."

Ist dein Vater nicht der eigentliche Grund, warum du heute hier bist? Jonah schaute auf vom Text des Wechselgebetes und blickte sich um. Weshalb kam er überhaupt in die Kirche, doch nur aus irgendeiner krankhaften Verbindung zu seinem Vater? Alte Gewohnheiten aus der Kindheit ließen sich nicht so schnell ablegen, nicht einmal dann, wenn man schon vor über zehn Jahren von Zuhause ausgezogen war. Natürlich antwortete er Kollegen, die ihn fragten – zwei in sieben Jahren nach seiner letzten Rechnung –, daß er zur Kirche gehe, weil er glaube, ein Arzt sollte genauso in der Gemeinde verankert sein wie seine Patienten. „Meine Patienten wollen wissen, daß ihr Arzt an eine Macht glaubt, die höher ist als er", hatte er einmal erklärt. „Leute, die mit Krebs konfrontiert werden, sorgen sich oft darum, ihr geistliches Haus in Ordnung zu bringen. Und wenn ihre Gedanken sich auf den geistlichen Bereich konzentrieren, wollen sie, daß ihr Arzt das verstehen kann."

Und Jonah verstand sie – auch wenn er in diesen Tagen selbst nicht viel Glauben aufbringen konnte. Oh, er glaubte immer noch, daß Gott die Welt erschaffen hatte, und er war sogar bereit, Gott dafür die wörtlichen sechs Tage zuzugestehen statt sechs Epochen. Und Noah und die Arche waren nicht *zu* weit hergeholt, besonders nicht angesichts der uralten Gerüchte, daß mit Pech verklebtes Schiffsholz über der Baumgrenze auf dem Berg Ararat gefunden worden sei. Jonah hatte keine Probleme, an die Inspiration der Bibel oder die Göttlichkeit von Jesus Christus zu glauben. Diese Wahrheiten waren für ihn genauso elementar wie die Luft, die er atmete. Man hatte sie ihm beigebracht, als er noch als Säugling in den Armen seiner Mutter lag.

Es waren die persönlichen Beziehungsfragen, die Jonah keine Ruhe ließen. Wenn Gott die Menschen wirklich liebte, warum mußten dann so viele Patienten, die es nicht verdient hatten, frühzeitig sterben? Und wenn Gott Gebete erhörte, warum hatte er dann Jonahs Schreie während jener dunklen Tage in Virginia nicht erhört? Seine gesamte Berufslaufbahn hätte um ein Haar vorzeitig geendet. Alles wäre verloren gewesen, hätte er darauf bestanden, an der Universitätsklinik in Virginia zu bleiben. Diese Frau war der reine Teufel in Schwesterntracht gewesen, und sie hatte alle, vom Krankenhausdirektorium bis zu Jonahs besten Freunden, davon überzeugt, daß sie so keusch wie ein Engel sei und Jonah praktisch ein Verbrecher. Wenn er nicht in aller Stille gekündigt und unauffällig die Stadt verlassen hätte, sein Name wäre von ihr in den Schmutz gezogen, seine berufliche Laufbahn gefährdet, und auch das empfindliche Vertrauen der Patienten, die ihren Glauben und ihre Hoffnung auf ihn gesetzt hatten, gefährlich erschüttert worden.

Jonah hatte Gott um Hilfe gebeten, doch ohne Erfolg. Er hatte Gott angefleht, das Lügengeflecht der Schwester aufzudecken, aber bei ihrer ersten Beschwerde vor dem Krankenhausdirektorium hatte sie so unschuldig wie eine Klosternonne ausgesehen. Schließlich hatte Jonah in seiner Verzweiflung Gott gebeten, ihn irgendwohin zu schikken, wo er glücklich sein und etwas Gutes tun konnte, aber acht Monate, nachdem er umgezogen war und sich im Allgemeinkrankenhaus von Tidewater eingearbeitet hatte, holten ihn die Gerüchte ein. „Wenn Sie unschuldig sind, hätten Sie diese Vorwürfe anfechten müssen", hatte der Krankenhausdirektor gesagt, nachdem Jonah sich bereit erklärt hatte zu kündigen. „Aber Sie sind davongelaufen. Jetzt müssen Sie Ihr Leben lang davonlaufen."

Wie hätte er kämpfen sollen? Er hatte seine Anklägerin zum Essen ausgeführt – ein einziges Mal. Sie war seine Krankenschwester gewesen. Sie waren oft zu zweit allein im Arztzimmer gewesen. Am Ende lief alles darauf hinaus, daß ihr Wort gegen sein Wort stand. Eine offizielle Untersuchung hätte Wochen gedauert, und selbst wenn er freigesprochen worden wäre, hätten seine Mitarbeiter sich trotzdem immer die Frage gestellt, ob er sich nicht doch etwas zuschulden hatte kommen lassen. Die Patientinnen – die tapferen, toleranten Frauen unter ihnen, die ihn immer noch als Arzt akzeptierten – fürchteten sich, sobald er auch nur einen Augenblick mit ihnen allein in einem Untersuchungszimmer war ...

Deshalb verließ Jonah Virginia mit dem festen Vertrauen im Herzen, daß die Wahrheit über seine Unschuld und seine Fähigkeiten als Arzt ihn aus der Flut herausreißen würde, der er mit Müh und Not entronnen war. Er hatte auf der Stelle seine Arbeitsgewohnheiten geändert. Vor diesem Vorfall an der Universitätsklinik in Virginia hatte Jonah sowohl mit seinen Mitarbeitern als auch mit seinen Patienten in einer Atmosphäre unbefangener Kameradschaft zusammengearbeitet. Jetzt war er klüger. Krankenschwestern sollte man am besten mit eisiger Höflichkeit behandeln. Er unternahm auch keinerlei Anstrengungen, die immer wieder aufkommende Wut zu zähmen, die manchmal aus seinen Worten sprach.

Er hatte sein eigenes Erfolgsrezept gefunden: Hochnäsigkeit und Anpassungsfähigkeit, gemischt mit einer Bereitschaft, nicht unterzugehen und, wenn nötig, jederzeit seine Zelte wieder abzubrechen. Bis jetzt hatte er mit dieser Strategie Erfolg gehabt. Jonah Martins Ruf als Arzt war unbestritten. Seine Ärztekollegen achteten ihn, und trotz mehrerer Umzüge von einem Bundesstaat zum anderen und eines riesigen Studiendarlehens schrieb sein Bankkonto jetzt endlich wieder schwarze Zahlen.

All das hatte er ohne Gottes Hilfe erreicht. *Warum also,* so fragte er sich und schaute hinauf zu den mit Gold durchzogenen Glasfenstern am anderen Ende des Kirchenganges, *bringe ich Gott immer noch Lippenbekenntnisse und -gebete dar?* Der Gottesdienstbesuch half ihm nicht weiter, und er wußte, daß Gott gewiß nicht geschmeichelt war, weil Jonah Martin sich entschieden hatte, an einem Sonntagmorgen in der Kirche zu erscheinen. Warum *war* er eigentlich hier?

Er spürte wie ein leichtes Schaudern über seinen Rücken lief und eine innere Stimme, *Jaquelin* flüsterte.

Jonah mußte schon das ganze Wochenende an Jaquelin denken, seit er den Anruf von Rita Shaw bekommen hatte. Die Krankenschwester war zweifellos zutiefst getroffen, als sie von dem bösartigen Tumor erfahren hatte. Manchmal warf eine solche Nachricht Patienten vollkommen aus der Bahn. Das Wort „Krebs“ löste bei manchen psychosomatische Krankheiten aus – Kopfschmerzen, Magenbeschwerden und dergleichen. Wenn sie sich von dem Schock der Diagnose erholten, fanden zwar viele wieder die Kraft, gegen den Tod zu kämpfen, der aber bereits den ersten K.-o.-Schlag gelandet hatte.

Jaquelin war in dieser Stadt aufgewachsen – sie hatte sicher eine Familie und auch Freunde, die ihr zur Seite standen. Mehrmals hatte Jonah nur mühsam dem Drang widerstehen können, bei ihrem Haus vorbeizufahren, weil er sicher war, daß der stämmige Craig Bishop seinen Besuch gewiß nicht schätzen würde. Und wie könnte Jonah seinen Besuch erklären? Sie hatte ihn noch nicht offiziell als Patientin aufgesucht, und ihre berufliche Beziehung war nie über dieses Verhältnis hinausgegangen – immer knapp und sachlich.

Im Gegensatz zu Stacy Derry, die in seiner Gegenwart wie ein Christbaum erstrahlte, hatte Jaquelin ihm nie mit irgendeinem Zeichen zu verstehen gegeben, daß seine Aufmerksamkeit willkommen war. Sie war für seine Hilfe bei dem Hund selbstverständlich dankbar gewesen und hatte ihn sogar tatsächlich warm und freundlich angelächelt, als sie in ihrer gemütlichen Küche gesessen und Soda getrunken hatten. Aber Jonah hatte diese aufkeimende Zuneigung im Keim erstickt, und sie hatte ihn nicht daran gehindert. Und bis jetzt hatte sie ihn auch nicht um Hilfe oder Trost oder Unterstützung gebeten, obwohl sie vor zwei Tagen die bestimmt schlimmste Nachricht ihres Lebens erhalten hatte …

„‚Ich habe mich müde geschrien, mein Hals ist heiser,'" betete der Pfarrer vor, als wäre er Jonahs Gedanken gerade einen Schritt voraus. „‚Meine Augen sind trübe geworden, weil ich so lange harren muß auf meinen Gott.'"

Jaquelin.

Da war es schon wieder. Dieses unablässige Drängen und Flüstern.

War es das, was sein Vater die Stimme Gottes nennen würde – *geheimnisvolle Stimme Gottes, du mußt die Lautstärke bitte ein bißchen weiter aufdrehen* – oder regte sich in ihm nur die Sorge eines Arztes um eine künftige Patientin? Wenn Jonah ehrlich war, mußte er zugeben, daß Jaquelins Name deshalb so bewegt in seinem Kopf auftauchte, weil er sich als Mann zu ihr hingezogen fühlte. Er hatte noch nie auch nur annähernd etwas so Aufregendes wie ihre ausdrucksstarken Augen gesehen, aus denen Liebe und Tränen glänzten, als sie neben diesem übergroßen Hund kniete …

Der Hund war die Lösung. Dieser Nachmittag wäre die beste Gelegenheit, Jaquelin einen Besuch abzustatten. Er würde den Hund als Vorwand benutzen, und falls Craig Bishop im Haus war, würde Jonah eilig den Rückzug antreten.

„‚Gott, nach deiner großen Güte erhöre mich mit deiner treuen Hilfe'", stimmte er in den Schlußvers der Gemeinde mit ein.

* * *

Die Uhr auf dem Kaminsims schlug leise ein Uhr, als die Haustürglocke klingelte. Jaquelin wickelte ihren Bademantel enger um ihre Taille, zog den Gürtel zu und fuhr mit der Hand durch ihre zerzausten Haare. Sie sah schrecklich aus, aber das war ihr im Moment gleichgültig. *Falls das Craig mit einer Entschuldigung auf den Lippen ist, dann verdient er es, mich so zu sehen.* Ein großer Teil ihres Elends ging auf sein Konto.

Bailey heulte an der Tür und konnte es nicht erwarten, den Besucher zu begrüßen, der auf der anderen Seite stand, wer auch immer das sein mochte. „Sitz, Bailey", forderte sie ihn auf und drehte den Türgriff herum. *Eigentlich sollte ich ihn hinaus lassen, nur um Craig einen Schrecken einzujagen. Das geschähe ihm gerade recht, diesem Feigling.* Aber Bailey gehorchte tatsächlich und setzte sich brav hinter sie.

Jaquelin öffnete die Tür und kniff dann überrascht die Augen zusammen. Jonah Martin stand in einem Anzug vor ihr. Seine Krawatte war am Kragen gelockert und hing etwas schief. In den Armen hielt er eine Tüte von Taco City und einen riesigen Lederknochen, der mit einer blauen Satinschleife geschmückt war.

„Hallo", sagte er nur, während er mit lässiger Würde vor ihr stand. „Ich war auf dem Heimweg von der Kirche, als mir einfiel, daß ich meine Krankenbesuche noch nicht ganz abgeschlossen habe. Es ist drei Wochen her, seit ich Bailey das letzte Mal gesehen habe."

„Kirche?" Sie stand wie erstarrt im Türrahmen. „Sie?"

„Aber Schwester Jaquelin", sagte er mit spöttischem Ernst in der Stimme. „Es überrascht Sie doch nicht, daß ich ein gottesfürchtiger Mann bin?"

Sie zuckte leicht mit den Schultern und zog den Rand ihres Morgenmantels noch enger um ihren Hals. „Mich überrascht überhaupt nichts mehr, Doktor Martin." Ohne ein weiteres Wort trat Jaquelin zurück und ließ ihn eintreten. Durch seine verschwommene Erinnerung an Jonah oder durch den Essengeruch aufgeregt, wedelte Bailey vor Freude begeistert mit dem Schwanz. Jonah drückte vorsichtshalber Jaquelin die Tacotüte in die Hand, dann kniete er sich nieder und streichelte den aufgeregten Hund. „Guter Junge! Du bist wieder ganz der Alte, was? Ja, das sehe ich selbst!"

Verwirrt schüttelte Jaquelin den Kopf, dann begab sie sich zur Küche. Jonah Martin war so unvorhersehbar wie ein Erdbeben – sie wußte nie, wann oder wo er auftauchen würde. Aber sie mußte zugeben, daß es sie ganz und gar nicht störte, nach dem unangenehmen Wochenende, das sie hinter sich hatte, ein freundliches Gesicht an ihrer Tür zu sehen.

„Es freut mich zu sehen, daß Bailey wieder ganz der alte ist", sagte Jonah und folgte ihr in die Küche. Er deutete auf die Tacotüte in ihrer Hand. „Entschuldigen Sie, daß ich mein Mittagessen mitgebracht habe, aber ich wollte es nicht im Auto lassen. Also habe ich genug für zwei bestellt. Tacos, Burritos, Enchiladas – ich habe gesagt, sie sollten mir von allem zwei Portionen einpacken, da ich nicht genau weiß, was Ihnen schmeckt."

„Danke, aber ich habe wirklich keinen großen Hunger." Jaquelin setzte sich an den Tisch und verschränkte die Arme. „Dr. Martin, ich bezahle keine Hausbesuche – und Sie hätten auch kein Mittagessen mitbringen müssen, wenn Sie nur nach dem Hund sehen wollen. Da haben wir es schon wieder: Sie mischen sich zu sehr in das Privatleben Ihrer Patienten ein." Sie versuchte, ihm ein ungezwungenes Lächeln zuzuwerfen, aber eine nicht wegzuwischende schwere Traurigkeit machte dies unmöglich. Als sie den Kopf hob, um ihn anzuschauen, und das einfühlsame Schimmern in seinen Augen sah, durchbohrte sie ein stechender Schmerz.

Er weiß es.

Mit einem erstickten Schrei riß sie den Blick von ihm los.

* * *

Große Unsicherheit erfüllte Jonah, als er auf Jaquelin zutrat. Diesen Schmerz in den Augen hatte er bei einer Krankenschwester mit einer liebevollen Familie und einem zuverlässigen Kreis von Leuten, die sie unterstützten, nicht erwartet.

„Woher wissen Sie es?" Jaquelins Stimme klang abgehackt, als hätte sie jedes einzelne Wort mühsam aus ihrem Herzen gerissen. „Steht es in meinem Gesicht geschrieben?"

„Nein." Jonah setzte sich auf einen leeren Stuhl am Tisch und beugte sich mit den Ellbogen auf seinen Knien vor. Wie sollte er mit dieser Situation umgehen? Mit der Distanziertheit, die er seinen Schwestern gegenüber an den Tag legte, oder mit dem Mitgefühl, das seine Patienten so verzweifelt brauchten? Er wollte ihr versichern, daß sie genauso hübsch war wie immer, daß er in ihrem Gesicht Stärke und Entschlossenheit sehen konnte, aber sie war seine Krankenschwester, und sie waren allein in ihrem Haus. Es war besser, in einer Situation, die kompromittierend anmuten könnte, vorsichtig vorzugehen.

„Nein, Jaquelin", wiederholte er. „Frau Dr. Shaw rief mich am Freitagabend an."

Sie hob den Kopf und kniff die Lippen zusammen, wich seinem Blick aber immer noch aus. „Oh, damit hätte ich rechnen müssen. Ich sagte ihr, daß ich Sie als meinen Onkologen haben will."

Jonah verlangte danach, die Hand auszustrecken und sie zu trösten, aber er hielt sich zurück. „Ich schätze Ihr Vertrauen in mich, und ich fühle mich geehrt, Ihr Arzt sein zu dürfen. Gemeinsam werden wir diese Sache besiegen."

„Wir?" Der Blick, mit dem sie ihn anschaute, war überraschend feindselig. „Der Krebs steckt in *mir.*"

„Aber ich gehöre zu Ihrer Mannschaft. Ich trete mit zu Ihrer Verteidigung an. Ich kämpfe auf Ihrer Seite, Jaquelin. Gemeinsam werden wir es schaffen."

Ihre grünen Augen bohrten sich wie Krallen in ihn. „Seien Sie still, ja? Ich will im Augenblick nicht die üblichen Sprüche hören." Sie stützte den Kopf auf ihre Hand. Jonah staunte über die Energie, die in ihrer Wut steckte. Sie war eine Kämpfernatur, und diese Kraft könnte ihr helfen, den Krebs zu besiegen.

„Ich muß von Sinnen gewesen sein, Sie als meinen Arzt haben zu wollen." Ihre Stimme verriet einen Anflug von Verzweiflung. „Wir kommen nicht einmal miteinander in der Arbeit zurecht. Wie sollen wir es schaffen, gemeinsam meinen Krebs zu bekämpfen? Ich will keine Psychosprüche. Jetzt geht es um mehr als um einen Arbeitsplatz, Doktor Martin. Es geht um mein Leben – und zwar um das einzige Leben, das ich habe."

„Jaquelin, ich verspreche Ihnen . . ." Was? Was konnte er ihr sagen? Daß sie ihm nicht mehr aus dem Kopf ging, seit sie ihm an ihrem ersten gemeinsamen Arbeitstag auf dem Parkplatz den Kopf gewaschen hatte? Daß die Stimme Gottes und der Heilige Geist ihm immer wieder ihren Namen ins Ohr flüsterten? Daß sie möglicherweise die einzige Krankenschwester war, die seinen Glauben an Frauen im allgemeinen und an Krankenschwestern im besonderen wiederherstellen könnte?

„Jaquelin, Sie haben mir gesagt, daß ich mich zu viel um meine Patienten kümmere", sagte Jonah schließlich. Er sah, daß eine leichte Röte wie ein Fieber über ihr blasses, schönes Gesicht huschte. „Jetzt erlauben Sie mir bitte, mich um Sie zu kümmern.“ Er hörte die Wärme in seiner eigenen Stimme und richtete sich aus Angst, er könnte zu viel gesagt haben, auf. Sie drehte sich um. Die schweren Wimpern, die einen leichten Schatten über ihre Wangen warfen, fuhren hoch und ihre Augen funkelten überrascht. Wenn er nicht sehr aufpaßte, könnte er hier in ernsthafte Schwierigkeiten geraten ...

„Als Ihr Arzt natürlich“, fügte er hastig hinzu. „Wenn Sie als Patientin zu mir kommen, werde ich der beste Anwalt sein, den Sie sich wünschen können. Bei der Arbeit aber bleibt unsere Beziehung unverändert.“

Eine Mauer schien hinter ihren Augen hochgezogen zu werden. Ihr Blick senkte sich auf ihre Hände, und als sie wieder sprach, war ihre Stimme so kalt und klar wie Eiswasser. „Ja, Doktor Martin“, sagte sie bestimmt. „Mehr kann ich nicht erwarten. Genau das will ich natürlich auch. Behandeln Sie mich wie eine Krankenschwester, wenn ich arbeite, und wie eine Patientin, wenn ich zur Behandlung zu Ihnen komme.“ Sie zögerte einen Augenblick und schaute ihm forschend ins Gesicht. „Ist das der eigentliche Grund, warum Sie gekommen sind? Um ein paar Grundregeln festzulegen?“

„Nein.“ Sein Blick wanderte zu den Fenstern mit den heimeligen Vorhängen, während er nach einer plausibel klingenden Erklärung suchte. „Ich mache normalerweise sonntags keine Hausbesuche, aber ich hatte einfach das Gefühl, daß ich bei Ihnen vorbeischauen sollte. Ich hatte von Dr. Shaw die Nachricht gehört und ... nun, ich kann mir vorstellen, daß Sie aufgewühlt sind.“

„Aufgewühlt?“ Ihr kurzes Lachen war ohne jede Spur von Humor. „Ich habe das seltsame Gefühl, daß ich gerade auf ein Drahtseil geworfen wurde und kein Netz unter mir habe. Wenn man das ‚aufgewühlt sein‘ nennt ... ja, dann bin ich das.“

„Das brauchen Sie aber wirklich nicht. Ich bin zwar neu in diesem Krankenhaus, aber ich habe eine gute Erfolgsbilanz mit Krebsfällen.“

„Es ist also doch ein Arztbesuch.“ Jaquelin starrte an ihm vorbei. Ihre Stimme klang distanzierter als noch einen Augenblick zuvor.

Jonah hob den Kopf und wollte ihr gerade versichern, daß seine Anteilnahme aufrichtig sei und von ganzem Herzen komme, als er feststellte, daß sie einen großen Blumenstrauß anstarrte, der mitten auf ihrem Tisch stand.

„Hübsche Blumen“, sagte er und folgte ihrem Blick.

„Von Craig." Ihr Mund verzog sich zu einem freudlosen Lächeln. „Er hat sie mir geschickt, nachdem er ... die Nachricht gehört hatte."

„Ah." Jonah lehnte sich zurück. Obwohl der Freund nicht hier war, stand seine Anwesenheit wie eine Mauer zwischen ihnen. Jaquelin hatte soeben klargestellt, welche Rolle Jonah bei der ganzen Sache einnahm – er war Jaquelins Arzt und Vorgesetzter. Er hatte in dieser gemütlichen Küche keinen Platz.

Sie drehte sich um und bedachte ihn mit einem Lächeln, das ein wenig erschöpft aussah. „Danke, Doktor Martin, daß Sie vorbeigeschaut haben. Da Bailey und ich beide wohlauf sind, wollen wir Sie nicht länger aufhalten."

Jonah deutete auf die Tüte mit dem Essen. „Behalten Sie die Tacos. Sie müssen kräftig essen."

„Ich habe wirklich keinen großen Appetit." Ihre Haare glänzten in der Sonne kupfer- und goldfarben, als sie den Kopf schüttelte. „Nehmen Sie es wieder mit. Am See unten gibt es schöne, ruhige Picknicktische."

„Wie Sie wollen." Er stand auf, nahm die Tüte und ging zur Haustür. Ein Verstehen dämmerte langsam in seinem Kopf. Sie war froh, ihn als Arzt zu haben, aber sie wollte ihn nicht als Freund – besonders, da Craig offenbar einen wichtigen Platz in ihrem Leben einnahm. Auf ihre Art hatte Jaquelin ihm das unmißverständlich zu erkennen gegeben.

„Werden wir Sie morgen wieder an der Arbeit sehen?" fragte er, als er vor der Haustür stehenblieb. Sie war ihm zur Tür gefolgt. Ihr Gesicht war jetzt noch blasser als vor ein paar Minuten, als er gekommen war.

„Ja." Sie warf ihm ein beherrschtes Lächeln zu. „Ich will nicht, daß die Arbeit liegenbleibt, Doktor Martin. Es tut mir leid, daß ich am Freitag nicht da war, aber ich brauchte etwas Zeit, um alles zu verarbeiten."

Da er nicht wußte, wie er darauf antworten sollte, nickte Jonah nur und schlüpfte durch die Tür hinaus.

* * *

Jaquelin trat an den Spitzenvorhang vor ihrem Fenster und schaute ihm nach, auf dem Gehweg zu seinem Auto. Er hatte sie überrascht. Seine Anwesenheit hatte anfangs Licht in ihr Haus gebracht und für einen Augenblick ihren – und auch Baileys – Trübsinn weggeblasen. Sie hatte um einen Menschen gebetet, mit dem sie sprechen könnte, jemand, der ihre Ängste und Sorgen verstand, jemand, der bereit war, ihr zuzuhören, wenn sie das Für und Wider der verschiedenen Behandlungsmöglichkeiten abwog – aber dann hatte Jonah gesagt, daß sein Besuch rein beruflich sei.

Er war nicht als Freund gekommen. Er war als ihr Arzt gekommen.

Jonah Martin war ein unkonventioneller Mensch. Sie hätte also damit rechnen müssen, daß er an ihrer Haustür auftauchte. Genauso wie er an Mrs. Baldovinos Tür mit einer dampfenden Lasagne oder an Mrs. Redfields Tür mit einem Korb voll Blumen und einer Karte erschien. Er war davon überzeugt, daß er alles tun müsse, damit seine Patienten ihm vertrauten, und ließ sich deshalb auf eine persönliche Beziehung zu ihnen ein. Fast hätte Jaquelin ihre Vorsicht über Bord geworfen und geglaubt, er sei gekommen, weil ihm ... etwas an ihr liege. Er wußte ja, daß sie ihn als ihren Onkologen haben wollte.

Gut, damit mußt du jetzt fertig werden. Du hast ihn bewußt Dr. Kastner vorgezogen – nicht weil du Blumen und Tacos und persönliche Aufmerksamkeiten willst, sondern weil er ein guter Arzt ist.

Jonahs Mustang bog vom Straßenrand auf die Fahrbahn, fuhr schnell um die Kurve der Seeuferstraße und war bald nicht mehr zu sehen. Jaquelin ließ den Spitzenvorhang wieder vor das Fenster fallen und drückte die Finger auf ihre Lippen. Eine Krebsbehandlung bedeutete, das Gute mit dem Schlechten zu akzeptieren. Um Krebszellen zu töten, müssen Millionen gesunder Zellen ebenfalls sterben. Um einen kleinen Krebstumor zu erwischen, muß auch ein großes Stück gesundes Gewebe herausgeschnitten werden. Um einen größeren Tumor aufzuhalten, muß eine Frau manchmal eine Brust opfern. Genauso muß sie, wenn sie von Dr. Martins eindrucksvoller Überlebensstatistik bei seinen Patienten profitieren wollte, seine Fragen ertragen, seine verwirrende persönliche Aufmerksamkeit und seinen durchdringenden Blick über sich ergehen lassen.

* * *

„Geht es dir wieder besser?“

Stacys fröhliche Stimme riß Jaquelin aus ihrer Konzentration auf den Stoß Patientenkarteien, die vor ihr lagen. Sie schaute in die leuchtenden, unbeschwerten Augen ihrer Freundin und spürte einen Anflug blanker, tiefer Eifersucht. Würde sie jemals wieder solch eine unschuldige Freude erleben?

Ja. Sobald sie diese Krankheit besiegt hätte.

Jaquelin umklammerte die vertraute Festigkeit des Schwesternschreibtisches und betete darum, daß man ihr ihre innere Unruhe nicht ansah. Sie wollte ruhig und vollkommen ehrlich sein. Und sie würde ihnen allen zeigen, daß Jaquelin Wilkes genauso tapfer – sogar noch tapferer – war wie die anderen Patienten, die durch diese Tür gingen und es mit dem Krebs aufnehmen mußten.

„Stacy", sagte Jaquelin mit eiserner Selbstbeherrschung in ihrer Stimme. „Ich konnte am Freitag nicht arbeiten, aber ich war eigentlich nicht krank – wenigstens nicht so, wie du meinst. Man könnte vielleicht sagen, ich mußte mich von einem Schock erholen. Meine Frauenärztin sagte mir, daß ein Knoten in meiner Brust ein bösartiger Tumor sei. Ich habe Brustkrebs."

Stacys Kinnlade fiel nach unten. „Was? Du?"

Jaquelin widmete sich wieder den Karteikarten auf dem Stapel vor ihr. „Ja. Offenbar bin ich durch die Krankengeschichte meiner Mutter einem erhöhten Risiko ausgesetzt. Das sollte mich nicht überraschen."

„Aber ausgerechnet du!" Stacy sank ungraziös auf einen leeren Stuhl im Schwesternzimmer. Ihre Stimme zitterte leicht, als stehe sie kurz davor, in Tränen auszubrechen. „Jaquelin, es tut mir leid! Hast du schon einen Termin bei einem Onkologen?"

Jaquelin öffnete das erste Krankenblatt und tat so, als überfliege sie es. „Hm, ja. Ich habe mit Dr. Martin gesprochen. Er hat sich bereit erklärt, meinen Fall zu übernehmen. Ich habe noch heute meinen ersten Termin bei ihm."

„Was!" Stacy wischte in einer gedankenverlorenen Geste die Ponyfransen aus ihrer Stirn zurück. „Das ist aber ungewöhnlich! Dein Chef als dein Arzt? Vielleicht solltest du dir überlegen, in einem anderen Krankenhaus einen Arzt aufzusuchen. Ich meine, es ist doch nicht zu übersehen, daß du Dr. Martin nicht *magst* ..."

„Seine Patienten mögen ihn", erwiderte Jaquelin. „Und seine Methoden scheinen ihnen gut zu bekommen – ist dir das noch nicht aufgefallen? Wie dem auch sei, es ist keine große Angelegenheit. Es ist ein kleiner Knoten. Ich lasse ihn herausschneiden, und damit ist die Sache erledigt."

„Krebs. Du." Stacy wandte den Blick ab und atmete leise aus. „Das hätte ich mir nie vorstellen können. Aber ich bin froh, daß du es so gut wegsteckst." Ein Augenblick unsicheren Schweigens verging, dann stand Stacy auf und ging davon. Dabei tippte sie mit ihren Fingernägeln über die Wand.

Jaquelin seufzte. Wie viele Erklärungen würde sie noch abgeben müssen? Sie müßte es Lauren sagen und Holly, der Labortechnikerin, und wahrscheinlich auch noch Linda an der Empfangstheke. Sie könnte genausogut einen Leserbrief in die Zeitung setzen lassen oder sich mitten auf die Station stellen und mit einem Megaphon in der Hand verkünden: *Ich, Jaquelin Wilkes, habe Brustkrebs. Aber ich werde daran nicht zerbrechen. Tut mir also den Gefallen und behandelt mich nicht so, als wäre ich eine zerbrechliche Porzellanpuppe. Vielen Dank.*

„Jaquelin." Stacys Kopf schaute noch einmal um die Ecke. „Freitag abend ist drüben in Bojangles eine Party. Willst du mitkommen? Das muntert dich vielleicht ein bißchen auf."

Jaquelin schloß die Augen und widerstand nur mühsam dem Drang, laut loszuschreien. „Nein, danke", brachte sie flüsternd über die Lippen. „Ich habe bereits andere Pläne."

Pläne, allein zu Hause zu bleiben. Die Tapete an der Wand anstarren. Sich zu fragen, ob sie je heiraten und Kinder bekommen würde, oder ob sie sterben würde, bevor sie das reife Alter von Dreißig erreicht hätte.

Jaquelin kämpfte schwer gegen die Tränen an, die sie auf keinen Fall weinen wollte.

9

„Mrs. Redfield." Jaquelin begrüßte die großgewachsene Frau mit einem ruhigen Lächeln. „Willkommen zu Ihrer ersten Chemotherapie bei uns. Dr. Martin hat mich gebeten, Ihnen einige Informationen zu geben. Ich weiß, daß das sehr viel für Sie an einem einzigen Tag ist, aber Sie sollen jeden Aspekt Ihrer Behandlung verstehen."

„Oh, das stört mich nicht", sagte Daphne Redfield und trat mit selbstsicherer Anmut ins Behandlungszimmer. Sie setzte sich auf die tiefen Kissen des Behandlungsstuhles und streckte Jaquelin automatisch den Arm entgegen.

Ein alter Profi, dachte Jaquelin und erinnerte sich, daß dies nicht Daphnes erste Chemotherapie war. „Danke", murmelte sie mit einem steifen Lächeln. Sie tupfte die Haut ab und legte dann gekonnt den intravenösen Zugang und hängte die Infusion an. *Vielleicht bin ich auch ein alter Profi, bis alles vorbei ist.*

Während das übelkeitshemmende Medikament langsam in Mrs. Redfields Venen tropfte, rollte Jaquelin mit ihrem Bürostuhl auf die andere Seite ihrer Patientin.

„Diese Broschüren hier", sagte sie und legte Daphne einen Stapel Informationsbroschüren auf den Schoß, „verraten Ihnen mehr über Krebs und seine Behandlungsmöglichkeiten, als Sie je wissen wollten. Ich gebe Ihnen Material über Strahlentherapie, Tumormarker, Blutbilder und Infektionen, Brustkrebs, anschließende Therapie, Ernährungstips für Krebspatienten, die Unterstützung durch enge Vertraute und eine gute Beziehung zu den Familienmitgliedern ..."

„Schwester, Liebes, bitte sparen Sie sich die Mühe", unterbrach Daphne sie und legte ihre freie Hand auf Jaquelins Arm. „Diese ganzen Hefte habe ich schon mit meinen früheren Ärzten durchgearbeitet. Ich habe eine Mastektomie hinter mir. Ich habe eine Chemotherapie hinter mir. Ich kann Ihnen alles über Tumormarker und CA15-3, das Brustkrebs-Antigen, erzählen." Ihre Augen wurden sanft. „Ich habe die ganze Geschichte schon ein paar Mal durchgemacht, Schwester Jackie. Sie müssen mir den Krebs nicht vorstellen. Das große CA und ich sind alte Freunde."

„Freunde?" Ein entsetztes Flüstern huschte über Jaquelins Lippen, ehe sie es verhindern konnte. In ihren ganzen Jahren als Schwester auf der Krebsstation hatte sie nie jemanden gehört, der diese grauenhafte Krankheit als Freund bezeichnete.

„Ja.“ Daphnes Augenlider senkten sich, als machten die Medikamente sie schläfrig. „Gott hat meinen Krebs benutzt, um mich näher zu ihm hinzuziehen. Und auch wenn es kein leichtes Kreuz ist, das ich trage, muß ich doch sagen, daß manche Leute eine noch viel schwerere Last zu tragen haben als ich. Und ich bin nicht allein. Ich habe meinen Mann, meine zwei Söhne und eine liebevolle Familie in meiner Gemeinde. Der Schmerz ist erträglich, und die Angst – die habe ich Gott übergeben. Er hält mein Leben in seiner Hand. Nichts kann mir also ohne seine Erlaubnis schaden.“

Verdrängung, dachte Jaquelin. *Religion als Schmerzmittel.* Sie hatte das schon mehrfach erlebt, auch wenn keiner ihrer anderen religiösen Patienten es geschafft hatte, dabei so unverkrampft zu lächeln wie Daphne Redfield. Wo fand diese Frau einen solchen Frieden? Jaquelin bezeichnete sich selbst als Christin, wenn auch nicht so tiefgründig wie Mrs. Redfield, für die ihr Glaube offenbar ein ständiger Teil ihres Lebens und Redens war. Wenn ein solcher Friede tatsächlich echt ist, könnte Daphne Jaquelin vielleicht sogar helfen, ihn auch zu finden.

Daphnes Augen waren fast schon geschlossen. Jaquelin sprach sie sanft an. Die bequemen Behandlungsstühle und die Wärme der Sonne, die durch die großen Fenster ins Zimmer schien, machten Patienten oft schläfrig. „Erzählen Sie mir von Ihren Söhnen“, forderte Jaquelin sie auf und beugte sich vor, um den intravenösen Zugang zu kontrollieren. „Wie alt sind sie?“

„Meine Zwillinge sind fast achtzehn.“ Daphnes Augen strahlten. „Zwei große, gutaussehende Jungen. Richtige junge Männer. Sie machen im Juni ihren Abschluß an der High School. Früher dachte ich immer, ich könnte es nicht erwarten, bis sie Auto fahren können, aber jetzt kann ich es nicht erwarten, ihren Schulabschluß mitzuerleben.“

„Sie müssen die beiden einmal mitbringen, damit wir sie kennenlernen“, sagte Jaquelin, während sie den Lauf der Medikamente überwachte.

„Das werde ich“, antwortete Daphne. „Sie werden entzückt sein, ein so hübsches Mädchen wie Sie kennenzulernen.“ Sie drehte den Kopf und schaute gezielt auf Jaquelins Hand. „Sie tragen keinen Ehering, wie ich sehe. Ein fester Freund vielleicht?“

Jaquelin lehnte sich zurück und verschränkte die Arme vor der Brust. „Nicht mehr“, sagte sie und senkte die Stimme, damit Stacy nicht zufällig ihre Worte hören konnte. Sie wollte den anderen Schwestern gegenüber keine langen Erklärungen abgeben müssen, was mit Craig war. Der Schmerz war noch zu frisch. „Man könnte sagen, es wurde hart, und der harte Junge suchte das Weite. Ich fürchte, ich werde eine Weile allein sein ... eine *lange* Weile."

„Das tut mir leid." Daphne legte mit einem leicht belustigten Lächeln das Kinn auf ihre freie Hand. „Aber was ist passiert? Wenn meine Erinnerung mich nicht trügt – was in letzter Zeit leider immer öfter vorkommt –, wollten Sie doch zu Ihrer Frauenärztin gehen." Sie warf Jaquelin einen mitfühlenden, besorgten Blick zu. „Sind Sie gegangen?"

„Ja, das bin ich", antwortete Jaquelin. Ihre Kehle schnürte sich merklich zu. Es fiel ihr schwer, an ihrem Arbeitsplatz über persönliche Dinge zu sprechen, aber sie zwang die Worte über ihre Lippen. „Der Knoten in meiner Brust stellte sich als bösartiger Tumor heraus, nicht als Zyste. Ich habe also heute nachmittag einen Termin bei Dr. Martin. Ich schätze, ich werde in naher Zukunft den Tumor operativ entfernen lassen müssen."

Daphnes Augen verdunkelten sich vor Schmerz. „Oh. Das tut mir so leid."

Jaquelin schaute weg, da sie den Anblick eines solchen Mitgefühls nur schwer ertragen konnte. Warum hatte sie dieser Frau überhaupt etwas davon erzählt? Sie wollte kein Mitleid; sie wollte keine Anteilnahme. Sie wollte nur das Ding herausgeschnitten haben und ungestört weiterleben, als wäre nichts geschehen.

„Ich werde für Sie beten." Daphne drückte Jaquelins Hand. Bei dieser unerwarteten Geste traten Jaquelin Tränen in die Augen. Sie stand schnell von ihrem Stuhl auf und eilte in die kleine Kammer, in der die Chemomedikamente zusammengestellt wurden. „Ich komme gleich wieder", rief sie zurück und war dankbar, daß die Arbeit ihrer Hände ihr Denken ablenkte. „Es wird Zeit, daß ich meine Wundermedizin zusammenbraue."

* * *

Jonah suchte in der Akte und zog zwei Aufnahmen heraus, dann steckte er sie in den Schlitz des Projektors an seiner Wand. Mit gerunzelter Stirn betrachtete er die Röntgenaufnahmen. Jaquelins' Mammographie zeigte einen unübersehbaren Tumor in der linken Brust, aber Gott sei Dank, nichts in der rechten.

Er trat zurück und lehnte sich an die Kante seines Schreibtisches.

Sein Magen fühlte sich an, als hätte er einen Eisklumpen verschluckt. Er starrte die Aufnahmen an. Was würde er ihr sagen – und wie mußte er es ihr sagen? Sie würde die Wahrheit wissen wollen, ohne jede Umschweife. Er würde ihr möglicherweise zu Maßnahmen raten, die weitaus tiefgreifender waren als das, worauf sie sich offensichtlich eingestellt hatte. Alles hing von der Größe des eigentlichen Tumors in diesem Gewebeknoten ab. Wenn der Tumor einen Zentimeter oder noch kleiner war und keine Lymphknoten befallen waren, könnte es genügen, nur den Tumor herauszuschneiden. Wenn der Tumor anderthalb Zentimeter groß war, mußte er nach der Operation wahrscheinlich Tamoxifin oder eine Strahlenbehandlung anordnen. Wenn aber der Tumor gar an die zwei Zentimeter herankäme, müßte er viele andere Aspekte in Betracht ziehen – die Lymphknoten, die Tumorart, ihr Alter, ihre Familiengeschichte ...

Kopfschmerzen stiegen von seinem Nacken aus auf und pochten in seinen Schläfen. Sollte er sie überhaupt behandeln? Vielleicht hatte Dr. Shaw recht – sie doch zu Dr. Kastner zu schicken. Die Stimme eines alten Professors an der medizinischen Fakultät hallte in seinem Kopf wider: *Du überschreitest eine gefährliche Grenzlinie, wenn du jemanden behandelst, den du liebst. Kannst du deine Gefühle ausschalten und einen klaren Blick für die richtige Behandlung behalten?*

Noch nie zuvor war er in die Nähe dieser gefährlichen Grenze gekommen. Aber es hatte auch noch nie zuvor ein Mensch seine Gefühle so angerührt wie Jaquelin.

Was wäre, wenn die „richtige Behandlung" eine Brustentfernung erforderlich machte? Würde eine solche entstellende Operation ein Trauma bei ihr auslösen? Trotz ihrer sachlich nüchternen Art und ihr Wissen über Krebs und Krebspatienten war sie immerhin erst achtundzwanzig und noch unverheiratet. Keine junge Frau wollte mit einer grellen Narbe über dem Brustkorb ihrem künftigen Ehemann gegenübertreten, aber alles andere könnte ihr sicheres Todesurteil bedeuten.

Und das, soviel wußte Jonah mit Gewißheit, könnte er nie akzeptieren.

Ohne den Blick von den bedrohlichen Schatten auf der Röntgenaufnahme abzuwenden, stand er auf, schaltete den Projektor ab und sah zu, wie die Aufnahmen schwarz wurden.

* * *

Etwas in Jaquelin rebellierte bei dem Gedanken, in Dr. Martins Untersuchungszimmer auf die Untersuchungsliege zu steigen. Stattdessen setzte sie sich auf einen Stuhl am Schreibtisch, wohl wissend, daß der Arzt es sehen müßte, wenn er das Zimmer betrat. Das war ihr im Augenblick gleichgültig. Sie war den ganzen Tag auf den Beinen gewesen. Die Arbeit, zusammen mit ihrer psychischen Anspannung hatte sie so ermüdet, daß jeder einzelne Nerv in ihrem Körper schmerzte.

Eine kurze Panik befiel sie, als der Arzt höflich an die Tür klopfte – *er ist da, es passiert wirklich.* Aber sie zwang ihr Gesicht, ruhig und unbeweglich zu bleiben. Dr. Martin verlor kein Wort über ihr seltsames Verhalten. Er lächelte kurz und setzte sich dann mit ihrem Krankenblatt in der Hand selbst auf das Ende der Liege.

Sie begrüßte ihn mit einem leisen Murmeln; er antwortete in gleicher Weise, während er ihr Krankenblatt so aufmerksam studierte, als hätte er es noch nie zuvor gesehen. Was *bedeutete* dieser Ausdruck auf seinem Gesicht? Er schaute sie nicht direkt an, während er eine Nachricht von Dr. Shaw las. Sie konnte nicht sagen, was in seinem Kopf vorging, und wußte nicht, ob sie es mit Dr. Jekyll oder mit Mr. Hyde zu tun hatte, als er schließlich den Kopf hob und sie anschaute.

„Ich werde uns die üblichen Vorreden ersparen, Jaquelin, da Sie diese bereits bestens kennen", begann er, während er die Karteikarte auf seinen Oberschenkel sinken ließ. Dann blickte er auf und faltete die Hände. Seine leuchtenden Augen schauten ihr forschend ins Gesicht. „Es ist gut, daß wir diesen Tumor so frühzeitig erwischt haben. Der Radiologe und Frau Dr. Shaw glauben, daß es sich bei dem Krebs um ein infiltrierendes, intraduktales Karzinom handelt. Da diese Krebszellen das Wachstum fibrösen, nicht krebsartigen Gewebes in der Umgebung des Tumors stimulieren, ist es möglich, daß der tatsächliche bösartige Krebs kleiner ist, als Ihr Tumor vielleicht vermuten läßt. Der Radiologe schätzt Ihren Knoten auf etwas über zwei Zentimeter. Falls der Tumor selbst bedeutend kleiner ist – ein T1 –, sind eine Tumorentfernung und anschließende Strahlenbehandlung die einzig richtige Vorgehensweise. Damit könnten wir die Brust retten, und durch die nachfolgende Strahlenbehandlung können wir fast garantieren, daß keine neuen Tumore auftreten."

„Ich dachte, bei Brustkrebs gebe es keine Garantie", schoß Jaquelin zurück, die unter seinem unablässigen Blick gereizt wurde.

Jonah legte den Kopf schief und lächelte. „Damit haben Sie natürlich recht. Aber das Risiko ist minimal. Wenn Brustkrebs in einem sehr frühen Stadium erkannt wird, wie das bei Ihnen der Fall ist, beträgt die

Überlebensrate fünfundneunzig Prozent. Frauen mit T1-Tumoren, bei denen der Tumor operativ entfernt wird, und die sich anschließend einer Strahlenbehandlung unterziehen, müssen nur mit einer zweiprozentigen Wahrscheinlichkeit damit rechnen, daß der Krebs in derselben Brust erneut auftritt."

Sie starrte mit versteinerter Miene auf den Boden. „Und wenn der Tumor größer ist?"

Er war einen kurzen Augenblick verwirrt. „Wie bitte?"

„Was ist, wenn der Tumor größer ist? Wenn es ein T2 ist? Dann wäre ich ein Krebsfall in Stadium zwei, und die Behandlung wäre völlig anders ..."

„Jaquelin", unterbrach er sie mit erhobener Hand. „Machen Sie sich keine Sorgen. Ich habe allen Grund zu der Annahme, daß es ein T1 ist. Wir öffnen die Stelle, operieren den Tumor heraus und überprüfen die Lymphknoten. Nach der Operation arrangieren wir alles für eine Strahlenbehandlung im Krankenhaus."

„Und wenn ich die Strahlenbehandlung ablehne?"

Überraschung zog über sein Gesicht. „Warum sollten Sie sich einer Strahlenbehandlung nicht unterziehen wollen? Es ist ein einfaches Verfahren, weitaus weniger belastend als die Chemotherapie ..."

„Sie ist aber trotzdem nicht leicht", sagte Jaquelin kopfschüttelnd. „Die Strahlentherapie bedeutet, fünf Wochen lang fünfmal in der Woche ins Krankenhaus zu kommen. Fünf Wochen lang bin ich dann erschöpft, mir juckt alles, mir geht die Haut ab, während ich versuche zu arbeiten."

„Sie könnten sich krank schreiben lassen ..."

„Das werde ich nicht", stammelte sie und wußte nicht, ob er sie verstehen konnte. Wenn sie aufhörte zu arbeiten, würde sie damit zugeben, daß sie tatsächlich krank sei. Jaquelin wäre allein in ihrem Haus und hätte, wenn sie auch noch die Zeit dazu rechnete, die sie brauchte, um sich von dem operativen Eingriff zu erholen, über fünf Wochen keine andere Gesellschaft als Bailey. „Eine Strahlenbehandlung würde meine weißen Blutkörperchen drastisch reduzieren", sprach Jaquelin weiter. „Ich würde mir damit jede Erkältung zwischen hier und Kalifornien einfangen."

„Holen Sie sich lieber eine Erkältung oder wollen Sie Ihr Risiko, daß der Krebs ein zweites Mal ausbricht, reduzieren?" Sein Tonfall war locker, aber die Bedeutung seiner Worte nicht.

Sie schaute ihm einen Augenblick direkt in die Augen. „Sie sagten, wir haben ihn frühzeitig erwischt."

„Wie Sie selbst klargestellt haben, werden wir erst genau wissen, mit was wir es zu tun haben, wenn der Pathologe den Tumor untersucht hat. Wir müssen auch die Achseln öffnen ..."

„Ich weiß", unterbrach ihn Jaquelin und holte tief Luft. In den Achseln saßen die Lymphknoten, ein Teil des Systems, das Abfallstoffe aus dem Körpergewebe abbaut und gleichzeitig Zellen enthält, die dem Körper helfen, Infektionen zu bekämpfen. Wenn der Krebs sich bereits über den Tumor in ihrer Brust hinaus ausgebreitet hatte, würde eine Untersuchung der Lymphknoten unter ihren Armen nach Krebszellen positiv ausfallen.

„Wenn meine Lymphknoten sauber sind", sagte sie mit so vernünftig klingender Stimme, wie sie nur konnte, „wie groß ist dann die Wahrscheinlichkeit, daß der Krebs erneut ausbricht, falls ich mich gegen eine Strahlentherapie entscheide?"

Jonah runzelte verzweifelt die Stirn. „Dreißig Prozent. Ein zu hohes Risiko, wenn Sie mich fragen. Das könnte angesichts Ihres Familienhintergrundes sogar noch höher sein."

Jaquelin wandte den Blick ab, fuhr sich mit der Hand nervös durch die Haare und überlegte. Er schaute auf das Negative; sie wollte sich auf das Positive konzentrieren. Von hundert Frauen in ihrer Situation, bei denen nur der Tumor entfernt wurde, überlebten siebzig, ohne daß der Krebs erneut ausbrach. Eine große Mehrheit. Sie aßen gesund, trieben Sport, liebten ihre Familien und ließen den Krebs entschlossen hinter sich. Warum sollte sie nicht eine dieser siebzig sein?

„Ich mache Ihnen einen Vorschlag, Doktor Martin", sagte sie und schaute zu ihm auf. „Wenn Sie auch nur einen einzigen positiven Lymphknoten finden, unterziehe ich mich der Strahlenbehandlung. Aber wenn meine Lymphknoten sauber sind ..." Sie hielt einen warnenden Finger hoch. „Dann lassen Sie mich in Ruhe. Ich werde meine monatlichen Selbstuntersuchungen durchführen, richtig essen, Sport treiben und jährlich eine Mammographie vornehmen lassen, aber Sie ersparen mir die Strahlenbehandlung. Ich will mich keine fünf Wochen mit Übelkeit herumschlagen. Ich will nicht einmal so lang an Krebs *denken*."

„Sie sollen auch nicht an Krebs denken", entgegnete Jonah und schaute sie mit einer Intensität an, bei der ihr fröstelte. „Sie sollten daran denken, bald wieder gesund zu werden. Zu kämpfen. Alles zu tun, um der Krankheit Einhalt zu gebieten."

„Genau das werde ich auch tun", verkündete Jaquelin und stand von ihrem Stuhl auf. „Überweisen Sie mich also an einen guten Chirurgen, lassen Sie sich einen Termin für meine Tumorentfernung geben und sagen Sie mir, wann ich mich zur Operation melden soll. Ich werde eine vorbildliche Patientin sein, aber wenn meine Lymphknoten sauber sind, dann müssen Sie mich entschuldigen, Herr Doktor. Ich weiß alles über Krebs. Ich brauche wirklich keine weiteren Lektionen mehr."

„Jaquelin Wilkes", antwortete Jonah mit einem Anflug von Arroganz in seinen leuchtenden Augen, die sie aus ihrer erzwungenen Ruhe brachte. „Sie sind eine starrsinnige Frau."

„Ich weiß." Mit hoch erhobenem Kinn rauschte sie an ihm vorbei zur Tür. „Damit müssen Sie leben."

* * *

Zwei Wochen später war alles geregelt. Jaquelin stand kurz vor dem Ende eines arbeitsreichen Tages im Schwesternzimmer, nahm sich den großen Kalender, der auf dem Schreibtisch lag, und schrieb für Donnerstag, den neunten Oktober, die Worte „Jaquelin krank" ein. Natürlich wäre sie länger als nur einen Tag krank, aber hoffentlich nicht länger als zwei oder drei. Tumorentfernungen heilten normalerweise ziemlich schnell.

Morgen früh würde sie sich um sechs Uhr in der Aufnahme des Chambers-Wyatt-Krankenhauses melden, wo der Chirurg, Dr. Thomas Wilder, eine Tumorentfernung und eine Entfernung Ihrer Lymphknoten im Achselbereich vornehmen würde. Sie hatte an diesem Morgen bereits einen Termin bei Dr. Martin gehabt und die letzten Einzelheiten mit ihm besprochen. Routinemäßig hatte sie auch die Einwilligung unterschrieben, daß Dr. Wilder sofort eine modifizierte radikale Mastektomie durchführen dürfe, falls der Tumor sich als zwei Zentimeter oder größer herausstellen sollte.

„Für mich spricht alles dafür, daß der Tumor nicht so groß sein wird", hatte Jonah ihr versichert. „Doch wenn er in so kurzer Zeit auf eine solche Größe angewachsen ist, wollen wir kein Risiko eingehen. Und ich nehme nicht an, daß Sie sich zwei Operationen unterziehen wollen."

„Das ist sinnvoll", hatte Jaquelin geantwortet und ihren Namen in die untere Zeile eines üblichen Papiers geschrieben. Sie wußte, daß sich im Keller des Krankenhauses Aktenordner über Aktenordner mit derartigen Papieren stapelten – die Schwestern durften ohne ein unterschriebenes Formular nicht einmal eine Aspirintablette herausgeben.

Jaquelin hatte den Stapel mit den Formularen Dr. Martin wieder über den Tisch zugeschoben und konnte es nicht erwarten, die ganze Sache hinter sich zu bringen. Sie hatte sich in den letzten zwei Wochen ständig irgendwie beschäftigt und bewußt versucht, an nichts zu denken, das über eine Tumorentfernung hinausging. Die Strahlentherapie war eine extreme Möglichkeit, mit der sie schlimmstenfalls rechnen mußte. Diesen Weg aber würde sie nur einschlagen, falls es sich als absolut notwendig herausstellen sollte – und sonst nicht.

Jetzt war sie im Schwesternzimmer und schrieb eine Reihe letzter Notizzettel für Stacy, Lauren und die Krankenschwester, die sie in der Zeit ihrer Abwesenheit vertreten würde.

„Jaquelin, wenn du einen Augenblick Zeit hättest ..."

Jaquelin blickte von ihrer Arbeit auf und schaute in Laurens Augen. „Sicher, Lauren, ich habe nur ein paar Notizen geschrieben."

Lauren lehnte sich an die Theke des Schwesternzimmers und sprach mit einem tiefen Mitgefühl, das Jaquelin noch nie zuvor in ihrer Stimme gehört hatte. „Ich weiß, daß morgen deine Operation ist. Ich wollte dir nur sagen, daß ich dir morgen die Daumen drücke."

Mir die Daumen drücken? Wie wenn das helfen würde! Jaquelin schluckte ihre Verzweiflung hinunter und zwang sich zu einem dankbaren Lächeln. „Danke, Lauren, das ist nett von dir. Bist du sicher, daß ich nichts vergessen habe? Ich werde nur eine Woche weg sein, vielleicht nicht einmal so lange ..."

„Laß dir so viel Zeit, wie du brauchst", erwiderte Lauren und holte einen Stoß Krankenberichte aus ihrem Ablagefach auf dem Schreibtisch. „Entspanne dich, genieße deine freie Zeit und koste den Tiefschlaf nach der Narkose weidlich aus." Sie legte den Kopf schief und warf Jaquelin ein aufmunterndes Lächeln zu. „Das ist das beste bei einer Operation. Als meine Weisheitszähne gezogen wurden, legte ich mich danach zu Hause ins Bett und ließ meine Familie vierundzwanzig Stunden lang alles allein ausfechten. So gut habe ich seitdem nicht mehr geschlafen."

In diesem Augenblick klingelte das Telefon. Lauren nahm den Hörer ab, während Jaquelin versuchte, die spöttische Stimme in ihrem Inneren zu überhören, die sich fragte, wie eine Frau – nein, eine Krankenschwester auf der Krebsstation – eine Brustkrebsoperation mit dem Ziehen von Weisheitszähnen vergleichen konnte.

Stacy kam um die Ecke und wischte sich eine Strähne ihrer braunen

Haare aus den Augen. „Fünf Uhr, Gott sei Dank! Manchmal denke ich, der Feierabend kommt nie."

„Sind alle Patienten schon fort?" fragte Jaquelin mit einem Blick auf die Krankenblätter, die immer noch auf dem Schreibtisch lagen.

„Ja, endlich." Stacy blies die eigensinnige Haarlocke zur Seite und warf Jaquelin ein Grinsen zu. „Hast du Lust auf chinesisches Essen? Eine Art Henkersmahlzeit?"

„Kein chinesisches Essen, überhaupt kein Essen." Jaquelin schüttelte den Kopf. „Die Essensregeln vor einer Operation kennst du doch? Vierundzwanzig Stunden vor einer Operation nur Flüssigkeit und leicht Verdauliches. Und nach Mitternacht überhaupt nichts mehr." Sie senkte die Stimme. „Heute mittag habe ich mir mit einer Tasse Hühnerbrühe den Bauch vollgeschlagen. Zum Abendessen werde ich mir eine Götterspeise einverleiben."

„Jaquelin, du mußt mich ja für schrecklich dumm halten." Stacys Miene verzog sich einen Augenblick beschämt, dann streckte sie die Hand aus und streichelte Jaquelins Arm. „Es tut mir so leid. Ich wollte nicht unsensibel sein. Es ist nur so, daß du so gut aussiehst. Ich kann es einfach kaum glauben, daß du morgen unter das Messer sollst. Wenn ich an deiner Stelle wäre, läge ich zu Hause im Bett, würde die Füße hochlegen und mich von allen, die ich kenne, bemitleiden lassen."

Du kannst von Glück sagen, daß du so viele Menschen in deinem Leben hast. Ich habe nur Bailey.

„Das ist wahrscheinlich der Unterschied zwischen dir und mir." Jaquelin lächelte und bemühte sich, den Mut aufzubringen, um die Frage zu stellen, die sie schon den ganzen Tag vor sich herschob. „Stacy, ich brauche Hilfe. Ich werde vielleicht zwei oder drei Tage im Krankenhaus bleiben müssen, und ich habe niemanden, der sich um Bailey kümmert. Wenn dir das zu viel wird, verstehe ich das natürlich, aber ich bringe ihn nur sehr ungern ins Tierheim, wenn er zu Hause bleiben könnte, wo er sich wohl fühlt und seine gewohnte Umgebung hat."

„Ich soll auf dieses riesige Ungeheuer aufpassen?" Stacy trat eilig einen Schritt zurück. „Jaquelin, er würde mir den Kopf abbeißen. Hunde merken es sofort, wenn man Angst vor ihnen hat, und dieser große Kerl jagt mir eine Heidenangst ein."

„Dieser große Kerl ..." ertönte Dr. Martins Stimme um die Ecke, der einen Augenblick später seine eindrucksvolle, selbstsichere Erscheinung folgte. „... ist so zahm wie ein Kätzchen." Er blieb an dem Schreibtisch stehen und schaute Jaquelin in die Augen. „Sie haben niemanden, der sich um den Hund kümmert?"

„Das ist kein Problem. Ich kann ihn ins Tierheim bringen", erwiderte sie schnell. Ihr Gesicht wurde plötzlich sehr warm. Sie würde schier *sterben*, wenn er glaubte, daß sie auch nur im entferntesten andeuten wollte, er solle einspringen. Er hatte genug getan, als er Bailey das Leben rettete. Er mußte nicht auch noch ein paar Tage ihren Hund hüten. „Das ist keine große Sache."

„Schwester Jaquelin." Seine Stimme knisterte. „Ich möchte Sie bitte in meinem Büro sprechen. Sofort."

Der befehlende Tonfall in seiner Stimme ließ Jaquelins Puls aufgeregt schneller schlagen.

„Au weh", flüsterte Stacy, als Jaquelin aus dem Schwesternzimmer eilte. „Ich weiß nicht, womit du ihn auf die Palme gebracht hast, aber vielleicht geht er ja heute gnädig mit dir um. Immerhin hast du morgen eine große Operation vor dir ..."

Als Jaquelin sein Zimmer betrat, lehnte Jonah an seinem Schreibtisch und hatte die Arme fest vor der Brust verschränkt und eine Hand an sein Kinn gedrückt.

„Doktor Martin?" fragte Jaquelin und wappnete sich gegen jede Rüge, die jetzt wohl gleich von ihm kommen würde. War sie durch ihre bevorstehende Operation so abgelenkt, daß sie auf einem Krankenblatt etwas übersehen hatte? Hatte sie irgend jemanden unabsichtlich angefaucht? Sie war gestern zu Daphne Redfield ein bißchen kurz angebunden gewesen, aber ihr war einfach nicht danach, sich Daphnes Versicherung anzuhören, daß Gott alles unter Kontrolle habe ...

Jonahs blaue Augen waren so glatt und undurchdringlich wie eine Schiefertafel. „Schwester Jaquelin", sagte er. Die Konzentrationsfalten auf seiner Stirn und unter seinen Augen wurden noch tiefer. „Wenn Sie niemanden haben, der sich um den Hund kümmert, wer kümmert sich dann um *Sie*?"

Ihre Angst und Verlegenheit verwandelten sich schnell in Ärger. Woher nahm er das Recht, sich in ihre Privatleben einzumischen? Sie hatte nicht die Absicht, irgend jemanden an ihrem Arbeitsplatz in ihre Krankheit mit hineinzuziehen. Sie mußte nach der Operation natürlich Dr. Martin aufsuchen, aber ihre sonstigen Pläne gingen ihn nichts an. Sie würde für den ersten Tag oder die ersten zwei Tage, wenn sie sich noch nicht richtig bewegen konnte, eine ambulante Schwester über einen Pflegedienst kommen lassen – sie hatte schon die nötigen Anrufe getätigt und eine ausgezeichnete Schwester empfohlen bekommen. Danach würde sie sich selbst versorgen, sich ihre Suppe selbst aufwärmen, ihr Bett selbst beziehen. Sie war kräftig, und sie wußte, was sie tun mußte.

„Ich habe Vorkehrungen getroffen. Ich werde schon zurecht kommen." Sie schluckte schwer und hatte Mühe, zuversichtlich zu wirken.

„Jaquelin." Seine Miene verdunkelte sich vor Besorgnis. „Ich weiß nicht, warum Sie darauf beharren, unbedingt so unabhängig zu sein. Lassen Sie uns wissen, falls wir Ihnen helfen können. Sie können sich in der ersten Zeit nach der Operation nicht selbst versorgen ..."

„Ich komme schon zurecht", unterbrach sie ihn. Ihre Stimme drohte die Verletzlichkeit zu verraten, die in ihr aufkeimte. Warum tat er das? Sie wollte seine persönliche Aufmerksamkeit nicht, und auf keinen Fall wollte sie, daß er erführe, sie sei völlig allein.

Jaquelin wirbelte herum und ging zur Tür. Kurz bevor sie sein Zimmer verließ, blieb sie noch einmal kurz stehen. „Wenn Sie morgen daran denken sollten, dann beten Sie für mich. Und wenn Sie nicht beten ..." Sie zuckte mit den Schultern, ohne ihn anzuschauen. „... dann drücken Sie mir die Daumen."

Den Tränen nahe, drehte sie sich um und floh auf den Gang hinaus.

10

Nach einem hektischen Telefonanruf in letzter Minute erklärte sich das Tierheim bereit, Bailey fünf Tage aufzunehmen. Nach der Arbeit fuhr sie den Hund ins Tierheim, umarmte Bailey zum Abschied und fuhr dann in ihr leeres Haus zurück. In dieser Nacht schlief sie wenig und hatte das Gefühl, daß ein Fremder – der Krebs – zu ihr ins Bett gekrochen sei. Sie vermißte Baileys sägendes Schnarchen. Das Haus war ihr noch nie so still vorgekommen.

Jaquelin wachte um fünf Uhr morgens auf, erinnerte sich daran, daß sie nichts trinken durfte, und putzte sich in dem schwachen Schein der Nachtlampe im Badezimmer die Zähne. Sie warf ein locker sitzendes Oberteil, eine Jeans, eine Haarbürste, Zahnbürste und Zahnpasta und saubere Unterwäsche in eine kleine Reisetasche. Dann nahm sie ihre Handtasche und trat auf die Veranda hinaus. Die Oktoberluft war kühl und so beißend wie Alkohol. Der Himmel fing gerade an, im Osten zu dämmern, als der Taxifahrer sie abholte und quer durch die Stadt zum Krankenhaus fuhr.

In der Krankenhausaufnahme unterzeichnete Jaquelin einige weitere Einwilligungspapiere. Sie war gestern in ihrer Mittagspause kurz hier gewesen und hatte eine Blutprobe abgegeben. Jetzt wurde sie wieder ins Labor geführt, wo noch mehr Blut abgenommen werden mußte. Der Labortechniker stellte die üblichen Fragen über Herz-, Lungen- und Kreislauferkrankungen. Jaquelin schüttelte nach jeder Frage den Kopf. Vor dem Auftauchen dieses Tumors war sie völlig gesund gewesen.

„Noch eines, das die Schwester an der Aufnahme vergessen hat zu fragen", sagte der Laborant mit einem Blick in ihr Krankenblatt. „Wen sollen wir im Notfall verständigen?"

Jaquelin sank auf ihren Stuhl zurück und schloß die Augen. Ihr Vater würde von irgendwelchen Schwierigkeiten nichts hören wollen – er hatte nicht mehr angerufen und gefragt, wie es ihr gehe, seit sie ihm von dem Krebs erzählt hatte. Und Craig hatte sich wie ein unfaßbarer Schatten erwiesen.

„In einem Notfall rufen Sie bitte meinen Chef, Dr. Jonah Martin, an", sagte sie schließlich und schaute dem Techniker direkt in die Augen.

Er zog eine Augenbraue in die Höhe. „Ich denke, man will hier lieber den Namen eines Familienmitgliedes oder eines engen Freundes ..."

„Er ist gleichzeitig mein Arzt." Sie deutete in einer ungeduldigen Bewegung auf das Papier. „Bitte schreiben Sie seinen Namen auf. Es wird nichts passieren. Machen Sie sich also keine Gedanken darüber."

Der Techniker zuckte mit den Schultern und kritzelte den Namen des Arztes in die leere Zeile. „Soweit zum Papierkram", sagte er und stand auf. „In ein paar Minuten kommt eine Schwester und sieht nach, ob ihre Achselhöhle glattrasiert und für die Lymphknotenentfernung vorbereitet ist. Außerdem muß ich Sie bitten, Kontaktlinsen, Zahnersatz oder Nagellack zu entfernen."

„Bereits geschehen", antwortete sie und stand auf. „Ich wußte, was ich zu erwarten hatte."

„Gut." Der Techniker lächelte sie kurz an und ging dann zur Tür. „Ihr Kittel liegt auf dem Tisch."

„Ich weiß." Jaquelin wartete, bis er das Zimmer verlassen hatte. Dann begann sie langsam, ihre Bluse aufzuknöpfen.

* * *

Kalt.

Stimmen schwirrten um sie herum, während jemand eine eiskalte Flüssigkeit über ihrer Brust verteilte. Sie wollte sprechen, ihnen sagen, daß ihr kalt sei, aber ihre Zunge wollte sich nicht bewegen, ebensowenig ihre Hände.

Jemand hob ihren rechten Arm hoch und schob eine Blutdruckmanschette darüber. Jemand anderes legte EKG-Elektroden auf ihren Brustkorb – *kalt* – dann klebten professionelle Finger sie fest. Ein leichtes Zwicken an ihrer Fingerspitze bedeutete, daß der Clip, über den der Sauerstoffgehalt in ihrem Blut gemessen wurde, angebracht worden war. Irgendwo hinter ihrem Kopf tropfte über einen intravenösen Zugang ein erlösendes Narkosemedikament in ihren Körper und betäubte ihr Denken und ihre Sinne.

So kalt. Jaquelin fühlte, wie sich ihre Haut zusammenzog, und versuchte, die Augen zu öffnen. Sie wollte diesen unsichtbaren Menschen sagen, daß die Laken unter ihr wie Eis waren – man hätte sie vor der eisigen Kälte warnen müssen. Jetzt hob man sie hoch und legte sie in einer routinierten Bewegung auf den Operationstisch.

Kalt, dieser Tisch. Kalt, ihre Haut. Kalt, das Messer – konnte sie es überhaupt schon fühlen?

Sie lag wie auf einem Brett aus schwarzem Eis inmitten eines Meeres summender Stimmen, während irgendwo, weit weg, ein Orchester Musik von Mozart spielte.

* * *

Jonah blieb vor den großen Fenstern des Operationssaales stehen. Er durfte den sterilen Saal nicht betreten, aber er wollte in ihrer Nähe sein – nur für den Fall.

Nur für den Fall, daß was? Er hatte volles Vertrauen zu Dr. Wilder, auch wenn dieser Mann so schroff und gefühllos war wie alle Chirurgen, die Jonah in seinem bisherigen Leben kennengelernt hatte. Diese Chirurgen waren schon besondere Spezies. Schneide und schnipple, hole heraus, was sein muß, nähe das Ganze wieder zu und schicke den Patienten wieder zu den Onkologen zurück. Er hatte Dr. Wilder gestern abend angerufen und ihn von Jaquelins Fall informiert. Der ältere Mann war fast beleidigt, weil Jonah sich die Zeit genommen hatte, ihn anzurufen.

Leise klassische Musik erklang im Operationssaal, ein melodiöser Gegenpol zu dem ständigen Piepen des Überwachungsmonitors. Ein halbes Dutzend Leute standen um den Tisch herum, blau maskierte Gestalten, die ihm den Blick auf die Patientin fast vollständig versperrten. Jonah veränderte seine Position und erhaschte einen Blick auf Jaquelins Gesicht, das in dem hellen Licht des Operationssaales ganz blaß aussah. Ihre wunderschönen rotgoldenen Haare waren unter eine Haube gesteckt worden, die Narkosemaske lag über ihrer Nase und ihrem Mund.

Jemand lachte im Operationssaal. Jonah runzelte die Stirn. Auch wenn er wußte, daß Operationsteams bessere Arbeit leisteten, wenn sie entspannt waren, wollte er unbedingt, daß sie sich bei *dieser* Patientin konzentrierten und genau aufpaßten.

Erwische alles, drängte er stumm den Chirurgen. *Jede einzelne verdammte Zelle.*

* * *

„Was wollen Sie jetzt tun, Doktor?"

Dr. Wilder schaute zu dem Assistenzarzt auf, der ihn mit kritisch zusammengekniffenen Augen fragend betrachtete. Der junge Arzt hinter dieser Atemschutzmaske dachte wahrscheinlich, er könnte es besser, aber Thomas Wilder war nicht aufgrund seines guten Aussehens Chefarzt der Chirurgie im Chambers-Wyatt-Krankenhaus geworden.

Er wandte sich an die Schwester, die links neben ihm stand und ihm den Schweiß von der Stirn wischte. „Geben Sie mir noch einmal den Befund", sagte er zu einer zweiten Schwester, die rechts neben ihm stand. Sie holte den Bericht, der gerade aus der Pathologie gekommen war.

„Hoher S-Phasen-Index, Hinweis auf aktives Wachstum und Zellteilung. Aneuploide Tumorzellen, hohe Aggressivität. Knotengröße drei Zentimeter, Tumor zwei. Lymphknoten sind befallen, aber noch beweglich."

Wilder wog im Geiste die Alternativen ab. Die Patientin war davon ausgegangen, daß diese Operation mit einer Tumorentfernung enden würde, aber der Tumor war bedeutend größer, als er auf der einen Monat alten Mammographie ausgesehen hatte. Die Patientin hatte die Einwilligungspapiere für eine Mastektomie, falls diese nötig sein sollte, unterschrieben, aber er hatte keine Ahnung, wie gut sie es psychisch verkraften würde, wenn sie aufwachte und feststellen müßte, daß ihre halbe Brust weggeschnitten war. Die meisten Vorbereitungsgespräche vor der Operation hatte sie mit ihrem Onkologen geführt – dem neuen Mann in der Krebsklinik.

„Wie heißt der neue Kerl in der Onkologie gleich noch einmal?"

Der Assistenzarzt runzelte die Stirn. „Martin. Moses Martin, glaube ich."

„Lassen Sie ihn ausrufen." Wilders Augen kontrollierten den Herzmonitor. Langsam und ruhig. Sie könnten noch ein paar Minuten warten und die Frau so lange auf dem Operationstisch liegen lassen. Er wollte keine vorschnelle Entscheidung treffen, um dann vielleicht eine Strafanzeige am Hals zu haben.

„Sie brauchen ihn nicht ausrufen lassen, Herr Doktor." Die leise Stimme seiner OP-Schwester mischte sich in seine Gedanken. „Er heißt *Jonah* Martin, und er ist nebenan."

„Was ist er?"

Wilder drehte sich um und erblickte durch die spiegelnden Glasscheiben einen großen blonden Mann in einem Arztkittel und mit einer Kaffeetasse in der Hand. Er sah sehr besorgt und angespannt aus. Ihre Blicke begegneten sich den Bruchteil einer Sekunde, aber Jonah Martins Gedanken mußten weit entfernt sein, denn er reagierte überhaupt nicht auf Wilders Blick.

„Der dort?"

„Ja, Doktor Wilder."

Er schaute die Operationsschwester mit unverhohlener Neugier an. „Was macht er denn hier? Ist diese Frau eine Verwandte?"

„Ich glaube, sie ist Krankenschwester auf seiner Station."

Unter seiner Atemschutzmaske verzog Wilder einen Mundwinkel. Dieser junge Hund! Sich in eine Krankenschwester zu verlieben war zwar nicht unbedingt ein Tabu, aber es war eindeutig keine gute Sache ... und auch keine gute Medizin. Er schloß einen Augenblick die Augen und verbannte jede Spur seiner Gedanken aus seiner Miene. Dann nickte er der leitenden Operationsschwester brüsk zu.

„Zeigen Sie ihm den Pathologiebefund und überlassen Sie ihm die Entscheidung. Sagen Sie ihm, ich warte."

* * *

„Wenn Sie mich hören können, dann machen Sie die Augen auf, Jaquelin."

Sie konnte es nicht. Irgend jemand mußte schwere Steine auf ihre Augenlider geklebt haben.

„Jaquelin! Zeit, aufzuwachen. Machen Sie die Augen auf."

Die befehlende Stimme der Frau durchfuhr Jaquelin wie ein elektrischer Schlag. Sie schlug die Augen auf und blinzelte.

„Ah, das ist gut. Schön, daß Sie wieder bei uns sind. Wie fühlen Sie sich?"

Jaquelin ließ die Augenlider fallen und zwang Worte über ihre geschwollene Zunge. „Kalt."

Die Schwester lachte. „Das ist normal, Liebes. Ihre Verfassung ist ganz gut. Jetzt entspannen Sie sich und versuchen Sie, wach zu werden."

Jaquelin aber wollte wieder in ihren Schlaf versinken. Ihre Finger waren immer noch nicht da. Ihrem Körper fehlte jegliches Gefühl. Nichts war mehr da – nur Kälte.

* * *

„Jaquelin?"

Dieses Mal war die Stimme männlich und autoritär. Jaquelin erschrak so sehr, daß sie so wach wurde, als hätte sie gerade eine Dosis unverdünntes Koffein injiziert bekommen. Sie riß die Augen auf, aber ihre Umgebung war immer noch zu hell und unscharf.

„Jaquelin, ich bin Dr. Wilder, Ihr Chirurg. Sind Sie wach genug, um mich zu verstehen?"

Benommen nickte Jaquelin.

„Gut. Wir haben den Tumor und eine zwei Zentimeter dicke Schicht gesundes Gewebe für den Pathologen entfernt. Außerdem habe ich die Lymphknoten in der Achselhöhle entfernt. Es freut Sie bestimmt zu hören, daß sie zwar befallen, aber noch beweglich waren. Das heißt, sie waren durch das Krebswachstum noch nicht zugewuchert. Wir haben allen Grund zu der Annahme, daß wir alles erwischt haben. Der Krebs hat noch keine Metastasen gestreut."

„Gott sei Dank."

Die Worte waren in einem Wirrwarr bei ihr angekommen. Das steinerne Gesicht des Arztes erweichte sich zu mitmenschlichen Zügen. „Sie haben Glück gehabt, junge Frau. Der Tumor war sehr aggressiv, ein infiltrierendes, intraduktales Karzinom, wie wir vorher schon vermutet hatten. Es war ein T2, etwas über zwei Zentimeter groß. Wir mußten also auch die Brust entfernen."

Sie haben meine Brust entfernt? Jaquelin brachte kein Wort über ihre Lippen; die Medikamente und der Schock lähmten ihre Stimme.

Das Gesicht des Chirurgen überzog ein butterweiches Lächeln. „Ehrlich gesagt, ich bin ganz zufrieden mit dem Ergebnis. Wenn die Drainagen gezogen sind, wird Ihnen nur eine dünne, flache Narbe auf dem Brustkorb bleiben. Und falls Sie an eine künstliche Brust denken, dann hat die Plastische Chirurgie gute Möglichkeiten."

Seine kalte Hand fiel auf ihren Arm. „Sie haben Glück gehabt, junge Frau", wiederholte er und nickte weise. „Sie können dieses Ding besiegen."

Dunkelheit legte sich schwer auf Jaquelin. Sie schloß die Augen. Sie hatte hören wollen, daß die Lymphknoten sauber war. Sie hatte hören wollen, daß das teuflische Ding aus ihrem Körper verschwunden sei. Sie hatte davon sauber sein wollen – aber sie hatte auch ganz sein wollen. Und dieser Mann hatte ihr soeben nicht nur gesagt, daß sie entstellt und wie eine Weihnachtsgans aufgeschnitten worden war, sondern auch noch, daß der Krebs aus ihrer Brust hinausmarschiert war und sich schon in ihren Lymphknoten eingenistet hatte. Und doch *könnte* sie dieses Ding besiegen.

Das war mehr, als Jaquelin verkraften konnte. Unaussprechlich verängstigt, flüchtete sie sich in den durch die Medikamente herbeigeführten künstlichen Schlaf, der sie alles um sie herum vergessen ließ.

* * *

Jemand stand am Fußende ihres Bettes. Jaquelin zwang ihre Augen, sich halb zu öffnen. Sie befand sich jetzt in einem anderen Zimmer. Ein Fenster zu ihrer Linken ließ das weiche graue Licht der Abenddämmerung ins Zimmer. Ein Vorhang trennte ihr Bett von der Tür.

Ihr Krankenzimmer.

Stimmen murmelten hinter dem Vorhang – Schwestern, die eine andere Patientin pflegten, vermutete sie. Neben ihrem Bett stand eine schattenhafte Gestalt. Jaquelin drehte leicht den Kopf und strengte sich an, den Nebelschleier, den die Medikamente über sie gelegt hatten, zu durchdringen. Sie erkannte breite Schultern und sah ein behutsames Lächeln.

Craig. Er war gekommen, als sie ihn brauchte. Vielleicht war er schon den ganzen Tag hier, und sie hatte es nur nicht gewußt.

Ihr Besucher beugte sich vor und stützte sich auf das Bettgestell. „Hallo.“ Trotz ihrer Verwirrung zog bei dem männlichen Flüstern ein schwaches Lächeln über ihr Gesicht.

„Auch hallo“, murmelte sie und hatte alle Mühe, ihre schweren Augenlider offenzuhalten. „Ich bin froh ... daß du gekommen bist.“

„Sind die Schmerzen schlimm?“

Sie ließ ihre Augenlider zufallen und lächelte. Unter großer Anstrengung konnte sie den Kopf schütteln. In diesem schweren Schlaf hatte sie keine Schmerzen; und auch keine Sorgen und keine Angst.

„Keine Schmerzen“, murmelte sie und versuchte, die Augen wieder aufzuschlagen. „Ich bin nur so müde.“

„Kann ich irgend etwas tun? Irgendwie helfen?“ Eine wunderbare Besorgnis und Fürsorge sprach aus der geflüsterten Stimme. Jaquelin hatte eine solche Wärme nicht mehr gehört, seit sie ein kleines Mädchen gewesen war.

„Nur eines." Sie fühlte, wie sich ihr Mundwinkel in einem schläfrigen Lächeln hochzog. „Meine Haare. Sie fühlen sich so ... schrecklich ... zerzaust an. Und verklebt. Würdest du ..." Ein flehender Unterton legte sich in ihre Stimme. „Könntest du mir dabei helfen? Im Augenblick würde ich sie am liebsten ganz kurz abschneiden ..."

„Auf keinen Fall." Er drehte sich um. Dann hörte sie, wie eine Schublade aufgezogen und dann wieder geschlossen wurde. Jemand hatte ihre Handtasche und ihre kleine Reisetasche ins Zimmer gebracht; vielleicht hatte eine der Schwestern ihre wenigen Sachen sogar schon für sie ausgepackt.

Eine warme Hand schob sich unter ihren Nacken und hob ihren Kopf hoch. Dann fühlte sie, wie ihre Haare unter ihren schweren Schultern hervorgezogen wurden. Jaquelin lächelte und genoß das Gefühl, daß jemand sich so fürsorglich um sie kümmerte. Wie die streichelnde Berührung eines Engels bewegte sich eine Bürste von ihrer Kopfhaut bis zu ihren Haarspitzen, glättete die zerzausten Locken, lockerte die verklebten Strähnen und führte ihre Gedanken zurück an einen sonnigen Tag vor vielen Jahren in der Kirche, als sie ihren Kopf auf den Schoß ihrer Mutter gelegt und das unablässige Streicheln ihrer Mutter durch ihre Haare gefühlt hatte ...

Sie wußte nicht, wie lang er ihr die Haare gebürstet hatte. Sie wußte nur, daß sie mehr schlief als wach war, als er damit aufhörte. „Danke", brachte sie murmelnd über die Lippen. „Ich liebe dich, Craig."

Er antwortete nicht, sondern hob nur ihre Hand hoch. Jaquelin fühlte die Berührung seiner Lippen auf ihren Fingern. In dem herrlichen Gefühl, daß sie nun nicht mehr allein war, erlaubte sie ihrem müden Körper, wieder einzuschlafen.

* * *

Jonah wartete, bis ihr Atem tiefer kam, dann ließ er vorsichtig ihre Hand los. Sie hatte ihn nicht erkannt. Sie glaubte, er sei Craig, der, laut Angaben der Schwestern, weder gekommen war noch im Krankenhaus angerufen hatte, um sich zu erkundigen, wie Jaquelin die Operation überstanden habe. Jonahs Atem brannte in seiner Kehle. Wo in aller Welt steckte dieser Kerl nur?

Er trat auf den Gang hinaus und brachte Jaquelins Krankenblatt wieder ins Schwesternzimmer zurück. Dann bestieg er den überfüllten

Aufzug ins Erdgeschoß hinab. Er wartete geduldig, als eine ältere Frau im Rollstuhl mit ihrer Tochter den Aufzug verließ. Jemand hatte zwei glitzernde Ballons mit der Aufschrift „Die beste Oma der Welt" an ihren Rollstuhl gebunden. Jonahs Wut wuchs, als er diese Ballons sah.

Warum hatte der Freund Jaquelin keine Blumen geschickt? Warum hatte das *niemand* getan? Sie hatte doch sicher Eltern, Freunde, Verwandte, Nachbarn – warum kümmerte sich denn niemand um sie?

Jonah verließ forschen Schrittes den Aufzug und betrat den kleinen Krankenhauskiosk. Sein Blick fiel auf eine ältere Verkäuferin, deren Haare wie ein silbriges Spinnennetz auf ihrem Kopf saßen. „Kann ich Ihnen helfen, Herr Doktor?" fragte sie mit höflicher Aufmerksamkeit, als sie seinen weißen Arztkittel sah.

Er deutete auf einen großen Strauß Margeriten und Rosen in dem Kühlfach hinter ihr. „Diese Blumen bitte. Schicken Sie sie einer Patientin namens Jaquelin Wilkes, Zimmer 513."

Die Augen der Verkäuferin funkelten neugierig. „Es passiert nicht oft, daß wir hier unten Ärzte zu Gesicht bekommen. Das muß ja eine ganz *besondere* Patientin sein." Sie schaute mit einem Augenzwinkern zu ihm auf. „Was für eine Karte soll bei den Blumen dabei sein?"

„Sie ist Krankenschwester auf meiner Station", antwortete Jonah kurz angebunden. Er warf einen Blick auf den Ständer mit den Glückwunschkarten an der Theke. Es war nicht unschicklich, wenn ein Arzt einer Angestellten, die im Krankenhaus lag, Blumen schickte. Er könnte die Karte mit „Von uns allen auf der Station" unterschreiben. Aber sie würde seine kritzelnde Handschrift erkennen, und wenn der Freund schließlich doch auftauchte, könnte er es für seltsam halten, daß ein Arzt und nicht eine der Schwestern Blumen bestellt und die Karte geschrieben hatte.

„Nehmen Sie eine einfache Karte", forderte Jonah die Verkäuferin auf und warf ihr ein vorsichtiges Lächeln zu. „Würden Sie sie bitte für mich schreiben? Schreiben Sie einfach ‚Von Bailey, mit lieben Grüßen.' Sie wird schon verstehen, was das heißen soll."

„Bailey?" Die Frau schaute ihn mit leichter Belustigung an. „Nicht ‚Doktor Bailey'?"

Jonah schüttelte den Kopf. „Nur Bailey." Er zog zwei Zwanzig-Dollar-Scheine aus seiner Brieftasche und legte sie auf die Theke, dann holte er noch einmal fünf Dollar heraus und hielt sie der Frau vor das Gesicht. „Kaufen Sie sich davon eine Tasse Kaffee und ein Stück Käsekuchen", sagte er, ohne ihr Gesicht aus den Augen zu lassen. „Aber zuerst sorgen Sie bitte persönlich dafür, daß diese Blumen überbracht werden. Ich hätte gern, daß sie in ihrem Zimmer stehen, wenn die Patientin aufwacht – und das wird bald der Fall sein."

Die Frau nahm ihm die Fünf-Dollar-Note so flink aus der Hand, wie ein Karpfen nach einem Wurm schnappt. „Vielen Dank, Doktor Bailey", kicherte sie, und ihr gepudertes Gesicht verzog sich zu einem breiten Grinsen. „Ich erledige das auf der Stelle für Sie."

„Das würde mich sehr freuen", sagte Jonah und wandte sich ab. Sein Funktelefon durchschnitt schrillend die Stille in dem Kiosk. Mit einem Anflug von Schuldgefühlen blickte er auf das Gerät hinab. Jaquelin war nur eine seiner Patientinnen, und er hatte fast den ganzen Tag nur mit ihrem Fall zugebracht. Wenn sie in Lebensgefahr schweben würde, könnte er seine eigene Besorgnis vielleicht verstehen. Aber Jaquelin war auf dem besten Weg zur Genesung ... und eindeutig in einen anderen Mann verliebt.

Tiefer kannst du nicht mehr fallen, sagte Jonah zu sich, während er das Telefon aufklappte und schnell durch die breiten Doppeltüren der Krankenhaushalle schritt. *Hast du so viel Angst vor Frauen, daß du dich nur zu einer hingezogen fühlst, die dich ablehnt? Vielleicht hat Jaquelin recht – deine Persönlichkeit ist ernsthaft gespalten.*

Der Anruf kam von Lauren. Eine Routinefrage, die er auf der Stelle beantwortete. Er steckte das Telefon wieder in seinen Gürtel und blieb am Bordstein stehen. Ein Kleinbus fuhr vor, aus dem eine Reihe Besucher mit ernsten Gesichtern ausstiegen. Würde einer von ihnen Jaquelin besuchen? Irgendwie bezweifelte er das. Aber das ging ihn wirklich nichts an. Das hatte sie unmißverständlich klargestellt.

Jonah steckte die Hände in seine Taschen und schritt frustriert mit hängendem Kopf über den Parkplatz.

11

„Auf jetzt, Jaquelin. Schluß mit Schlafen. Es ist Morgen."

„Nein." Jaquelin wollte sich an die schützende Dunkelheit des Schlafes klammern und versuchte, sich auf die Seite zu drehen. Ein unbekanntes Gewicht fiel auf ihren Arm, der Druck von etwas Fremdem, Schwerem, das nicht zu ihr gehörte.

Verbände ... Druck ... ein dumpfer, nagender Schmerz im Gewebe über ihrem Brustkorb und unter ihrem Arm.

Jaquelin schlug die Augen auf. Über ihrem Kopf sah sie die weiße Decke des Krankenhauszimmers. Das Weiß wurde nur von dem strengen, runden Gesicht einer Krankenschwester unterbrochen. „Guten Morgen", sagte die Schwester, deren entschlossene braune Augen sie unerbittlich anschauten. „Zeit aufzuwachen. Sie müssen aus dem Bett und auf die Toilette gehen."

Aus dem Bett? Im ersten Augenblick erschien ihr dieser Vorschlag grausam, doch dann erinnerte sich Jaquelin, daß ein Patient um so früher nach Hause gehen konnte, je eher er aufstand. Sie legte die Hand auf das Bettgeländer und hob unter großer Kraftanstrengung den Kopf. „Lassen Sie mir nur eine Minute Zeit", bat sie und blinzelte wegen der Helligkeit in dem Zimmer mit den Augen. Weiße Streifen der aufgehenden Sonne drangen durch die Schlitze der Jalousien vor dem Fenster und erhellten die Wände. Auf einem kleinen Tisch in der Ecke wurde sie von einem wunderschönen Strauß aus weißen Margeriten und rosaroten Rosen begrüßt.

Ihr Mundwinkel verzog sich zu einem schwachen Lächeln. „Blumen", flüsterte sie erstaunt und ließ es sich gefallen, daß die Schwester ihren sommersprossigen Arm um ihre Schultern legte und ihr zu einer sitzenden Stellung verhalf. Jaquelin hatte überhaupt keine Kraft auf ihrer linken Seite; ihr linker Arm hätte amputiert sein können. Aber die Kraft und das Gefühl würden mit der Zeit schon in den Arm zurückkehren. Sie warf erneut einen Blick auf den herrlichen Strauß. „Sie sind wunderschön."

„Es ist auch eine Karte dabei", erklärte die Schwester und ließ Jaquelins Schultern los. In Sekundenschnelle hatte sie mit geübter Hand das Bettgeländer nach unten geschoben. „Soll ich sie Ihnen holen?"

Jaquelin nickte.

„Pech gehabt." Die Schwester trat zurück und verschränkte grinsend die Arme vor der Brust. „Ich bin nicht Ihr Laufbursche, Miss Wilkes. Wenn Sie wissen wollen, wer die Blumen geschickt hat, müssen Sie schon selbst hinübergehen und die Karte lesen. Jetzt schwingen Sie Ihre Beine herum und kommen Sie aus dem Bett."

Jaquelin stöhnte, aber innerlich bewunderte sie die Vorgehensweise der Schwester. Bei ihren eigenen Patienten wandte sie oft eine ähnliche Taktik an. *Die Chemo bringen wir heute doch locker hinter uns, nicht wahr? Wollen Sie sich einen Film anschauen? Wir haben eine ziemlich große Auswahl an Filmen, aber Sie müssen ruhig sitzen bleiben, damit die Medikamente in Ihre Venen tropfen können ...*

„Mein Vater hat sie bestimmt nicht geschickt", sinnierte Jaquelin laut und schwang folgsam die Beine über die Bettkante. In ihrem Kopf meldete sich ein Schwindelgefühl, aber sie nahm ihre ganze Kraft zusammen und bewegte sich weiter. „Vielleicht stammen sie von seiner Frau. Oder von den Schwestern auf meiner Station."

„Ich weiß es nicht." Die Krankenschwester achtete genau darauf, daß Jaquelins nackte Füße fest auf dem Boden standen, dann trat sie zurück, streckte aber für den Fall, daß Jaquelin ins Wanken geriete, vorsichtshalber den Arm aus. „Sie werden es erfahren, sobald Sie zu dem Tisch hinübergehen."

„Mir geht es gut. Ich bin nur von der Narkose ein bißchen benommen." Jaquelin tat ihren ersten Schritt mit mehr äußerer Zuversicht, als sie innerlich aufbringen konnte. Dann hing sie mit der rechten Hand auf der Matratze, während ihr Magen sich unerwartet regte. „Oh. Vielleicht ..." Sie schloß die Augen und wartete, bis das Zimmer sich nicht mehr so wild um sie drehte. Dann warf sie der Schwester ein zittriges Lächeln zu. „Mir geht es gut."

„Beweisen Sie es."

Jaquelin hob das Kinn. Sie stützte sich auf dem Bett ab und tat drei kleine Schritte zur Badetür ... und zu den Blumen. Vor dem Badezimmer blieb sie kurz stehen, um den Blumenduft einzuatmen und einen Blick auf die Karte zu werfen.

„Von Bailey?" Sie warf der Schwester einen fragenden Blick zu. „Mein *Hund* hat mir Blumen geschickt?"

Die Schwester, die zwei Schritte hinter ihr stand und sie nicht aus den Augen ließ, mußte lachen. „Das ist aber ein aufmerksamer Hund."

Jaquelin tastete sich weiter ins Badezimmer. Wer schickte ihr Blumen in Baileys Namen? Stacy? Sehr unwahrscheinlich. Sie haßte den Hund. Vielleicht hatte es ihr Vater aus Beschämung darüber getan, daß er Jaquelins Krankheit verdrängte. Vielleicht war dies auch Craigs Art, sein liebloses Verhalten wieder gutzumachen.

Einen Augenblick verwirrt, versuchte sie, sich an etwas zu erinnern. Craig *war* doch gekommen und hatte sie besucht, oder? Sie erinnerte sich an einen Mann neben ihrem Bett, eine männliche Stimme, jemanden, der ihr die Haare gebürstet hatte ...

„Schwester", rief Jaquelin und umklammerte die Kante des Waschbeckens, um sich abzustützen. „Erinnern Sie sich daran, ob mich gestern ein Mann besucht hat? Er muß hier gewesen sein, nachdem ich aus dem Aufwachraum nach oben gebracht wurde, wahrscheinlich am Spätnachmittag oder am frühen Abend ..."

„Ich gehe um sechzehn Uhr nach Hause", antwortete die Schwester und blieb vor der Badetür stehen. „Dieser Besuch fiel also nicht in meine Schicht. Fragen Sie doch mal die Schwester aus der Spätschicht."

„Au." Jaquelin lehnte sich an das stabile Becken und fühlte erneut das schwere Gewicht des Verbandes auf ihrer Brust. Sie würde ihn später anschauen, wenn sie es ertragen konnte ...

„... wir haben die Brust auch entfernt."

Sie setzte sich schwerfällig auf den Toilettensitz. In ihrem Kopf hatte sich dieser Satz unauslöschlich eingebrannt.

„Schwester", rief sie und blickte starr auf den Fußboden. „Mein Krankenblatt – was genau ist gestern in meiner Operation geschehen?"

Jaquelin hörte, wie die Schwester an das Fußende des Bettes ging. „Hat es Ihnen der Chirurg nicht erklärt?"

„Doch", antwortete Jaquelin, die immer noch Mühe hatte, ihre Gedanken zu konzentrieren. „Aber sagen *Sie* es mir – was steht in dem Krankenblatt?"

Die Schwester blieb vor der Badetür stehen. „Modifizierte radikale Mastektomie, linke Brust", las sie vor. Für einen Moment zog ein unübersehbares Unbehagen über das nicht so leicht zu erschütternde Gesicht der Frau. Sie schaute auf. „Liebes, waren Sie darauf denn nicht vorbereitet?"

„Selbstverständlich", erwiderte Jaquelin steif. „Ich bin Krankenschwester. Ich bin auf alles vorbereitet."

„... wir haben die Brust ebenfalls entfernt."

Die medizinische Abkürzung für die gesamte Brust zusammen mit den Lymphknoten unter ihrem Arm, dem Gewebe über den Brustmuskeln und vielleicht sogar den kleineren Brustmuskeln. Der größere Brustmuskel würde normalerweise intakt gelassen, um es Jaquelin zu erleichtern, ihren Arm zu beugen und zu drehen, damit sie die mühsamen Übungen ausführen konnte, die in den nächsten Monaten Teil ihres Lebens würden.

Die Schwester verließ sie. Jaquelin saß in einsamem Schweigen allein im Badezimmer. Die Wirklichkeit öffnete die Tür zu vielen Erinnerungen, die sie immer zu verdrängen versucht hatte. Sie hatte die leuchtenden Narben ihrer Mutter nach der Mastektomie und ihre jämmerlich eingesunkene Brust gesehen. Natürlich hatte sich die plastische Chirurgie seit jenen Tagen weiter entwickelt, und Jaquelins Chirurg war einer der besten im ganzen Krankenhaus. Aber dennoch ...

Ungebeten bewegte sich ihre rechte Hand zu dem vorstehenden Klumpen unter ihrem dünnen baumwollenen Krankenhaushemd. Was lag unter den Verbandschichten? Was *lag nicht* mehr darunter?

„Warum?“ flüsterte Jaquelin und hob die Augen zur Decke, da sie nicht wußte, wohin sie sich sonst wenden sollte. Warum hatte sie sich nicht auf diesen Fall vorbereitet? Jonah Martin hatte ihr versichert, daß eine Mastektomie nur eine entfernte Möglichkeit sei. Was hatten sie bei der Operation gefunden, eine vollkommen verkrebste Brust? Was in aller Welt hatte den Arzt bewogen, sie dermaßen zu entstellen? Sie hatte damit gerechnet, daß nur der Tumor herausgeschnitten würde, aber jetzt ...

Ihr Verstand malte ihr die klinischen Bilder vor Augen, die sie kannte. Sie wußte, was unter dem Verband lag – zwei Drainagen, von denen eine entfernt würde, bevor sie das Krankenhaus verließe, der andere Schlauch würde erst entfernt werden, wenn die ganze Schwellung abgeklungen war. Die saubere dunkle Linie der Operationsnaht würde in ihrem Körper fast verschwinden. Die Klammern, die ihr Fleisch an der richtigen Stelle hielten, würde der Chirurg erst bei der Nachsorgeuntersuchung entfernen.

Warum? Eine Stimme in ihrem Inneren beharrte auf Antworten. Warum hatte Dr. Wilder nicht eine brusterhaltende Operation in Betracht gezogen? Warum war er nicht das Risiko eingegangen und hatte nur den Tumor entfernt? Angesichts der unerwarteten Größe des Tumors hätte sie sich bereitwillig einer Strahlenbehandlung unterzogen. Sie hätte sich sogar zu einer *Chemotherapie* bereit erklärt, um der Verstümmelung durch eine Mastektomie zu entgehen.

Was kann den Chirurgen nur veranlaßt haben, meine Brust wegzuschneiden?

Jaquelin begann, am ganzen Körper zu zittern. Sie fühlte eine Hitze aus ihrem verwundeten Brustkorb aufsteigen, die sie als blanken Zorn identifizierte. Sie wird nie wieder gesund, nie wieder ganz. Das hatte sie allein der selbstherrlichen Einstellung gewisser Chirurgen und Ärzte zu verdanken ...

„Ist bei Ihnen da drinnen alles in Ordnung?"

Das rötliche Gesicht und die rundliche Gestalt der Schwester tauchten wieder im Türrahmen auf. Sie war zufrieden, als sie sah, daß Jaquelin sicher auf der Toilette saß. „Sie machen sich gut, Mädchen. Sie sind in null Komma nichts wieder aus dem Krankenhaus draußen und daheim. Es wird nicht länger als drei oder vier Tage dauern, bis der Chirurg Ihnen grünes Licht gibt. Jetzt gehen Sie wieder ins Bett. Dann lasse ich Ihnen Ihr Frühstück bringen."

Jaquelin umklammerte den Rand des Toilettensitzes und rang mit ihren Gefühlen. Ärger würde ihre Genesung nur behindern und ihre Abwehrkräfte schwächen. Sie mußte ihr Elend und ihre Bitterkeit verdrängen, bis sie wieder mehr bei Kräften war. Dann aber wollte sie Dr. Wilder zur Rede stellen und von ihm eine klare Antwort auf die Frage verlangen, warum er zu einem so extremen Schritt gegriffen hatte. Für den Augenblick mußte sie sich darauf konzentrieren, wieder gesund zu werden.

Erschütterter, als sie sich selbst eingestehen wollte, beugte sie sich vor, erhob sich von der Toilette und ließ sich von der Schwester wieder ins Bett führen. Sie streckte sich aus, hob ihren gesunden Arm über den Kopf und biß sich auf die Lippe, um die Tränen zu unterdrücken, die kurz davor standen, sich Bahn zu brechen.

„Brauchen Sie noch etwas, Liebes?"

Jaquelin war es plötzlich sehr kalt. „Eine Decke wäre sehr schön", flüsterte sie.

„Die kann ich Ihnen bringen", erwiderte die Schwester und holte eine Decke aus einem Fach im Schrank. Mit militärischer Präzision warf sie die Decke über das Bett, steckte dann die Ränder unter und schlug sie sorgfältig zurück, damit kein Gewicht auf Jaquelins Brust lag. „Und nun werden Sie ganz schnell wieder gesund. Es gibt bestimmt ganz viele Leute, die Sie schmerzlich vermissen."

Jaquelin biß sich wieder auf die Lippe und wandte den Blick ab. Offenbar war Bailey der einzige, der sie vermißte. Die Blumen stammten wahrscheinlich von ihren Kolleginnen – sie wußten, daß sie ihren Hund abgöttisch liebte, und mit Baileys Namen zu unterschreiben war einfacher, als alle Namen aufzuzählen.

„Danke", murmelte Jaquelin und drehte sich zum Fenster herum. Während die Krankenschwester auf leisen Sohlen das Zimmer verließ, rollte sich Jaquelin zusammen und versuchte, die Tränen zu unterdrücken, die aus ihren Augenwinkeln liefen und ihre Haare benetzten.

* * *

„So, da wären wir. Ist es nicht ein herrliches Gefühl, wieder zu Hause zu sein?" Unbeeindruckt von dem ungeduldigen Hupen der Autos hinter ihnen auf der Straße bog Stacy langsam in die Einfahrt vor Jaquelins Haus ein.

„Stacy, du brauchst nicht im Schneckentempo zu fahren. Ich bin keine Porzellanpuppe; ich werde nicht zerbrechen", beschwerte sich Jaquelin und warf einen Blick auf ihr Haus. Sie hatte erwartet, daß sich auf der Veranda vor der Haustür die Zeitungen stapelten, und daß die Post aus dem Briefkasten überquoll, aber das Haus sah sauber und ordentlich aus, genauso wie sie es verlassen hatte.

„Bist du hier gewesen und hast meinen Briefkasten ausgeleert?" fragte Jaquelin, als Stacy den Motor abstellte. „Das hättest du nicht tun müssen. Ich habe dir nur für den Notfall meinen Hausschlüssel gegeben; ich hatte doch nicht von dir verlangt, herzukommen und auf mein Haus aufzupassen."

„Das habe ich auch nicht." Stacy stieg aus dem Auto und eilte auf die Beifahrerseite, aber Jaquelin hatte bereits die Tür geöffnet und die Füße auf den Boden geschwungen.

„Aber hier hat sich doch ganz offensichtlich jemand um alles gekümmert", stellte Jaquelin klar und richtete sich langsam auf, während Stacy Baileys inzwischen etwas verblaßten Blumenstrauß vom Rücksitz holte. „Oder mein Zeitungsjunge und der Postbote sind in den Streik getreten."

„Die Heinzelmännchen waren da", scherzte Stacy und kam an Jaquelins Seite. Sie bot ihr ihren Arm an. Jaquelin aber schob den Arm gut gelaunt zur Seite und ging langsam neben ihr her den Weg zu ihrer Veranda hinauf.

„Ich bin doch keine Invalide. Ich bin sehr gut in der Lage, allein zu gehen. Ich hatte eine geklonte Schwester Hildegard auf der Station, die mich nicht faul im Bett herumliegen ließ. Also, wer war in meinem Haus?"

Wie als Antwort auf ihre Frage ging in diesem Augenblick die Haustür auf, und eine fröhliche Stimme rief: „Willkommen zu Hause!"

Jaquelin starrte überrascht zur Tür. Eine große dünne Frau mit einem hellen gemusterten Tuch um den Kopf stand im Türrahmen. Baileys Leine war über ihr schlankes Handgelenk geschlungen. Im ersten Augenblick konnte Jaquelin das Gesicht der Frau nicht einordnen, doch dann erinnerte sie sich.

„Daphne Redfield?“ fragte Jaquelin benommen und blieb abrupt stehen. Beim Klang ihrer Stimme tauchte Bailey auf. Er bellte und zerrte aufgeregt an der Leine. Jaquelin schaute Stacy verblüfft an. „Du hast eine unserer *Patientinnen* engagiert, um bei mir auszuhelfen?“

Stacy senkte die Stimme zu einem diskreten Flüstern und ordnete die Blumen, damit Daphne ihr kurzes Gespräch nicht hörte. „Daphne hörte von deiner Operation und fragte, ob sie irgend etwas tun könne, um dir zu helfen. Sage bitte kein Wort über das Tuch. Sie hat vor zwei Tagen ihre letzten dünnen Haare abrasiert, und es könnte sein, daß sie ein bißchen empfindlich reagiert.“

Jaquelins Blick wanderte von ihrer Freundin zu der Frau auf der Veranda. „Ich begreife das nicht. Daphne hat dich gefragt, ob sie mir helfen könne?“

„Sie hat Dr. Martin gefragt“, erklärte Stacy. „Er wußte, daß ich einen Schlüssel von deinem Haus habe, und hat alles arrangiert. Daphne ist jeden Morgen hier gewesen und hat sich um das Haus und den Hund gekümmert.“

„Aber Bailey war doch im Tierheim!“

„Dr. Martin wußte, daß es dir lieber wäre, wenn er nicht lange dort eingepfercht ist. Also hat er für dich den Hund aus dem Tierheim geholt und ihn nach Hause gebracht.“

„Sitz, Bailey!“ rief Daphne, die alle Mühe hatte, die Leine zu halten.

Jaquelin schaute zu ihr hinauf. Der hundertsiebzig Pfund schweren Dogge war Daphne nicht gewachsen. Der riesige Hund konnte es nicht erwarten, sein lange vermißtes Frauchen zu begrüßen, und machte einen Satz vor. Die Leine flog Daphne aus den Händen, und Bailey sprang stürmisch den Gehweg hinab.

Daphne schlug sich die Hände vor das Gesicht. „Oh, das tut mir leid. Ich – oh, nein!“

Jaquelin schloß die Augen und wappnete sich gegen eine wilde Begrüßung, die sie in ihrem geschwächten Zustand zu Boden strecken könnte, aber der Hund umkreiste sie nur und zeigte ihr mit wild wedelndem Schwanz seine Liebe; dann setzte er sich zu ihren Füßen und schaute sie mit seinen schokoladenbraunen Augen freudestrahlend an.

„Bailey!" Jaquelin bückte sich und flüsterte liebevoll in die weichen Ohren des Hundes: „Ich bin so froh, dich zu sehen! Und ich bin so froh, daß du zu Hause bist!"

Der riesige Schwanz trommelte in stummer Bestätigung auf den Boden. Jaquelin atmete den warmen Hundegeruch ein und lächelte. Sie konnte Daphne und Stacy nicht böse sein, so sehr sie es auch wollte. Sie hatten kein Recht, einfach ungebeten in ihr Haus zu gehen und die Verantwortung für sie zu übernehmen, aber sie hatten es trotzdem getan – und sie war froh darüber. Aber was Dr. med. Jonah Martin betraf, so behielt sie sich das Recht vor, böse ... ja sogar zornig auf ihn zu sein. In ihrem Gespräch mit Dr. Wilder an diesem Morgen, bei dem er eine ihrer Drainagen entfernt und eingewilligt hatte, daß sie das Krankenhaus verlassen durfte, hatte sie erfahren, daß *Dr. Martin* die entscheidende Stimme zugunsten der Mastektomie abgegeben hatte.

„Komm, Bailey", sagte Jaquelin und richtete sich langsam auf. Der Hund schien ihr körperliches Unbehagen zu fühlen. Er paßte sich ihrem Tempo an, während sie gemeinsam die Verandastufen hinaufstiegen und ins Haus traten.

12

„Daphne, du brauchst nicht bei mir zu bleiben." Jaquelin lag auf dem Wohnzimmersofa und schaute zur offenen Tür, durch die Daphne verschwunden war. „Immerhin bist du eine Chemopatientin. Eigentlich sollte sich jemand um dich kümmern."

„Unsinn." Daphne kam mit einem Tablett aus der Küche, das mit Keksen, Teetassen und einer Teekanne beladen war. „Ich habe gerade eine Pause bis zur nächsten Chemobehandlung, und ich fühle mich gut, auch wenn ich ohne meine Haare ein bißchen – wie haben es meine Jungen gemeint? – *wie ein Punk* aussehe." Sie stellte das Tablett auf den Wohnzimmertisch und rieb sich mit dem Handrücken den Kopf unter dem Tuch. „Sie fielen so schnell aus, daß ich einen der Jungen bat, mich mit dem elektrischen Rasierapparat kahl zu rasieren. Sie haben mir aber nicht gesagt, daß es jucken würde, wenn die Haare wieder anfangen zu wachsen!"

Daphne lächelte. „Willst du jetzt Zucker, Sahne oder beides in deinen Tee? Ich habe uns eine Kanne Earl Grey gekocht. Der Tee könnte wieder ein bißchen Leben und Farbe in dein Gesicht bringen."

„Danke", antwortete Jaquelin, die sich eingestehen mußte, daß die Aussicht auf einen warmen Tee verlockend war. „Aber wenn wir unseren Tee getrunken haben, schicke ich dich nach Hause. Ich weiß, daß deine Söhne und dein Mann dich brauchen."

„Unsinn. Ich habe ihnen einen Auflauf im Kühlschrank gelassen, und die Jungen wissen, wie man mit einer Mikrowelle umgeht. Meine Familie hat begriffen, wie sehr eine Krebsoperation einen Menschen schwächen kann." Daphne setzte sich auf die Stuhlkante und schenkte wie eine perfekte Gastgeberin den Tee ein. „Soll es jetzt Sahne, Zucker oder beides sein?"

„Beides bitte", antwortete Jaquelin und faltete dankbar die Hände. Sie mußte zugeben, daß Daphnes Hilfe ein unerwarteter Luxus war. Ohne Daphne wäre der arme Bailey immer noch im Tierheim, weil Jaquelin nicht die Kraft hatte, ihn an der Leine zu halten oder die schweren Tüten mit Hundefutter zu heben. Sie hatte keine Ahnung, woher die zerbrechliche Daphne die Kraft dafür nahm. „Danke", sagte Jaquelin, als die Frau ihr eine dampfende Teetasse reichte. „Ich schätze das mehr, als du vielleicht ahnst."

Daphne warf ihr ein Lächeln zu, aus dem herzliche Freundlichkeit und ehrliches Mitgefühl sprachen. „Ich tue nicht mehr, als Schwestern in Christus füreinander tun sollten. Du würdest für mich dasselbe tun."

Würde ich das? Jaquelin merkte, wie ihr der Tee auf der Zunge brannte. Das war genau die Art persönlicher Verwicklung, die sie sich nie zugestehen wollte. Dr. Martin praktizierte solche Dinge regelmäßig – die persönliche Fürsorge, die man sich als medizinisches Fachpersonal für eine große Zahl von Patienten einfach nicht leisten konnte. Von Familienmitgliedern und Gemeindemitgliedern wurde erwartet, daß sie sich um ihre Angehörigen kümmerten, damit die Ärzte und Krankenschwestern sich auf die Medizin konzentrieren konnten.

Während Jaquelin ihren Tee nippte, kam ihr plötzlich ein Gedanke. Sie warf Daphne ein verschwörerisches Lächeln zu. „Zeit, Farbe zu bekennen, Daphne. Du hast mir Blumen geschickt und die Karte mit Baileys Namen unterschrieben, nicht wahr?"

„Blumen?" Eine ihrer sorgfältig nachgezeichneten Brauen zog sich erstaunt nach oben. „Es tut mir leid, Liebes, aber ich habe keine Blumen geschickt. Ich hatte daran gedacht, war aber zu dem Schluß gekommen, daß ich hier mehr helfen könnte."

Jaquelin richtete sich verblüfft in ihrem Kissenberg auf. Von Craig war keine einzige Nachricht auf dem Anrufbeantworter gewesen, und in der Post hatte sie nur eine kleine Karte mit dem Aufdruck „Gute Besserung" von Helen und ihrem Vater gefunden – die wahrscheinlich Helen allein abgeschickt hatte. Aber war Craig nicht zu ihr ins Krankenhaus gekommen? Sie *dachte*, sich an einen Mann neben ihrem Bett zu erinnern und an eine warme Hand, die ihre Hand festgehalten hatte, aber in den vergangenen Tagen hatte sich diese Erinnerung wie ein Schatten in der Abenddämmerung aufgelöst. Vielleicht hatte sie das alles nur geträumt.

Jaquelin nippte ihren Tee. Wer auch immer die Blumen geschickt hatte, er hatte offensichtlich nicht die Absicht, ans Licht zu treten und ihre Dankbarkeit entgegenzunehmen. „Wer weiß", murmelte sie und ließ die Hand sinken, um Bailey am Ohr zu kraulen. „Vielleicht hat mir ja tatsächlich mein Hund Blumen geschickt. Ich habe einmal in der Zeitung von einer kranken Katze gelesen, die selbst die Notrufnummer wählte."

Daphnes blaue Augen zwinkerten. Sie hob ihre Teetasse und trank Jaquelin zu. „Alles ist möglich."

„Wirklich?" Jaquelin hob den Kopf und schaute der älteren Frau direkt in die Augen. In ihrem Herzen tobten viele beunruhigende Fragen. Ihre Gefühle wegen der Brustentfernung, der Krebserkrankung und Dr. Wilders Bemerkung, daß sie ihn *besiegen könnte,* waren immer noch ganz frisch, und während ihres Krankenhausaufenthaltes hatten sich noch einige andere beunruhigende Gedanken in Jaquelins Bewußtsein eingeschlichen.

„Ich spreche nicht von Katzen und Hunden, Daphne." Sie machte eine kurze Pause. „Ich muß wissen, ob wirklich alles ... möglich ist. Ob ich geheilt werden kann. Dr. Wilder sagte, der Krebs habe gerade erst angefangen, meine Lymphknoten zu befallen, und er versicherte mir, daß er alle Krebszellen erwischt habe. Ich weiß, wenn das Gewebe um den Tumor herum tatsächlich sauber war, dann ist der Krebs wahrscheinlich fort, aber ich weiß nicht, ob ich jemals wieder Frieden finden werde." Mit einem Stirnrunzeln schaute Jaquelin aus dem Fenster. „Ich meine, wie lebst du, ohne es genau zu wissen? Ich habe noch eine zweite Brust, die auch von Krebs befallen werden kann. Und ... vielleicht verstecken sich ja noch anderswo in meinem Körper bösartige Zellen und schwimmen ungehindert durch mein Blutsystem. Es gibt keine Möglichkeit, das mit Sicherheit zu wissen."

„Das ist richtig", antwortete Daphne mit ruhiger, betonter Stimme. „Nach meiner Mastektomie hat man mir gesagt, daß sie alles erwischt hätten. Und auch nach meiner ersten Chemotherapie. Aber man gibt nie auf, Jaquelin. Man lebt einfach jeden Tag, als wäre es der letzte."

„Aber ich bin nicht so wie du", stammelte Jaquelin, ohne Daphne in die Augen schauen zu können. „Du bist eine so geistliche Frau – du sprichst mit Gott genauso einfach wie ich mit Bailey. Ich bin Krankenschwester; ich weiß, was diese Krankheit anrichten kann. Es dauert zehn Jahre – und bis dahin bin ich achtunddreißig –, bis ich auch nur anfangen kann zu hoffen, daß ich geheilt sein könnte." Sie zitterte, als eine plötzliche Übelkeit in ihr aufstieg. „Ich verstehe einfach nicht, daß du dabei trotzdem die ganze Zeit so unvergleichlich glücklich sein kannst. Hat das Verdrängen nicht irgendwo seine Grenzen?"

Jaquelin stützte ihren guten Arm auf die Rückenlehne ihres Sofas und starrte aus dem Fenster. Sie fürchtete sich fast, Daphne anzuschauen. Durch ihren Gefühlsausbruch hatte sie den Eindruck, als wäre eine schwere Last von ihrem Herzen abgefallen, aber vielleicht war es falsch von ihr gewesen, in Daphnes religiöse Seifenblasen mit Nadeln zu stechen. Die Frau war die Freundlichkeit in Person und hatte angeboten, einer Krankenschwester zu helfen, die sie kaum kannte. Als Dank dafür hatte Jaquelin Daphne gerade daran erinnert, daß sie den Kampf wahrscheinlich verlieren würde. Der mit allen

Menschen, nur nicht mit seinen Krankenschwestern mitfühlende Dr. Martin hätte diese Last sicher keinem seiner Patienten auferlegt.

„Du glaubst, ich würde alles nur verdrängen?“ Ein Anflug von Verwunderung lag in Daphnes Stimme.

Jaquelin drehte den Kopf und sah, daß die Frau gut gelaunt das Gesicht verzog.

„Verdrängen“, wiederholte sie, „das wäre schön.“

„Es tut mir leid“, flüsterte Jaquelin von Schuldgefühlen gequält. „Ich wollte damit nicht sagen ...“

„Betrachtest du jemals die Wolken, Jaquelin?“ fiel Daphne ihr ins Wort und rührte dabei ihren Tee um.

„Sicher“, anwortete Jaquelin, über diesen Themenwechsel verblüfft. Sie zuckte mit ihrer gesunden Schulter. „Als ich ein Kind war, habe ich in meiner Phantasie alles Mögliche in den Wolken gesehen.“

„Du solltest nicht aufhören, zum Himmel hinauf zu schauen“, antwortete Daphne und stellte ihre Teetasse und Untertasse auf den Tisch. „Ich meine das nicht nur im übertragenen Sinn. Die Bibel hat viel über die Wolken zu sagen. Eine Wolke verhüllte den heiligen Berg, auf dem Mose mit Gott sprach, und der Herr erschien den Israeliten oft in einer Wolkensäule. Gott sagte Mose, daß er in einer Wolke komme, um sein Volk zu führen. Wolken sind Zeichen, daß Gott nahe ist.“

„Das waren alttestamentliche Zeiten“, stellte Jaquelin stirnrunzelnd fest. „Der Lärm, den wir aus Wolken hören, ist nicht Gott. Es ist Donner.“

„So sagt man.“ Daphne lächelte. Sie faltete die Hände um ihr Knie und beugte sich vor. „Aber ich sehe die Wolken gern als Bild für das Leiden in meinem Leben. Von Natur aus empfinden wir Wolken als dunkel, unheilvoll und erdrückend, und doch weiß ich, daß Gott nahe ist, wenn sie den Himmel verdunkeln. Wenn es keine Wolken in meinem Leben gäbe, brauchte ich Gott kaum. So wie es aber nun einmal ist, bin ich vollständig von ihm abhängig.“

Jaquelin ließ ihren Blick zu dem Fenster mit dem Spitzenvorhang wandern. An der Ligusterhecke und den bunten Wolfsmilchsträuchern in ihrem Garten vorbei zogen weiße Federwolken über den strahlend blauen Himmel.

„Ich glaube, ich stelle mir Wolken eher wie einen Schatten vor“ sagte sie an Daphne gewandt. „Du weißt schon, als etwas Angenehmes. Etwas, das mein Gesicht für ein paar Stunden vor der Sonne schützt.“

„Das ist ein gutes Bild – Gott kann auch Schatten spenden. Aber ich spreche im Moment nicht von diesen federleichten weißen Wolken, die fast unbemerkt über unserem Kopf vorüberziehen. Ich spreche von den Tagen, an denen das Leben von dunklen, brodelnden Massen überschattet wird, wenn graue Wolken wie wütende, rachsüchtige Drachen über unserem Kopf hängen." Sie neigte den Kopf. „Hast du solche Tage schon erlebt, Jackie?"

„Ja", antwortete Jaquelin benommen. „Das habe ich."

Daphne nickte. „Ich auch. Und wenn die Wolken kommen, ist es mir ein Trost zu wissen, daß Gott mir nahe ist. In jeder Wolke ist er da."

„Und wartet darauf, mir eine Lektion zu erteilen, richtig?" Jaquelin schluckte den Rest ihres Tees hinunter und stellte die Tasse unsanft auf die Untertasse. „Er ist darauf aus, uns zu bestrafen, wenn wir vom richtigen Weg abweichen. Ich weiß, daß ich nicht die perfekte Christin bin. Ich habe aufgehört, in die Kirche zu gehen, als meine Mutter starb. Dann hat mein Vater wieder geheiratet und – nun, ich hatte es einfach nicht für notwendig erachtet. Manchmal sehe ich mir Gottesdienste im Fernsehen an, und ich bete – wenn etwas Ungutes passiert."

Daphne sagte nichts. Jaquelin stützte den Kopf auf ihre Hand und seufzte. „Ich schätze, dies mit dem Krebs ist Gottes Art und Weise, mich wieder auf den geistlich richtigen Weg zurückzutreiben. Ich habe bereits beschlossen, wieder zur Kirche zu gehen. Vielleicht war dieser Krebs dafür ein Weckruf ..."

„Das glaube ich nicht, Jaquelin."

Jaquelin blickte auf, von dem plötzlichen Zittern in der Stimme der Frau überrascht.

„Ich habe festgestellt – und zwar immer ..." Daphnes Stimme erwärmte sich, während sie sprach. „... daß Gott mit jeder Wolke will, daß ich etwas *lerne*. Er will, daß ich die Dinge vereinfache, daß ich andere Dinge und andere Menschen erst einmal vergesse, bis nur noch er und ich da sind. Er will nicht, daß ich etwas *tue*. Er will, daß ich einfach zu seinen Füßen sitze und auf seine Stimme höre. Wenn ich ihn wieder ganz meinen Vater sein lasse und ich das Kind bin, ist unsere Beziehung in Ordnung."

Jaquelin starrte sie an. Daphnes Worten rührten sie zutiefst an. „Du meinst also, ich sollte ... was?"

„Dich ausruhen, Jackie. Du mußt dich ausruhen." Daphne stand auf und nahm Jaquelin die leere Tasse und Untertasse aus der Hand. „Richte deine Gedanken auf deinen liebenden Vater. Immerhin ist er derjenige, der dein Leben in seinen Händen hält – nicht das Krankenhaus, nicht das Labor, nicht die Ärzte."

Jaquelin sank auf ihre Kissen zurück und schaute zu, wie die graziöse Frau wieder in der Küche verschwand. Wie konnte Daphne Redfield Ruhe finden, wenn ihr Krebs im Stadium T4 langsam aber sicher die ihr noch verbliebenen hundertundzwei Pfund auffraß? Der Feind wütete in ihrem Körper; sie hatte ihren Kampf noch lange nicht gewonnen.

Genausowenig hatte Jaquelin den ihren gewonnen. Sie mußte Jonah Martin wegen seiner Entscheidung, sie für den Rest ihres Lebens zu entstellen, zur Rede stellen. Er hatte einer Mastektomie zugestimmt, eine Behandlung, die für ihre Situation viel zu drastisch und radikal war. Letzte Nacht hatte sie sogar genüßlich davon geträumt, ein Gerichtsverfahren gegen ihn anzustreben.

Wenn Craig allein schon bei dem Gedanken an Krebs das Weite gesucht hatte, was würde dann erst ein anderer Mann tun, sobald er ihren entstellten Oberkörper sah? Jonah Martin war ein Mann; er würde die Gefühle einer Frau in bezug auf ihre Brust, ihren Körper nie verstehen. Und Jaquelin hatte noch nicht einmal die Freuden der Intimität in einer Ehe kennengelernt, sich dem Mann, den sie liebte, ganz hinzugeben.

Jetzt würde sie das nie mehr kennenlernen. Jonah Martin hatte praktisch im Vorübergehen sichergestellt, daß kein Mann Jaquelin mit Begehren in den Augen anschauen würde. Oh, sicher, sie hatte Frauen in der Klinik davon sprechen hören, daß ihre Ehemänner sie noch genauso liebten wie vor ihrer Brustoperation, aber sie waren verheiratet, als der Krebs zugeschlagen hatte. Ihre Männer hatten sich vorher schon in sie verliebt gehabt.

Jeder, angefangen bei Stacy bis zum Mädchen auf der Straße, wußte, daß die unverheirateten Männer von heute zuerst auf das Äußere schauen. Welcher Mann würde lange genug bei ihr bleiben, um sie wirklich kennenzulernen? Oh, sie könnte neuen Bekanntschaften eine kurze Zeit etwas vorspielen, aber sie war nicht der Typ, der mit entscheidenden Details hinter dem Berg hielt. Sie würde mit jedem, mit dem sie ausging, offen und ehrlich sprechen, und welcher Mann wollte schon eine angeschlagene Ware, wenn er doch eine gesunde, nicht entstellte, gutgewachsene Frau haben konnte?

Jaquelin schloß die Augen. Eine Reihe von Bildern aus dem Prospekt „Welche Möglichkeiten bietet die plastische Chirurgie?“ tanzten vor ihren Augen. Während Stacy und ihre Freundinnen in den kommenden Monaten auf Parties gingen und jungen Ärzten den Kopf verdrehten, würde Jaquelin sich mit einer künstlichen Brust verabreden:

sie kennenlernen, sie anprobieren, um die richtige Größe, das richtige Material für ihren Lebensstil zu finden. Welche Füllung sollte sie sich aussuchen – Wasser? Luft? Gel? Schaumstoff? Vielleicht, so überlegte sich Jaquelin, sollte sie sich ihre eigene Brust aus einem mit Bohnen gefüllten Säckchen nähen. Das sähe wahrscheinlich echter aus als so manches armselige Ding, das sie bei ihren Patientinnen schon erlebt hatte. Die Form, die im Stehen gut aussah, sah nicht natürlich aus, wenn man sich legte, und sie könnte nie mehr etwas anziehen, das auch nur im entferntesten so etwas wie ein Dekolleté hatte.

„Wo verkaufen sie diese langärmligen Badeanzüge aus den wilden zwanziger Jahren?" flüsterte sie und kraulte Bailey wieder den Kopf. Der Hund schaute sie mit seinen dunklen Augen an und klopfte zur Antwort mit dem Schwanz auf den Boden.

Jaquelin hörte Schritte und wußte, daß Daphne kam, um sich mit ihr zu unterhalten, oder sie daran zu erinnern, daß sie ihre Arm- und Schulterübungen machen mußte. Zu keinem von beidem in der richtigen Stimmung, faltete Jaquelin vorsichtig die Arme über ihrer Brust und stellte sich schlafend.

* * *

Zwei Wochen nach ihrer Operation nahm Jaquelin steif auf einem Stuhl in Dr. Martins Sprechzimmer Platz. Ihr Krankenblatt war auf dem Schreibtisch ausgebreitet, obwohl Jonah nirgends zu sehen war. Sie war froh, einen Augenblick Zeit zu haben, um ihren Gefühlen stramm die Zügel anzulegen. Sie hatte ihre Schwesterntracht angezogen, da sie hoffte, so viele ihrer Aufgaben wie möglich wieder erledigen zu können. Doch bevor sie an die Arbeit gehen konnte, brauchte sie Dr. Martins Einwilligung ... und mußte zudem ihren angestauten Gefühlen Luft machen.

Jaquelin hatte Dr. Martin seit ihrer Operation nicht mehr gesehen. Er hatte zwei- oder dreimal bei ihr zu Hause angerufen und sich bei Daphne nach ihrem Befinden erkundigt. Stacy, die sie kurz besuchte, hatte ihr von der ganzen Station Grüße überbracht, darunter auch Grüße von Jonah Martin, vermutete Jaquelin. An diesem Morgen hatten Lauren, Stacy und Linda sie mit einem breiten Lächeln und einer vorsichtigen, leichten Umarmung begrüßt. Dann waren Jaquelins Augen zu Jonahs Zimmertür gewandert. Das Licht war an, die Tür stand offen.

„Er ist kurz weggegangen, um sich seinen Kaffee zu holen", sagte Lauren, die bemerkt hatte, in welche Richtung Jaquelins Blick gewandert war. Ihre Lippen hatten sich zu einem geheimnisvollen Lächeln verzogen. „Warum tust du uns nicht allen einen Gefallen und gehst geradewegs hinein?"

„Was meinst du damit – euch einen Gefallen tun?" hatte Jaquelin gefragt und spürte, daß ihr Herz plötzlich schneller schlug.

„Ach, vergiß es." Lauren hatte ihr einen leichten Schlag auf die Schulter gegeben. „Geh einfach hinein und mache den guten Onkel Doktor glücklich. Er ist mürrisch wie ein Henker, seit du fort bist, selbst zu seinen Patienten. Er hält seine Termine noch weniger ein als vorher, und natürlich schiebt er die Schuld dafür auf Stacy und mich. Offenbar bist du die einzige Schwester, die dafür sorgen kann, daß er seinen Terminplan einhält."

Jaquelin hatte tief Luft geholt, die Schultern zurückgeworfen und war auf das Arztzimmer zugegangen. Dr. Martin war wahrscheinlich nicht gerade glücklich darüber, daß sie bei der Arbeit gefehlt hatte, aber seine Gefühle ließen sich gewiß nicht mit den ihren vergleichen! Sie tat niemandem einen Gefallen, wenn sie ihre Abneigung immer mehr wachsen ließ. Sie mußte Jonah Martin geradewegs zur Rede stellen. Er sollte seine Routineuntersuchung machen und seine Prognosen aufstellen, aber dann bekommt er es von ihr aus vollem Rohr. Seit Tagen bewegte sie sein Handeln in ihrem Fall – über das Gute und das Schlechte daran – und immer mehr erschien ihr seine Entscheidung, eine Mastektomie anzuordnen, abscheulicher und unlogischer. Was war mit ihm los? Wie konnte der Mann, der es arrangiert hatte, daß jemand sich um ihr Haus und ihren Hund kümmerte, sie gleichzeitig für den Rest ihres Lebens verstümmeln?

Während sie vor seinem Schreibtisch saß, durchströmten sie zugleich Angst und Ärger. Nur der Klang von Jonahs athletischen Schritten auf dem Gang hielt sie davon ab, eilig aus dem Zimmer zu flüchten.

„Jaquelin!"

Von seiner Stimme aufgeschreckt, blickte sie auf und hörte, daß er schnell Luft holte. Eine seltsame und unerwartete Wärme durchflutete sie, als sie die Überraschung und Freude in seinem Gesicht sah.

„Schwester Jaquelin! Sie sehen ..." Jonah brach ab und biß sich auf die Lippe, dann zog er sich hinter die Sicherheit seines Schreibtisches zurück. „Was ich sagen wollte", sprach er beherrscht weiter und stellte vorsichtig seine Kaffeetasse auf den Schreibtisch. „Sie sehen sehr gut aus. Dr. Wilder sagte, Sie haben erstaunliche Fortschritte gemacht."

„Nicht so erstaunlich, wie ich gehofft hatte", sagte Jaquelin, die seine Nähe gleichzeitig beunruhigend und irgendwie aufregend fand. *Du wolltest wütend sein,* rief sie sich in Erinnerung. „Ich wäre letzte Woche schon wieder zur Arbeit gekommen, wenn nur der Tumor entfernt worden wäre."

„Ja, das tut mir aufrichtig leid", sagte er und sank geschmeidig auf seinen Drehstuhl. „Aber am besten sehen wir uns Ihren Fall noch einmal gemeinsam an." Er blickte auf. Sie sah ein tiefes Gefühl aus seinen blauen Augen leuchten. „Wie fühlen Sie sich?"

„So gut, wie man es unter den Umständen erwarten kann", antwortete sie und klopfte auf die Armlehne ihres Stuhles, um ihren Worten Nachdruck zu verleihen.

„Gut." Jonah blätterte im Pathologiebericht. „Das Gewebe um den Tumor herum war sauber. Die Lymphknoten waren noch nicht zusammengewachsen oder an die angrenzenden Blutgefäße angewachsen. Wir hatten natürlich gehofft, daß sie ganz sauber wären, aber ..."

Jaquelin seufzte. „Ich kenne alle Details, Doktor Martin. Schreiben Sie mich bitte einfach wieder gesund. Ich sterbe zu Hause vor Langeweile."

Jonah hob den Kopf und schaute sie an. „Irgendwelche Schmerzen an der Stelle, an der Sie operiert wurden?"

„Keine, außer einer leichten Spannung. Aber das ist normal."

„Irgendwie eine Taubheit?"

„Nein."

„Ödeme? Irgendeine wie auch immer geartete Schwellung des linken Armes?"

„Nein. Mir geht es gut. Ich gebe Ihnen mein Wort darauf. Keine Venenentzündung, keine Ödeme, keine Schmerzen. Ich mache regelmäßig meine Gymnastik, und ich bin bereit, wieder an die Arbeit zu gehen."

„Noch nicht." Jonah ließ ihr Krankenblatt sinken, legte die Hände ineinander und betrachtete sie nachdenklich. „Ich will wissen, was Sie wegen der Mastektomie empfinden. Angesichts der Größe und des schnellen Wachstums Ihres Tumors hielten Dr. Wilder und ich es für das beste, die gesamte Brust zu entfernen."

Jaquelins Gereiztheit verwandelte sich schlagartig in Wut. „Wie können Sie es wagen, Dr. Wilder die Schuld in die Schuhe zu schieben?" rief sie ganz außer Atem. „Ich *weiß*, was in diesem Operationssaal geschah. *Sie* haben die Entscheidung getroffen, meine Brust zu entfernen, Doktor Martin, und das, nachdem Sie mir versichert hatten, daß eine Mastektomie bestimmt nicht nötig sei!"

Seine Augen funkelten abwehrend. „Jaquelin, das ist nicht fair", entgegnete er und hob beschwichtigend die Hände. „Wir beide haben über die Möglichkeit einer Mastektomie gesprochen. Sie haben die Einwilligung unterschrieben. Sie sind Krankenschwester und arbeiten auf einer Krebsstation; Sie wissen, wie gefährlich diese schnell wachsenden Krebsarten sein können ..."

„Aber ich war nicht darauf vorbereitet!" Ihre anklagende Stimme durchschnitt die Luft. Einen Augenblick zog sie in Erwägung, ihre Stimme zu senken, verwarf diesen Gedanken jedoch. Sollten Lauren, Stacy und Dr. Kastner sie doch hören. Es interessierte sie im Moment auch nicht, ob die Patienten hörten, was ihr heiliger Dr. Martin ihr angetan hatte.

„Sie hatten mir nicht gesagt, daß ich meine Brust verlieren werde!"

„Ich sagte, daß das möglich sein könnte." In Jonahs Stimme zitterte eine nur schwach beherrschte Erregung, aber Jaquelin war nicht bereit, innezuhalten und sich zu fragen, welche Gefühle *er* wohl hatte.

„Sie hätten mich warnen müssen!"

„Das habe ich." Seine Stimme hatte, ohne im geringsten lauter zu werden, eine unüberhörbare Festigkeit angenommen. „Jaquelin, ich habe Ihnen die Statistiken gezeigt, ich habe Sie vor dem Risiko gewarnt, ich habe Ihnen die Langzeitprognosen gezeigt. Was hätte ich noch tun können?"

Diese Frage traf sie unvorbereitet. Ja, was hätte er tun können, das er nicht ohnehin getan hatte? Jonah hatte sie gewarnt. Er hätte das nicht tun müssen. Sie war Krankenschwester; sie wußte alles über Krebs. Warum war sie dann so wütend? Verdrängte sie das Problem genauso sehr wie ihr Vater?

Viel zu schnell fiel ihr keine Ausrede mehr ein. Die Wahrheit war, daß sie eine Brustentfernung nicht *gewollt* hatte, daß sie einen Teil ihres Lebens oder ihres Körpers nicht an den Krebs verlieren wollte. Ihre Wut hatte sich nach außen gegen Jonah gerichtet, weil er derjenige war, der diesen Verlust angeordnet hatte, aber noch mehr als das war er einfach der einzige, der ... da war.

Jaquelin ballte ihre Hände zu harten Fäusten und drängte die Tränen zurück. Es gab keine Möglichkeit, der grauenhaften Wahrheit zu entfliehen, sie zu leugnen. Sie konnte niemand anderen die Schuld für diese Situation geben. Sie hätte früher zum Arzt gehen sollen ... sie hätte nicht ihrer eigenen dummen Selbstdiagnose vertrauen dürfen.

„Jaquelin." Sie hörte Mitleid und Mitgefühl aus seiner Stimme heraus, was sie zwang, den Kopf abzuwenden. Hinter sich hörte sie ein unverkennbares Klicken und wußte, daß Stacy oder Lauren so barmherzig gewesen war und die Tür geschlossen hatte.

„Erklären Sie mir nur, warum Sie es getan haben. Ich will es verstehen", flüsterte sie mit erstickter Stimme. „Warum haben Sie sich für eine so radikale Lösung entschieden? Es war nur ein Tumor T2. Sie hätten sich genausogut für eine Entfernung des Tumors und eine Bestrahlung entscheiden können. Dann wäre ich nicht mein Leben lang entstellt. Dann wäre ich noch ganz."

Jonah antwortete nicht sogleich. Als sie ihre tränennassen Augen hob, sah sie ein fast unmerkliches Flehen in seinem Gesicht.

„Sie wissen gar nicht, wie sehr ich unter dieser Entscheidung litt – wie sehr ich immer noch darunter leide", sagte Jonah leise, während er mit einer Hand die Kante seines Schreibtisches umklammerte und mit der anderen gedankenverloren mit einem Bleistift auf ihr Krankenblatt klopfte. „Dr. Wilder hätte beides gemacht, obwohl er ebenfalls von dem schnellen Wachstum des Tumors überrascht war und von ihrer Familiengeschichte wußte. Aber er überließ die Entscheidung mir. Und obwohl ich wußte, daß Sie eine Mastektomie nicht für nötig gehalten hatten, forderte ich ihn auf, weiterzumachen und alles wegzuschneiden." Er schwieg eine Weile, dann sagte er in einem kaum hörbaren Flüstern: „Weil ich Sie nicht verlieren will."

Die Zärtlichkeit in Jonahs Worten und seiner Miene erstaunten sie. Einen Augenblick konnte Jaquelin weder sprechen, noch atmen, noch sich bewegen. Sie starrte sprachlos den Bleistift an, den er so ruhelos wie ein Metronom bewegte.

Was in aller Welt meinte er mit diesen Worten? War ihm bewußt, daß er gerade zugegeben hatte, daß ihm etwas an ihr lag ... oder nicht?

In ihrem Herzen funkelte es einen Augenblick so hell, wie wenn Licht sich im Wasser spiegelt, als sie aufschaute und ihr Blick über sein Gesicht wanderte. „Jonah, ich ..."

Er unterbrach sie mit erhobener Hand. „Jaquelin, wir sollten jetzt nicht weitersprechen. Ich glaube, wir sind beide zu aufgewühlt. Krebs ist eine ernste Sache, und wie Sie mir schon oft gesagt haben, neige ich dazu, mich zu sehr in das Leben meiner Patienten einzumischen."

Jaquelin hörte ihm betroffen zu. Seine *Patienten? War das der einzige Grund, warum ihm etwas an ihr lag – weil sie eine seiner hochgeschätzten Patientinnen* war?

Plötzlich wurde sie sich beschämt Jonahs musternden Blickes

bewußt. Er wog die Wirkung seiner Worte ab. Sie durfte ihn nicht merken lassen, daß ihre Sinne auch nur den Bruchteil einer Sekunde aufgelodert waren, daß er für sie mehr empfinden könnte als für seine anderen Krebspatientinnen.

„Ich verstehe, Dr. Martin", murmelte Jaquelin. Sie merkte die Röte, die über ihre Wangen zog. „Ich weiß, daß Sie nur ungern eine so ausgezeichnete Schwester wie mich verlieren wollen."

Jawohl. Begegne Arroganz mit Arroganz.

„Ganz richtig." Jonahs besorgte Miene entspannte sich zu einem schmalen, gezwungenen Lächeln. „Wenn Sie nichts dagegen haben, würde ich dieses Gespräch gern heute nachmittag fortsetzen. Ich habe um neun Uhr einen Termin mit einem neuen Prostatapatienten, und ich brauche ein paar Minuten, um mir sein Krankenblatt noch einmal anzuschauen."

„Kein Problem, Herr Doktor." Mit einer einzigen schnellen Bewegung stand Jaquelin auf den Beinen und war zur Tür hinaus.

13

Eine starke Erleichterung erfüllte Jonah, als sie zur Tür hinaushuschte. Um Haaresbreite hätte er Jaquelin – und auch sich selbst – eingestanden, daß seine Vernunftgründe mit einer tiefen inneren Sehnsucht gepaart waren, und damit fünf Jahre entschlossener, eiserner Grundsätze über Bord geworfen.

Seine Gefühle für Jaquelin aber waren aus mehreren wichtigen Gründen das letzte, an das er denken durfte – und das mußte auch so sein. Erstens hatte sie einen Freund. Jonahs kurzer Besuch an ihrem Krankenbett hatte bewiesen, daß sie Craig – wie auch immer er noch hieß – liebte, ob der Kerl sie nun verdiente oder nicht. Zweitens hatte der Dreschflegel der bitteren Erfahrung Jonah gelehrt, daß auf einer Krankenhausstation Liebesgeschichten keinen Platz hatten. Und drittens sollte ein Arzt nicht zulassen, daß seine Gefühle für einen Patienten seine Beurteilung darüber trübten, was die vorsichtigste medizinische Behandlung war.

Und die vorsichtigste Behandlung für Jaquelin Wilkes war eindeutig eine Mastektomie mit nachfolgender Chemotherapie. Auch wenn ihm die Worte vor Schmerz fast im Hals steckengeblieben waren, als er Dr. Wilder empfahl, die radikalere Operation durchzuführen. Er war überzeugt, daß er in Jaquelins bestem Interesse gehandelt hatte. Der Krebs hatte sich bei ihr bereits bis in die Lymphknoten ausgebreitet. Bei aller verständlichen Verdrängung hätte Jaquelin seine Bedenken kennen und verstehen müssen.

Warum aber quälten ihn diese Gedanken so sehr?

* * *

„Dr. Martin?" Jaquelin beugte sich um den Türrahmen in sein Arztzimmer und fühlte sich so ausgebrannt, wie ihre Stimme klang. Ihr Rücken schmerzte zwischen den Schulterblättern, und die Haut über ihrem Brustkorb fühlte sich wie die gespannte Haut einer Trommel an, gegen die ihr Herz in einer müden, sich ständig wiederholenden, monotonen Bewegung schlug.

Aber sie war dankbar für ihre Müdigkeit. Im Augenblick war sie zu müde, um sich Gedanken über Jonah Martin zu machen, und sie war sich ziemlich sicher, daß nichts, was er sagen würde, sie im Moment in Rage versetzen könnte.

Jonah saß an seinem Schreibtisch und diktierte Krankenberichte, die von der Sekretärin später in die Patientenkarteien übertragen wurden. Er blickte kurz auf, sah Jaquelin im Türrahmen stehen und winkte sie herein, ohne dabei seinen Gedankengang zu unterbrechen, wie sie ihm deutlich ansehen konnte.

Sehr gut, dachte sie und betrachtete den leeren Stuhl vor seinem Schreibtisch, als wäre er eine Insel inmitten eines unruhigen Meeres. *Dr. Stachelschwein ist wieder da.*

Er beendete seine Notizen und schaltete das Diktiergerät ab, als ihm auffiel, daß sie immer noch stand.

„Bitte, Jackie, setzen Sie sich", sagte Jonah. Etwas Farbe trat in sein Gesicht. Während sie sich dankbar auf dem Stuhl niederließ, schob er ein paar Papiere zusammen, die verstreut über seinem Schreibtisch lagen.

„Puh", sagte er schließlich und fuhr sich mit der Hand durch die Haare. „Ein stressiger Tag, was? Ich bin fix und fertig, und dabei muß ich mich nicht von einer Operation erholen. Ich kann mir vorstellen, wie Sie sich fühlen müssen."

„Können Sie das?" Jaquelin zog eine Braue in die Höhe. Diese warme, freundliche Art behagte ihr nicht. Im Augenblick war ihr Dr. Stachelschwein lieber.

Jonah schien den Wink zu verstehen. „Also dann", sagte er und verzog den Mund zu einem unangenehmen Strich. Er holte ihr Krankenblatt aus einem Stapel auf seinem Schreibtisch. Seine Stimme war jetzt beherrscht, beinahe angespannt. „Sie kennen das Spiel, Schwester Jaquelin, aber ich gebe Ihnen einen Auffrischungskurs. Wie Sie wissen, können wir erst sagen, daß Sie geheilt sind, wenn zehn Jahre lang keine neuen Krebszellen auftauchen. Und ich erwarte von Ihnen, daß Sie ab heute brav jeden Monat Ihre Brust untersuchen und einmal im Jahr eine Mammographie erstellen lassen." Er warf ihr einen kurzen Blick zu, um zu sehen, ob sie Einwände erheben würde. „Verstanden?"

Jaquelin nickte, zu ausgelaugt, um viel zu sprechen.

Er machte eine Pause und trommelte mit den Fingern auf seinen Schreibtisch. „Und nächste Woche", sagte er mit einem durchdringenden Funkeln in den Augen, „will ich, daß Sie hier mit Ihrer Chemotherapie beginnen. Eine Behandlung pro Woche für mindestens sechs Monate. Nur für den Fall, daß eine oder zwei dieser rebellischen Zellen Dr. Wilders Skalpell entwischt sind."

„Chemo?“ Bei dem entsetzten Klang ihrer eigenen Stimme fuhr sie zusammen. „Sie haben mir meine Brust wegschneiden lassen, und jetzt wollen Sie, daß ich mich einer *Chemo* unterziehe? Und das auch noch sofort?“

„Jaquelin.“ Jonah sprach mit ruhiger, aber verzweifelter Bestimmtheit. „Das ist das Standardverfahren. Tumore der Stufe T2 mit Befall der Lymphknoten, besonders bei Patienten mit Brustkrebs in der Familie sollten mit Biopsie, modifizierter, radikaler Mastektomie, Lymphknotenentfernung und anschließender Hormon- oder Chemotherapie bekämpft werden. Da die Hormontherapie bei Frauen nach der Menopause besser anschlägt, ist für Sie die Chemotherapie das einzig Richtige.“

„Aber – hier!“ Jaquelin breitete die Hände weit aus. „Doktor Martin, ich kann mich hier nicht der Chemo unterziehen, nicht vor den Augen meiner eigenen Patienten! Ich bin doch diejenige, die ihnen immer sagt, daß sie tapfer sein müssen, daß die Übelkeit sie nicht umbringt und daß diese dummen Perücken ganz natürlich aussehen. Um Himmels willen ...“

„Angst, daß Sie Ihre eigene Medizin nicht schlucken können?“ Die Worte waren kalt, aber als sie aufschaute, war eine schmerzliche Miene in seinen Augen zu sehen, als bedauerte er seine unverblümte Feststellung.

Wie konnte sie ihm das erklären? Es war nicht Angst oder Stolz oder Befangenheit, die sie davon abhielt, diesem Verfahren zuzustimmen, sondern eine Mischung von allen diesen Gefühlen. Wie konnte sie, die unerschütterliche Schwester Jaquelin, die immer einen klaren Kopf behielt, vor ihren Patienten zeigen, daß sie selbst auch verwundbar war? Die Patienten brauchten Jaquelins Kraft – und Jaquelin brauchte *auf keinen Fall* das Mitleid ihrer Patienten.

Sie schaute ihren Arzt spekulierend an. „Sie würden es nicht tun, wenn Sie an meiner Stelle wären“, sagte sie abrupt. „Sie würden nicht vor den Augen Ihrer eigenen Patienten eine Chemotherapie über sich ergehen lassen.“

Daran, daß er die Augen leicht zusammenkniff und sein Kinn zur Seite schob, sah sie, daß ihre Worte ins Schwarze getroffen hatten. Oh, er konnte sie leicht bloßstellen, aber wehe einer Schwester, die es wagte vorzuschlagen, daß ein erlauchter *Arzt* seinen eigenen Rat befolgen sollte.

Jonah atmete tief ein. Sie wappnete sich im Geiste gegen eine scharfe Rüge.

„Einverstanden, Jaquelin." Seine Stimme war überraschend zart, nicht viel lauter als ein Murmeln. „Sie haben recht. Ich werde Ihnen Ihre Medikamente selbst verabreichen. Wir können die Behandlung nach Feierabend ansetzen, wenn die Patienten nach Hause gegangen sind. Ich respektiere Ihre Privatsphäre."

Mit einem solchen Angebot hatte sie nicht gerechnet. Aus ihrer Fassung gebracht, verschränkte sie die Arme vor der Brust und schaute gezielt weg. „Ich könnte in ein anderes Krankenhaus gehen. Ich könnte mir sogar einen anderen Arzt suchen."

„Das brauchen Sie nicht."

Jaquelin spürte, wie sich sein mitfühlender Blick in sie bohrte.

„Jaquelin, ich bin Ihr Arzt, und ich wäre auch gern Ihr Freund. Wir sind schon so weit miteinander gekommen. Gehen wir doch auch miteinander den nächsten Schritt. Einverstanden? Wenn Ihr Blutbild am Ende von sechs Monaten sauber ist, können Sie mit der Chemo aufhören und vergessen, daß Sie jemals Krebs hatten. Ich bin sicher, daß wir bis dahin alles los sind."

Jaquelin zuckte mit den Schultern, um ihre Verwirrung zu verbergen, und ließ den Kopf hängen, damit er an ihrem Gesicht nicht ihre Gedanken ablesen konnte. Was sollte sie tun? Die praktische, logische Seite ihres Verstandes wußte, daß er mit allem recht hatte. Er hatte recht gehabt, als er entschied, ihre Brust zu entfernen. Er hatte recht damit, eine Chemotherapie anzuordnen. Sie war nur deshalb aufgebracht, weil sie müde und schwach war, und weil zum ersten Mal in ihrem Leben der Krebs sie angegriffen hatte.

Gemischte Gefühle durchfluteten sie, als sie den Kopf hob. Warum war sie nur immer so widerstrebend, wenn es darum ging, ihm zuzustimmen? Etwas in ihr wollte gleichzeitig diesen Mann ablehnen und ihm gefallen.

Irgendwie zwang sie trotz ihrer Unsicherheit ein steifes Lächeln auf ihr Gesicht. „Einverstanden. Ich liefere mich Ihren Händen aus. An den Chemotagen bin ich von acht bis siebzehn Uhr Ihre Krankenschwester und ab siebzehn Uhr Ihre Patientin."

„Gut." Bei Jonahs gewinnendem Lächeln schmolz ihre Abwehr dahin. „Jaquelin, ich verspreche Ihnen, daß ich auf Ihre Gefühle Rücksicht nehmen werde."

„Das haben Sie bereits getan", flüsterte sie und dachte an all die Dinge, die er in den letzten zwei Wochen für sie getan hatte. War es möglich, daß seine zarte Fürsorge in einem Gefühl verwurzelt war, das tiefer ging als sein ungewöhnliches Mitgefühl für seine Patienten?

Doch sehr schnell verwarf Jaquelin diesen Gedanken wieder. Jonah Martin war kein gewöhnlicher Mann, er war ein Arzt, wie es nur wenige gab. Wenn es auch eine Herausforderung war, für ihn zu arbeiten, war sie doch sehr froh, ihn als ihren Arzt zu haben.

„Keine Angst, Dr. Martin", sagte sie und hob mit der ganzen Energie, die sie aufbringen konnte, den Kopf. „Ich habe die Absicht, mich richtig zu ernähren, meine Vitamintabletten zu schlucken, Gymnastik zu machen und glücklich zu sein. Und ..." Daphne Redfield kam ihr in den Sinn. „Ich denke, ich werde wieder anfangen, in die Kirche zu gehen. Diese ... Situation ... hat mich daran erinnert, daß ich Gott nicht so nahe bin, wie ich das sein sollte."

„Das ist gut." Ein ungewohnter Blick funkelte in seinen Augen auf. „Die Gemeinde, in die ich gehe, ist empfehlenswert – nur für den Fall, daß Sie etwas Neues suchen. Ich würde mich freuen, Sie dort im Sonntagsgottesdienst zu sehen." Dann fügte er noch hinzu: „Natürlich ist Craig auch willkommen."

„Craig?" Allein schon sein Name schmeckte bitter wie Galle. Jaquelin schüttelte den Kopf. „Ich würde ihn nicht in einer Kirche suchen." Am liebsten hätte sie hinzugefügt: *Ich würde ihn nirgendwo suchen.* Aber sie biß sich auf die Lippe. Dr. Jonah Martin wollte bestimmt nichts von ihrem armseligen, traurigen, nicht existierenden Liebesleben hören.

„Dann ist alles klar." Und er fügte leise hinzu. „Ich wollte Ihnen noch sagen, daß ich es gar nicht gut finde, daß Sie so früh wieder zu arbeiten anfangen ..."

Jaquelin holte entrüstet Luft, aber er bat sie mit erhobener Hand zu schweigen. „Doch da Sie nun einmal hier sind, bestehe ich darauf, daß Sie jeden Tag in der Mittagspause eine warme Mahlzeit zu sich nehmen. Ich werde das kontrollieren." Ein schwaches Leuchten funkelte aus seinen klaren blauen Augen. „Wenn Sie nicht die Energie aufbringen, sich etwas einzupacken, das in der Mikrowelle aufgewärmt werden kann, dann lassen Sie mich das bitte wissen. Ich kann jemanden losschicken, um etwas zu holen. Und jeden Tag, an dem Sie keine Chemo haben, gehen Sie pünktlich um sechzehn Uhr nach Hause und ruhen sich aus. Wenn Sie bei Ihrem Hundepony Hilfe brauchen, dann müssen Sie mich, Stacy oder Daphne anrufen."

Jaquelin schluckte schwer, hob das Kinn und erwiderte seinen direkten Blick. „Sie sind nicht mein ..." *Chef* hätte sie beinahe gesagt, bevor ihr bewußt wurde, daß er genau das war. Von der Torheit ihrer Widerspenstigkeit überführt, schüttelte sie seufzend den Kopf und lächelte.

„*Das* war jetzt jedenfalls pubertär von mir", schloß sie und hatte alle Mühe, nicht laut loszulachen.

Jonah betrachtete sie belustigt. „Keine Diskussion, Schwester Jaquelin. Wenn Sie wieder gesund werden wollen, dann werden Sie tun, *was* ich Ihnen sage, und *wann* ich es sage."

„Ja, Sir", sagte Jaquelin und stand auf. Sie stieß ein übertriebenes Seufzen aus. „Ich höre und gehorche. Bis auf die Sache mit dem Mittagessen. Ich bin Ihre Patientin, aber nicht Ihre Sklavin, und Sie können mich nicht an diese Station binden. Bei schönem Wetter esse ich lieber draußen auf dem Rasen."

„Das könnte ein Problem werden." Seine Lippen zitterten unter der Aufgabe, lächeln zu müssen. „Ich bin Ihr Arzt, aber wie kann ich Sie betreuen, wenn Sie aus meinen Augen sind?"

Eine kühne Antwort drängte sich auf ihre Zunge, und bevor sie die Worte hinunterschlucken konnte, rutschten sie ihr über die Lippen: „Sie können ja mitkommen."

Um Himmels willen, was tat sie denn da? Er mußte ja denken, daß sie genauso unverhohlen wie Stacy mit ihm flirten wollte.

Ein ungezwungenes Lächeln spielte um seine Mundwinkel. „Oder Sie lassen sich von mir zum Essen ausführen." Die Worte kamen mit doppelter Geschwindigkeit über seine Lippen, als klebten sie zusammen. „Sie bestimmen, an welchem Abend, diese oder nächste Woche."

Sie hielt erschrocken in ihrer Bewegung inne. War das Spaß? Bestimmt! Er hatte ihr gerade gesagt, daß sie Craig mit zur Kirche bringen sollte. Und er flirtete mit der Hälfte seiner Patientinnen, auch wenn die meisten von ihnen so alt waren, daß sie seine Mutter sein könnten. Diese Einladung war wie die, irgendwann einmal bei den Baldovinos vor der Haustür zu stehen und eine Lasagne mit ihnen essen zu wollen.

Auch wenn sie in diesem Augenblick seine Patientin war, war sie dennoch seine Krankenschwester. Krankenhäuser waren nicht die geeignete Umgebung für ein romantisches Rendezvous; er konnte die Einladung also nicht ernst gemeint haben.

Jaquelin holte tief Luft und sagte ohne ihm in die Augen zu schauen: „Ich gehe mit Ihnen essen, Dr. Martin", und warf ihm das frechste Lächeln zu, das sie zustande brachte, „wenn Sie sich mit dem Ellbogen am Ohr kratzen können."

* * *

Jonahs Lächeln erstarrte, als sie sich umdrehte und sein Zimmer verließ. Welch ein Idiot er war! Wenigstens hatte sie einen klaren Kopf behalten und ihn in seine Schranken verwiesen. Sonst hätte er seine Gefühle nicht mehr zurückhalten können, die in diesem Augenblick noch weitaus gefährlicher waren als seine unvorsichtigen Worte.

Es ist gut, daß du diese Wohnung gemietet hast, dachte er und drehte sich in seinem Bürostuhl herum, bis er aus dem Fenster schauen konnte. *Wenn du dich nicht besser in den Griff bekommst, ziehst du schneller von hier fort, als du es beabsichtigt hast.*

Er aber wollte das Chambers-Wyatt-Krankenhaus nicht verlassen, bevor er nicht wußte, daß Jaquelin auf dem Weg zu einer vollständigen Genesung war. Er konnte es sich einfach nicht leisten, sich von romantischen Gefühlen, Hormonen – oder was auch immer es war – leiten zu lassen. Er hatte gewiß schon Frauen getroffen, die genauso schön waren, und die eine oder andere war auch so intelligent gewesen, aber noch nie hatte er eine Frau getroffen, bei der er bereit war, seine eisernen Entschlüsse über Bord zu werfen und die Mauern um sein Herz niederzureißen. Mit ihrer hartnäckigen Entschlossenheit und ihrem Mut hatte Jaquelin ihm sein Herz gestohlen ... und auch noch den größten Teil seines gesunden Menschenverstandes.

Warum in aller Welt war er mit einem so offensichtlichen Annäherungsversuch herausgeplatzt? Keine Frau der Welt würde romantische Gefühle für einen Mann hegen, der gerade über ihren Krankenbericht gesprochen und ihr erklärt hatte, daß sie ein geregeltes Leben führen solle. Doch der betrübte Blick, der in ihre Augen getreten war, als er Craigs Namen erwähnt hatte, hatte ihn kühn gemacht. Der Freund war kein einziges Mal im Krankenhaus aufgetaucht, um Jaquelin zu besuchen – Jonah hatte das kontrolliert! Und aus beiläufigen Gesprächen mit Daphne Redfield hatte er erfahren, daß Craig auch nicht bei ihr zu Hause gewesen war, um Jaquelin zu besuchen.

„Es ist wirklich jammerschade, Doktor Martin“, hatte Daphne einmal zu ihm gesagt, als er anrief, um sich nach Jaquelins Befinden zu erkundigen. „Sie sitzt den ganzen Tag mit diesem riesigen Hund an ihrer Seite auf dem Sofa und liest. Der Hund ist aber ein Segen, da sie anscheinend sonst niemanden hat. Ihr Vater rief am Samstag an. Ich stellte mich am Telefon vor. Natürlich ging ich davon aus, daß er alles über Jaquelins Gesundheitszustand wisse, aber als ich sagte, sie erhole sich gut von ihrer Operation, murmelte der Mann etwas davon, daß jemand an der Tür sei, und legte ohne ein weiteres Wort auf!"

Daphnes entsetzte Verwunderung war unüberhörbar. „Ich kann mir nicht vorstellen, daß ein Vater eine Tochter so allein lassen kann!"

Jaquelin war also allein. Das erklärte vieles – ihre Hingabe an ihre Arbeit, ihre Fürsorge und Anlehnung an ihren Hund, die eiserne Härte unter ihrem weichen Lächeln und hinter ihrer angenehmen Stimme.

Für Jonah war Einsamkeit ein alter Bekannter. Seine Waffen dagegen waren sein voller Terminkalender und die Bedürfnisse seiner Patienten. Gäbe es nicht Patienten wie Daphne Redfield und Concetta Baldovino und den jungen Michael Richards, dann wäre er so ruhelos wie eine Maus in einer Milchkanne. Jaquelin wäre das auch, wenn er ihr verböte, zu arbeiten und ihr Leben mit etwas Sinnvollem zu füllen.

Das Telefon an seinem Gürtel klingelte und riß ihn aus seinen Gedanken. Einer seiner Patienten brauchte ihn, wahrscheinlich Michael Richards, das neue Kind mit Knochenkrebs. Er hatte an diesem Morgen eine starke Dosis Adriamycin und Cytoxan bekommen, und seine Mutter war so besorgt gewesen wie eine Henne um ihr Küken.

* * *

Am Freitagnachmittag, dem 31. Oktober, wartete Jaquelin, bis die Tagesklinik leer war, dann sank sie auf einen der mit Kissen gepolsterten Behandlungsstühle. Jemand hatte eine Reihe Papierlampions vor das große Fenster des Behandlungszimmers gehängt, und draußen in einer entfernten Straße konnte sie die Umzüge hören, die an Halloween die Kinder in ganz Amerika durchführten.

Ironie des Schicksals. Sie begann mit ihrer Chemotherapie ausgerechnet an dem Abend im Jahr, an dem Geister, Gespenster und billige Horrorfilme im Fernsehen ihr Unwesen trieben.

„Soll ich Ihnen die Rede halten, die Sie jedem neuen Patienten verpassen?" fragte Jonah mit verschmitzt funkelnden Augen, als er das Zimmer betrat.

„Überspringen Sie die Rede, geben Sie mir einfach das Zeug", erwiderte Jaquelin und streckte ihm den Arm entgegen. „Ich kenne die Nebenwirkungen, und ich habe die Einwilligungspapiere unterschrieben. Pumpen Sie mich einfach voll, Doktor, und schieben Sie einen guten Film in den Videorekorder."

Jaquelin mußte das Geschick bewundern, mit dem Jonah die Nadel in ihre Vene führte. Ihre eigene Technik war nicht halb so sanft.

„So", sagte Jonah und stellte die Verbindung zwischen der IV-Kanüle und der Infusionsflasche her, deren Inhalt jetzt in ihren Arm floß. „Diese Medikamente sollen die Übelkeit in Schranken halten und dafür sorgen, daß die Nacht und das Wochenende nicht allzu unangenehm für Sie werden. Wenn sie durchgeflossen sind, spritze ich Ihnen Ihren Chemo-Cocktail und schicke Sie dann nach Hause. Sie bekommen das CMFVP-Protokoll – Cytoxan, Methotrexat, 5-Fluorouracil, Vincristin und Prednison. Acht Wochen lang einmal wöchentlich, dann in zwei von vier Wochen einmal wöchentlich."

Jaquelins Blick wanderte zu der Flasche auf dem Infusionsständer. „Sie brauchen nicht hier bei mir zu bleiben", flüsterte sie und bekam plötzlich Schuldgefühle. Er war bereit, nur wegen ihres törichten Stolzes Überstunden zu machen. „Das wird eine ganze Weile dauern, und ich weiß, daß Sie viel Arbeit haben ..."

„Ich habe noch einiges auf der Station zu erledigen." Jonah schlug sich auf die Knie und stand auf. Dabei schob er den Stuhl über den glänzenden Fliesenboden. „Und zu Hause habe ich nichts zu tun." Er blieb stehen und legte die Hand auf ihren Arm, als müsse er die Einstichstelle überprüfen. „Rufen Sie, wenn Sie etwas brauchen", sagte er. Die Berührung seiner Finger war warm auf ihrer Haut. „Ich bin da, und ich kann Sie hören."

Jaquelin nickte, von plötzlich auflodernden Gefühlen zu sehr übermannt, um sprechen zu können.

14

„Mrs. Redfield?"

Zwei Wochen später blieb Jaquelin an der Schwelle zum Wartezimmer stehen und blickte sich nach Daphne um. Sie biß sich, von widerstreitenden Gefühlen hin- und hergerissen, auf die Lippe, als sie die schlanke Frau erkannte, die von dem Sofa aufstand. Daphne trug ihre gewohnte leuchtende Kopfbedeckung, aber die Augen unter dem Tuch wirkten heute müde und matt. Sie bewegte sich steif durch die Empfangshalle und stützte sich schwer auf den Griff eines Regenschirmes. Das Lächeln, das sie Jaquelin zuwarf, war nur ein schwacher Abglanz seiner früheren Kraft und Wärme. Wie hatte sie nur so schnell abbauen können?

Von schrecklichen Schuldgefühlen geplagt, kniff Jaquelin die Lippen zusammen. Sie hatte sich darauf gefreut, Daphne zu erzählen, wie gut es ihr nach zwei Wochen Chemotherapie ging – sie hatte noch nicht viele Haare verloren und immer noch viel Energie – aber ihr Eifer verschwand augenblicklich, als die ältere Frau sich langsam und bedächtig zum Schwesternzimmer bewegte.

„Daphne, wie fühlst du dich heute?" fragte Jaquelin und errötete, als ihr bewußt wurde, wie unsinnig diese Frage war. Sie warf einen Blick auf Daphnes Krankenblatt, um die Gefühle zu verbergen, die ihre Augen bestimmt verrieten. „Dr. Martin wird dieses rote Tuch gefallen. Ich glaube, Rot ist seine Lieblingsfarbe."

„Warum hast du dann etwas Weißes an?" neckte Daphne. Ihre Stimme schien von weither zu kommen. „Manchmal, Jaquelin, denke ich, du hast zu viel Verstand und zu wenig Herz."

Jaquelin hob tadelnd einen Finger. „Das stimmt nicht. Ich liebe meinen Hund."

„Du stellst dich absichtlich begriffsstutzig." Daphne schüttelte den Kopf, aber ihr Mund verzog sich liebevoll. „Schau dich nur an! Du siehst großartig aus."

„Ich bin auf dem besten Weg, wieder ganz die alte zu werden." Jaquelin nahm Daphnes Arm und half ihr zu dem Stuhl, um ihr Blut abzunehmen und ihren Blutdruck zu messen.

„Du siehst gut aus." Daphnes Knie gaben unter ihr nach. Sie brach auf dem Stuhl fast zusammen. Dann klemmte sie sich den Schirm zwischen die Beine und seufzte erleichtert auf. „Du bist wieder genauso hübsch wie vor deiner Operation", sprach sie weiter, ohne auf ihr eigenes unübersehbares Unwohlsein einzugehen. „Du siehst zu gut aus für eine Krebspatientin – wir anderen werden Probleme haben, mit dir Schritt zu halten."

Daphne schwieg ganz außer Atem. Jaquelin hantierte mit der Blutdruckmanschette. *Mir treten Tränen in die Augen, meine Güte!* Sie konnte doch nicht vor den Augen einer Patientin weinen! Das hatte sie noch nie getan, aber Daphnes schneller körperlicher Verfall warf sie völlig aus dem Gleichgewicht. Diese Frau hatte noch vor wenigen Wochen auf Händen und Knien Jaquelins Küchenboden geschrubbt.

„Ich glaube, du willst mir nur etwas Nettes sagen", entgegnete sie und wickelte die Manschette um Daphnes Oberarm. Bei Patientinnen mit einer doppelten Mastektomie mußte man vorsichtig sein; jeder übermäßige Druck auf den Arm konnte zu einem Ödem oder einer Schwellung führen. Sie mußte die anderen Schwestern immer daran erinnern, daß sie bei ihr den Blutdruck an ihrem rechten Arm maßen und nicht links.

„Dein Blutdruck ist recht niedrig", sagte Jaquelin, ohne den Blick von dem Blutdruckmeßgerät abzuwenden. „Ich nehme jetzt an deiner Fingerspitze Blut ab, dann warten wir, was unsere Laboranten sagen. Vielleicht bekommst du heute überhaupt keine Behandlung."

„Behandelt mich oder nicht, das ist mir gleichgültig", erwiderte Daphne und hielt die Hand hoch. „Ich habe es genossen, in die Sonne hinauszukommen. Das Haus ist einfach zu ruhig, wenn die Jungen in der Schule sind und Dan an der Arbeit."

Das Blut lief hellrot aus Daphnes Fingerspitze. Jaquelin schmierte eilig einen Tropfen auf ein Deckglas und ging damit zum Labor. Das Mädchen, das dort arbeitete, schob es unter ein Mikroskop, dann schaute sie Jaquelin kopfschüttelnd an. „Schick die Frau nach Hause", sagte sie und holte den Objektträger wieder unter der Linse hervor. „Ihre Anzahl an weißen Blutkörperchen ist zwei. Für diese Patientin gibt es heute keine Chemo."

„Zwei?" wiederholte Jaquelin leise. Die weißen Blutkörperchen bekämpften Infektionen, und ein Anteil von zehn war normal. Bei einem Gesunden schwankte er leicht von Tag zu Tag, aber ein Krebspatient mit weißen Blutkörperchen, deren Anzahl unter drei lag, kann die chemische Keule eines Chemococktails nicht verkraften.

Daphne bekam also keine Behandlung, die sie so dringend brauchte.

„Gute Nachrichten." Jaquelin zwang sich zu einem strahlenden Lächeln, als sie wieder zu Daphne zurückkehrte. „Du bekommst eine Pause. Geh nach Hause und schlafe ein wenig. Iß etwas Gutes –

alles, was dir schmeckt. Wir müssen deinem Körper Gelegenheit geben, seine Produktion von weißen Blutkörperchen wieder zu erhöhen. Wenn du meine Anweisungen befolgst und dich ausruhst, kannst du in zwei Tagen wiederkommen und wir können die Behandlung festlegen."

Als sie Daphnes sanfte, verstehende Augen sah, brachte Jaquelin nur mühsam ein zitterndes Lächeln zustande. „Es tut mir leid, daß du aus dem Bett aufstehen und dich vergeblich hierherschleppen mußtest."

„Unsinn." Daphne klopfte zur Betonung mit ihrem Schirm auf den Boden. „Ich freue mich immer, dich zu sehen, und ich betrachte alles als göttlichen Plan. Da ich schon einmal hier bin, würde ich gern wissen, wie es dir geht."

Jaquelin konnte es nicht erwarten, Daphne ihre Neuigkeit zu verraten, aber nun wollte sie lieber nichts sagen. Vor einer Stunde noch hatte sie sich gefreut, als sie Daphnes Namen auf der heutigen Patientenliste gelesen hatte, da sie ihr gern erzählen wollte, daß ihre Übelkeit aufgrund der Chemotherapie bis jetzt ganz minimal geblieben war. Doch wie konnte sie von Gesundheit und Leben sprechen, wenn die Frau, die neben ihr saß, buchstäblich dahinwelkte?

Deshalb wählte sie ihre Worte mit großer Vorsicht. „Ich fühle mich ziemlich gut, arbeite den ganzen Tag, lege nachmittags eine Stunde Mittagsschlaf ein, und ich esse ... sehr viel. Einige Patienten haben mir das eine oder andere geraten, von dem ich denke, daß es helfen könnte. Ich schlucke also blaugrüne Algenpräparate und achte auf eine Ernährung, die viel Betakarotin enthält. Eine unserer Nachmittagspatientinnen bringt mir Pillen aus Haiknorpeln mit."

Daphne rümpfte angewidert die Nase. „Das klingt nach Altweiberfabeln in neuem Gewand, wenn du mich fragst. Ich freue mich, daß du die Chemotherapie gut verträgst, aber eigentlich wollte ich etwas anderes wissen." Sie beugte sich vor und legte ihre kühle Hand auf Jaquelins Arm. „Wie steht es mit dir und Dr. Martin?"

Jaquelin war über diese Frage vollkommen verblüfft. Was in aller Welt konnte Daphne damit meinen? Hatte sie etwas gesagt oder getan, womit sie angedeutet – *oder gar verraten* – hatte, daß sie sehr viel an Jonah Martin dachte?

„Dr. Martin geht es gut", stammelte sie und errötete spürbar, während sie nach einer Möglichkeit suchte, der unmißverständlichen Bedeutung von Daphnes Frage auszuweichen. „Auch wenn wir als Arzt und Krankenschwester besser miteinander klar kommen als als Arzt und Patientin." Sie drehte sich um und deutete den Gang hinab.

„Wenn du ihn heute sprechen willst, kannst du das gern tun. Aber ich weiß, daß er dir genauso wie ich sagen wird, daß du heute nach Hause gehen sollst. Jetzt ist gerade ein Patient bei ihm im Zimmer. Wenn du warten willst . . .“

Daphne verzog belustigt den Mund. „Meine Güte, Jaquelin, spiel nicht Katz und Maus mit mir. Ich will ihn nicht sehen. Ich will wissen, ob *du* ihn siehst – außerhalb des Krankenhauses, meine ich.“

„Außerhalb des Krankenhauses?“ Jaquelin brachte ein ersticktes Lachen zustande. „Warum sollte ich das wollen? Es ist schwer genug, diesem Mann *im* Krankenhaus zu entkommen. Er kontrolliert mich ständig und kommandiert mich herum. Er versucht sogar, mir vorzuschreiben, was ich in meiner Mittagspause essen soll.“

„Er mag dich.“ Daphne faltete in einer entschiedenen Geste die Hände über ihrem Schirm zusammen. „Und ich bin ziemlich sicher, daß Dr. Martin dich vielleicht sogar liebt. Auch wenn ich nicht begreife, warum dieser Mann dir das nicht selbst sagt.“

„Er . . .“ Überraschung erstickte die Worte, die um Haaresbreite über Jaquelins Lippen gerutscht wären. Daß Jonah Martin sie *liebte* . . . Sie starrte ihre Patientin fassungslos an.

„Er war während deiner Operation sehr besorgt um dich“, sprach Daphne weiter und nickte ernst. „Besorgter, als es jeder andere Arzt gewesen wäre, wenn du verstehst, was ich meine. Welcher andere Arzt hätte angerufen und versucht, eine Hilfe für dich zu finden? Nicht viele, das kann ich dir versichern! Aber Jonah Martin hat es getan.“

„Er ist . . . er ist mein Chef“, stammelte Jaquelin. „Er ging die extra Meile, weil ich für ihn arbeite.“

„Hätte Dr. Kastner das auch getan? Er ist ebenfalls dein Chef.“

„Aber er ist nicht *Doktor Teddybär*!“ Jaquelin warf hilflos und frustriert die Hände in die Höhe, dann schaute sie Daphne mit zusammengekniffenen Augen und sichtlicher Verlegenheit direkt an. „Hör zu. Du verehrst Dr. Martin, und ich kann auch verstehen warum. Er ist etwas Besonderes; das gebe ich zu. Er kümmert sich stärker um seine Patienten als andere Ärzte. Deshalb habe ich ihn vielleicht auch selbst als meinen Arzt gewählt. Aber, Daphne, er liebt mich nicht.“

Daphne antwortete nicht. Sie saß nur da und schaute Jaquelin mit einer Miene an, die sagte: *Ich habe recht, und es hat keinen Sinn, darüber zu diskutieren.*

„So entstehen Gerüchte“, sagte Jaquelin und hob tadelnd den Zeigefinger. Sie senkte die Stimme und flüsterte: „Draußen auf dem Gang hört jemand zufällig so eine Geschichte, und als nächstes erzählt man sich in der Gerüchteküche, daß der gute Doktor Martin und ich verlobt seien. Das ist aber nicht wahr, und es ist auch nicht fair. Also bitte, Daphne, sag keiner Sterbensseele ein Wort davon. Ich muß mit Dr. Martin zusammenarbeiten, und ich will auf keinen Fall, daß eine solche Geschichte alles nur noch komplizierter macht."

Daphne hielt züchtig eine Hand hoch. „Entschuldige! Ich dachte, du hättest vielleicht gesehen, was ich gesehen habe. Ich hoffte, ihr beide hättet angefangen, euch außerhalb des Krankenhauses zu treffen." Ihr Lächeln leuchtete kurz auf und stach von ihrer gelblichen Haut ab. „Aber ich schätze, ich werde wohl weiter hoffen müssen."

Jaquelin stöhnte.

„Und wenn du nicht gesehen hast, was ich gesehen habe", flüsterte Daphne und beugte sich mit einem verschmitzten Lächeln weiter zu ihr vor, „dann sind Sie schlicht und ergreifend blind, Schwester Jaquelin."

* * *

„Ich habe heute Mrs. Redfield gesehen", bemerkte Stacy und tauchte ein Kartoffelstück in eine Schüssel mit Hüttenkäse. Sie und Jaquelin nahmen an einem der zwei kleinen Tische in dem provisorischen Aufenthalts- und Eßzimmer für das Personal der Tagesklinik ihr Mittagessen ein. Von den anderen Mitarbeitern war noch niemand gekommen.

„Ich habe sie nach Hause geschickt", erwiderte Jaquelin nur und hoffte, Stacy habe von ihrem Gespräch mit Daphne kein Wort gehört.

„Sie sah schrecklich aus." Stacy wischte graziös ein Stück Käse vom Rand ihrer Schachtel. „Wie hoch waren ihre weißen Blutkörperchen?"

„Zwei." Jaquelin klappte die Plastikschachtel mit dem Gemüse auf, das sie sich in einem Laden mit Fertiggerichten gekauft hatte. Darin lagen wie die enthaupteten Krieger einer Gemüsearmee zusammengedrückte saubere Broccoliköpfe und Blumenkohlkronen, mit Karottenstreifen gemischt. Sie spießte ein Stück Karotte auf und steckte es sich in den Mund, fest entschlossen, es zu essen, so sehr ihr Magen auch bei dem Gedanken an eine weitere Portion Hasenfutter rebellierte. „Ich konnte es nicht glauben", sagte sie kauend. „Daphne sagte, sie sei sogar dankbar, daß sie eine Gelegenheit gehabt habe, aus dem Haus zu kommen. Die meisten Leute wären frustriert, wenn sie vergeblich den Weg auf sich genommen hätten – besonders da ich weiß, daß sie sich nicht gut fühlt."

Sie biß sich auf die Lippe und fragte sich, ob Stacy die erstaunliche Frage erwähnen würde, die Daphne Jaquelin vor ihrem Abschied gestellt hatte. Stacy war ein richtiggehender Vorposten in Gerüchtekriegen, und Jaquelin hatte es ganz ernst gemeint, als sie Daphne sagte, daß sie auf der Krebsstation und im Krankenhaus keine erfundenen Geschichten über ihr Liebesleben hören wolle. Es war ohnehin schon schwer genug, einen guten Ruf zu behalten, wenn man jung und unverheiratet war. Gerüchte über ein angebliches Verhältnis mit einem Arzt wollte sie beim besten Willen vermeiden.

Jaquelin wußte, daß selbst Jonahs erstaunlich geduldiges Temperament schwer in Mitleidenschaft gezogen wurde, weil die Chemotherapie Daphnes Krebs nicht hatte besiegen können. Nachdem Daphne ohne ihre Chemotherapie nach Hause gegangen war, hatte Jaquelin Jonahs verdunkeltes Sprechzimmer betreten, um ihm ein Krankenblatt auf den Tisch zu legen, und war überrascht, als sie ihn neben dem Schreibtisch auf den Knien angetroffen hatte. Offenbar hatte er sie nicht gehört, und sie war so schnell, wie sie gekommen war, wieder rückwärts hinausgegangen, die Karteikarte immer noch in der Hand.

„Hallo, Kinder." Mit einem schweren Seufzen sank Lauren auf einen leeren Stuhl an dem zweiten Tisch. Sie rieb sich die Schläfen, dann begann sie, eine einfache braune Brotzeittüte auszupacken.

„Kopfschmerzen?" fragte Jaquelin und schaute sie mit einem Broccolistiel zwischen den Fingern an.

„Ein bißchen." Lauren holte ein Sandwich und eine Safttüte heraus. „Meine Tochter und ich liegen uns ständig wegen der unwichtigsten Dinge in den Haaren." Sie zuckte mit den Schultern und nahm ihr Sandwich in die Hand. „Typische Konflikte zwischen einer Mutter und einer Tochter im Teenageralter wahrscheinlich. Aber es fehlt nicht mehr viel, und ich sperre sie in eine Kiste ein und werfe den Schlüssel weg, bis sie achtzehn ist."

„Warte damit lieber, bis sie zweiundzwanzig ist", grinste Stacy. „Ich habe meinen Eltern während meiner Collegezeit die meisten Nerven gekostet. In dem Jahr, in dem ich mit einem meiner Professoren ausging, wurden die Haare meiner Mutter innerhalb von zwei Wochen ganz weiß."

„Du bist mit einem Professor ausgegangen?" Laurens elegante Braue zog sich nach oben. „Ich hoffe, für diese Anstrengung hast du wenigstens eine anständige Note bekommen."

Stacy zuckte mit den Schultern, dann zwinkerte sie Jaquelin verschwörerisch zu. „Anatomie war mein schwächstes Fach. Ich mußte einfach etwas unternehmen, um es zu schaffen."

„Um was zu schaffen?" Jonahs tiefe Stimme mischte sich in das weibliche Geplauder ein. Jaquelin senkte den Blick. Wenn sie ihn anschaute, müßte sie an das denken, was Daphne Redfield gesagt hatte – aber dachte sie nicht ohnehin daran? Wie sollte sie es *verhindern*, an ihn zu denken, wenn er darauf bestand, jeden Tag seinen Kopf in den Aufenthaltsraum zu stecken?

„Meine Damen", sagte er, während er zu dem kleinen Kühlschrank schritt. „Keine von Ihnen nimmt ein ordentliches Mittagessen ein. Wenn Sie unter der Arbeitslast hier nicht zusammenbrechen wollen, müssen Sie mehr essen."

„Meine Kinder haben den Kühlschrank ausgeräumt", seufzte Lauren. Sie hielt ihr Sandwich hoch, das aus den zwei Enden eines Brotlaibes bestand. „Erdnußbutter und Gelee war das beste, was ich noch finden konnte."

„Immerhin machen Sie es besser als die anderen beiden." Jonahs blaue Augen wanderten mißbilligend über Stacys Kartoffeln und Hüttenkäse und blieben dann an Jaquelins zerlegtem Gemüse hängen. Ein Muskel zuckte an seinem eckigen Kinn. „Schwester Jaquelin", sagte er mit mißbilligendem Blick. „Ich hoffe doch sehr, daß Sie heute abend Proteine und Kohlehydrate zu sich nehmen. Ihr Körper braucht eine gehaltvolle Ernährung, um gesund zu werden."

„Ich komme sehr gut zurecht, danke", antwortete sie in einem Tonfall, der schärfer war, als sie beabsichtigt hatte. Stacy blickte überrascht auf, und sogar Lauren war verwundert.

Jaquelin senkte wieder den Blick. Die glühende Hitze in ihrem Gesicht machte sie verlegen. Meine Güte, selbst wenn die ganze Station Daphnes Bemerkung nicht gehört hatte, würde Jaquelins eigenes Verhalten sie bald auf die Idee bringen, daß etwas in der Luft liegen müsse.

„Es freut mich, von Ihren Fortschritten zu hören." Jonah zog eine Papiertüte aus dem Kühlschrank und drehte sich dann um. Der leere Stuhl an Laurens Tisch winkte wie ein Leuchtturm, aber mit steifer Würde trat er an den Tisch, an dem Stacy und Jaquelin saßen.

„Darf ich?" Er blieb hinter einem leeren Stuhl stehen und schaute Jaquelin direkt an.

Kicherte Stacy? Was immer dieses unterdrückte Geräusch auch war, Jonah schien es nicht zu beachten. Während Jaquelin ihn anstarrte, setzte er sich an den Tisch und öffnete seine Brotzeittüte, zog ein Sandwich, Kartoffelsalat, eine Tüte mit Fruchtsaft und eine Packung Schokoladenkekse heraus. Stacy tauchte belustigt ein letztes Kartoffelstückchen in ihren Hüttenkäse, aß es und verkündete theatralisch, daß sie unbedingt etwas frische Luft brauche. Als sie aufstand und vom Tisch wegging, stieß sie Lauren in die Seite, die eilig ihr Sandwich nahm und irgend etwas davon murmelte, wie angenehm es sei, draußen auf dem Rasen zu essen.

Die Gummisohlen ihrer Schwesternschuhe verursachten kein Geräusch, als sie den Raum verließen. Jaquelin starrte benommen auf ihr Gemüse und fragte sich, ob sie den beiden folgen sollte. Sie hatte das Gefühl, als sei ein riesiges Verschwörungsnetz um sie herum gesponnen worden, und selbst die Patienten wüßten etwas, von dem sie keine Ahnung hatte. Diese Albernheit müßte aufhören. Jonah Martin interessierte sich für sie nur als Patientin und Mitarbeiterin auf seiner Station. Es wäre falsch, wenn sie – oder irgend jemand sonst – mehr als das vermuten würde.

Jaquelin holte tief Luft und schaute ihn geradewegs an. „Sie haben hoffentlich bemerkt, daß Sie praktisch das gesamte Pflegepersonal aus dem Raum vertrieben haben.“ Sie klappte den Deckel auf ihre Gemüseschachtel. „Hat Ihnen denn nie jemand von dem ungeschriebenen Gesetz erzählt, daß Ärzte und Schwestern sich nicht zu nahe kommen dürfen?“

„Das brauchte mir niemand zu erzählen“, erwiderte Jonah und starrte auf sein Essen. Sein Tonfall troff vor Sarkasmus. „Ich habe es geschrieben.“ Er nahm sein Sandwich in die Hand und schaute sie dann an. Etwas regte sich in seinen Augen. „Und Sie haben unrecht. *Alle* Schwestern habe ich nicht vertrieben.“

„Ich bin auch schon so gut wie fort.“ Jaquelin konnte den Blick, mit dem er sie anschaute, und die unbehagliche Sehnsucht, die aus diesen Augen sprach, nicht ertragen. Sie schob ihren Stuhl zurück und stand auf, um den Raum zu verlassen, als er wieder sprach.

„Ich dachte, wir wären in den Neunzigern“, begann er, nahm einen Bissen und kaute langsam.

„Und?“ Sie versuchte, ihn zu drängen, weiter zu sprechen.

Er schluckte, dann warf er ihr ein unschuldiges Lächeln zu. „Ihr Schwestern seid befreit. Ihr seid Herren über euren Körper, euer Herz und euren Aufenthaltsraum. Um der Gerechtigkeit willen sollte es Sie nicht stören, wenn Dr. Kastner oder ich uns entscheiden, ebenfalls unser Essen hier einzunehmen.“

„Dr. Kastner nimmt kein Essen ein, er macht höchstens einen kurzen Imbiß", erwiderte Jaquelin und schob ihren Stuhl unter den Tisch zurück. „Richtig gegessen wird bei ihm erst abends, wenn er mit seiner Frau oder mit anderen wichtigen Leuten speist. Sie dagegen verlassen das Krankenhaus erst viel später und dann ..." Sie brach ab und war sich bewußt, daß sie kurz davor stand, eine unsichtbare Grenzlinie zu überschreiten. Das Gespräch wurde zu persönlich. Was Jonah Martin außerhalb des Krankenhauses tat, war seine ganz persönliche Angelegenheit und ging sie überhaupt nichts an. Und sie sollte ihn nicht kritisieren. Er war ungewöhnlich zuvorkommend in seiner Bereitschaft, ihr ihre Chemotherapie nach Feierabend und in einer relativ privaten Atmosphäre zu verabreichen.

„Ich weiß nicht viel über Sie", endete sie lahm und drückte ihre Hände auf den Tisch. „Ich lasse Sie also in Frieden essen, während ich mich zu den anderen Schwestern geselle."

„Warten Sie ..." Seine Hand fiel einen Augenblick auf die ihre, und sie mußte den dringenden Wunsch, sich von ihm loszureißen, als hätte sie sich verbrannt, unterdrücken. „Jaquelin, ich meine das mit dem Essen wirklich ernst. Solange Sie die Chemotherapie machen, sollten Sie mehr essen als nur Gemüse und Salat."

„Danke, Doktor Martin", erwiderte sie und warf ihm einen kalten Blick zu. „Aber Sie brauchen sich um mich keine Sorgen zu machen. Ich komme sehr gut zurecht. Ich fühle mich kräftig. Ich wurde noch nicht viel von Übelkeit geplagt, und selbst meine Haare hängen noch fest an meinem Kopf."

„Es ist noch sehr früh. Sie hatten erst zwei Behandlungen. Einige Nebenwirkungen der Medikamente treten erst nach zehn bis fünfzehn Tagen auf."

Jonahs Worte entzündeten eine angestaute Wut in ihrem Inneren. Sie drehte sich abrupt von ihm weg. Ihr Herz hämmerte unter ihrer vernarbten Brust. Warum schaute er immer auf das, was schief gehen könnte? „Ich dachte, Sie seien ‚Doktor Mitgefühl' und kann nicht glauben, daß Sie so grausam pessimistisch sein können ..."

„Nur weil ich daran glaube, meinen Patienten Hoffnung zu geben, heißt das noch lange nicht, daß ich sie anlüge", antwortete Jonah. Ein kurzer Anflug von Verärgerung zog über sein Gesicht. „Ich sage meinen Patienten die Wahrheit. Und ich sage auch Ihnen jetzt die Wahrheit, Jaquelin. Ich freue mich, daß es Ihnen gut geht, aber Sie können Ihre Hoffnung nicht auf Ihr Gemüse setzen. Letzte Woche nahm ich an der Beerdigung einer Patientin teil, die fünf Jahre lang all die richtigen Dinge getan hatte, aber trotzdem hatte sie den Kampf verloren."

Jaquelin wollte sich am liebsten die Hände auf ihre Ohren halten, aber sie drehte sich nur zum Fenster herum. Ihr Atem kam abgehackt. Oh, was sie dafür gäbe, wenn sie ihn zwingen könnte, sich eine Woche lang in einem seiner eigenen Krankenhausbetten von einer unangenehmen Operation erholen zu müssen!

„Mir geht es gut. Ich bin gesund." Sie zügelte ihr Temperament. „Ich habe darum gebetet, daß außerhalb der Lymphknoten und in den Tumorrandbereichen keine Krebszellen zu finden sind, und es gibt keine. Gott hat meine Gebete erhört, und ich weiß, daß ich wieder gesund werde. Gott wird mich auch durch diese Chemotherapie hindurch bringen."

„Gut." Jonahs Stimme klang flach und ausweichend. „Sie können aber nicht gesund bleiben, wenn Sie nur Gras essen."

„Ich werde Ihnen zeigen, wie gesund ich bin." Sie drehte sich aufgeregt zu ihm herum. „Ich fordere Sie zu einem Rennen heraus. Einem Wettrennen. Wir treffen uns am Samstag um neun Uhr am Seeufer vor meinem Haus. Wenn ich Sie schlage, müssen Sie zugeben, daß meine Ernährung gut ist. Und Sie müssen versprechen, daß Sie mich dann in Ruhe lassen. Mein Leben ist meine eigene Sache. Ich passe selbst auf mich auf."

Einen Augenblick verdrehte er ungläubig die Augen; dann begannen seine Mundwinkel, sich zu einem Lächeln zu verziehen. „Und wenn ich Sie schlage? Ich kann ziemlich gut laufen."

„Dann ..." Sie brach ab, da sie nicht wußte, was sie ihm darauf antworten sollte.

„Wenn ich Sie besiege", sagte er und beugte sich zu ihr vor, „dann gehen Sie am Samstagabend mit mir essen. Ich bestelle Ihnen ein Steak, überbackene Kartoffeln mit triefender Buttersoße und Eis mit Sahne zum Nachtisch. Und Sie essen, so viel Sie können, ohne sich zu beschweren."

Jaquelin kniff verblüfft die Augen zusammen. Was hatte sie jetzt nur angestellt? Sie hatte ihm zeigen wollen, daß sie hart im Nehmen und stark genug war, um es mit ihm aufzunehmen. Plötzlich stand sie auf der Verliererseite einer Wette, die unausweichlich in einem gemeinsamen Abendessen mit ihm enden würde.

Sie konnte ihn nicht besiegen, nicht einmal dann, wenn sie gesund wäre.

Aber genausowenig konnte sie jetzt einen Rückzieher machen. Sie hatte ihm den Fehdehandschuh hingeworfen, und er hatte ihn aufgehoben.

„Die Wette gilt also?“ Er streckte ihr die Hand entgegen, und sie glaubte, ein Lachen in seinen Augen zu entdecken. Wenn sie sich weigerte, würde sie nie erfahren, wie die Sache ausging.

„Abgemacht.“ Jaquelin schlug in seine Hand ein, dann warf sie in einer feierlichen Geste ihre Gemüsetüte in den Abfalleimer. Bevor er sie noch mit etwas anderem aufziehen könnte, eilte sie schnell auf den Gang hinaus. Ihr Verstand mußte es erst verarbeiten, daß sie trotz ihrer festen Absicht, nie mit einem Arzt auszugehen, am Samstagabend zweifellos genau das tun würde.

Das hatte sie sich auch noch selbst eingebrockt!

* * *

Jonah unterdrückte ein Grinsen, als er ihr nachschaute, wie sie aus dem Zimmer flüchtete. Jaquelin war in keinem Punkt neutral, und obwohl ein kurzes Bedauern in ihren Augen aufleuchtete, nachdem sie ihre „Herausforderung“ ausgesprochen hatte, wußte er, daß ihr Stolz es ihr nie erlauben würde, einen Rückzieher zu machen. Nach der Einsamkeit und Depression, die sie nach ihrer Operation durchgemacht hatte, war er froh, ihren Kampfgeist wieder auflodern zu sehen.

Jonah biß in sein Sandwich und fragte sich, ob es weise gewesen sei, sie zu einem Wettrennen herauszufordern. Sie bekam am Freitagabend ihre Chemotherapie, und ein Morgenlauf am Samstag wäre deshalb nicht gerade das beste Unternehmen. Selbst wenn die Chemo keine große Übelkeit bei ihr verursachte, war dennoch eine der häufigsten Nebenwirkungen Müdigkeit und Erschöpfung. Er *könnte* sie gewinnen lassen, aber das würde sie verabscheuen ... und er würde damit ihre Gesellschaft beim Abendessen verlieren. Immerhin lebten sie im Zeitalter der Gleichberechtigung. Schließlich hatte *sie ihn* herausgefordert, wahrscheinlich in einem Anflug von Wut.

„Puh.“ Stacys Stimme brach das Schweigen im Aufenthaltsraum. „Wer hat denn Jaquelin so in Rage versetzt?“

„Oh.“ Jonah wandte sich wieder seinem Essen zu, da er fürchtete, die Krankenschwester könnte die Freude in seinem Gesicht sehen. „Schwester Jaquelin hat mir ein rotes Tuch vor die Nase gehalten. Und ich glaube, sie war überrascht, als ich ihre kleine Herausforderung zu einem Wettrennen annahm.“

„Ein Wettrennen?“ Stacys Stimme verriet ihre Überraschung. „Dr.

Martin, ich werde Sie nie verstehen." Sie kam zu seinem Tisch herüber und senkte die Stimme zu einem leichten Schnurren. „Ich werde nie begreifen, warum Sie Ihre Zeit ausgerechnet mit der einzigen Frau im ganzen Krankenhaus vergeuden, die am wenigsten von Ihnen wissen will. Es gibt Dutzende von Mädchen im Krankenhaus, die nichts lieber täten, als mit Ihnen auszugehen, aber Sie und Jaquelin ..." Ihr Mund verzog sich ungläubig. „Ach, das würde einfach nicht klappen."

„Warum sagen Sie das?" Jonah warf ihr einen zusammengekniffenen Blick zu. Er wußte, daß er sich auf einen gefährlichen, schmalen Grat begab, aber er mußte es wissen. „Wenn ich an ihr interessiert *wäre* – was ich nicht bin –, warum sollte es dann nicht klappen?" Er wich Stacys durchdringendem Blick aus. „Und, ich wiederhole, ich bin eindeutig nicht interessiert. Das können Sie gern ihrem Freund weitersagen."

„Craig?" Stacy runzelte die Stirn und verzog das Gesicht. „Er hat sich seit Wochen nicht mehr blicken lassen. Nein, Sie und Jaquelin, das würde einfach nicht klappen, weil ... ach, weil Sie grundverschieden sind, das ist alles. Sie sind ..." Ihr Lächeln wurde tiefer. „Nun, Jaquelin gibt Ihnen alle möglichen Namen, wenn Sie nicht in der Nähe sind. Sie mag Sie nicht, aber nehmen Sie das nicht persönlich. Jackie ist einfach nicht der Typ, der so leicht aus sich herausgeht. Manchmal glaube ich, das einzige, wofür sie etwas empfindet, ist dieser Hund."

„Das stimmt aber wirklich nicht." Jonah wandte den Blick ab und betrachtete eine nichtssagende, konturlose Meereslandschaft, die jemand an die Wand gehängt hatte. „Sie ist vernünftig und selbständig, kann aber auch sehr warmherzig und fürsorglich sein."

„Ja, Jackie ist bei unserer Weihnachtsfeier immer die erste, die auf dem Tisch tanzt", spottete Stacy kopfschüttelnd und ging zum Waschbecken. „Und wenn Sie das glauben, dann möchte ich Ihnen gern ein Grundstück in den Everglades verkaufen."

Jonah nahm eine Zeitung, die jemand auf einem Stuhl liegen gelassen hatte, und tat so, als lese er. Damit beendete er unübersehbar das Gespräch. Aber seine Augen starrten die Worte nur an. Seine Gedanken wanderten in eine ganz andere Richtung. *Es gibt keinen Freund.* Craig, wieviel er Jaquelin auch bedeutet hatte, war von der Bildfläche verschwunden.

* * *

Der Samstagmorgen begrüßte Jaquelin mit herrlichem Wetter. Sie schaute aus dem Fenster und stöhnte, halb davon überzeugt, daß Gott etwas gegen sie haben müsse. Das Sonnenlicht schimmerte auf dem glänzenden immergrünen Blattwerk vor ihrem Haus. Auf der anderen Straßenseite funkelte der See silbern unter einem endlosen kobaltblauen Himmel. Die Novemberluft war angenehm – nicht zu heiß, nicht zu kalt. Ein idealer Tag zum Laufen. Obwohl sie den Himmel von einem Horizont zum anderen absuchte, fand sie keine einzige Wolke, die das herrliche Blau getrübt hätte.

„Komm schon, Bailey", rief sie und warf den Hund von seiner Decke. Die Dogge knurrte, dann stand sie langsam auf, gähnte und begann, zur Tür zu trotten. Jaquelin ließ den Hund hinaus, gab ihm sein Frühstück auf der Veranda und eilte dann zu dem Schrank, in dem sie ihre Sportkleidung aufbewahrte.

Sie könnte Jonah anrufen und die ganze Sache abblasen. Doch mit welcher Begründung? Sie konnte schlecht sagen, daß ihr übel sei, nachdem sie felsenfest behauptet hatte, die Chemotherapie gut zu vertragen, zumal gestern etwas dazwischen gekommen war und er ihre Behandlungen von Freitag auf Montag verschoben hatte. Selbst die Ausrede mit einer gewöhnlichen Erkältung wäre ein Indiz gegen ihre „gesunde Ernährung", und sie würde nie zu solchen weiblichen Ausreden greifen wie Menstruationsbeschwerden. Männer verstanden Frauenprobleme ohnehin nicht. Ihr Vater war ein klassisches Beispiel dafür. In der schwersten Zeit während der Krankheit ihrer Mutter, als sie Windeln brauchte, die regelmäßig gewechselt werden mußten, hatte er diese Aufgabe einfach Jaquelin oder der ambulanten Krankenschwester überlassen.

Hatte er Mama überhaupt angesehen? fragte sich Jaquelin, während sie ihre Sportsachen aus einer Schublade in ihrer Kommode holte. *Hatte er die Narben von der Mastektomie gesehen? Hatte er sie festgehalten und ihr versichert, daß er sie liebe, oder hatte er sich umgedreht, wenn sie sich ankleidete?*

Sie zog das Nachthemd über ihren Kopf und warf es in den Wäschekorb, dann drehte sie sich um und betrachtete ihre eigene Narbe im Spiegel. Die Naht war immer noch rot und geschwollen über ihrem flachen Brustkorb, eine deutlich sichtbare Naht, aber die Haut war sehr gut zusammengewachsen. Mit der Zeit würde die Stelle vielleicht nicht mehr so rot hervorstechen, aber in Jaquelins Hochzeitsnacht wäre sie trotzdem da, eine ständige Erinnerung an die dunkelsten Tage ihres Lebens. Vielleicht würde sie es eines Tages als Ehrenabzeichen für den gewonnenen Kampf betrachten, aber jetzt war es schlicht und ergreifend eine häßliche Narbe.

Jaquelin schüttelte diesen Gedanken von sich ab und griff nach der Brustprothese, die sie kürzlich bekommen hatte. Eine ehrenamtliche Mitarbeiterin der amerikanischen Krebsgesellschaft hatte sie im Krankenhaus besucht – das „Brustkrebs-Begrüßungskommando" hatte Jaquelin verbittert gehänselt – und ihr einen Büstenhalter gebracht, in dem eine Stoffprothese lag, die vorübergehend getragen wurde. Ihre ständige Prothese, die sie jetzt erst im Sanitärkaufhaus ausgesucht hatte, war ein weiches Kunststoffteil aus Silikongel. Es rutschte mit Leichtigkeit in ihren Sport-BH, und Jaquelin betrachtete mit einer Mischung aus Abneigung und Wohlwollen ihre neue Figur. Die Prothese fühlte sich auf ihrem Körper fremd an, und in einer momentanen Laune gab sie ihr einen Namen: Myra, derselbe Name, den sie der unsichtbaren Spielkameradin in ihrer Kindheit gegeben hatte.

„Myra, du siehst gut aus – wenigstens jetzt noch", sagte sie zu ihrem Spiegelbild, nachdem sie in ihre Shorts geschlüpft war. „Aber wie wirst du aussehen, wenn wir um den See gejoggt sind?" Sie drehte sich und betrachtete ihr Profil von der Seite. „Versprichst du mir, daß du nicht verrutscht? Ich will nicht über die Ziellinie laufen und dann feststellen müssen, daß meine Brust irgendwo neben mein Ohr gewandert ist."

Sie kicherte über ihr kindisches Verhalten, zog sich ein T-Shirt über den Kopf, warf die Haare auf ihren Rücken und holte dann ihre Socken und Laufschuhe. Ihr Stolz hatte sie mitten in diese Klemme hineinmanövriert. Vielleicht hatte sie ja Glück und Jonah Martin hat sich die Achillessehne gezerrt oder wurde zu einem Notfall gerufen.

15

Bailey wollte mitkommen. Doch Jaquelin sperrte den Hund in den umzäunten Garten hinter ihrem Haus, dann überquerte sie die Straße und machte auf dem Gras Lockerungsübungen. Selbst hier konnte sie Baileys frustriertes Jaulen noch hören. Das traurige Geräusch zehrte an ihren Nerven. *Wenn Jonah Martin um Punkt neun Uhr nicht da ist, gehe ich wieder nach Hause.*

Fünf Minuten nach neun war Jonah immer noch nicht aufgetaucht. Jaquelin lächelte triumphierend und hob in einer Siegerpose die Arme. „Ich gewinne durch Nichterscheinen des Gegners“, rief sie einem vorbeifahrenden Auto zu. Mit einem seltsamen Anflug von Enttäuschung fügte sie mit leiser Stimme hinzu: „Von diesem Tag an muß Jonah Martin sich aus meinem Leben fernhalten und sich um seine eigenen Angelegenheiten kümmern.“

Sie wollte gerade die Straße wieder überqueren und nach Hause zurückschlendern, als das Aufheulen eines Automotors sie aufblicken ließ. Jonahs Mustang tauchte an der Kurve auf, steuerte geradewegs auf sie zu und kam im Schatten einer Eiche zum Stehen. Sie hob ihren guten Arm und deutete auf ihre Armbanduhr.

„Es tut mir leid“, sagte Jonah und kletterte aus seinem Auto. Seine blonden Haare waren ein zerzaustes Wirrwarr, sein Blick war immer noch verschlafen. Er trug ein ausgewaschenes T-Shirt über einer baumwollenen Jogginghose, die über dem Knie aufgerissen war. Seine Füße steckten in hohen Tennisschuhen, deren Zungen wie die Zunge eines keuchenden Hundes heraushingen. Die langen schwarzen Schuhbänder zog er hinter sich her über den Boden.

Dieser Verabredung hatte er offensichtlich oberste Priorität eingeräumt. Falls sie irgendwelche Illusionen hegte, daß er besondere Gefühle für sie empfinden könnte, dann wischte sein Auftreten an diesem Morgen diese jedenfalls gründlich vom Tisch. Ein wirklich *interessierter* Mann hätte sich einen Wecker gestellt, sich sauber angezogen und sich wenigstens die Haare gekämmt. Kein Mann, der eine Frau beeindrucken wollte, tauchte acht Minuten zu spät auf und war wie ein wandelnder Trödelmarkt gekleidet.

„Ich habe verschlafen“, entschuldigte er sich und warf ihr ein entwaffnendes Lächeln zu, bevor er niederkniete, um seine Schnürsenkel zu binden. „Ich hatte eine lange Nacht.“

„Es interessiert mich nicht im geringsten, was Sie gestern nacht getan haben", bemerkte sie und war froh, daß ihre Stimme ganz gelassen klang. Sie wollte nichts von seinen Verabredungen hören, und sie wollte nicht wissen, mit wem er ausgegangen war. Sie wußte, daß die Hälfte der Schwestern im Krankenhaus viel dafür geben würden.

„Ich war bei einer Freundin von Ihnen."

Stacy?

Als könnte er ihre Gedanken lesen, drehte er sich zu ihr herum und lächelte sie an. „Ich war bei Daphne Redfield. Sie fühlte sich nicht gut. Ich fuhr zu ihr nach Hause, um nach ihr und ihrer Familie zu schauen. Ich gab ihr eine Spritze Morphium, und dann spielten die Jungen und ich bis Mitternacht Basketball." Jonah zog wie zur Unterstreichung seiner Worte seine Schnürsenkel fest und richtete sich auf. „Ich glaube, die Jungs mußten ein wenig Dampf ablassen."

„Oh." Die beißenden Worte, die Jaquelin schon auf der Zunge gelegen waren, fielen unbenutzt in die Dunkelheit ihrer Eifersucht zurück.

„Haben Sie sich schon aufgewärmt?"

Er kam gleich zur Sache! Kein höfliches Geplauder, kein Bewundern des schönen Wetters, keine Nachfrage nach Baileys Befinden oder ihrem eigenen, soweit also dazu …

„Ich bin bereit", verkündete Jaquelin. Sie beugte sich vor und berührte mit den Fingerspitzen ihre Zehen, um ihm zu beweisen, wie bereit sie war. „Aber Sie sollten eine Strafe bekommen, weil Sie zu spät gekommen sind, finden Sie nicht?"

Jonahs Lächeln verwandelte sich in ein breites Grinsen. „Sie haben recht, Schwester Jackie. Sagen wir … ich gebe Ihnen einen Vorsprung. Da ich fünf Minuten zu spät war …"

„Acht. Ich habe auf die Uhr geschaut."

„Gut, acht. Ich gebe Ihnen also acht Minuten Vorsprung. Wie lang ist die Strecke um diesen See herum? Ungefähr zwei Kilometer?"

„Drei Kilometer. Normalerweise laufe ich sie in zwanzig Minuten, wenn ich mich nicht beeile. Acht Minuten – damit geben Sie mir einen Vorsprung, den Sie kaum einholen können." *Er will nicht gewinnen … er hat es sich anders überlegt. Er kann nicht gewinnen, wenn ich schon um den halben See herum bin, ehe er überhaupt losläuft …*

„Ich war zu spät. Ich bezahle die Strafe." Seine Augen funkelten so hell wie die Wasseroberfläche. „Sind Sie bereit, Schwester Jaquelin?" Er hob den Arm und schaute auf seine Uhr. „Wenn Sie fertig sind, können Sie loslaufen. Ich starte acht Minuten nach Ihnen."

Das glaube ich gern. Du bist so erpicht darauf zu verlieren, daß du mir wahrscheinlich auch einen zehnminütigen Vorsprung zugestehen würdest.

„Also dann." Jaquelin atmete tief ein, schüttelte ihre Arme und Beine ein letztes Mal aus und lief dann los. Sie zwang sich, nicht an ihn zu denken. Wozu er sich auch entschlossen hatte, sie würde sich nicht den Kopf darüber zerbrechen. Wenn er verlieren wollte, dann hätte sie wenigstens etwas, womit sie in der Arbeit prahlen könnte. Und wenn er gewann ... aber das wollte er nicht. Er *wollte* sie *nicht* zum Essen ausführen; er hatte sie nicht einladen wollen. Sie hatte aus einem Impuls heraus gesprochen, und er auch, und jetzt bereuten sie es beide. Also war er zu spät gekommen und hatte ihr diesen nicht einzuholenden Vorsprung eingeräumt. Er hatte es sich doch noch einmal überlegt und war zu dem Schluß gekommen, daß es sich nicht schickte, daß ein Arzt und eine Schwester miteinander ausgingen. Ein gemeinsames Abendessen müßte immerhin jeder für eine Verabredung halten, und er wollte die Dinge nicht unnötig komplizieren.

Ihre Füße liefen mechanisch über den Asphaltweg. Gleichzeitig drehten sich ihre Gedanken in unablässigen Kreisen. Der See war an diesem Morgen ruhig; die Ausflügler und Hundebesitzer, die normalerweise den See bevölkerten, saßen noch über ihren Samstagszeitungen und dampfenden Kaffeetassen.

Warum tat sie das überhaupt? Ihre Arme waren schwer wie Bleigewichte, und sie empfand einen unangenehmen Druck neben der Naht unter ihrem Arm. Myra hüpfte auf und nieder wie ein Bohnenbeutel in der Hosentasche und reizte unnötig ihre ohnehin schon empfindliche Haut. Jaquelin würde gewinnen – es war ein geschenkter Sieg. Sie sollte eigentlich auf der Stelle umkehren und die ganze Sache abblasen. Aber wenn sie aufgab, würde Jonah sagen, sie habe geschummelt. Er würde gewinnen und wäre gezwungen, sie zum Essen auszuführen, was er natürlich nicht wollte. Also mußte sie die Strecke in einem halsbrecherischen Tempo statt in ihrer gewohnten gemütlichen Geschwindigkeit zu Ende laufen, denn wenn sie langsamer würde, könnte er meinen, daß sie ein Auge auf ihn geworfen habe, daß sie *wollte*, daß er sie ausführte, was sie definitiv *nicht* wollte ...

Wie lange lief sie schon? Fünf Minuten? Es kam ihr wie eine Ewigkeit vor. Sie hörte keine Schritte hinter sich, und durch die dichten Rohrkolben an diesem Ende des Sees konnte sie nichts sehen. Er dürfte immer noch an ihrem Ausgangspunkt sein, es sei denn, er war eher losgelaufen, um sie zu besiegen, aber *das* wollte er ja *nicht*.

Laufe, atme, laufe, atme, schwinge die Arme, laufe gleichmäßig weiter, laufe, gewinne, laufe.

Wie lange jetzt? Sie riskierte es, so lange ihr Tempo zu unterbrechen, damit sie auf die Uhr schauen konnte und sah, daß neun Minuten vergangen waren. Jetzt *müßte* er unterwegs sein, eine ganze Strecke hinter ihr. Das Rechnen fiel ihr schwer. Ihr Körper hatte alle Mühe, das angefangene Tempo zu halten. Wenn er einen Kilometer in vier Minuten lief, und sie in fünfeinhalb Minuten, brauchte er zwölf Minuten für die ganze Strecke plus der acht Minuten, die er ihr als Vorsprung gegeben hatte ... dann würde sie ihn immer noch um mindestens vier Minuten schlagen. Selbst wenn er ein sehr guter Sprinter war und einen Kilometer in drei Minuten lief, sollte sie ihn immer noch mit mindestens einer bis zwei Minuten Vorsprung besiegen, auch wenn sie langsamer liefe.

Vor ihr war der Asphalt auseinandergebrochen. Die Wurzeln einer Eiche schoben sich nach oben. Jaquelin wurde langsamer und joggte vorsichtig um die unebene Stelle herum. *Das sollten sie endlich einmal reparieren,* dachte sie und fiel mit ihren Armen und Beinen wieder in einen gleichmäßigen Rhythmus. *Es ist wirklich gefährlich, wenn etwas Unerwartetes mitten auf dem Weg liegt, während man so dahin läuft. Plötzlich springt etwas in die Höhe und bringt einen aus dem Schritt, wirft dein Leben aus der Bahn, alles, was du für dich geplant hattest ...*

Ihre Arme arbeiteten jetzt nicht mehr mit; sie hingen wie schwere Gewichte von ihren Schultern. Die verwundeten Muskeln über ihrer Lunge schmerzten unter der unerwarteten Anstrengung eines solchen Gewaltlaufes. Plötzlich tat ihr alles weh. Sie war völlig ausgelaugt und hatte das Gefühl, das Ende ihrer Energiereserven erreicht zu haben.

Meine Güte, was ist, wenn ich die Runde nicht einmal beenden kann? Was wäre, wenn Jonah Martin gemütlich angetrabt käme und sie am Wegrand lang ausgestreckt auf dem Boden liegen sah? Dann würde er nie aufhören, ihr Predigten zu halten. Er würde ihr im Krankenhaus noch weniger von der Pelle weichen und ihr wahrscheinlich eine von Mrs. Baldovinos Lasagnes verordnen, eines der sieben Kohlehydrate-Weltwunder.

Da. Nicht weit vor ihr, gleich hinter der Straßenbiegung erblickte sie die schwarze Spitze ihres Kamins. Fast zu Hause. Und sie hörte immer noch nichts von Jonah Martin. Obwohl sie gewiß nicht so gut lief wie sonst, hatte sie es trotzdem geschafft, ihn zu besiegen.

Weil er sie gewinnen ließ.

Weil er sie nicht zum Essen ausführen wollte.

Sie keuchte in dem unregelmäßigen Rhythmus, mit dem sich ihre schweren Beine vorwärts quälten, und mühte sich weiter. Eine ältere Frau in einem gelben Hauskleid und mit einem rosafarbenen Sonnenschild ging vor ihr auf dem Weg spazieren und führte einen weißen Staubwedel an der Leine. Der Hund – denn als das stellte sich der Staubwedel heraus – drehte sich um und schien Jaquelin mit großen Augen und rosaroter Zunge anzustarren. Ohne auf den kleinen Knöchelbeißer zu achten, schob Jaquelin ihre bitteren Gedanken beiseite und lief in einem weiten Bogen an der Frau vorbei.

„Entschuldigen Sie bitte." Die männliche Stimme erklang, ohne im geringsten außer Atem zu sein, irgendwo hinter ihr. Jaquelin biß sich auf die Lippe und widerstand dem Drang, sich umzudrehen. Jonah! Woher er gekommen war, konnte sie nicht sagen, aber er kam näher und überholte sie mühelos.

Windschnittig und athletisch bewegte er sich schnell vorwärts. Jaquelin merkte, wie ihre Beine schwer wurden und der Druck auf ihre Lungen immer mehr zunahm.

Er hatte sie überholt! Verletzter Stolz regte sich in ihr, doch dann wich er einer großen Verwunderung.

Warum hatte er sie überholt? Er hatte sich angestrengt und war anscheinend die ganze Strecke mit Sprintgeschwindigkeit gelaufen. Aus irgendeinem nicht nachvollziehbaren Grund, wahrscheinlich männlichem Stolz, wollte er gewinnen. Was ein gemeinsames Abendessen bedeutete ... und eine Verabredung mit einem Arzt.

Falls sie dieses Rennen überlebte! Jaquelins Atem kam in einem flachen, schnellen Keuchen. Sie bog um die Ecke und sah auf der anderen Straßenseite schon ihr Haus, sauber und hübsch. Aber wie bei einem Hund, der die Tierarztpraxis erkennt, verlangsamten sich ihre Beine und blieben dann stehen. Sie weigerten sich schlichtweg, weiterzulaufen. Jaquelin beugte sich vor, stützte die Hände auf ihre schlanken Knie und ließ den Kopf tief hängen.

Sie war völlig ausgelaugt – auf dem letzten Kilometer hatte sie ihre ganzen Kraftreserven verausgabt. In diesem Punkt hatte Jonah zumindest recht. Gemüse und Wasser lieferten nicht genug Energie für einen rasanten Lauf um den See.

„Jaquelin! Ist alles in Ordnung?"

Jonahs vor Besorgnis rauhe Stimme drang durch einen dichten Nebel zu ihr hindurch. Ihr wurde schwarz vor den Augen, ihre Ohren fingen an zu sausen.

Meine Güte, ich werde ohnmächtig!

„Legen Sie sich hin. Ich hole Wasser."

Seine starken Hände halfen ihr auf die weiche Erde. Seine Stimme, aus der grenzenloses Mitgefühl sprach, schien irgendwo aus dem

Himmel zu kommen. Sie drückte die Hand über ihre nassen Augen und legte sich gehorsam zurück, ohne sich darum zu kümmern, ob sie auf der Erde oder auf dem Asphalt lag. Sie war ausgelaugt, überhitzt und wahrscheinlich kurz davor, das Bewußtsein zu verlieren, aber doch wach genug, um eine starke Demütigung zu empfinden.

„Trinken Sie das."

Jaquelin schob die Finger weit genug auseinander, um Jonah zu sehen, der mit angespannter Miene und dunklen, ernsten Augen über ihr kniete. Er betrachtete sie kritisch, als messe er ihre Vitalzeichen, dann hielt er eine Plastikflasche hoch und hob sanft ihren Kopf, bis sie daraus nippen konnte.

„Das genügt, danke", flüsterte sie und runzelte bei dem leicht salzigen Geschmack des Sportgetränks die Stirn. Sie legte den Kopf wieder zurück auf die Erde und vernahm ein unangenehmes Kläffen. Die alte Frau und der Hund hatten sie eingeholt und waren stehengeblieben, natürlich von der allgegenwärtigen menschlichen Tendenz angezogen, Tragödien und Szenen offener Demütigung zu begaffen.

Ist Myra noch an ihrem Platz? Jaquelin warf eine Hand über ihre Brust, um sich zu vergewissern.

„Fehlt ihr was?" Die zitternde Stimme der Frau durchschnitt die Stille.

„Mir geht es gut", keuchte sie und blinzelte in das Sonnenlicht. „Ich bin nur etwas außer Atem."

„Ihr geht es gleich wieder gut", antwortete Jonah der Frau mit seiner tiefen, zuversichtlichen Arztstimme. „Sie hat sich nur überanstrengt."

Trotz ihrer schmerzlichen Erschöpfung brachte Jaquelin ein finsteres Knurren über die Lippen.

„Sehen Sie?" Ein sympathisches Lachen lag in seiner Stimme. „Es geht ihr schon wieder besser."

Durch ihre Verwundbarkeit gedemütigt, versuchte Jaquelin sich aufzusetzen. Dann wartete sie, bis der See und der Horizont aufhörten, sich um sie zu drehen, und wieder ihren gewohnten Platz einnahmen. „Mir geht es gut", sagte sie und stellte mit klinischem Interesse fest, daß winzige Wassertröpfchen die Haut auf ihren Armen wie glitzernde Perlen überzogen. *Schweiß: der wichtigste Abkühlungsmechanismus des Körpers. Wenigstens sind nicht alle Systeme in meinem Körper zusammengebrochen.*

Die Frau mit dem rosafarbenen Sonnenschild zögerte, dann nickte sie Jonah zu und führte den kläffenden Hund weiter.

Jonah setzte sich auf den Weg und legte die Arme auf seine gebeugten Knie. „Ich glaube, Sie haben ihr einen Schrecken eingejagt. Mir haben Sie es jedenfalls gewiß."

„Mir geht es gut", wiederholte Jaquelin und kam sich allmählich vor wie ein Papagei. „Ich brauche nur noch eine Minute. Am Anfang bin ich viel zu schnell losgelaufen. Ich hätte es langsamer angehen sollen."

„Langsam und ausdauernd gewinnt man das Rennen." Er schaute sie mit einem Blick an, der so zärtlich war wie eine Liebkosung. „Eine Lektion, die Sie lernen müssen", sagte Jonah. Bei seiner sanften Stimme schlug ihr Herz schmerzhaft gegen ihre Brust. „Sie sollten nichts, auch nicht Ihre Genesung, zu schnell angehen. Sie sind sehr gut gelaufen; ehrlich gesagt, habe ich heute wirklich schon gedacht, ich könnte mit meinem acht Minuten Rückstand zu großzügig gewesen sein."

„Sie sind früher schon gelaufen", brachte sie mühsam über die Lippen. Ihr Puls hämmerte immer noch in ihren Ohren.

„Ja. Mein Vater finanzierte sich sein Studium mit einem Stipendium im Langstreckenlauf, und ich bin in seine Fußstapfen getreten." Das leichte Aufleuchten von Belustigung in seinen Augen verschwand wieder. „Ich hätte Sie vielleicht warnen sollen, aber dieses Rennen war Ihre Idee."

Jaquelin beugte sich vor und hob ihren schmerzenden linken Arm, um sich den Schweiß von der Stirn zu wischen. „Bis heute dachte ich, ich sei eine ganz passable Läuferin."

„Das sind Sie auch. Ich habe wirklich Schuldgefühle, weil Sie das Rennen nicht beenden konnten. Ich fürchte, ich habe Sie überfordert."

Er machte sich schon wieder Sorgen um ihre körperliche Verfassung. Immer der mitfühlende Arzt, nie ein Fünkchen mehr.

„Sie brauchen sich keine Sorgen um mich zu machen, Dr. Martin." Sie ignorierte die Hand, die er ihr anbot, um ihr aufzuhelfen. „Sie haben die Wette gewonnen. Daran ist nicht zu rütteln. Heute abend werde ich also alles hinunterwürgen, was Sie mir vorsetzen."

Er errötete bei ihren Worten, verzog aber keine Miene. „Sie brauchen nicht mitzukommen – wenn Sie wirklich nicht wollen. Ich würde Sie nicht zwingen ..."

„Sie haben gewonnen." Sie zwang ihre Lippen zu einem Lächeln. „Nehmen Sie keine Rücksicht auf meine Gefühle – es sei denn, Sie wollen nicht mit mir gesehen werden."

„Das ist es nicht", erwiderte er schnell. „Jeder Mann wäre stolz darauf, mit Ihnen gesehen zu werden, aber Sie sollen nicht glauben, daß das irgendwie etwas mit Ihrer Arbeit zu tun hat. Es ist eine rein freiwillige Sache – kommen Sie nur, wenn Sie wollen."

„Laden Sie mich einfach ein, wenn Sie wollen, daß ich mitkomme“, erwiderte sie und merkte, wie eine ungebetene Röte in ihre Wangen schlich. „Sie brauchen nichts zu beweisen. Sie müssen das nicht tun.“

„Einverstanden, dann lade ich Sie hiermit ein.“ Er stand in einer einzigen athletischen Bewegung auf. „Darf ich Sie um achtzehn Uhr abholen? Wir essen in einem dieser Touristenrestaurants. Sie können also anziehen, was Sie wollen.“

„Gut.“

Sie wartete an der Kurve, bis kein Auto kam. Dann überquerte sie die Straße und war sich sehr wohl bewußt, daß er sie nicht aus den Augen ließ, bis sie das Haus betrat und die Tür hinter sich schloß.

* * *

„Der Salat schmeckt ja wunderbar.“ Der Kaisersalat troff vor Dressing und geraspeltem Käse. Jaquelin hatte vergessen, wie köstlich verbotene Speisen schmecken konnten.

„Gut?“ Jonahs strahlendes Lächeln erwärmte sie. „Das hoffe ich doch. Warten Sie nur, bis Sie erst das Steak kosten. Dann verstehen Sie, warum wir eine Dreiviertelstunde auf einen Platz warten mußten.“

Jaquelin hatte das Warten nicht im geringsten gestört. Jonah hatte eines dieser romantischen Steakhäuser gewählt, das Touristen mit einem Hunger nach Steaks, die so groß waren, daß sie über den Tellerrand hingen, in großer Zahl anzog. Sie wußte, daß sie hier niemanden aus dem Krankenhaus sehen würde. Weg von den Förmlichkeiten des Krankenhausalltags erwies sich Jonah als sehr guter Gesprächspartner. Er war weder hochnäsig noch übermäßig zuvorkommend, weder der strenge Chef noch der allzu mitfühlende Arzt. Während sie ihren Salat kaute, legte Jaquelin den Kopf schief und betrachtete ihn. Dabei stellte sie sich die respektlose Frage, ob es sein könnte, daß er vielleicht doch keine gespaltene Persönlichkeit war. Der Jonah Martin, der ihr jetzt gegenüber saß, schien die Mischung aus zwei unterschiedlichen Typen darzustellen.

Entspannt und ausgeruht genoß sie es, sich mit Jonah über Haustiere – er hatte einmal eine Katze namens Smoke gehabt –, ihre Lieblingsbücher und -filme und die lustigen Dinge, die sie als Kinder geglaubt hatten, zu unterhalten.

„Ich kann es immer noch nicht glauben, daß Sie gedacht hatten, Hasen würden Eier legen“, sagte sie und spießte ein schlüpfriges Salatblatt vom Boden ihrer Salatschüssel auf. „Wann haben Sie die Wahrheit herausgefunden?“

„In der fünften Klasse. In der Biologiestunde über Säugetiere. Ich lernte, daß kein Säugetier Eier legt. Deshalb lief ich zu meiner Mutter und wollte eine Erklärung, woher Säugetiere ihre Babies bekamen.“ Ein verschmitztes Lachen trat in seine Augen. „Das ganze Leben kam mir vor wie eine einzige Reihe von Widersprüchen.“

„Was hat Ihre Mutter Ihnen gesagt?“

„Sie schickte mich zu meinem Vater. Ich sollte ihn fragen.“ Jonahs goldene Augenbrauen verzogen sich belustigt. „Und er versuchte, mir den größten Widerspruch, den es überhaupt gibt, zu erklären: daß Männer und Frauen, die als vollkommene Gegensätze geschaffen sind, sich vereinigen müßten, um neues Leben zu schaffen. Ich nehme an, damals wurde mein erstes Interesse an Medizin geweckt.“ Sein Gesicht leuchtete wie Gold in dem flackernden Kerzenlicht. „Ich bekam eine sehr komplizierte Erklärung, aber eigentlich hatte ich nur wissen wollen, warum Hasen keine Eier legen.“

Jaquelin lächelte amüsiert. „Ihr Vater war kein Arzt?“ Die meisten Ärzte, die Jaquelin kannte, waren es in der dritten oder vierten Generation und von Geburt an dazu bestimmt, Medizin zu praktizieren und einen Mercedes zu fahren.

„Mein Vater ist Pastor. Der Hirte einer kleinen Gemeinde in Oak Woods, Virginia.“

„Verstehe.“ Das war also der Grund für Jonahs ungewöhnliches Mitgefühl, für seinen unerschütterlichen Optimismus angesichts des Todes. Er war dazu geboren und damit aufgewachsen, sich um andere Menschen zu kümmern – wenigstens um seine Patienten.

Der Kellner räumte die leeren Salatschüsseln weg, und für einen kurzen Augenblick kam ihr die Fläche des Holztisches zwischen ihnen so breit vor wie eine Kirchentür. Jaquelin lachte unsicher. „Ich war noch nie mit einem Pfarrerssohn aus. Das ist eine neue Erfahrung.“

„Inwiefern?“

Jaquelin zuckte mit den Schultern. „Ich weiß nicht. Aber ich war auch noch nie mit einem Arzt von meiner Station aus.“ Sie nahm den Strohhalm in ihrem eisgekühlten Tee und rührte langsam um. „Ich weiß nicht einmal, ob ich überhaupt hier sein sollte. Das ist Ihnen gegenüber nicht fair, denn ich weiß, daß Sie das nur tun, weil Sie versuchen, alle Ihre Patienten zu ermutigen. Ehrlich gesagt, hatte ich voll und ganz damit gerechnet, daß Sie mich heute morgen das Rennen gewinnen lassen."

Sein Mundwinkel zog sich leicht nach oben. „Mein männlicher Stolz hätte eine Niederlage nicht ertragen können", erwiderte er mit einem Anflug von Belustigung in seiner Miene. „Außerdem hatte ich nicht den Eindruck, daß Sie es schätzen würden, wenn ich Sie gewinnen ließe."

„Das stimmt." Jaquelin rührte erneut ihren Tee um. Plötzlich wußte sie nicht mehr, was sie sagen sollte. Zum Glück wählte der Kellner diesen Augenblick, um mit zwei knusprigen Steaks an ihren Tisch zu kommen.

„Zwei Filets mignon, medium", erklärte er und stellte die Teller schwungvoll auf dem Tisch ab. „Darf ich Ihnen noch etwas bringen?"

„Danke, das ist vorerst alles", antwortete Jonah.

Der Kellner warf Jaquelin ein höfliches Lächeln zu und ließ sie dann wieder allein. Einen Augenblick wünschte sie, sie könnte aufspringen und ihm in der Küche helfen. Sie hätte Jonah ihre Gefühle nicht so ehrlich verraten sollen; die Atmosphäre zwischen ihnen war jetzt steif und unangenehm. Die ungezwungene Kameradschaft war in dem Moment verschwunden, in dem sie erwähnt hatte, daß Jonah sie nur als Geste des guten Willens ausführte. Er schwieg jetzt. Wahrscheinlich hatte sie ihn mit ihrer Unverblümtheit in Verlegenheit gebracht. Sie könnte Kopfschmerzen vortäuschen und ihn bitten, sie nach Hause zu bringen. Aber das Steak sah einfach zu lecker aus.

„Danke, Vater, für dieses Essen und die Gesellschaft."

Jaquelin schaute erstaunt auf. Jonah hatte das Gebet ungezwungen gesprochen. Es machte ihn offenbar nicht im geringsten verlegen, in einem Restaurant den Kopf zu beugen und zu beten. Ihre Familie hatten immer vor dem Essen ein Dankgebet gesprochen, aber sie hätten es nie getan, wenn andere es sehen konnten. Es war ihnen zu ... aufdringlich. Sie wollten nie jemanden in Verlegenheit bringen, der nicht glaubte.

„Guten Appetit", wünschte Jonah und nahm sein Steakmesser und seine Gabel zur Hand. „Es schmeckt köstlich. Gott hat Fleisch gemacht, Jackie, und er will, daß Sie es genießen. Genauso wie den Zucker und sogar die Butter, die von diesen Bratkartoffeln tropft."

„Wie können Sie nur so etwas sagen?" Jaquelin nahm ebenfalls ihr Messer und ihre Gabel, hielt aber inne und schaute ihn stirnrunzelnd an. „Medizinische Untersuchungen haben erwiesen, daß gegrilltes Fleisch krebserregend sein kann. Und alle Welt weiß, daß Butter mit Cholesterin überladen ist."

„Wenn man zu viel von einer Sache ißt, dann ist das schädlich für den Körper", antwortete Jonah und steckte sich ein Stück Fleisch in den Mund. Er kaute langsam und lächelte sie an. Dann schluckte er. „Wenn man aber die richtige Menge zu sich nimmt, ist das großartig. Wissen Sie, wieviel gegrilltes Fleisch Sie essen müssen, um sich so vielen krebserregenden Stoffen auszusetzen, daß sie einen Schaden anrichten können? Sehr viel. Und cholesterinkrank wird man nur, wenn man zu viele Fette ißt. Die Menschen hätten nicht so große Probleme, wenn sie mäßig essen würden. Dreihunderttausend Menschen in diesem Land sterben jedes Jahr an den Folgen von Fettleibigkeit, während nur sechsundvierzigtausend Frauen an Brustkrebs sterben. Denken Sie einmal darüber nach."

Jaquelin schaute ihn sprachlos an. Ihr Messer und ihre Gabel lagen wie erstarrt in ihrer Hand.

„Meine Theorie ist einfach", sprach Jonah weiter, während er ein Stück von seinem Steak abschnitt. „Gott hat den menschlichen Leib mit außerordentlicher Sorgfalt geschaffen. Wir machen uns keine Gedanken darüber, daß wir atmen – unsere Lunge sagt uns, wann wir einatmen und ausatmen müssen; es ist ein unbewußter Vorgang. Sie verwenden auch keinen Gedanken darauf, ob Ihr Herz schlägt. Warum sollten Sie sich den Kopf darüber zerbrechen, was Sie essen?"

„Weil es ein *bewußter* Vorgang ist", stellte Jaquelin heraus. „Essen geschieht nicht automatisch."

„Das sollte es aber", antwortete Jonah. „Wir geraten nur in Schwierigkeiten, wenn wir die Signale, die unser Körper uns sendet, nicht beachten. Die Menschen sollten lernen zu essen, wenn sie wirklich Hunger haben, und aufzuhören, wenn sie satt sind. Das ist Gottes Absicht, und das ist vernünftig. Schauen Sie mich an." Er hob die Hände, und Jaquelin mußte zugeben, daß er das ideale Gewicht hatte. Er war weder zu dick noch zu dünn. Daß er körperlich fit war, hatte er erst heute bewiesen.

„Ich esse, *was* ich will, *wenn* ich Hunger habe", sprach er weiter. „Gott hat unseren Leib so programmiert, daß wir gern Abwechslung haben. Also esse ich an einem Tag Gemüse, und an einem anderen einen fetten Hamburger. Ich kann nicht glauben, daß der Gott, der es eingerichtet hat, daß Fett köstlich und Zucker süß schmeckt, will, daß ich seine Gaben verachte. Aber alles in Maßen; das ist das Erfolgsrezept."

Jaquelin fand seine unkonventionellen Ideen beunruhigend. Hatte sie ihre Gesundheit und ihre Zukunft einem Irren anvertraut? „Sie glauben tatsächlich an diese risikoreiche Ernährung, die Sie praktizieren?“ Sie blickte mit zusammengekniffenen Augen zu ihm auf. „Sie halten das für gesund?“

„Unbedingt.“ Jonah lächelte. „Ich weiß, daß es gesund ist. Ich habe noch nie anders gegessen. Oh, ich habe während meines Studiums auch etwas über Ernährung gelernt, und ich habe viele Studien darüber gelesen. Neunundneunzig Prozent der Amerikaner mit Ernährungsproblemen aber haben aufgehört, auf ihren Körper zu hören.“ Eine warnende Wolke zog über sein Gesicht. „Was ich damit sagen will, Jackie, ist, daß Sie Ihre Hoffnungen nicht auf Broccoli und Blumenkohl setzen sollten. Glauben Sie nicht, daß Gemüse Sie vor Krebs retten kann. Diese Macht hat es nicht. Mein Vater würde Ihnen sagen, daß nur Gott diese Macht besitzt.“

Sie schaute ihn stirnrunzelnd an. „Sie glauben, ich sollte vergessen, daß ich gerade eine Mastektomie hinter mir habe? Ich soll den Krebs einfach vergessen?“ Ihre Stimme klang heiser. „Wenn das wahr ist, *Herr Doktor*, warum haben Sie dann die Chemotherapie für mich angeordnet? Wenn Gott mich schützt, warum tue ich dann überhaupt etwas wegen meines Krebses?“

„Gott benutzt vieles, auch Medizin und Ärzte und Beta-Karotin“, antwortete Jonah. Sein Mundwinkel verzog sich. „Aber nichts, auch nicht die Chemotherapie, ist hundertprozentig sicher. Ich denke, Gott erwartet von uns, daß wir alle Mittel einsetzen, die wir zur Verfügung haben, und dann beten, als hinge alles allein von ihm ab – weil das nämlich so ist.“

„Sie glauben das?“ Die Worte kamen ungeduldig über Jaquelins Lippen. „Wann haben *Sie* das letzte Mal mit einem Patienten gebetet? Für einen Patienten gebetet? Für mich gebetet?“

Ein schuldbewußter Schatten zog über sein Gesicht. Er wandte den Kopf ab. „Ich sage Ihnen nur, was mein Vater sagen würde. Ich bin kein Fachmann in puncto Religion. Man könnte vielmehr sagen, Gott und ich haben uns vor ein paar Jahren zerstritten.“ Er schaute sie wieder an. „Sie sagten, Sie seien nach Ihrer Operation Gott näher gekommen. Ich dachte, es könnte Sie interessieren, was ein Mann wie mein Vater Ihnen sagen würde.“

Jonah war offensichtlich verletzt – durch etwas oder jemanden aus seiner Vergangenheit. Jaquelin fühlte sich angesichts seiner Aussagen plötzlich unsicher und verwundbar. Nicht fähig, in seine funkelnden Augen zu schauen, senkte sie den Blick und spießte ihre überbackene Kartoffel mit der Gabel auf. „*Jetzt* habe ich das Gefühl, mit einem Pfarrerssohn zusammenzusein.“

„Ist das so schlimm?"

„Ja. Sie verstehen nicht, wo ich stehe, Jonah. Ich habe Krebs, denselben Krebs, der meiner Mutter das Leben kostete. Mein Tumor – ein ausgesprochen böses und aggressives Exemplar – könnte wiederkommen, wenn auch nur eine einzige Zelle sich losgelöst hat und immer noch durch meinen Körper wandert. Und da sagen Sie mir, daß ich mir keine Sorgen zu machen brauche und nicht alles in meiner Macht Stehende tun sollte, um mein Leben zu retten."

„Ich will damit nicht sagen, daß Sie falsch liegen." Seine Stimme war ruhig, sein Blick offen. „Ich will nur sagen, daß Sie zugeben sollten, nicht alles unter Kontrolle haben zu können. Sie könnten all die richtigen Dinge tun und trotzdem nächstes Jahr einen neuen Knoten finden." Sein Gesicht wurde blaß, und seine Faust ballte sich auf dem Tisch zusammen. „Ich will nicht, daß das passiert, Jackie. Ich denke nur, Sie sollten den Gedanken in Erwägung ziehen, Ihr Vertrauen auf Gott zu setzen. In letzter Zeit gab es viele Untersuchungen, die beweisen, daß es Patienten mit einem starken religiösen Glauben nach einer Operation besser geht als Patienten, die nicht religiös sind ..."

„Daphne Redfield vertraut Gott." Sie schaute ihm kühn in die Augen. „Was tut er für sie?"

16

Jonahs Mund wurde trocken, als Mrs. Redfields Name fiel. Er hatte Daphne gestern nacht eine doppelte Dosis Schmerzmittel gegeben und gehofft, sie würde ihr helfen, einschlafen zu können. Ihr Mann, dessen Gesicht angespannt und ausgemergelt war, war dankbar gewesen und hatte Daphnes Hand gehalten, bis sie allmählich aufgehört hatte zu stöhnen und eingeschlafen war.

„Danke, Doktor Martin", hatte Joseph Redfield gemurmelt, ohne den Blick von dem blassen Gesicht seiner Frau abzuwenden. Die Schmerzen hatten gnadenlos ihre Spuren in Daphnes Gesicht hinterlassen und ihre früher einmal strahlende Schönheit überschattet. „Die Jungen und ich hatten dafür gebetet, daß Sie ihr etwas geben können. Sie ist so müde. Sie muß sich unbedingt ausruhen, damit sie wieder zu Kräften kommt. Die Jungen brauchen sie."

„Ich weiß." Hilflos und frustriert war Jonah vor das Haus gegangen, wo Justin und Jed, die Redfieldzwillinge, wie vornübergebeugte Statuen auf der dunklen Stufe vor dem Haus saßen. Zwischen ihnen lag ein Basketball. Später hatten sie zu dritt den Ball auf den Fangkorb über der Garage gehämmert und in einem schweigenden, energiegeladenen Spiel ihre Wut, ihre Frustration und ihre Angst abreagiert.

Jonah war Arzt. Er sollte den Tod nicht fürchten. Er hatte ihn in allen seinen klinischen Formen studiert, und glaubte als Christ an Gottes Führung. Und doch wurde bei dem Gedanken, daß Jaquelin, die vor Leben und Energie sprühte, wie Daphne dahinwelken würde, das Herz in seiner Brust schwer wie ein Stein.

„Jonah?" Jaquelins Stimme riß ihn aus seinen Gedanken. „Haben Sie keine Antwort?"

Eine Antwort? Manchmal war er sich nicht einmal der *Frage* sicher. Seine Patienten setzten ihre Hoffnung auf ihn und die meiste Zeit wußte er entweder eine Lösung, oder er mogelte sich durch und probierte so lange etwas, bis er die richtige Therapie für das jeweilige Problem fand. Jaquelin aber wußte zuviel – ihr könnte er nichts vorspielen.

„Ich weiß nicht, was Gott mit Daphne Redfield vorhat", gestand Jonah schließlich und regte sich unbehaglich. Er zwang sich, in Jackies große grüne Augen zu schauen. „Ich habe keinen Krebs und kann deshalb nicht wirklich mit Ihnen mitfühlen. Aber ich weiß, daß ich, wenn ich sterben müßte, auf Gottes liebevolle Güte und einfühlende Gnade vertrauen kann. Ich weiß, daß seine Hand sanft ist."

Jaquelin erschauderte und senkte den Blick. „Seine Hand ist nicht immer sanft“, antwortete sie. Ihre Stimme war nur ein dünnes Flüstern. „Manchmal ist sie hart und tut weh. Gott brauchte eine große Operation, um meine Aufmerksamkeit zu bekommen, aber er hat sie bekommen. Ich bete wieder. Ich versuche, jeden Tag ein Stückchen in meiner Bibel zu lesen, und ich habe wieder angefangen, zur Kirche zu gehen.“ Mit der festen Überzeugung, die Jonah schon so oft bei ihr gesehen hatte, sprach sie weiter: „Aber Gott hilft denen, die sich selbst helfen, nicht wahr? Ich tue also alles, was ich kann, um ihm zu helfen. Er hat mir einen Verstand gegeben; er erwartet, daß ich ihn einsetze. Ich habe soviel wie möglich gelernt, und ich tue so viel ich kann – ich treibe Sport, achte auf das richtige Essen und quäle mich durch die Chemotherapie, weil *Sie* mich überzeugt haben, daß ich sie brauche.“

Fast ohne daß er es beabsichtigte, fand Jonahs Hand ihren Weg über den Tisch und ergriff die ihre. „Jackie, hören Sie mir zu“, sagte er. Seine Stimme nahm dieselbe Tiefe und Aufrichtigkeit an und sprach dieselben Worte, die auch sein Vater benutzen würde: „Denen, die sich selbst helfen, hilft Gott nicht. Er hilft denen, die sich an ihn wenden. Ich glaube, das will er von Ihnen. Hören Sie auf, so viel aus eigener Kraft zu tun. Sie können es nicht allein schaffen.“

Jaquelins Augen schauten ihn dunkel und fragend an, und einen langen Augenblick sagte sie kein Wort. Als sie wieder sprach, hatte sie das Thema gewechselt: „Wie sind Sie eigentlich auf die Idee gekommen, daß Hasen Eier legen?“

* * *

Zwei Nächte später wachte Jaquelin schweißgebadet auf. Sie erstarrte und war einen Augenblick vor Angst wie gelähmt. Dann hörte sie die vertrauten Geräusche von Baileys leisem Schnarchen und das Klopfen ihres eigenen Herzens. Auf der anderen Seite des Zimmers leuchteten die roten Ziffern auf ihrem Wecker wie beständige Augen. Trotz dieser beruhigenden Bilder und Geräusche ihres Zimmers lief ihr ein Schaudern über den Rücken.

Sie hatte sehr schlecht geträumt. Ihre Krebspatienten hatten schon oft von dieser Nebenwirkung der Medikamente erzählt. Normalerweise begannen diese Träume nach der zweiten oder dritten Behandlungseinheit. Alpträume, die sie ohne Gesicht oder Gestalt terrorisierten; geheimnisvolle, häßliche Bilder, die ihre Patienten mitten in der Nacht aus dem Schlaf rissen. Bis jetzt war Jaquelin nie bewußt gewesen, wie beängstigend und wirklichkeitsnah diese Träume sein konnten.

Schlafe ruhig im Herrn, sagte sie sich und erinnerte sich an das, was Jonah in dem Steakhaus gesagt hatte. Aber das war nicht so leicht, wie es sich anhörte. In den letzten zwei Tagen hatte sie versucht, seinen Rat zu befolgen. Sie war mit der Unbefangenheit eines Menschen aufgewacht, der gut geschlafen hatte, und hatte sich gesagt, daß sie ihr Vertrauen auf Gott setzen und sich keine Sorgen machen wolle. Immerhin wäre es eine Erleichterung, sich nicht mehr den Kopf darüber zerbrechen zu müssen, was sie aß und wie viele Stunden Gymnastik sie in ihren ohnehin schon vollen Terminkalender stopfte. Und ihr war eindeutig *übel* von Karotten, Broccoli und einer Frühstücksplatte aus Vitaminen und Algenkapseln.

Jaquelin stand auf, ließ Bailey aus dem Haus und ging dann unter die Dusche. Während sie sich einseifte, war ihre Hand über die Narbe auf ihrer Brust gewandert. Eine beißende, dunkle Angst hatte an ihrem neu gefundenen Frieden gezehrt. War das nur eine Operationsnarbe oder ein weiterer bösartiger Knoten? Sie zitterte unter der heißen Dusche, als sie begriff, daß sie vor ihrer Angst nicht davonlaufen konnte, daß sie keine Ruhe finden konnte. Jonah konnte den lieben langen Tag gute Ratschläge erteilen, aber er hatte diese Krankheit noch nie am eigenen Leib erlebt. Er war noch nie nachts wach gelegen und hatte sich den Kopf darüber zerbrochen, wie man dem Engel des Todes entkommen kann.

Als sie wieder in ihrem Bett lag und ein sauberes Flanellnachthemd anhatte, versuchte Jaquelin gleichmäßig und ruhig zu atmen. Ihre Angst, die sich nicht leugnen oder abschütteln ließ, wuchs wie eine harte Faust in ihrem Magen, bis die Galle in ihrem Hals hochstieg und das Blut in ihren Ohren dröhnend pochte. Sie sprang aus dem Bett und lief zum Badezimmer. Wie spät war es – ein Uhr früh? Mindestens fünf Stunden waren vergangen, seit ihre wöchentliche Chemobehandlung zu Ende war. Sie hatte zwei Behandlungen mit kaum spürbaren Nebenwirkungen ertragen, aber dieses Mal würde sie nicht so leicht davonkommen ...

Zehn Minuten später lag sie auf den kalten Bodenfliesen ihres Badezimmers. Ihr Nachthemd war schweißnaß, ihre Haare von Tränen und Schweiß verklebt. Sie fuhr mit der Hand über ihre feuchte Kopfhaut und erschrak, als sie an ihren Fingern lange, seidige Haare kleben sah.

Sie würde ihre Haare verlieren. Nicht nur die Haare auf ihrem Kopf, sondern auch ihre Wimpern, ihre Augenbrauen, sogar die feinen Härchen, die ihre Arme bedeckten ... *Machen Sie sich deshalb keine Sorgen, sie wachsen wieder nach,* konnte Jaquelin ihre eigene Stimme unbeschwert zu ihren Patientinnen sagen hören. *Vielleicht sollten Sie sich die Haare kurz schneiden lassen, damit der Schock nicht zu groß ist, oder kaufen Sie sich eine natürlich aussehende Perücke.*

Binnen kürzester Zeit würde sie wie Daphne ein Tuch um den Kopf tragen. Oder eine dieser Perücken, denen man aus zehn Metern Entfernung schon ansah, daß sie aus Polyester waren. Sie schluckte das Schluchzen hinunter, das in ihrer Kehle aufsteigen wollte, und schaute zur Decke hinauf. *Gott, alles, wovor mir gegraut hatte, tritt jetzt ein ... alles jetzt.* Sie biß sich auf die Lippe, bis sie ihren Puls in der Lippe schlagen fühlte. Ihr Magen rebellierte erneut.

Die Nacht kam ihr wie eine Ewigkeit vor. Jaquelin lag auf dem kalten Boden. Noch nie in ihrem Leben hatte sie sich so allein gefühlt. Sie wußte, daß sie aufstehen und etwas Wasser trinken sollte, aber der Raum drehte sich wie wild um sie, sobald sie auch nur den Kopf hob, und sie wollte nicht umfallen und sich den Kopf an der Porzellantoilette oder dem Waschbecken anschlagen. Wer würde kommen, um ihr zu helfen, falls sie stürzte? Niemand. Niemand würde auch nur ihren Schrei oder das Poltern hören, wenn ihr Körper auf dem Boden aufschlug.

Rufen Sie nicht den Arzt an, rufen Sie eine der Schwestern an, wenn Sie ein Problem haben.

Wie oft hatte sie diesen Satz schon gesagt? Und doch konnte sie selbst, eine dieser Schwestern, sich nicht vom Fußboden ihres Badezimmers erheben.

Jaquelin nahm ihre ganze Kraft zusammen und kroch über die Fliesen. Schließlich erreichte sie das schnurlose Telefon, das sie für Notfälle auf der Kommode liegen hatte. Sie wählte auswendig die Nummer der Klinik und verzog das Gesicht, als der Telefondienst kurz angebunden fragte, welcher Notfall vorliegt. „Ich brauche Dr. Martin", flüsterte Jaquelin. „Sagen Sie ihm, es ist Jaquelin Wilkes. Ich erlebe gerade eine schlimme Reaktion auf die Chemotherapie, und ich bin ... allein."

Vor Kälte und Müdigkeit zitternd, lockerte sie ihre Finger und unternahm nichts, um zu verhindern, daß das Telefon auf ihren Zimmerboden schlitterte.

* * *

Jonahs Augen waren noch ganz verschlafen, und seine Knochen schmerzten, als sein Auto dröhnend Jaquelins schmale Auffahrt hinauffuhr. Die Frau vom Telefondienst hatte gesagt, Jaquelin habe geklungen, als fühle sie sich sehr schlecht. Jonah ging es bei diesem Gedanken durch Mark und Bein. Er hätte Jaquelin noch eine oder zwei Stunden im Krankenhaus behalten sollen; vielleicht war es grundsätzlich eine schlechte Idee, sie nach Feierabend zu behandeln. Aber sie hatte darauf bestanden, daß ihre Privatsphäre gewahrt blieb, und er wollte alles tun, um ihr die Sache so weit wie möglich zu erleichtern.

Ihre Haustür war verschlossen. Als Jonah klopfte, hörte er ein leises, drohendes Knurren von der anderen Seite. Bailey natürlich. Jonah schüttelte den Kopf und hoffte, der Hund habe ein gutes Gedächtnis und kenne ihn noch.

Er zögerte nur einen kurzen Moment, dann suchte er einen faustgroßen Stein in der Umrandung von Jaquelins Blumenbeet und schlug damit eine der Fensterscheiben neben der Haustür ein. Jetzt nahm Baileys Bellen eine bedrohliche Lautstärke an. Jonah überlegte, ob er die Notrufnummer für Jaquelin *und* für das Opfer eines Hundebisses wählen müßte. Er schlüpfte aus seiner Jacke und wickelte sie um seinen Arm, dann steckte er den so geschützten Arm durch die zerbrochene Scheibe und rief dabei die ganze Zeit: „Bailey! Guter Junge, erinnerst du dich an mich? Sitz, Bailey!“

Wie durch ein Wunder biß Bailey ihn nicht. Jonahs suchende Finger fanden den Riegel des Sicherheitsschlosses und schoben ihn mit Leichtigkeit zurück. Einen Augenblick später hatte er die Tür geöffnet und die Glasscherben mit dem Schuh nach draußen geschoben. In dem hellen Schein des Garderobenlichtes konnte er den riesigen Hund sehen. Seine Zähne waren gefletscht, und die Haare an seinem Nacken standen hoch.

„Bailey!“ Bewußt bemühte er sich um einen fröhlichen Tonfall in seiner Stimme und kniete nieder – eine Selbstmordposition, falls der Hund böse Absichten hegte. Es gab keine Möglichkeit, den Hund in einem Zweikampf zu Boden zu zwingen, und er käme nie schnell genug auf die Beine, falls der große Hund sich entschied, ihn anzugreifen.

Aber Bailey kam nur langsam auf ihn zu. Die Schnauze war erhoben, und sein Schwanz senkte sich immer weiter nach unten. Das düstere Gesicht entspannte sich allmählich. Das böse Knurren hörte auf, und Bailey schnüffelte oberflächlich an Jonah. Dann bellte er und lief in Jaquelins Zimmer zurück.

Jonah folgte ihm. Sein Herz pochte schmerzlich gegen seine Rippen. Vom Korridor aus konnte er Jaquelin im Badezimmer mit dem Gesicht nach unten auf dem Fußboden liegen sehen. Das Telefon lag ein Stück von ihr entfernt auf dem Fußboden, als wäre es ihr aus der Hand geschossen worden ...

„Jaquelin!" Er lief schnell auf sie zu und kniete neben ihr nieder. Waren die Nebenwirkungen schon vorher aufgetreten, und sie war nur zu stolz gewesen, um ihm davon zu berichten? Er drehte sie vorsichtig herum und strich die nassen Haare aus ihrem Gesicht. Mit fast klinischer Distanziertheit stellte er fest, daß die rotgoldenen Locken an seiner Haut festklebten, als hätte er seine Finger mit Honig bestrichen.

Jonah fuhr mit der Hand über ihren Arm bis zu ihrem Handgelenk und fühlte ihren Puls. Er kam gleichmäßig und langsam. Sie brauchte dringend Flüssigkeit und Ruhe. Das Wettrennen am letzten Wochenende war gewiß nicht gut für sie gewesen und hatte wahrscheinlich die Nebenwirkungen der heutigen Chemobehandlung noch verschlimmert. Schuldgefühle regten sich in ihm. Er hätte nie auf diese Wette eingehen dürfen. Niemand, der sich mitten in der Chemotherapie befand, sollte um einen See herumlaufen ...

„Es tut mir leid." Ihre Augenlider gingen zuckend auf. Die Worte waren so leise, daß er sich einen Augenblick fragte, ob er sie sich nur eingebildet habe.

„Nein, nein, ich bin derjenige, der sich entschuldigen sollte", sagte er und setzte sich neben sie auf den Boden. „Ich hätte es besser wissen müssen, als dich um den See laufen zu lassen. Dann habe ich wahrscheinlich alles nur noch schlimmer gemacht, als ich dich zum Essen einlud und dich zwang, diese ganzen kalorienreichen Sachen zu essen ..."

Obwohl Jaquelin vor Kälte zitterte, spielte ein schwaches Lächeln um ihre Lippen. Eine ungewohnte Wärme durchflutete seine Adern. Er zog sie in seinen Schoß und wiegte ihren Kopf in seinen Armen. „Tut es sehr weh?" flüsterte er.

Die leichte Röte auf ihren blassen Wangen erinnerte ihn an einen Sonnenuntergang, der sich auf dem Schnee widerspiegelte. „Es tut eigentlich nicht weh", sagte sie mit einer Stimme, die klang, wie wenn zwei Blätter Sandpapier gegeneinander gerieben werden. „Aber ich habe mich in meinem ganzen Leben noch nie so erbärmlich gefühlt. Mir ist hundeelend."

Etwas an dem alten Bild entlockte Jonah ein Lächeln. Hier lag kein medizinischer Notfall vor. Soviel konnte er jetzt sehen. Aber mit einem einzigen Blick in das Zimmer stellte er fest, daß sie ein paar erbärmliche Stunden in diesem Badezimmer verbracht haben mußte. Die Toilette und das Waschbecken mußten dringend geputzt werden; und sie brauchte ein Bad ...

Aber am dringendsten brauchte sie jemanden, der sie festhielt, und Jonah war dankbar, daß er da war.

* * *

Jaquelin schlief eine halbe Stunde in Jonahs Armen, dann legte er sie wieder in ihr Bett, damit sie sich ausruhen konnte, während er in einem Schrank in der Garderobe nach sauberen Laken und frischer Bettwäsche wühlte. Als er gefunden hatte, was er suchte, trug er sie hinaus auf das Wohnzimmersofa, denn er wußte, daß sie dort den größten Teil ihrer Genesungszeit nach der Operation verbracht hatte. Daphne hatte erwähnt, daß Jaquelin gern aus dem Fenster schaute, und er konnte sich gut vorstellen, daß sie eine Weile lieber nicht ihr verschmutztes Bett oder das schmutzige Badezimmer sehen wollte.

Nachdem er die Laken ausgebreitet und Kissen auf das Sofa gelegt hatte, trug er Jaquelin auf das provisorische Bett und steckte die Decke unter die weichen Kissen. Als er sicher war, daß sie tief schlief, fand er einen Plastikabfalleimer in ihrem Gästezimmer und stellte ihn neben das Sofa, nur für den Fall, daß ihr Magen erneut zu rebellieren begann. Er wollte sie nicht ein zweites Mal auf dem Fußboden im Badezimmer vorfinden.

Der Morgen dämmerte schon am Horizont, als er auf Zehenspitzen durch das Wohnzimmer schlich, in einer Hand einen Eimer und eine Flasche Desinfektionsmittel, in der anderen einen Schrubber. Er war nicht auf das leise Lachen gefaßt, das vom Sofa erklang.

„Herr Doktor, wo haben Sie denn diese Schürze gefunden? Und warum in aller Welt haben Sie sie sich umgebunden?"

Jaquelins Stimme klang wie von weither, fast ohne Kraft, aber er hörte darin eine Spur von Belustigung ... und Dankbarkeit.

„Ich habe sie mir umgebunden, weil meine Mutter immer eine

Schürze trug, wenn sie sauber machte", erwiderte Jonah und stellte den Eimer und den Schrubber auf dem Gang ab. „Und ich habe sie in einer deiner Küchenschubladen gefunden. Es war unverkennbar, daß sie nicht oft benutzt wird." Er zog sich die nassen Gummihandschuhe von den Händen und trat in das saubere Wohnzimmer. „Wie ich sehe, hast du die Nacht überstanden, ohne deinen Abfalleimer als Spuckschale zu mißbrauchen. Das ist sehr lobenswert, Schwester Jaquelin."

„Ich fühle mich vollkommen ausgelaugt." Jaquelin hob die Hand, als wollte sie ihre Haare zurückschieben, überlegte es sich aber offensichtlich anders und ließ die Hand wieder auf ihre Brust sinken. „Ich weiß nicht, wie ich dir danken soll, Jonah. Ich bin froh, daß du gekommen bist. Aber du hättest doch nicht mein Badezimmer putzen müssen."

„Du bist nicht in der Verfassung, es zu tun", sagte er leichthin und ging wieder hinaus zur Garderobe. „Und ich konnte schlecht Daphne anrufen und sie bitten, zu kommen und zu helfen."

Er biß sich schnell auf die Lippen und wünschte, er könnte seine Worte zurücknehmen. Er wollte nicht eine kranke Patientin daran erinnern, daß es einer anderen überhaupt nicht gut ging. Aber falls Jaquelin durch seine Worte entmutigt war, dann verriet sie das mit keinem Zeichen. Sie drehte einfach ihren Kopf zum Fenster, schloß die Augen und ließ ihn ungehindert sauber machen.

Eine halbe Stunde später, nachdem er das Bett neu überzogen, eine übel mitgenommene Ladung Schmutzwäsche in die Waschmaschine gesteckt und sich vergewissert hatte, daß alle Spuren der letzten Nacht sowohl im Schlafzimmer als auch im Badezimmer beseitigt waren, trat er ins Wohnzimmer und setzte sich auf die Kante der antiken Truhe, die Jaquelin als Wohnzimmertisch benutzte. Der Flüssigkeitsmangel hatte die Haut über ihren aristokratischen Backenknochen ausgetrocknet, aber ein paar Glas Wasser und ein Sportgetränk würden ihren Flüssigkeitshaushalt im Nu wieder in Ordnung bringen. Seidenweiche rotgoldene Haare lagen wie abgeworfenes Stroh auf dem Kopfkissen, und Jonah wußte, daß es nur eine Frage von Tagen wäre, bis sie sich entweder eine Perücke kaufte oder mit einem Tuch auf dem Kopf zur Arbeit erschiene. Die meisten seiner Patientinnen störte der vorübergehende Haarausfall mehr als irgendeine andere Nebenwirkung der Chemotherapie, aber auch wenn Jaquelins Haare hübsch waren, konnte er sich nicht vorstellen, daß ihre Schönheit auch nur im geringsten unter ihrem Haarausfall leiden würde. Ihre helle Haut verstärkte die Tiefe ihrer smaragdgrünen Augen, und selbst jetzt lag eine leichte Farbe auf ihren reizvoll geschwungenen Lippen.

Was dachte sie gerade? Träumte sie?

Sein Puls schlug schneller, als sich ihre Wimpern hoben und sie ihn dabei ertappte, daß er sie beobachtete. Aber sie wirkte nicht überrascht. Im Gegenteil, ihr Gesicht schien sich sogar zu erhellen, als sie ihn sah.

„Du bist heute für deine Patienten nicht fit", sagte sie mit einem leisen Flüstern. „Außerdem werden wir beide zu spät zur Arbeit kommen."

„Alle anderen können warten", erwiderte er. Er ergriff ihre Hand und staunte, daß ihre Haut nach dieser kräftezehrenden Nacht so warm und weich sein konnte. Jaquelin zog ihre Hand nicht vor seiner Berührung zurück, sondern schien sie zu erwarten. Als ihm das bewußt wurde, durchströmte ihn eine ungewohnte Wärme.

„Brauchst du noch irgend etwas?" fragte Jonah und hatte Mühe, die Worte an dem plötzlichen Kloß vorbeizuschieben, der sich in seiner Kehle gebildet hatte. „Kann ich noch etwas tun, bevor ich nach Hause fahre und dusche? Ich bringe dir noch ein Glas Wasser, und ich schaue, ob ich einen Saft oder etwas Ähnliches in deiner Küche finden kann."

„Mir geht es gut, Jonah." Die Dankbarkeit in ihrer Stimme rührte ihn zutiefst an. „Ich muß nur wieder zu Kräften kommen. Der Saft wird mir dabei helfen. Ich habe vor, heute zur Arbeit zu gehen."

„Nein, laß dir Zeit. Lauren und Stacy müssen es eben einmal allein schaffen."

„Ich bin bald wieder auf der Höhe." Er sah ihre Entschlossenheit. Ihr festes Kinn ließ keine Widerrede zu. „Ich schaffe es vielleicht erst zur Mittagspause, aber ich komme."

„Wie du willst." Jonah hielt immer noch ihre Hand und umschloß sie plötzlich mit seinen beiden Händen. „Jaquelin , falls du je irgend etwas brauchst, genügt ein einziger Anruf. Ich gebe dir meine Privatnummer. Du mußt wissen ..."

Ihre feinen seidigen Brauen zogen sich ein wenig nach oben und warteten darauf, seine nächsten Worte zu hören. Jonah merkte plötzlich, daß er nichts mehr sagen konnte. Was war denn in ihn gefahren? Er konnte nicht leugnen, daß er sich zu dieser Frau hingezogen fühlte, aber jetzt war nicht der richtige Zeitpunkt, um sein Herz zu verlieren. Sie war krank. Er war ihr Arzt. Sein angeborenes Mitgefühl hatte seinen gesunden Menschenverstand ausgeschaltet.

Er beugte sich vor und berührte mit den Lippen die Stelle, an der ihr Haaransatz und ihre Stirn sich trafen. „Laß dir heute morgen Zeit und ruhe dich aus. Bevor ich gehe, stelle ich dir Wasser und Saft hier auf den Kaffeetisch. Ich sage Lauren, daß du eine schwere Nacht hattest. Sie wird das verstehen."

Jaquelin nickte verschlafen. Er legte ihre Hand auf die Decke über ihrer Brust und streichelte sie wie ein Bruder. Dann begab er sich in die Küche. Er mußte noch ein Stück Pappe über die Fensterscheibe kleben, die er zerbrochen hatte, und eine Glaserei anrufen, um sie reparieren zu lassen. Danach würde er Jaquelin etwas zu trinken auf den Tisch stellen und so leise wie möglich aus dem Haus schleichen. Später, wenn er allein und nicht mehr in diesem gemütlichen Haus war, könnte er klarer darüber nachdenken, was er als nächstes zu tun hatte.

* * *

Jaquelin schlug ein Auge auf, als sie hörte, wie die Haustür ins Schloß fiel. Er war fort. Ein Krug mit Eiswasser und ein großer Krug mit Orangensaft standen neben ihr auf dem Tisch. Sie setzte sich auf und hielt einen Augenblick inne, als ihr Magen erneut zu rebellieren begann. Doch er beruhigte sich wieder. Als sich die Schmerzen und die Übelkeit legten, hob sie das Saftglas, hielt es einen Augenblick hoch, als wollte sie Jonah zutrinken, und brachte es dann langsam an ihre Lippen.

Sie trank durstig. Nach dem Wüten der letzten Nacht schrie ihr Körper nach Nahrung, und der Saft war genau das Richtige, was sie in ihrem Zustand brauchte.

So wie Jonah Martin genau das war, was sie brauchte. Das erkannte sie jetzt ganz deutlich. Sie brauchte keinen unabhängigen, ehrgeizigen Egoisten, der bei den ersten Spuren ihres rebellierenden Magens das Zimmer mit einem Kissen vor dem Gesicht verlassen hätte. Ob Craig Bishop ihre Schürze umgebunden und ihre Gummihandschuhe angezogen hätte, um ihre Toilette und ihr Waschbecken zu putzen?

„Vorher lernen Schweine fliegen", flüsterte sie Bailey zu und beugte sich vor, um die Dogge hinter den Ohren zu kraulen. Wie immer lag der Hund an ihrer Seite auf dem Fußboden. Als er ihre Stimme hörte, trommelte sein Schwanz als Zustimmung rhythmisch auf den Holzboden.

Jetzt sah sie mit kristallklarer Deutlichkeit, daß Daphne recht hatte. *Jonah Martin liebt mich.* Er hatte ein ungewöhnliches Mitgefühl für seine Patienten, und er mischte sich zu sehr in ihr Leben ein. Aber auch wenn er vielleicht Mrs. Baldovinos Hand gehalten oder Daphne Redfield auf die Stirn geküßt hätte, er hätte ihnen dennoch nie seine Privatnummer angeboten. Diese Nummer war der Beweis dafür, daß seine Gefühle für Jaquelin über die Grenzen des Krankenhauses hinausgingen und tiefer waren als seine Sorge um sie als Patientin. Er liebte sie! Das wußte Jaquelin – sie hatte die Sehnsucht in seinen Augen gesehen und das kurze Zittern in seiner Hand gefühlt, als er ihre Hand gehalten hatte. Er war gekommen, als sie ihn gerufen hatte. Er hatte ihren Kopf gehalten, als überall an ihr unangenehmer Schweiß klebte. Kein Mann tat so etwas für eine Frau, wenn er sie nicht liebte. Wenn er sie nicht so sehr liebte wie ...

Ich liebe ihn. Hatte sie deshalb jedes Mal einen Kloß im Hals, wenn sie in sein Arztzimmer schaute? Am Anfang hatte sie angenommen, daß er diese Gefühle in ihr auslöste, weil sie ihn von Herzen verabscheute, aber sie mußte zugeben, daß sie seine Professionalität, seine Intelligenz und sogar sein ungewöhnliches Mitgefühl bewunderte. Und jetzt, da sie auf der Empfängerseite stand, würde sie das nie wieder leichtfertig abtun. Jaquelin Wilkes, die Schwester des Jahres des Chambers-Wyatt-Krankenhauses, würde nie wieder so korrekt, so schnell im Umgang mit ihren Patienten sein wie früher, weil Jonah Martins Liebe sie verändert hatte.

Sie hatte das Leuchten in seinen Augen gesehen und bei ihm dieselbe Liebe gespürt, die sie bei sich selbst bisher geleugnet hatte. Wie lang liebte sie ihn schon? Wahrscheinlich schon seit Wochen. Sie hätte es schon damals merken müssen, als sie Dr. Shaw bat, sie an Jonah und nicht an Dr. Kastner zu überweisen. Damals hatte sie gewußt, daß sie Jonah brauchte ... aber zu viele andere Dinge hatten ihr einen klaren Blick versperrt und sie nicht erkennen lassen, was wirklich zählte.

„Was soll ich jetzt tun?" fragte Jaquelin in die Luft und schaute dann zu Bailey hinab. Trotz ihrer körperlichen Erschöpfung tanzte ihr Herz vor Glück. „Ich schätze, es wird eine Hochzeit geben, Bailey. Jonah ist gewiß alt genug, um zu wissen, was er will. Bestimmt will er ein Zuhause und Heiraten. Ich will das auf jeden Fall. Soviel weiß ich."

Sie beugte sich vor, bis sie ihrem Haustier Auge in Auge gegenübersaß. „Es wäre schön, Jonah die ganze Zeit bei uns zu Hause zu haben, nicht wahr?"

17

Jonah begrüßte Lauren mit einem kurzen Nicken. Als er ein halbes Dutzend Krankenblätter auf dem Schwesternschreibtisch liegen sah, verzog er frustriert das Gesicht. Er war keiner, der sich streng an einen starren Zeitplan hielt, aber heute müßte er sich wirklich beeilen. Kastner würde es nicht gefallen, wenn er sich so weit im Hintertreffen befand.

„Ist das Wartezimmer schon voll?" fragte er die Stationsschwester, während er in seinen Arztkittel schlüpfte.

„Ja", antwortete Lauren mürrisch und warf einen Blick auf die Uhr. „Dr. Kastner kam heute morgen auch zu spät. Und von Jaquelin ist noch keine Spur zu sehen."

„Sie kommt heute etwas später", erklärte Jonah, ohne nachzudenken, bereute seine Worte jedoch auf der Stelle. Stacy, die gerade einer älteren Patientin den Korridor entlang half, fuhr mit dem Kopf zu ihm herum. Unverhohlene Neugier sprach aus ihren dunklen Augen.

„Ich habe heute morgen mit Schwester Jaquelin gesprochen", erklärte er, während er in sein Sprechzimmer eilte. „Sie hatte nach ihrer gestrigen Chemobehandlung eine schwere Nacht, aber sie sagte, sie wolle später zur Arbeit kommen. Vielleicht nach der Mittagspause."

In seinem Sprechzimmer überflog Jonah kurz die Notizzettel, die man ihm auf den Schreibtisch gelegt hatte, wühlte in einer Schublade nach seinem Stethoskop und nahm sich dann einen kurzen Augenblick Zeit, um sich mit den Händen durch seine noch feuchten Haare zu fahren. Stacy hatte eine feine Nase. Bald würde sie Lauren fragen, warum Jonah Martin so viel über Jaquelin wußte. Er hatte bereits mehrmals gesehen, daß die zwei Frauen die Augenbrauen hochzogen, weil er sie an Jaquelins Behandlungstagen abends nach Hause schickte und es vorzog, ihr die Medikamente persönlich zu verabreichen. Er wußte, daß sie hinter vorgehaltener Hand von bevorzugter Behandlung und besonderer Aufmerksamkeit tuschelten und sich wahrscheinlich fragten, was sonst noch vorging ...

Was *ging* vor? Jonah war sich nicht ganz sicher, aber er wußte, daß er schon zu weit gegangen war. An diesem Morgen war er nur sehr widerstrebend von Jaquelins Seite gewichen. Es war ihm sogar schwer gefallen, ihr gemütliches kleines Haus zu verlassen. Seine Gefühle für sie hatten sich von Bewunderung zu Zuneigung und noch viel mehr entwickelt. Dabei hatte er sich geschworen, sich nie wieder mit einer Mitarbeiterin einzulassen. Er war auf dem besten Wege, sich selbst in Schwierigkeiten zu bringen, und was noch schlimmer war: Er brachte damit auch Jaquelin in eine schwierige Position. Zwar war es nicht ausgesprochen unanständig, wenn Ärzte und Schwestern miteinander ausgingen, aber jeder wußte, daß eine solche Beziehung eine bereits angespannte Arbeitsatmosphäre fast unerträglich machte. Andere Ärzte im Krankenhaus würden sagen, daß er eine hübsche junge Frau, die während ihrer Krankheit empfindlich und geschwächt war, ausnützte. Und wenn sie erführen, daß er die halbe Nacht in ihrem Haus verbracht hatte – egal, wie unschuldig oder human die Gründe hierfür auch gewesen sein mochten – Jaquelins guter Ruf stünde in Gefahr.

Sobald die Gerüchteküche kochte, würde entweder Jaquelin als berechnende Krankenschwester hingestellt werden, oder er als der wollüstige Arzt, der es auf wehrlose, attraktive Patientinnen abgesehen habe. Und Lauren und Stacy konnten es bezeugen, daß er und Jaquelin nach Feierabend allein auf der Station blieben ...

Was sich auch immer zwischen ihnen anbahnte, er mußte es schleunigst zu einem Ende bringen. Er war noch nicht lange genug in Winter Haven, um wirklich Wurzeln zu schlagen, und welche Gefühle es auch waren, die in Jaquelins Herzen angefangen hatten aufzublühen, sie würden bald wieder verwelken und vergessen sein. Wenn das Liebe war, das aus ihren Augen geleuchtet hatte, dann war sie irregeleitet und darin begründet, daß sie Hilfe gebraucht hatte und er ihr zu Hilfe gekommen war. Sobald sie wieder gesund war, wäre sie wieder die unnahbare Schwester, die froh war, wenn er sie in Ruhe ließ.

Jonah hielt einen Augenblick inne, hin- und hergerissen zwischen seinen wartenden Patienten und dem, was er tun mußte. Die Patienten warteten schon eine ganze Stunde; auf ein paar Minuten mehr kam es jetzt auch nicht mehr an. Kastner war auch zu spät gekommen. Einen Teil der Schuld dafür, daß heute alles ein bißchen länger dauerte, traf also auch ihn.

Jonah nahm das Telefon und wählte die Nummer von Eric Elrod, einem Freund aus seiner Studienzeit, der an einem Krankenhaus in Kalifornien arbeitete. Eric hatte ihn vor ein paar Wochen angerufen und gefragt, ob Jonah an einer neuen Stelle interessiert sei. Damals hatte Jonah dankend abgelehnt, aber seitdem hatten sich die Dinge geändert.

„Hallo, Eric?" Er hatte es geschafft, seinen Freund zu Hause zu erwischen. Ausnahmsweise war Jonah für den dreistündigen Zeitunterschied dankbar. „Hör mal, falls an deinem Krankenhaus immer noch diese Stelle in der Onkologie frei ist, würde ich gern mehr darüber hören. Kannst du mir genauere Einzelheiten nennen?"

* * *

Stacy und Lauren verließen Dr. Kastners Sprechzimmer und trotteten schweigend ins Schwesternzimmer. Stacy war die erste, die ihre Sprache wiederfand.

„Was meinst du – könnte es sein, daß er Jackie etwas angetan hat?" fragte sie mit deutlicher Besorgnis in der Stimme. „Würde Jackie es uns erzählen, falls es so wäre?"

Laurens Miene verfinsterte sich. Sie hatte Mühe, ihre Gefühle unter Kontrolle zu halten. „Ich weiß es nicht ... die ganze Geschichte klingt so unglaublich." Ihre Stirn verzog sich zu einem Runzeln. „Er hat sich mir nie unanständig genähert – andererseits bin ich eine verheiratete Frau." Sie warf Stacy einen gezielten Blick zu. „Was ist mit dir? Hat Dr. Martin je irgend etwas gesagt oder getan ..."

„Ich weiß es nicht." Stacy versuchte, sich an jede Gelegenheit zu erinnern, bei der sie mit Jonah Martin allein gewesen war. „Ein- oder zweimal hatte ich gedacht, er *wolle* vielleicht etwas sagen. Ich meine, er ist ledig, und ich bin nicht gerade prüde." Sie wollte lächeln, überlegte es sich aber anders, als sie Laurens ernste Miene sah. „Ja, Dr. Martin hätte vielleicht etwas versucht, wenn ich ihn gelassen hätte. Aber als Jaquelin krank wurde und ihn als ihren Arzt wählte, verlor er irgendwie das Interesse an mir."

„Sexuelle Belästigung." Lauren erschauderte theatralisch. „So etwas *Häßliches.* Und eine solche Schande bei einem so gut aussehenden und intelligenten Mann wie Dr. Martin. Er sollte es doch nicht nötig haben, irgendeine Frau zu bedrängen, um ihre Aufmerksamkeit zu bekommen. Wenn ich nicht verheiratet wäre, wäre ich selbst nicht abgeneigt gewesen, mit ihm auszugehen."

„Was soll jetzt werden?" flüsterte Stacy und senkte die Stimme, da sie auf dem Gang Schritte näherkommen hörte. „Was tun wir?"

„Wir halten so weit wie möglich Abstand zu ihm", antwortete Lauren. „Und wir warten ab, bis Dr. Kastner ihn wegen dieser Gerüchte zur Rede stellt. Bis dahin tun wir, als wäre nichts geschehen, und verrichten wie gewohnt unsere Arbeit. Unsere Patienten dürfen nichts davon erfahren, aber achte darauf, daß du Dr. Martin nicht lange mit einer Patientin allein läßt. Diese Klinik kann auf das Stigma verzichten, eine Anzeige wegen sexueller Belästigung zu bekommen. Wir haben auch so schon genug Probleme."

Stacy nickte und begab sich wieder an ihre Arbeit. Sie versuchte, ihre düsteren Gefühle und Gedanken von sich abzuschütteln.

* * *

Als sie in den Empfangsbereich der Station schritt, hatte Jaquelin das wunderbare Gefühl, nach Hause zu kommen. In gewisser Weise war dieser Ort ihr Zuhause; sie verbrachte jedenfalls mehr von ihren wachen Stunden hier als in ihrem Haus. Aber das herrliche Glücksgefühl in ihrem Herzen konnte nur seine Ursache darin haben, daß Jonah hier war und auf sie wartete und die Arbeit tat, zu der er berufen war ... die zufällig auch noch die gleiche Arbeit war, die sie selbst so liebte.

Jaquelin erblickte Mrs. Baldovino, die auf einem Sofa saß und wartete. Sie warf der Frau ein fröhliches Lächeln zu und deutete auf das Tuch, das sie sich heute um den Kopf gebunden hatte, bevor sie das Haus verlassen hatte. Die Haare gingen ihr aus wie einem alten Schäferhund.

„Guten Morgen, Mrs. Baldovino. Was sagen Sie zu meinem Kopfschmuck? Sie müssen mir Ihre raffinierten Knoten zeigen, mit denen Sie Ihre Tücher so kunstvoll binden."

Die ältere Frau atmete hörbar ein und schlug sich erschrocken mit der Hand auf die Wange. „Schwester Jaquelin! Sie sind auch in Behandlung? Und Sie verlieren Ihre wunderschönen Haare?"

„Ja, ich bin auch Patientin hier", antwortete Jaquelin und lächelte einem Mann zu, der überrascht aufblickte. „Meine Haare sind schon fast alle ausgegangen, aber sie werden wieder wachsen."

„Sie hatten Geheimnisse vor uns", tadelte Mrs. Baldovino sie und drohte Jaquelin wie eine strenge Lehrerin mit dem Zeigefinger. „Ich wußte nicht, daß Sie auch in Chemobehandlung sind."

„Ich versuche nur, mich mit meinen Patienten zu identifizieren", scherzte Jaquelin und sank neben Mrs. Baldovino auf das Sofa. Kaum waren die Worte über ihre Lippen geschlüpft, als sich auch schon ihr

Gewissen meldete. Warum nahm sie das lebensbedrohlichste Problem in ihrer aller Leben immer noch auf die leichte Schulter?

Sie warf der älteren Frau ein höfliches Lächeln zu und schüttelte verlegen den Kopf. „Mrs. Baldovino, ich hätte kein Geheimnis daraus machen sollen. Vor zwei Monaten stellte meine Ärztin Brustkrebs fest. Mir wurde eine Brust entfernt, und seit ein paar Wochen unterziehe ich mich auch einer Chemotherapie. Jetzt verstehe ich – jetzt verstehe ich *wirklich* – was Sie mir immer gesagt haben." Sie legte der Frau die Hand auf den Arm. „Für die vielen Male, in denen ich Sie anscheinend nicht richtig verstanden habe, möchte ich mich aufrichtig entschuldigen. Ich hätte besser zuhören sollen. Ich hätte mehr Mitgefühl haben sollen."

„Ach, Schwester Jackie", antwortete Mrs. Baldovino nachsichtig. „Sie werden schon wieder gesund." Aus ihren Augen sprachen aufrichtiges Mitgefühl und eine tiefe Zuneigung. „Ernesto und ich werden jeden Morgen ein Gebet für Sie sprechen."

„Danke", antwortete Jaquelin und stellte überrascht fest, daß ihre Stimme plötzlich schwer und belegt war. Wie hatte sie ihre Patienten nur wie eine Ansammlung von Armen und Reagenzgläsern und Karteikarten sehen können? Jedes Ohr in dem überfüllten Wartezimmer hatte ihr „Geständnis" gehört, und jedes Auge leuchtete sie jetzt in einem stillen Verständnis an.

„So, ich glaube, ich sollte jetzt lieber an die Arbeit gehen", sagte sie und erhob sich langsam von dem Sofa. Sie bemerkte, daß ein kleiner Junge sie nicht aus den Augen ließ, und zwinkerte ihm zu. „Ich bin heute morgen ein wenig langsamer. Ich war die ganze Nacht auf den Beinen und habe meine Kekse wieder ausgespuckt."

Der Junge grinste, während eine Handvoll anderer Patienten lachten. Jaquelin nickte allen im Wartezimmer freundlich zu. „Ich bin gleich wieder zurück und hole einen von Ihnen. Ich muß nur Lauren und Stacy sagen, daß ich hier bin."

Sie war auf dem verwinkelten Gang noch nicht weit gekommen, als ihr ihre Intuition sagte, daß etwas nicht so war wie sonst. Noch bevor sie um die Ecke zum Schwesternzimmer bog, hörte sie schon Stacys angespanntes Flüstern, aber auf den vollkommen entsetzten Blick der Krankenschwester war sie trotzdem nicht vorbereitet gewesen.

„Jaquelin!" keuchte Stacy. Lauren sprach kein Wort. Ihre Augen wurden größer und nahmen einen beobachtenden Ausdruck an.

„Ich weiß, daß ich nicht gut aussehe", entschuldigte sich Jaquelin, während sie hinter die Theke trat. Sie ließ ihre Handtasche in die tiefe

Schublade fallen, in der die Angestellten ihre persönlichen Sachen aufbewahrten. „Und dieses Tuch ist kein Modeschmuck – mir fallen die Haare aus. Aber macht bitte kein großes Theater daraus, einverstanden? Ich verkrafte es."

„Sag du es ihr", forderte Stacy Lauren auf. „Du bist die Stationsschwester, also mußt du es ihr sagen."

Jaquelin fuhr herum. „Mir was sagen?" Die Besorgnis in den Augen ihrer Kolleginnen hatte also überhaupt nichts mit ihrem Aussehen zu tun. Ein schleichendes Unbehagen stieg aus der Tiefe ihres Herzens auf, als die beiden Krankenschwestern besorgte Blicke miteinander wechselten. „Was ist? Ist einer unserer Patienten gestorben?"

„Jaquelin." Lauren trat vor und richtete sich auf. „Dr. Kastner rief uns heute morgen in sein Büro. Wie du weißt, nahm er letztes Wochenende an einem Ärztekongreß in Atlanta teil ..."

„Und?" Verwirrung vermischte sich jetzt mit Jaquelins Unbehagen.

„Auf diesem Kongreß traf er einen Arzt von der Universitätsklinik in Virginia. Einen Arzt, der Jonah Martin kannte. Einen, der wußte, warum Jonah Martin ..." Sie senkte die Stimme. „*... damals wegging.*"

Nervöse Krämpfe meldeten sich in Jaquelins Brust. *Warum er wegging?* Er ging weg, um eine bessere Stelle anzunehmen. Und dann wieder eine andere, und wieder eine andere ...

„Du selbst hast gefragt, warum er schon in so vielen Krankenhäusern gearbeitet hat", mischte sich Stacy ein. „Wie sich herausstellt, hatte er dafür einen triftigen Grund."

Jaquelin verbarg den dicken Kloß, der sich in ihrer Kehle bildete. Sie drehte den Kopf weg. „Er ging weg, weil er beruflich weiterkommen wollte. Er hat sich immer weiter hochgearbeitet ..."

„Er ging weg, weil eine seiner Krankenschwestern drohte, ihn vor Gericht zu bringen", antwortete Lauren mit einer scharfen Spitze in ihrer Stimme. „Offenbar war er ein paarmal mit ihr ausgegangen. Sie beschuldigte ihn der sexuellen Belästigung. Natürlich wurde nie etwas bewiesen, weil sich das Mädchen scheute, Anklage zu erheben. Alles wurde still beigelegt, als Jonah Martin das Krankenhaus verließ."

Eine eisige Welle rollte über Jaquelin hinweg. „Das kann doch nicht wahr sein."

Lauren kniff die Augen zusammen. „Wenn es nicht wahr ist, wie erklärst du dir dann seinen beruflichen Werdegang? Fünf Krankenhäuser in sieben Jahren? Du bist doch diejenige, die sich immer darüber beschwert, daß er seinen Patienten gegenüber zu wenig distanziert, zu *persönlich* ist ..."

Jaquelin schloß die Augen und hielt die Hand hoch, um Stacy das Wort abzuschneiden, während das Zitat ihrer eigenen Worte in ihren Ohren widerhallte. Das konnte nicht wahr sein, und doch gab es Dinge an Jonah, die sie seit dem Tag störten, an dem sie ihn das erste Mal gesehen hatte. Die zwei Seiten seiner Persönlichkeit, seine seltsame Hochnäsigkeit, die Sehnsucht in seinen Augen, wenn sie ihn in einem unbewachten Augenblick ertappte, wie er sie beobachtete ...

Was für eine Närrin sie doch gewesen war! Jonah Martin liebte sie nicht. Was sie in seinen Augen gesehen hatte, war Gier gewesen, nicht Liebe. Und sie hatte ihn in ihr Haus gelassen, ihm die Freiheit gegeben, ungehindert zu kommen und zu gehen, als sie allein und wehrlos gewesen war.

Ihre Knie wurden weich. Sie taumelte auf einen Stuhl zu. Er hatte zugegeben, daß er und Gott sich zerstritten hatten! So wie es aussah, hatte Gott allen Grund, Jonah Martin den Rücken zuzukehren! Wie hatte sie nur so blind, so dumm sein können? War sie, nachdem Craig sie sitzengelassen hatte, denn so verzweifelt, daß sie bei einem wollüstigen Arzt Aufmerksamkeit und Unterstützung gesucht hatte? Selbst Stacy hätte mehr Verstand gezeigt!

„Jackie, geht es dir gut?" Stacys besorgtes Gesicht bewegte sich in Jaquelins verschwommenes Gesichtsfeld. „Soll ich dir ein Glas Wasser holen? Du siehst wirklich nicht besonders gut aus."

Jaquelin war wie betäubt. „Ich glaube ...", stammelte sie und legte die Arme auf ihre Stuhllehnen. „Ich hätte heute lieber zu Hause bleiben sollen."

* * *

Jonah trat aus seinem Arztzimmer und warf einen Blick, der seine tiefe Verärgerung verriet, in Richtung des Schwesternzimmers. Lauren und Stacy waren heute wie von der Rolle. Natürlich hatte er dadurch, daß er zu spät zur Arbeit gekommen war, auch nicht gerade zur Verbesserung der Situation beigetragen, aber obwohl er seine Untersuchungen im Eilverfahren durchgeführt hatte, um Zeit gutzumachen, unterstützten ihn die Krankenschwestern in keiner Weise. Jetzt standen die beiden mit dem Rücken zu ihm hinter der Schwesterntheke und waren wahrscheinlich schon wieder in einen typisch weiblichen Klatsch vertieft.

„Schwester Lauren", rief er mit einem verärgerten Seufzen. „Können Sie bitte den nächsten Patienten holen?"

Lauren drehte sich um und bedachte ihn mit einem feindseligen Blick. „Natürlich, Doktor Martin." Sie warf einen kurzen Blick auf den Stapel Krankenblätter und verschwand in Richtung des Wartezimmers.

Stacy drehte sich um und beäugte ihn mit einem ähnlich knisternden Blick. Dann erblickte er Jaquelin. Sie saß auf einem Stuhl in der Ecke. Ihr Gesicht war kreidebleich, und ein Anflug von Eiseskälte lag in ihren Augen. Sie hatte ein buntes Tuch um den Kopf gewickelt; die tiefen, dunklen Ringe um ihre Augen sahen aus, als hätte sie einen Ringkampf ausgefochten.

Sein erster Impuls war es, schnell zu ihr zu gehen, sie zu untersuchen und sie sanft zu tadeln, weil sie zur Arbeit gekommen war. Sie sollte zu Hause im Bett liegen, und er würde sie am liebsten höchstpersönlich nach Hause bringen, aber ...

Bitternis erfüllte ihn. Er hatte sich erlaubt, sich zu sehr mit einer vollkommen ungeeigneten Frau einzulassen. Eric Elrod würde bald Informationen über die Stelle in Kalifornien faxen. Auch wenn Jonahs Gefühle sich wie unruhige Wellen auf einem See bewegten, müßte er lernen, sie zu ignorieren. Um Jaquelins willen.

Mrs. Baldovinos überschwengliche Begrüßung riß ihn unsanft aus seinen Gedanken. „Ah, Dr. Martin!" rief sie, ließ Lauren stehen und eilte freudestrahlend auf ihn zu. Sie ergriff Jonahs Hände. „Heute abend gibt es unser geplantes Abendessen. Lasagne! Mein Ernesto hat sich einverstanden erklärt zu kochen! Die Ergebnisse sind da: Mein Krebs ist auf dem Rückmarsch!"

„Ich weiß. Das finde ich wunderbar, Mrs. Baldovino", antwortete Jonah und lächelte sie an. „Es ist mir eine Freude, mit Ihnen und Ernesto zu essen. Hat er sich schon Gedanken über dieses Gummispielzeug gemacht?"

„Aber, Dr. Martin, Sie sind vielleicht ein Schlimmer!" Mrs. Baldovino drohte ihm mit dem Finger, dann nahm sie seinen Kopf in beide Hände und küßte ihn kräftig auf beide Wangen. „Aber Sie sind der *beste* Arzt der Welt. Und ich werde nie vergessen, was Sie alles für mich getan haben."

Sie drehte sich um und erspähte Jaquelin hinter dem Schwesternschreibtisch. „Und natürlich meine liebe Schwester Jaquelin! Sie sind auch zum Abendessen eingeladen. Dann zeige ich Ihnen, wie Sie Ihr Tuch in einen hübschen Knoten binden können, und Ernesto erzählt bestimmt viele Witze, die Sie aufheitern ..."

„Ich fürchte, auf Schwester Jaquelins Gesellschaft müssen wir verzichten", unterbrach Jonah ihren Redeschwall und zwang sich mit eisernem Willen, nicht in Jaquelins Richtung zu schauen. „Es geht ihr nicht gut. Ich wollte sie gerade nach Hause schicken."

„Das tut mir leid." Mrs. Baldovino schlug die Hände zusammen und warf Jaquelin einen mitfühlenden Blick zu. „Sollen wir unser Abendessen verschieben? Wäre es morgen abend besser? Oder am Wochenende?"

„Nein." Jonah zuckte innerlich zusammen. Seine Stimme klang härter, als er beabsichtigt hatte. „Sie werden mit mir allein vorliebnehmen müssen, fürchte ich. Es war falsch von mir, Schwester Jaquelin in unser Abkommen einzubeziehen, und ich möchte sie auf keinen Fall in eine unangenehme Situation bringen." Er lächelte seine Patientin an, als wäre sie ein kleines Kind. „Und jetzt gehen Sie mit Lauren und lassen Sie sich Blut abnehmen. Ich sehe Sie dann heute abend bei einer guten Lasagne."

Während Mrs. Baldovino mit Lauren auf dem Gang verschwand und fröhlich plauderte, ohne Atem zu holen, wandte sich Jonah wieder den Schwestern hinter dem Schreibtisch zu. Stacy warf den Kopf zurück und drehte sich trotzig zu den Patientenkarteien um. Jaquelin starrte ihn nur wortlos an. Ein tiefer Schmerz funkelte aus ihren grünen Augen.

* * *

Jaquelin fuhr nach Hause und legte sich ins Bett. Sie versuchte, den Rest des Tages zu schlafen und den Schmerz, der in ihrem Herzen tobte, zu vergessen.

Jonah Martin war ein Abschaum, ein Lustmolch, ein Heuchler und der grausamste Mann, dem sie je begegnet war. Sein eigener Lebenslauf verriet, daß etwas bei ihm nicht stimmte. An ihrem ersten Tag nach dem Urlaub war ihr das sofort aufgefallen. Warum hatte sie die Ungereimtheiten in seinem Lebenslauf nicht beachtet? Wie hatte ihre instinktive Abneigung gegen ihn in Liebe umschlagen können? Sie war keine Närrin, aber sie war eine Frau. Und Jonah Martin sah zu gut aus und konnte so charmant sein.

Er hatte nicht nur mit ihrem Herzen gespielt, er hatte auch noch ihr Leben in seine Hand genommen. Er hatte eine Brustentfernung angeordnet, die hätte vermieden werden können, und er hatte eine sofortige strenge Chemobehandlung angeordnet, die problemlos um mehrere Wochen hätte verschoben werden können. Hatte er vor, sie umzubringen? Oder war das eine Art sadistisches Spiel, bei dem er Frauen quälte, um dann, wenn sie wehrlos und verwundbar waren, den Märchenprinzen zu spielen?

Ohne je ein Wort zu sagen, hatte er sie glauben lassen, er würde sie lieben, und dann hatte er vor Lauren, Stacy und sogar vor Mrs. Baldovino bewiesen, daß er nicht das geringste Interesse an ihr hatte. Jaquelin hatte Zweifel gehabt an den Gerüchten um die angebliche sexuelle Belästigung, die ihm zur Last gelegt wurde, bis er sie heute so unverschämt abserviert hatte. Wenn seine Absichten ehrenhaft waren, wäre das die Gelegenheit gewesen, sie an Ort und Stelle öffentlich kundzutun. Aber das hatte er nicht. Er hatte auch vergessen, ihr seine Privatnummer zu geben – soviel zu diesem wertlosen Versprechen!

Trotzdem besaß er die Frechheit, über Gott zu sprechen und ihr zu sagen, sie solle auf den Herrn vertrauen! Ha! „Der Teufel kann auch die Bibel zitieren", murmelte sie und schlug frustriert mit den Fäusten auf das Kissen. Sie war gegen Mitternacht aufgewacht und warf sich seitdem ruhelos auf ihrem Bett hin und her. „Und genau das ist Jonah Martin – ein Teufel mit blauen Augen."

Selbst Daphne Redfield hatte sich von seiner charmanten Maskierung zum Narren halten lassen. Diese fromme Frau hatte sogar geglaubt, Dr. Martins übertriebene und ungebetene Aufmerksamkeit Jaquelin gegenüber hätte mehr als eine rein ärztliche Besorgnis verraten. „Ich schätze, du hast etwas durcheinander gebracht, Daphne", murmelte Jaquelin in ihr Kissen hinein. „Gott hat dir eine Botschaft für mich gegeben, aber der Teufel hat die Worte verdreht. Gott ist gut; er hätte mich vor Jonah Martin gewarnt."

Jaquelin hatte Daphne seit über einer Woche nicht mehr gesehen. Ihr Blutbild hatte sich nicht so weit verbessert, daß ihre Chemotherapie fortgesetzt werden konnte, und Jaquelin wußte aus dem Geflüster hinter vorgehaltener Hand im Krankenhaus, daß bei Daphne der Krebs nicht so reagiert hatte, wie Jonah es sich erhofft hatte. Ihre Blutwerte zeigten immer noch einen erhöhten CEA-Wert. Die letzte Chemotherapie hatte also offenbar das Krebswachstum nicht aufhalten ... oder auch nur verlangsamen können.

Jaquelin wußte, daß Jonah verzweifelt eine Behandlung suchte, die Daphnes Krebs in seine Schranken verweisen würde. Die Erinnerung daran, daß sie ihn an dem Tag, an dem sie Daphne nach Hause geschickt hatte, auf den Knien angetroffen hatte, war immer noch frisch in ihrem Kopf. Damals hatte Jaquelin tatsächlich geglaubt, er würde beten. Jetzt hielt sie es für wahrscheinlicher, daß er nur etwas gesucht hatte, das auf den Boden gefallen war, vielleicht eine Büroklammer …

Fast, dachte sie und zog die Decke näher an ihre Ohren heran. *Fast hätte ich auf ihn gehört.*

Jaquelin kauerte sich unter der Decke zusammen, während sich ein kalter Knoten in ihrem Magen bildete. Sie hatte endlich angefangen, wieder an die Zukunft zu glauben, und dann hatten Lauren und Stacy an ihrem ersten neuen Morgen eine Bombe platzen lassen. Sie hatte von einem Zuhause und einer Liebe geträumt, die ganz anders wäre als das, was sie bei Männern wie Craig Bishop kennengelernt hatte, aber alles, was von ihren Träumen blieb, war der nackte Schmerz eines gebrochenen Herzens.

Jaquelin biß sich auf die Lippe und schluckte ihre Tränen hinunter. Sie ging zwar vielleicht in Trauer und Demütigung auf, aber wenigstens bliebe ihr eine Erniedrigung in der Öffentlichkeit erspart. Dafür hatte Jonah gesorgt. Es gäbe kein großes Zerwürfnis, keine häßlichen Auseinandersetzungen. Lauren und Stacy würden nie das volle Ausmaß von Jaquelins Gefühlen für den gutaussehenden Arzt erfahren, und nur Gott würde wissen, wie wenig Jonah sich aus ihr machte.

Sie würde sich davon nicht unterkriegen lassen. Dieser schier ungewohnte Schmerz in ihrem Herzen traf sie viel tiefer als ihre Enttäuschung wegen Craig. Denn sie war krank, müde und schwach. Sie würde für eine Weile eine große Bitterkeit in ihrem Herzen tragen, vielleicht sogar eine lange Weile, und dann würde sie weiterleben wie vorher. Jonah Martin war vielleicht ein gemeiner Mensch, aber Jaquelin Wilkes ließ sich davon nicht unterkriegen. Sobald sie wieder besser bei Kräften wäre, würde sie eine Versetzung beantragen, vielleicht auf die Kinderkrebsklinik im Krankenhaus.

Das schrille Läuten des Telefons riß sie aus ihren schmerzlichen Gedanken. Sie schreckte hoch, setzte sich hellwach auf und nahm den Telefonhörer ab. „Hallo?“

„Miss Wilkes?“

Diese zwei Worte gingen ihr wie ein Stich durch das Herz. Nur Polizisten, Ärzte und Personal aus der Notaufnahme riefen mitten in der Nacht an, und niemand, den sie kannte, sprach sie am Telefon mit „Miss Wilkes“ an.

„Hier ist Joe Redfield, Daphnes Mann. Daphne bat mich, Sie anzurufen. Ich dachte, es interessiert Sie vielleicht …“

„Was?“ Sie wußte, daß ihre Frage taktlos und grob klingen mußte, aber ihr erschrockener Verstand funktionierte noch nicht richtig. Was wollte Daphne ihr mitteilen?

„Wir mußten sie heute nachmittag ins Krankenhaus bringen und ... man konnte nichts mehr für sie tun. Sie haben sie also wieder nach Hause geschickt. Sie bat mich vor einer Weile, Sie anzurufen, aber ich habe gewartet ...“ Mr. Redfield atmete lang und hörbar aus. „Sie ist jetzt ins Koma gefallen, und ich dachte, es interessiert Sie vielleicht, daß ihre Zeit gekommen ist. Sie hat sehr viel von Ihnen gehalten, Schwester Jaquelin, und ich weiß, daß sie sich gern von Ihnen verabschieden würde.“

Verabschieden? Aber so etwas mache ich nicht. Ich gehe nicht auf Beerdigungen, ich mache keine Hausbesuche, ich lasse mich nicht persönlich auf das Leben der Patienten ein ...

Alte Gewohnheiten ließen sich nur schwer abschütteln, aber um Daphnes willen würde sie es versuchen.

„Ich bin so schnell wie möglich bei Ihnen.“

Jaquelin legte den Hörer auf. Sie drückte sich die Hände auf das Gesicht und versuchte, ihre aufgewühlten Gefühle zu beruhigen, und bedauerte bereits ihr Versprechen. Eine nackte, kalte Angst durchfuhr sie, ein Entsetzen, das sie nicht mehr empfunden hatte, seit ihre eigene Mutter gestorben war. Warum hatte sie nicht nein gesagt? Warum hatte sie keine Ausrede gebraucht? Mr. Redfield würde es verstehen; er hatte selbst gesagt, daß Daphne bereits ins Koma gefallen sei. Sie würde es nicht erfahren, ob Jaquelin bei ihr war oder nicht.

Aber Daphne war für sie da gewesen, als sie einen Menschen gebraucht hatte.

Der große Hund hob überrascht den Kopf, als Jaquelin plötzlich die Decke zurückwarf. „Ich muß wegfahren, Bailey“, flüsterte sie und eilte zu ihrem Kleiderschrank. „Ich komme bald wieder. Rechtzeitig zum Frühstück bin ich zurück. Das verspreche ich dir.“

Als würde er alles verstehen , ließ der Hund den Kopf wieder auf seine Pfoten sinken und schlief weiter.

18

Trotz ihrer Jeans, einem Sweatshirt und ihren Sportschuhen zitterte Jaquelin vor Kälte, während sie die eilig hingekritzelte Notiz in ihrer Hand las und sie mit der Nummer an dem Haus verglich, vor dem sie stand. Sie hatte nicht daran gedacht, Joe nach seiner Adresse zu fragen, als er anrief, und sie sich erst aus dem Telefonbuch suchen müssen, bevor sie losgefahren war. Zum Glück lag das Haus der Redfields an einer befahrenen Straße am Lake Silver, und Jaquelin hatte keine Probleme, es nachts zu finden.

Eine Lampe auf der Veranda leuchtete in die Dunkelheit hinaus. Aus jedem Fenster des Hauses schien es hell auf die Straße.

Jaquelin eilte zum Haus und klopfte leicht an die Tür. Ein großer, schlaksiger junger Mann öffnete ihr. Der Schmerz im Gesicht des jungen Mannes war für Jaquelin bedrückend.

„Ich ... ah ... ich bin Schwester Jaquelin", stammelte sie. Der Junge nickte, öffnete die Tür weiter und ließ Jaquelin ins Haus. *Entweder hat er mich erwartet*, dachte sie, während sie sich umschaute, *oder es ist ihm egal, wer ich bin.*

Das Haus war ein typisches Vorstadthaus, wahrscheinlich hatte es vier Zimmer, Küche und zwei Badezimmer wie Hunderte anderer Häuser in dieser Gegend. Ein älterer Mann mit silbernen Haaren begrüßte sie mit einem höflichen Lächeln vom Sofa im Wohnzimmer. Er hatte eine Bibel in der Hand. Der Pfarrer natürlich. In der Küche im hinteren Teil des Hauses konnte Jaquelin hören, daß jemand klappernd Geschirr aus einem Schrank holte.

Der junge Mann deutete mit dem Daumen zu dem einzigen Gang, der aus dem Wohnzimmer führte. „Mama ist da drinnen", sagte er mit belegter, heiserer Stimme. „Dad ist bei ihr. Mein Bruder kocht Kaffee, falls Sie einen möchten."

„Nein, danke." Jaquelin schüttelte den Kopf und begab sich dann zum Schlafzimmer. Mit bleiernen Füßen bewegte sie sich durch einen schweren Nebel aus Gefühlen und Zweifeln. Was tat sie hier? Sie war noch nie bei einem Patienten zu Hause gewesen, und sie hatte auch noch nie einen Patienten sterben gesehen. Obwohl sie durch Daphnes Leben gesegnet worden war, war sich Jaquelin nicht sicher, ob sie den Tod dieser geliebten Frau erleben wollte.

Die Schlafzimmervorhänge waren zugezogen und sperrten die Nacht aus. Eine Lampe brannte auf einem Nachttisch. Ein CD-Spieler erfüllte den Raum mit leisen Gitarrenklängen. Neben dem Bett schlief ein braunhaariger Mann im Sitzen in einem Sessel und hatte ein aufgeschlagenes Buch auf seinem Schoß liegen.

Daphne lag still in der Mitte des Bettes. Ihr Kopf lag erhöht auf einem Stoß Kissen. Ihr himmlisches Lächeln war verschwunden, aber Jaquelin konnte sowohl die Eleganz als auch die Stärke in ihrem Gesicht sehen. Ein Sauerstoffschlauch führte in Daphnes Nase, abgesehen davon war sie von Überwachungsmonitoren oder anderen Geräten unbelästigt. Man ließ sie in Frieden.

Jaquelin schlich auf Zehenspitzen an das Bettende, da sie weder Daphne noch ihren Mann stören wollte. Auch wenn sie nie zögerte, das Krankenhauszimmer eines Patienten zu betreten, kam sie sich in der persönlichen Umgebung des Schlafzimmers dieses Ehepaares doch wie ein Eindringling vor. Sie würde ein Gebet murmeln und sich dann wieder davonschleichen. Ihre Pflicht wäre damit erledigt. Sie würde eine Beileidskarte schreiben und dann versuchen, die Vergangenheit zu vergessen. Das alles – das Bett, die Frau darin, der Pfarrer im Wohnzimmer – erinnerte Jaquelin viel zu sehr an das Sterben ihrer eigenen Mutter.

Sie versuchte, sich geräuschlos zu bewegen, aber als sie nähertrat, zuckten die Augenlider des Mannes und gingen auf. Obwohl sein Gesicht vor Müdigkeit gezeichnet war, verzog sich sein Mund zu einem schwachen Lächeln.

„Entschuldigen Sie", sagte Jaquelin und wandte sich von dem Bett ab. „Ich wollte Sie nicht wecken. Schlafen Sie wieder, wenn Sie wollen, und ich ..." Was? Sie konnte doch nicht schon wieder gehen, nachdem sie knappe sechzig Sekunden bei den Redfields verbracht hatte. „Ich setze mich zu Ihnen", schloß sie schließlich.

„Nein, ich hätte nicht schlafen sollen." Der Mann beugte sich vor und streckte ihr seine große, kräftige Hand entgegen. „Sie müssen die Krankenschwester sein, die Daphne so schätzte. Ich bin Joe Redfield, Daphnes Mann."

„Das habe ich mir gedacht." Jaquelin lächelte ihn kurz an. Dann schaute sie sich im Zimmer um. „Kann ich Ihnen irgend etwas holen? Einer Ihrer Söhne kocht gerade Kaffee. Soll ich schauen, ob er Hilfe braucht? Ich kann gern die Arbeit in der Küche übernehmen ..."

„Die Küche ist nicht wichtig." Joes Blick wanderte zu der Frau auf dem Bett. „Ich habe ihr gerade vorgelesen. Dabei bin ich wahrscheinlich eingedöst. Sie mag es, wenn ich in der Bibel lese; sie sagt, das helfe besser gegen die Schmerzen als alle Medikamente. Dr. Martin will ihr nicht noch mehr Morphium geben, weil das ihren Atem so sehr verlangsamt, daß ... es gefährlich wäre. Also will sie, daß ich ihr vorlese. Ich habe gelesen, als sie ins Koma fiel." Er räusperte sich und lächelte. „Ich fürchte, meine Stimme versagt allmählich."

„Lassen Sie mich lesen", schlug Jaquelin vor und trat auf ihn zu. *Das* war etwas, das sie tun konnte.

„Oh, ich kann doch nicht von Ihnen verlangen ..."

„Mr. Redfield", winkte sie seinen Einwand ab. „Ihre Frau hat auf Händen und Knien meinen Küchenboden geschrubbt, als ich mich von meiner Operation erholte. Dann ist es doch das mindeste, was ich für sie tun kann, ihr etwas vorzulesen."

Joe widersprach nicht, sondern nahm die Bibel von seinem Schoß und reichte sie Jaquelin. Sie setzte sich auf die Bettkante und achtete dabei sorgfältig darauf, Daphne nicht zu stören. Sie hoffte, Mr. Redfield würde sich entspannen und wieder einschlafen. Er war ein attraktiver, kräftiger Mann, aber vor Müdigkeit hatte er tiefe Ringe um die Augen, und seine Hände zitterten vor Erschöpfung.

„Ich war hier oben auf dieser Seite", erklärte Joe und setzte sich wieder in seinen Sessel.

„Gut." Jaquelin schaute in die Bibel. Er hatte aus den Psalmen gelesen. Wenn Daphne ihn hören konnte, fand sie bestimmt Trost in diesen Worten.

„‚Ich hebe meine Augen auf zu den Bergen. Woher kommt mir Hilfe?'" begann Jaquelin.

„‚Meine Hilfe kommt vom Herrn, der Himmel und Erde gemacht hat.
Er wird deinen Fuß nicht gleiten lassen, und der dich behütet, schläft nicht.
Siehe, der Hüter Israels schläft und schlummert nicht.
Der Herr behütet dich; der Herr ist dein Schatten über deiner rechten Hand, daß dich des Tags die Sonne nicht steche noch der Mond des Nachts.
Der Herr behüte dich vor allem Übel, er behüte deine Seele.
Der Herr behüte deinen Ausgang und Eingang von nun an bis in Ewigkeit.'"

Joes Atem war langsamer und tiefer geworden. Jaquelin glaubte, er sei wieder eingeschlafen. Sie ließ die Bibel sinken und beugte sich vor, um Daphnes Gesicht zu betrachten. Ihre Lippen sahen aus, als wollte sie lachen, und eine leichte Röte lag auf ihren hohen Backenknochen. Hatte sie diese Farbe schon gehabt, als Jaquelin gekommen war? Sie konnte sich nicht erinnern.

„Glauben Sie, daß sie uns hört?"

Joes Frage schreckte Jaquelin auf. „Ich halte das schon für möglich." Sie senkte den Blick und war ein wenig verlegen, weil sie dabei ertappt worden war, wie sie ihre Patientin so aufmerksam beobachtet hatte. „Einige Patienten berichten, daß sie alles wahrgenommen haben, was um sie herum vorging, während sie im Koma lagen. Es ist schwer zu sagen, was das Unterbewußtsein alles aufnimmt."

„Sie hört uns." Joe sprach mit einer sicheren, klaren Stimme, die keinen Widerspruch zuließ. „Ich weiß, daß sie uns hört. Sie sieht ... friedlicher aus, wenn sie Bibelworte hört. Lesen Sie bitte weiter. Oder soll ich lesen?"

„Ich lese weiter", antwortete Jaquelin und schlug die Bibel wieder auf. Ihre Augen wanderten über die Seite zu einem anderen Psalm. Sie begann erneut: „‚Die auf den Herrn hoffen, werden nicht fallen, sondern ewig bleiben wie der Berg Zion ...'"

* * *

Jonah blieb an der Türschwelle stehen. Er war überrascht, daß Jaquelin hier war. Was in aller Welt hatte sie bewogen, mitten in der Nacht zum Haus der Redfields zu kommen? Selbst der Pfarrer war schon nach Hause gegangen; er und Jonah waren sich auf der Veranda vor dem Haus begegnet.

Er lehnte sich an den Türrahmen und war einen Augenblick von dem herrlichen Klang eines Psalmes auf Jaquelins Lippen wie gebannt.

„‚Herr, tu wohl den Guten und denen, die frommen Herzens sind.'"

Die frommen Herzens sind ... Wann war sein Herz das letzte Mal fromm gewesen? Wahrscheinlich vor sieben oder acht Jahren, damals vor dem Vorfall an der Universitätsklinik in Virginia. In jenen Tagen hatte Jonah sich aufrichtig bemüht, Gott mit seinem Beruf zu gefallen, und alles getan, um im körperlichen *und* im geistlichen Leben seiner Patienten etwas zum Positiven zu verändern. Seine Patienten waren stolz auf ihn gewesen, genauso wie die gesamte Kirchengemeinde von

Oak Woods. Er war der Missionar der Gemeinde in die Welt hinaus gewesen, der intelligente Kleinstadtjunge, der gleichzeitig zur Gesundung und zum Heil verhalf.

Aber dann war sein Name – und ihr Name – in den Schmutz gezogen worden. Und die menschliche Natur, die er immer der höchsten Form von Mitmenschlichkeit und Selbstlosigkeit für fähig gehalten hatte, hatte sich als geschmacklos, grob und egoistisch erwiesen. Während seines ganzen Elends hatte Gott kein einziges Gebet weder um Gnade noch um Gerechtigkeit erhört.

Seit jenem Tag befand sich Jonah auf der Flucht.

Genauso, wie er jetzt Vorbereitungen traf, erneut davonzulaufen.

Aber Daphne konnte er nicht im Stich lassen. Sie war einer der wenigen Menschen, die in ihm den Arzt sahen, der er damals in Oak Woods hatte sein wollen. Sie wäre schon im Himmel, bevor sie erfahren könnte, daß er ein Feigling, ein Deserteur und ein Heuchler war.

Daphne hatte sich seit zweiundzwanzig Uhr, als er das letzte Mal hier im Haus gewesen war, nicht mehr gerührt. Trotz aller seiner Bemühungen und trotz der wenigen Gebete, zu denen er sich um ihretwillen durchgerungen hatte, war sie in den letzten Tagen unaufhaltsam schwächer geworden. Ihr Mann, selbst deprimiert und erschöpft, hatte Jonah schließlich gedrängt, sie abzugeben. „Sie ist bereit, uns zu verlassen. Können Sie das nicht sehen, Doktor Martin?" hatte Joe an diesem Nachmittag gesagt, als sie darüber diskutiert hatten, ob er sie aus dem Krankenhaus entlassen und nach Hause schikken solle. „Sie ist mit ihren Kräften am Ende. Sie ist bereit, zum Herrn zu gehen."

Doch es gab so viele Dinge, die sie noch tun wollte! Ihre Söhne waren noch sieben Monate von ihrem Abitur entfernt. Wenn sie auf die Bühne gingen und ihr Abschlußzeugnis entgegennahmen, saß nur noch ihr Vater im Publikum. Wenn Daphne gesund wäre, würde sie nie zulassen, daß Jonah seine Arbeit hier aufgab und davonlief. Sie würde nie zulassen, daß er Jaquelin aufgab. Daphne hatte Jonah einmal anvertraut, daß sie seit ihrem ersten Tag in der Klinik für Jaquelin betete. „Sie ist ein nettes Mädchen und eine sanfte Seele", hatte Daphne mit untrüglicher Menschenkenntnis zu ihm gesagt. „Ich kann verstehen, warum Ihre Augen jedes Mal aufleuchten, wenn sie ins Zimmer kommt. Sie ist aber auch eine Frau, die ihre Selbständigkeit liebt, Dr. Martin. So war ich früher auch. Gott mußte mich erst lehren, mein Vertrauen ganz auf ihn zu setzen. Und ich denke, er will, daß Jaquelin diese Wahrheit auch begreift."

Vielleicht wurden Ihre Gebete erhört, Daphne. Jonah warf erneut einen Blick auf die hübsche junge Frau, die über die Bibel gebeugt war. Nur ein Wunder konnte Jaquelin dazu bewegt haben, am Bett eines Patienten zu sitzen.

„Warten Sie, Schwester – wacht sie nicht auf?“ rief Joe.

Jonah richtete sich auf und schaute über Jaquelins Kopf hinweg auf Daphnes Gesicht. Ihre Haut hatte Farbe bekommen, und er glaubte, ihre Augenlider zittern zu sehen. Er trat in das Zimmer, blieb aber sofort wieder stehen. Das waren vielleicht Daphne Redfields letzte Momente, die sie bei Bewußtsein erlebte. Sie wollte sie bestimmt nicht mit ihrem Arzt verbringen.

„Sie sagt etwas“, flüsterte Jaquelin und stand auf. Sie winkte Joe an Daphnes Seite.

Gut gemacht, Schwester Jaquelin.

„Kommen Sie näher.“ Jaquelin trat zurück. „Ich glaube, sie will Ihnen etwas sagen, Joe.“

Der stämmige Automechaniker setzte sich auf die Bettkante und ergriff zärtlich die Hand seiner Frau. „Was ist, Liebes?“ fragte er. Joe und Jaquelin beugten sich beide vor, um ihre Worte zu verstehen.

Jaquelin konnte nichts verstehen, aber Joe verstand den Vers und sprach ihn weiter. „‚Mir wird nichts mangeln. Er weidet mich auf einer grünen Aue und führet mich zum frischen Wasser. Er erquicket meine Seele. Er führet mich auf rechter Straße um seines Namens willen. Und ob ich schon wanderte im finsteren Tal, fürchte ich kein Unglück; denn du bist bei mir ...‘“

Joes Stimme zitterte und versagte. Seine Hand legte sich noch fester um die seiner Frau. Jaquelin warf ihm einen schnellen Blick zu und versuchte dann, den Psalm fortzusetzen. „‚Dein Stecken und Stab ... trösten mich.‘“

Sie braucht Hilfe; ihr fällt der Text nicht mehr ganz ein. Jonah trat ins Zimmer und unterstützte Jaquelins unsichere Stimme mit seinem tiefen Bariton. „‚Du bereitest vor mir einen Tisch im Angesicht meiner Feinde,‘“ sagte er und trat hinter Jaquelin.

Sie warf ihm einen schnellen, ausdruckslosen Blick zu, wandte sich dann wieder Daphne zu und stimmte in den Psalm mit ein. „‚Du salbest mein Haupt mit Öl und schenkest mir voll ein.‘“

Die Falten, die die Schmerzen tief in Daphnes Gesicht geschnitten hatten, glätteten sich, als hätte eine unsichtbare Hand sie weggewischt. Ihre Miene entspannte sich, und der schwache Anflug eines Lächelns spielte um ihre Lippen.

Joe stimmte wieder in den Psalm ein. Wehmut und Frieden lagen in seiner zitternden Stimme. „,Gutes und Barmherzigkeit werden mir folgen mein Leben lang.'"

Jonah hörte hinter sich eine Bewegung. Als er sich umdrehte, sah er Justin und Jed im Türrahmen stehen. Er winkte sie herein und machte den Zwillingen Platz.

„,Und ich werde bleiben im Hause des Herrn immerdar.' Amen."

In das fast greifbare Schweigen hinein, das nun folgte, flüsterte Daphne Redfield ein einziges Wort: *„Jesus."*

Jonahs Herz schlug laut in seinen Ohren. Er war schon oft Zeuge gewesen, wenn Menschen starben, aber noch nie war es so friedlich, so *richtig* wie jetzt gewesen.

„Sie ist von uns gegangen", sagte Joe schließlich mit einer Stimme, die zugleich seine starke Anspannung und einen unerschütterlichen Frieden ausstrahlte. „Die Frau, die zwanzig Jahre lang meine Braut gewesen war, ist heimgegangen."

Jonah trat zu seiner Patientin und drückte mechanisch seine Finger an ihren Hals, um sich zu vergewissern, daß kein Pulsschlag mehr zu fühlen war.

„Zwei Uhr fünfundzwanzig", hielt er die Todeszeit fest. „Jetzt ist es zwei Uhr sechsundzwanzig, Joe. Daphne ist jetzt in der Gegenwart des Herrn."

Einer der Jungen schluchzte laut. Jonah wandte den Blick ab, während Joe zu seinen Söhnen trat und sie umarmte.

„Ich werde dich vermissen, Engel", sagte Joe. Ohne die Arme von seinen Jungen zu nehmen, betrachtete er noch einmal das Gesicht seiner Frau. Ihre Augen hatten sich nicht mehr geöffnet, seit sie ins Koma gefallen war, nur die Bewegung ihrer Lippen hatte ihnen verraten, daß sie das Bewußtsein noch einmal wiedererlangt hatte, um sich von ihnen zu verabschieden.

Jonah ging zur Tür, um die Familie ein paar Minuten allein zu lassen. Jaquelin hatte sich bereits auf den Gang vor dem Schlafzimmer zurückgezogen. Sie stand regungslos da. Die hellen Lichter aus dem Wohnzimmer fielen auf sie. Ihr Gesicht war tränenüberströmt.

Er schaute ihr in die Augen und erwartete, dieselbe friedliche Zuversicht darin zu sehen wie in Joes Augen. Der Sturm aber, der in ihren Augen tobte, überraschte ihn.

Schweigend schloß er die Schlafzimmertür und zog sie in das Wohnzimmer.

* * *

„Jackie, ich weiß, daß du aufgewühlt bist."

„Aufgewühlt?" Jaquelins Kehle war wie zugeschnürt. Wie konnte er nach dem grausamsten, entmutigendsten, entsetzlichsten und deprimierendsten Tag in ihrem bisherigen Leben so ruhig dastehen und lokker sagen, sie sei *aufgewühlt?* Daphne Redfield, die Frau auf Erden, die als letzte den Tod verdiente, hatte gerade ihren Kampf gegen den Krebs verloren. Wenn es noch irgendeine Gerechtigkeit gab, dann hätte Gott dafür sorgen müssen, *sie* zu heilen. Daphne war eine wandelnde Heilige, eine selbstlose Quelle der Wahrheit und des Lichts gewesen, während Jaquelin, die auf dem Weg der Genesung war, nicht einmal ohne fremde Hilfe den dreiundzwanzigsten Psalm aufsagen konnte. Warum stand sie hier und *lebte,* während Daphne leblos im Zimmer nebenan lag und ihr Mann und ihre Söhne sie verloren hatten?

Jaquelin warf die Hände in schierer Verzweiflung in die Luft und war nicht fähig zu sprechen. Sie hatte heute zu viel gesehen, zu viel Schmerz erlebt. Daphne, die ihren Krebs bis zum Ende tapfer bekämpft hatte, hatte sich in den ganzen Jahren ihres Leidens wahrscheinlich nicht so viel beklagt wie Jaquelin in dem einen Monat, seit sie mit der Chemotherapie angefangen hatte.

Man hatte Daphne gesagt, der Krebs sei bezwungen. Nach ihrer Operation und ihrer Chemotherapie. Und doch war sie soeben gestorben, eine vierzigjährige Frau, die noch mindestens vierzig weitere Geburtstage und Weihnachtsfeste hätte erleben müssen.

Trauer und große Verzweiflung zehrten an Jaquelins Herzen. Sie brauchte Trost und Zuspruch und protestierte nicht und wich nicht zurück, als sie spürte, daß Jonah sie in seine Arme zog. Sie vergaß den Entschluß, den sie erst vor wenigen Stunden gefaßt hatte, und legte sich widerstandslos in seine tröstenden Arme. Er hielt sie zärtlich fest. Die Berührung seiner Hand auf ihrem Kopf war so mitfühlend, daß sie es fast nicht ertragen konnte.

Geh weg von ihm. Dieser Mann bringt dir nichts als Schwierigkeiten. Lauren und Stacy bekämen einen Anfall, wenn sie dich jetzt sehen könnten. Er ist ein Lügner und ein Betrüger ... er hält dich jetzt fest, und morgen bricht er dir das Herz.

Jetzt aber brauchte Jaquelin seine Stärke. Ihre Gefühle tobten wie ein Sturm in ihrem Inneren, ein Wirbelsturm von Gefühlen und Ängsten, die Lauren und Stacy nie verstehen könnten. Jonah war da. Ein Freund – für den Augenblick. Sie lag in seinen Armen und wurde sich nur entfernt des Geruchs seines angenehmen Rasierwassers und der muskulösen, männlichen Geschmeidigkeit bewußt, mit der er sie festhielt.

Jaquelin drehte den Kopf zur Seite und legte ihre Wange auf sein Hemd, das von ihren Tränen ganz feucht wurde. „Daphne wollte doch nichts anderes", flüsterte sie und hörte mit Traurigkeit die Bitterkeit in ihrer eigenen Stimme, „als mitzuerleben, wie ihre Söhne das Abitur bestanden. Das hat sie nicht geschafft. Warum konnte Gott ihr diesen Wunsch nicht erfüllen, Jonah? Hat sie zuviel verlangt?"

„Ich weiß es nicht." Seine Stimme zitterte, aber seine Hand hörte nicht auf, weiterhin sanft das Tuch zu streicheln, das um ihren Kopf gebunden war. „Meinst du, ich hätte mir diese Frage nicht auch gestellt? Mein Vater würde sagen, daß Gott manchmal anders wirkt, als wir es begreifen können."

„Daphne hätte auf mich hören sollen." Jaquelin riß sich abrupt von ihm los und schaute in seine Augen, die ebenfalls feucht waren. „Sie hatte nicht richtig gegessen. Ich bot ihr etwas von meinen Algenkapseln an, aber sie gab sich damit zufrieden, Gott zu vertrauen und dir, ihrem Arzt ..."

„Jaquelin, bitte nicht."

Jonah zuckte bei ihrer Anschuldigung sichtlich zusammen. Sie wußte, daß ihre Worte ihn verletzt hatten. Sie hatte nicht grausam sein wollen, aber er hatte sie mehr verletzt, als sie ihn je wissen lassen würde. Und die Wahrheit mußte die Wahrheit bleiben. Daphne hatte tatenlos dabeigestanden und dem Krebs *erlaubt,* in ihren Körper einzudringen ...

„Glaubst du denn, sie wollte das? Glaubst du, *ich* wollte das?" Jonahs Stimme war heiser und belegt. „Wir haben alles getan, was menschenmöglich war. Ich habe sogar gebetet ..."

„Ja, du und der Glaube deines Vater." Jaquelin trat zurück und schleuderte ihm ihre Worte wie Steine an den Kopf. „Glaube aus zweiter Hand bringt nichts, Jonah. So einfach ist das Leben nicht. Du kannst den Krebs nicht einfach wegbeten. Man muß ihn bekämpfen."

Er schloß die Augen und drückte in dem unübersehbaren Versuch die Lippen zusammen, die Gefühle, die in ihm aufwallen wollten, zu unterdrücken. Als er wieder sprach, klang seine Stimme beherrschter. „Jaquelin, ich verstehe, daß du wütend bist – wegen Daphne und vielleicht auch wegen der Art, wie ich dich heute bei der Arbeit behandelt habe. Und ich weiß, daß du dir wegen deines eigenen Krebses Sorgen machst. Aber du mußt mir glauben, daß wir die richtigen Entscheidungen getroffen haben. Wir können nicht jeden Patienten retten. Das schaffen wir einfach nicht."

„Aber Gott sollte das doch können!" Unbegreifliche Wut, der sie sich bis zu diesem Augenblick überhaupt nicht bewußt gewesen war, brach aus ihr heraus und erstickte beinahe ihre Stimme. „Gott hätte meine Mutter heilen können! Und ich habe ihn gebeten, Daphne zu heilen. Wie kann ich da wissen, ob er mich heilt? Entweder meine Gebete funktionieren nicht, oder Gott ist auf mich genauso wütend wie ich auf ihn!"

„Vielleicht ist er auf uns alle böse." Jonahs Gesichtszüge verhärteten sich. „Aber ich lasse nicht zu, daß du solche Worte in diesem Haus sagst. Daphnes Mann und ihre Söhne verdienen etwas Besseres – sie wußten, daß ihre Mutter bereit war zu sterben. Du empfindest Wut und Angst, aber Daphne empfand das nicht. Sie sagte immer, Gottes vollkommene Liebe vertreibt die Angst ..."

„Sei bitte still, Jonah Martin! Ich bin es müde, daß du ständig andere Christen zitierst." Jaquelin hielt sich die Hand über das Gesicht und verbarg ihre brennenden, müden Augen. Wie eine Welle, die wieder aufs Meer hinausrollte, verebbte ihre Wut und ließ sie in tiefer Müdigkeit und Verzweiflung zurück. Mit einem langen Seufzen trat sie zur Haustür.

„Mir ... mir ist im Moment einfach alles zu viel." Sie schüttelte den Kopf und wußte nicht recht, was sie sagen sollte. Ihre Gefühle waren vollkommen durcheinander. „Ich will nur noch nach Hause. Und schlafen. Ich will zu meinem Hund."

„Jaquelin, warte." Jonah trat mit einer Miene im Gesicht auf sie zu, die wie Liebe aussah, was aber unmöglich sein konnte. Sie war durcheinander und verwirrt und konnte keinen klaren Gedanken mehr fassen. Sie riß die Tür auf und zwang ihre Füße, in die Nacht hinauszueilen.

„Jaquelin!"

Sie hörte kaum die schmerzerfüllte, belegte Stimme, die ihren Namen rief, während sie die Auffahrt hinab zu ihrem Wagen rannte. Sie mußte ihn einfach ignorieren. Jonah würde ihr nicht nachlaufen. Er würde das Bestattungsinstitut anrufen, alle nötigen Papiere ausfüllen, den Totenschein ausstellen und den Pfarrer anrufen, um Daphnes trauernde Familie zu trösten. In ein paar Stunden, wenn die Sonne aufging und er ein paar Stunden Schlaf bekommen hatte, würde die

Erinnerung an ihre kurze Umarmung wie ein Gespenst in der Morgendämmerung verschwinden. Jonah würde es vergessen. Sie bedeutete ihm nicht mehr als jeder andere Patient.

Jaquelin unterdrückte ihre Tränen und kramte in ihrer Handtasche nach ihren Schlüsseln. Sie hoffte, sie könnte ihn genausoschnell vergessen.

* * *

Geh' ihr nach. Hör' auf, weiter davonzulaufen.

„Ich kann es nicht." Jonah stand im dunklen Türrahmen und hörte, wie Jaquelin ihre Autotür ins Schloß warf. Aus dem wütenden Unterton ihres kurz angebundenen Abschieds hatte er eine endgültige Absage herausgehört. Sie brauchte Trost, aber sie wollte ihn zu Hause finden, allein, nur zusammen mit diesem großen Hund. Jaquelin wollte ihn nicht.

Das war auch besser so. Dr. Kastner war seit seiner Rückkehr von seinem Wochenendkongreß ihm gegenüber unverkennbar kühl, und bevor er heute abend das Krankenhaus verlassen hatte, war er in Jonahs Büro gekommen und hatte ihm mitgeteilt, daß sie morgen über eine Sache sprechen müßten, die „ziemlich wichtig" sei.

Diesen Spruch hatte Jonah schon früher gehört. Die Gerüchte holten ihn hier schneller ein als an seinen früheren Arbeitsplätzen, aber das war nicht so schlimm. Er hatte bereits beschlossen, aus Winter Haven fortzuziehen.

Doch die Familie hier im Haus hatte mit seinem persönlichen Elend nichts zu tun, und es war höchste Zeit, wieder zu ihnen zu gehen und seinen Anteil an ihrer Last zu tragen.

Aus der Stille der dunklen Nacht trat er wieder ins Haus.

* * *

Was tat sie denn hier?

Zitternd hantierte Jaquelin aufgeregt mit ihren Schlüsseln. Das Zündschloß schien seine Form verändert zu haben, seit sie das letzte Mal im Auto gesessen war. Ihr Blick war frustriert, von Tränen getrübt.

„Warum bringe ich dieses Ding denn nicht hinein?“ schrie sie und schlug mit der Handfläche auf den klemmenden Schlüssel. Sie zuckte vor Schmerz zusammen, als der Schlüssel ins Schloß rutschte.

„Jaquelin Elisa Wilkes“, stöhnte sie und rieb sich ihre verletzte Handfläche, während sie den Kopf auf ihr Lenkrad sinken ließ. „Kannst du denn nichts richtig machen?“

Wie eine Antwort öffnete der dunkle Himmel über ihr seine Schleusen. Ein greller Blitz erhellte den östlichen Horizont hinter dem Haus der Redfields eine dramatische Sekunde lang, dann fuhr er zur Erde, und alles wurde wieder dunkel. Im selben Augenblick setzte ein prasselnder Regen ein, der hämmernd auf ihr Autodach trommelte.

Ein Sturm – wie passend. Daphne war gestorben. Die Hoffnung in Jaquelins Herz war mit ihr gestorben. Und jetzt weinte die Erde zusammen mit Joe Redfield und den zwei Jungen, die nun keine Mutter mehr hatten.

Aber Jaquelin konnte nicht weinen, nicht jetzt. Sie drehte den Schlüssel im Zündschloß, legte unsanft den Gang ein und bog aus der Grundstückseinfahrt. Sie blieb nur so lange stehen, um zitternd nach den Schaltern für das Scheinwerferlicht und den Scheibenwischer zu tasten. Der Regen, der auf die Windschutzscheibe trommelte, ließ das Haus vor ihren Augen verschwimmen. Sie drückte auf das Gaspedal und konnte es nicht erwarten, diesen Alptraum hinter sich zu lassen.

Was sollte sie jetzt tun? Jonah Martin hatte nie gesagt, daß er sie liebe, er hatte sie nie auch nur durch ein einziges Wort ermutigt. Außer dem flüchtigen Kuß auf ihre Stirn an diesem Morgen – *war es wirklich erst an diesem Morgen gewesen?* – hatte er sie nie geküßt. Und wenn sie das Abendessen nicht berücksichtigte, das er nach dieser törichten Wette gewonnen hatte, waren sie auch nie miteinander ausgegangen.

Warum wurde dann ihr Herz so schwer wie ein Stein, wenn sie an sein deprimiertes Gesicht dachte? Ein Licht war heute abend in seinen Augen verloschen, und zum ersten Mal wurde sich Jaquelin bewußt, daß Daphnes Tod ihn wahrscheinlich genauso deprimierte wie sie.

Jede Faser ihres Körpers stöhnte vor Erschöpfung; sie war zum Umfallen müde. Das war alles. Im Licht eines neuen Morgens würde sie sich wieder besser fühlen und klarer denken können. Morgen hatte auch Jonah die Gedanken an Daphne bestimmt an jenem dunklen Ort vergraben, an dem er alle Geheimnisse aus seiner Vergangenheit begrub.

Jaquelin hielt an einer Straßenkreuzung und warf einen flüchtigen Blick auf die regennasse Straße. Niemand, weder Verbrecher noch

Engel, waren um diese nächtliche Stunde auf der Straße unterwegs. Sie schaute nach links und drehte zugleich das Lenkrad kräftig nach rechts herum. Da spürte sie, daß sich das Auto in einem kaum spürbaren Ruck hob und senkte.

Sie hatte etwas überfahren.

Das Blut lief wie kalte Nadeln durch ihre Adern. Schnell trat sie auf die Bremse. Was konnte um diese Stunde auf der Straße unterwegs sein? Jaquelin hatte nichts gesehen, aber sie hatte auch nicht richtig geschaut. War ein Obdachloser hier am Straßenrand gelegen? Es war eine ruhige Stelle mit einem unbebauten Platz auf der einen und einem Orangenhain auf der anderen Seite. Hier standen keine Häuser, es gab keine Restaurants, die die ganze Nacht geöffnet hatten. Es bestand also kein Grund, warum sich irgend jemand hier aufhalten sollte.

Jaquelin legte den Hebel ihres Automatikgetriebes auf die Stellung ‚Parken', umklammerte dann den Türgriff und stieg aus. Der Regen peitschte gegen ihre Haut und ihr Kopftuch, während sie vor den Scheinwerfern ihres Autos auf die Beifahrerseite lief.

Dort lag kein Mensch. Sie atmete erleichtert auf. Nur ein dunkler Klumpen hinter dem Vorderrad, wahrscheinlich ein Holzstück oder ein Reifenteil, vielleicht ein Lumpen, der von der Ladefläche eines Lastwagens geweht worden war.

Es bewegte sich. Ein kalter Lufthauch wehte von hinten an Jaquelins Beine. Auf ihrer Kopfhaut bildete sich unter ihrem feuchten Tuch eine Gänsehaut. *Was war das?*

Sie kniete auf dem Asphalt nieder und strengte ihre Augen an, um die Dunkelheit und den peitschenden Regen zu durchdringen. Dann hörte sie über das Prasseln der Regentropfen, die auf das Auto trommelten, ein ersticktes, miauendes Winseln, das ihr fast das Herz zerriß.

„Oh, du armes Kätzchen." Jaquelin kroch vor und legte vorsichtig die Hände auf das Fell des Tieres. Die schwarze Katze öffnete ihre großen grünen Augen und schaute sie direkt an. Dann stieß sie ein weiteres jämmerliches Miauen aus.

Mit lähmenden Schuldgefühlen nahm Jaquelin das verwundete Tier in ihre nassen, zitternden Hände. Sie hielt die Katze nahe an ihren warmen Körper, lief vor das Auto und kniete in dem vom Regen getrübten Strahl der Scheinwerfer nieder. Mit der Fürsorge, die sie einem verwundeten Kind entgegenbringen würde, legte sie das Tier auf den Asphalt und fuhr mit den Händen über ihr zerrissenes Fell. Sie hatte nichts bei sich, um dem Tier helfen zu können; keinen Verband, keine Instrumente ...

„Gott, warum?“

Die Katze hatte kein Halsband, keine Erkennungsmarke. Jaquelin fühlte etwas Warmes, Nasses zwischen den Fingern und hob die Hände ins Licht, die über und über mit scharlachrotem Blut verschmiert waren.

„Nein“, sagte sie mit ihrer autoritärsten Stimme zu der Katze. „Heute nacht wird niemand mehr sterben. Du mußt durchhalten bis zum Tierarzt. Dort wird sich jemand um dich kümmern.“

In einer einzigen schnellen Bewegung löste sie das Tuch von ihrem Kopf, benutzte es als eine Art Verband, wickelte es um den Bauch des Tieres und band es mit einem schnellen, sicheren Knoten fest.

„Fertig, Kätzchen? Ich hebe dich jetzt auf.“

Es kam kein Miauen als Antwort, kein Geräusch, keine Bewegung von dem Tier. Der rauhe Asphalt bohrte sich in ihre Knie und Ellbogen, als Jaquelin sich auf die Straße kniete und den Kopf der Katze hob, ihre Schnauze streichelte und flehte: „Komm schon, atme! Öffne deine Augen wieder, laß mich wissen, daß du noch bei mir bist!“

Irgendwo hinter ihr zerriß ein Blitz den Himmel. Der Regen sammelte sich in dunkel reflektierenden Spiegeln auf dem glitzernden Asphalt der Straße. Das Tier gab immer noch keinen Ton von sich. Tränen blendeten Jaquelins Augen und erstickten ihre Stimme. Sie war hilflos. So unendlich hilflos, nicht fähig, auch nur das geringste von Gottes Geschöpfen zu retten ...

„Jaquelin!“

Zwei starke Hände ergriffen ihre Schultern, zogen sie in die Höhe und holten sie von der verwundeten Katze weg. Mit dem letzten bißchen Kraft, das sie noch aufbrachte, wehrte sie sich gegen den Mann, der wiederholt ihren Namen ausrief, und schlug mit ihren blutverschmierten Händen auf seine Brust, bis sie nicht mehr weinen konnte.

Mit hängendem Kopf und schlaffem Körper ergab sich Jaquelin schließlich und klammerte sich verzweifelt an den Arzt in dem Regenmantel.

* * *

Während der Fahrt sprach Jaquelin kein einziges Wort. Sie saß regungslos wie eine Statue auf dem Beifahrersitz, hatte die Augen geschlossen und die Arme über ihrer Brust verschränkt als wehrte sie irgendeinen unsichtbaren Feind ab, den Jonah nicht sehen konnte. Draußen auf der Straße hatte sie sich erst beruhigt, nachdem er versprochen hatte, sich um die Katze zu kümmern. Dann hatte sie sich von ihm tatsächlich zu seinem Auto führen lassen. Er war dann noch einmal losgegangen und hatte das Tier in seinen Regenmantel eingewickelt. Dann hatte er die Katze auf den Rücksitz gelegt, Jackies Auto von der Straße an den Rand gefahren und abgesperrt, und jetzt fuhr er sie nach Hause.

„Ich will nicht, daß du mich für verrückt hältst", sagte Jaquelin schließlich. Sie blieb oben auf ihren Verandastufen stehen und schaute ihm direkt in die Augen.

„Das bin ich nämlich nicht."

„Ich weiß, daß du das nicht bist", antwortete Jonah und hielt ihr die Hand entgegen, um sich von ihr den Hausschlüssel geben zu lassen. „Diese Nacht war für uns alle schwer."

„Was wird aus der Katze?" fragte sie und starrte die Tür an.

„Ich begrabe sie, sobald es so hell ist."

Sie nickte langsam, dann kramte sie in ihrer Handtasche und reichte ihm einen Schlüsselring. Nachdem er die Tür geöffnet hatte, führte er sie zum Sofa, das immer noch mit dem Bettlaken und der Decke von der letzten langen Nacht überzogen war. Jaquelin legte sich fast mechanisch nieder und schloß die Augen. Jonah überlegte, ob er ihr ein Beruhigungsmittel geben sollte, damit sie besser schlafen könnte, aber sie versank fast auf der Stelle in einen leichten Schlaf.

Jonah ging leise durch Jackies Haus und blieb vor dem Spiegel in dem kleinen Badezimmer neben der Garderobe stehen. Er fuhr mit den Fingern durch seine nassen Haare und stellte fest, daß er fast genauso ausgelaugt aussah wie Jaquelin. Zum Glück konnte er ein frisches Hemd und eine frische Jeans anziehen, die er immer für Notfälle wie diesen in seinem Auto hatte, aber er würde sich nicht die Freiheit nehmen, in Jaquelins Kleiderschrank zu wühlen, um für sie trockene Sachen zu finden. Er konnte nicht sicher sein, in welcher Stimmung sie war, wenn sie wieder aufwachte, aber er könnte wetten, daß sie nicht erpicht darauf war, ihn in ihrem Haus anzutreffen.

So sehr er es auch wollte, er würde sie nicht allein lassen.

Da er wußte, wie aufgewühlt sie war, war Jonah ihr von den Redfields aus gefolgt, sobald es ihm möglich war. Angst durchfuhr ihn, als er ihr Auto an dieser Kurve auf der nassen Straße stehen sah. Dann erblickte er sie, wie sie auf dem Teer kniete und fast hysterisch versuchte, eine tote Katze wieder zum Leben zu erwecken. Man mußte kein Psychologe sein, um zu verstehen, warum der Unfall sie so aufgewühlt hatte. Selbst wenn nicht wenige Minuten zuvor Daphne gestorben wäre, Jackie hatte ein überaus empfindsames Herz für Tiere.

Jonah schaltete das Licht wieder aus und ging ins Wohnzimmer zurück, wo Jackie auf dem Sofa lag und schlief.

Sie war so äußerst sensibel, und Jonah wunderte sich, daß er die Tiefe ihres Mitgefühls nicht schon viel früher erkannt hatte. Trotz ihrer gewohnten Strenge und Selbstbeherrschung, die sie zu ihrem Selbstschutz im Krankenhaus an den Tag legte, hatte er heute nacht ihr tiefes Mitgefühl für eine Patientin gesehen, und als diese Patientin den Kampf verlor, ihre Trauer erlebt. Jonah war zudem aufgefallen – auch wenn er das nicht gewollt hatte –, wie ihr Körper sich an ihn schmiegte, als sie in seinen Armen Trost suchte. Er hatte sich wie ein Idiot benommen und inhaltlose Dummheiten gemurmelt, aber es war schwer, einen klaren Kopf zu behalten, wenn sie so nahe bei ihm war.

Jetzt stellte Jonah fest, daß er nicht von ihr fortgehen wollte. Immerhin hatte er versprochen, zu warten und die Katze zu begraben. Er holte also seine trockenen Sachen aus dem Auto und legte sich dann mit vor Erschöpfung brennenden Augen und unaussprechlich müde in den großen Sessel. Er fiel immer wieder in einen kurzen Schlaf, erwachte aber jedes Mal, wenn Jackie im Schlaf aufschrie.

* * *

Bailey weckte ihn bei Sonnenaufgang mit einem sanften Stups. Die Morgensonne hatte den Wind und den Regen vertrieben. Draußen war es ruhig und friedlich. Jonah ließ Bailey in den Garten hinaus, während er in Jaquelins Garage eine Schaufel suchte. Innerhalb einer halben Stunde hatte er die Katze begraben und Gartensteine über die Stelle gelegt, um Baileys Pfoten daran zu hindern, das tote Tier wieder auszugraben.

Als Jonah mit dem Hund im Gefolge ins Haus zurückkehrte, war Jaquelin bereits aufgewacht. Sie saß auf dem Sofa. Der Rest ihrer kupferroten Haarsträhnen war zerzaust und hing wild um ihr Gesicht.

„Guten Morgen."

Sie hob als Antwort das Kinn. „Danke, daß du Bailey hinausgelassen hast. Und ... danke, daß du mich nach Hause gebracht hast. Ich war gestern nacht nicht ich selbst. Ich hätte nicht gedacht, daß mich das so mitnehmen würde." Ihre Augen wurden feucht. „Daphne war ein besonderer Mensch."

„Jaquelin, es ist schon in Ordnung." Jonah nahm ihr gegenüber auf dem Sessel Platz und stützte die Arme auf seine Knie. Bailey trabte zu ihr hinüber und legte seinen großen Kopf in Jaquelins Schoß.

Ihre Hand legte sich auf den Kopf des Tieres, aber ihre Augen wichen nicht von Jonahs Gesicht. „Es tut mir leid. Ich muß schrecklich geklungen haben, aber die letzte Nacht hat mich sehr mitgenommen. Ich verstehe einfach nicht, warum Gott zuläßt, daß einiges so verkehrt geht."

„Ich auch nicht." Jonah hörte, daß seine Stimme sehr trocken war. Zwei Nächte mit sehr wenig Schlaf forderten ihren Tribut; so müde war er seit seiner Studentenzeit nicht mehr gewesen. Er müßte nach Hause gehen und ein paar Stunden schlafen, aber zuerst müßte er im Krankenhaus anrufen und bei Kastner etwas Zeit heraushandeln. Und da war noch etwas ...

„Beinahe hätte ich es vergessen: Ich habe etwas für dich." Jonah griff in seine Brusttasche und zog einen Briefumschlag heraus, den Joe Redfield ihm nach Daphnes Tod gegeben hatte. „Das ist ein Brief von Daphne."

Überraschung vermischte sich mit der morgendlichen Röte auf ihrem Gesicht. „Für mich?"

Er nickte und schob ihr den Brief über den Wohnzimmertisch hinweg zu. „Ich gehe Bailey füttern, während du ihn liest. Sag mir nur, wo du sein Hundefutter aufbewahrst. Dann mische ich ihm etwas zusammen."

„In einer großen Plastikschüssel unter der Spüle in der Küche", antwortete sie, während ihre Augen auf den Umschlag geheftet waren. „Er bekommt drei Tassen mit einer großen Portion einfaches Joghurt zum Frühstück. Das Joghurt steht im Kühlschrank."

Jonah nickte und stand von dem Sessel auf. Dann pfiff er dem Hund. Von dem Versprechen auf ein Frühstück angelockt, warf die große Dogge noch einmal einen Blick auf Jaquelin und lief dann hinter Jonah her in die Küche.

19

Während sie sich bemühte, die Spinnweben eines von Alpträumen gequälten Schlafes zu beseitigen, öffnete Jaquelin den Brief. In den dunklen Träumen der letzten Nacht waren Daphne Redfield, Alicia Hubbard und andere verstorbene Patienten aus ihren Särgen aufgestanden, hatten ihre knöchrigen Finger gehoben und mit traurigen, wütenden Blicken Jaquelin der Gleichgültigkeit bezichtigt. Sie hatte versucht, sich mit Worten aus ihrer alten Philosophie zu verteidigen: *Irgendwann einmal müssen wir alle sterben*, aber ihre Zunge war wie an ihrem Gaumen festgeklebt, und die Worte wollten nicht über ihre Lippen kommen.

Mit zitternden Fingern faltete sie den Bogen des feinen Briefpapiers auseinander und begann zu lesen:

Meine liebste Jaquelin,
ich habe vielleicht nicht mehr viele Gelegenheiten, Dich zu sehen, und der Herr hat mir heute morgen Deinen Namen ins Gedächtnis gerufen, als ich draußen saß und die Sonne genoß. Ich wünschte, Du könntest meinen Garten sehen – Joe und die Jungen haben den Vorgarten mit ihrem Basketball und Football zertreten, aber diese kleine Seite des Gartens haben sie mir überlassen. Ich habe hier verschiedene mehrjährige Blumen gepflanzt. Es ist eine Freude zu wissen, daß die Blumen immer wieder kommen, auch wenn ich schon längst heimgegangen bin. Denn ich gehe heim – sehr bald, denke ich. Rege Dich nicht auf, liebe Jaquelin. Ich habe keine Angst vor dem Tod. Mein Mann und meine Söhne wissen, daß ich sie schrecklich vermissen werde, aber wir werden wieder vereint sein, bevor die Fäden der Ewigkeit auch nur anfangen, sich in das fertige Muster des Herrn zu verweben.
Ich weiß, Jaquelin, daß Du fragst, ob es richtig war, daß Gott mich fortgeholt hat. Es ist richtig. Ich gehöre ihm, und wenn er sich entscheidet, mich früher und nicht später nach Hause zu holen, wer bin dann ich, daß ich mich darüber beklagen darf? Ich habe mir immer ein langes Leben gewünscht und würde es mit einem wunderbaren, sinnvollen Dienst für meinen Herrn ausfüllen, aber durch diese Krebskrankheit hat er mich gelehrt,

daß ich nicht danach streben soll, ihm zu dienen. Es ist weitaus wichtiger, daß ich einfach bin – sein Kind bin, gehorsam bin, bereit bin. Leben ist nicht das, was ich tue, sondern das, was ich bin.

Und der Glaube ist immer noch das Gegenteil des logischen Menschenverstandes. Du glaubst vielleicht, Gott wäre nicht gut, weil er mich nach Hause holt, aber er ist gut, und ich vertraue seiner Güte vollkommen. Ich habe festgestellt, daß das Glaubensleben ein Leben der ständigen Prüfungen ist, und der Tod wird meine letzte, größte Prüfung werden. Aber da Jesus mein ganzes Leben lang an meiner Seite stand, weiß ich, daß er mir auch durch den Tod hindurch helfen wird. Und wenn Du an meiner Seite wärst, dann würdest Du das jetzt auch wissen.

Und so, Jaquelin, will ich Dir folgendes sagen: Ich bin nicht betrogen worden. Gott ist und war immer mehr als gut zu mir. Nicht das, was ich für ihn tue, zählt, sondern nur das, was Gott durch mich schwaches Gefäß, durch Dich, durch Dr. Martin tun kann. Gott segne Dr. Jonah – er ist für mich mehr als ein Arzt. Er ist ein Trost und ein Freund, auch wenn ich fürchte, daß er die Freude an seinem Glauben irgendwo in seinem Leben verloren hat. Hilf ihm, diese Freude wiederzufinden, wenn Du kannst. Er liebt Dich, und unser Herr liebt ihn.

Gott segne Dich! Strebe nicht danach, selbst alles zu schaffen – so lange Du das tust, brauchst Du Gott nicht – und auch nicht Deine Mitmenschen. Vergiß nie: Sich für Gott zu entscheiden ist noch weit davon entfernt, Gott sein Leben zu übergeben.

Ich habe ihm mein Leben übergeben, und ich werde im Himmel an Dich denken. Freue Dich, meine Liebe! Ich bete dafür, daß Du alle Tage Deines Lebens wirklich lebst.

Mit tiefer Liebe und Zuneigung *Daphne*

Jaquelin ließ den Brief auf ihren Schoß sinken und hatte große Mühe, ihre aufgewühlten Gefühle unter Kontrolle zu bekommen. Wie konnte eine so schwerkranke Frau so viel wissen? Wie konnte Daphne, diese ruhige und unscheinbare Frau es schaffen, in die dunkelsten Winkel des menschlichen Herzens zu blicken?

Sie hatte geschrieben, daß Jonah seine Freude verloren habe. Jaquelin konnte sehen, daß Daphne damit recht hatte, auch wenn sie keinen Anhaltspunkt hatte, warum er sich oft so unberechenbar und zwiespältig benahm. Und sie hatte geschrieben, daß Jonah Jaquelin liebe – wie um Himmels willen konnte Daphne *das* wissen? Noch vor kurzem hatte Jaquelin gedacht, daß sie damit recht haben könnte, aber diese Illusionen hatten sich wie der Morgendunst aufgelöst.

Daphne hatte diesen Brief voll Zuversicht und Frieden geschrieben. Wie konnte sie das nur?

Ihre Worte kamen wie der Kehrreim eines Liedes immer wieder in Jaquelins Gedanken zurück: *Der Glaube ist immer noch das Gegenteil des logischen Menschenverstandes.*

Wie hatte Daphne mit einem Lächeln auf den Lippen sterben können? Weil sie geglaubt hatte, und *der Glaube ist immer noch das Gegenteil des logischen Menschenverstandes.*

Für Daphne war Glaube mehr, als sich anzustrengen und das beste zu hoffen. Glaube war Wissen, Gewißheit, auch wenn die persönliche Anstrengung nicht gut genug war, nie gut genug sein konnte. Jaquelin hatte genug Glauben, um an Gott zu glauben, sogar, um Jesus ihren Herrn zu nennen, aber sie hatte ihren Glauben mit ihrer eigenen Vernunft, ihren eigenen Anstrengungen vermischt – bis ihr etwas begegnet war, das sie mit ihren eigenen Anstrengungen nicht in den Griff bekommen konnte.

In einer blitzartigen Einsicht begriff Jaquelin plötzlich. Sie hatte fast alles allein bewältigt. Sie hatte ihre Einsamkeit sogar verherrlicht und war auf ihre Unabhängigkeit stolz gewesen. Sie hatte nach ihrer Operation keine Hilfe gewollt; sie hatte nicht gewollt, daß die anderen Patienten erfahren würden, daß sie verwundbar war, daß sie *wie die anderen* war, daß sie krank war und Hilfe brauchte.

Kein Wunder, daß Jaquelin keinen Frieden gefunden hatte, wenn sie betete! Sie hatte Gott um seine Hilfe gebeten und sie gleichzeitig mit beiden Händen weggestoßen und versucht, ihr Leben nach ihren eigenen Vorstellungen zu retten, und dabei das Gebet nur als eine Art magische Beschwörung benutzt. Sie hatte versucht, sich einzureden, daß Algen und Haiknorpel und Gemüse ihr das Leben retten würden, und sie hatte ihre Augen und Ohren vor den Stimmen verschlossen, die von Gottes Weisheit sprachen.

Daphnes Stimme. Jonahs Stimme. Sie hatte ihn sogar von sich weggeschoben, weil sie nicht zugeben wollte, daß sie ihn brauchte. Oh, der Gedanke, ihn wie ein reizvolles Accessoire für ein neues Outfit ihrem Leben hinzufügen zu können, hatte ihr schon gefallen, aber die Wahrheit war, daß sie ihn *brauchte*, wie eine Pflanze Wasser brauchte, und Gott hatte ihn zu diesem Zweck in ihr Leben geführt.

„Der Glaube“, flüsterte Jaquelin und schloß die Augen. „Der Glaube ist das Gegenteil des logischen Menschenverstandes. Und ich habe so lange versucht, Gott, das zu tun, was logisch ist, dir nachzuhelfen, gut zu sein, tüchtig zu sein, verantwortungsbewußt und klug zu sein. Und ich habe nichts erreicht, weder mit meinem persönlichen Leben noch mit meiner Arbeit, während Daphne Glauben hatte ... und Frieden.“ Sie ließ den Kopf auf ihre Hände fallen. „Wenn ich mich dir übergebe, kannst du mir dann diesen Frieden geben? Denn ich bin es müde, alles weiterhin auf meine Art zu tun. Ich bin es müde, mir Sorgen zu machen und alles zu verkorksen. Und so, Gott, gebe ich mein Leben an dich zurück.“

Jaquelin blieb einen Augenblick schweigend sitzen. Sie hatte die Augen geschlossen und den Kopf auf ihre Handflächen gelegt. Da begann wie die mehrjährigen Blumen aus Daphnes Blumengarten Friede in ihrem müden Herzen an die Oberfläche zu dringen.

Sie lächelte und stellte sich Daphne vor, wie sie auf irgendeiner himmlischen Tribüne stand in einem strahlend weißen Kleid und mit üppigen, dichten, rotblonden Haaren, die über ihre Schultern fielen. Dann hörte sie ihre Worte: *„Hör auf, dich so sehr anzustrengen, Jackie. Tu nicht so viel. Sei einfach. Sei ein Kind Gottes, und bleibe bei unserem Vater. Dann findest du die Antworten, die du suchst.“*

Jaquelin merkte, daß sie nickte. Dann legte sie, in einen seidenen Kokon der Lebensfreude eingehüllt, den Kopf auf ihr Kissen und fiel in einen tiefen, erholsamen Schlaf.

* * *

Die Uhr zeigte, daß nicht mehr als eine halbe Stunde vergangen war, als Jaquelin wieder aufwachte, aber sie fühlte sich, als hätte sie tagelang geschlafen, so tief und erholsam war ihr Schlummer gewesen. Sie stand auf und streckte sich genüßlich. Mit ihrer Bewegung schreckte sie Bailey auf, der sich neben ihr auf dem Boden ausgestreckt hatte.

„Ist Jonah noch da, alter Junge?“ fragte sie und streichelte seine faltige Stirn. Als würde er sie verstehen, hob der Hund den Kopf und schaute zur Garderobe. Jaquelin rutschte vom Sofa und tapste in ihren Socken zur Tür. Sie spähte durch die zerbrochene Fensterscheibe und sah Jonah auf den Verandastufen vor dem Haus sitzen. Sein gebeugter Kopf lag in seinen Händen.

Danke, Gott. Er ist noch nicht gegangen.

„Sei ein guter Junge und warte hier drinnen auf mich", flüsterte Jaquelin Bailey zu. Der Hund setzte sich gehorsam, während Jaquelin durch die Tür schlüpfte und auf Jonah zutrat.

Ihre Knie zitterten. Sie war so nervös wie ein Schulmädchen bei ihrem ersten Tanz. Und doch war ihr viel leichter ums Herz als in jenen Tagen. Sie konnte nicht erklären wie oder warum, aber sie hatte in Gott Ruhe gefunden, und sie wollte das, was sie aus Daphnes Brief gelernt hatte, mit Jonah teilen. Er war in der Kirche aufgewachsen. Er konnte doch nicht weit von der Wahrheit entfernt sein – sie müßte ihn bestimmt nur an das erinnern, was er vor langer Zeit gelernt hatte. „Jonah."

Er hob nicht den Kopf, sondern zuckte nur leicht zusammen, als hätte sie ihn aus dem Schlaf oder aus tiefen Gedanken gerissen.

„Du bist wach." Seine Stimme war ausdruckslos. „Gut. Ich wollte mich verabschieden. Ich bin müde, und ich will erst noch zwei Stunden schlafen, bevor ich zur Arbeit gehe."

„Jonah, ich will mit dir sprechen, bevor du gehst." Ein bislang unbekanntes Selbstvertrauen erfüllte Jaquelin, als sie nähertrat und sich neben ihn setzte. Ihre Tränen und die Trauer der zurückliegenden Nacht waren zurückliegende Erinnerungen, vertrieben wie von einem stürmischen Wind.

Er hob das Gesicht und schaute sie mit erschöpften, leidenschaftslosen Augen an.

Jaquelin zögerte, doch dann wußte sie mit einer unumstößlichen Gewißheit und laut klopfendem Herzen, was sie ihm zu sagen hatte. Sie würde die Sache nicht unnötig kompliziert machen. An diesem Morgen lagen keine Schatten über ihrem Herzen.

Sie schaute ihm tief in die Augen. „Jonah, ich liebe dich. Ich wollte, daß du das weißt."

„Tu das nicht." Das Funkeln in seinen halb geschlossenen Augen war gleichzeitig aufregend und beängstigend.

„Was soll ich nicht tun?" Jaquelin merkte, daß sie bei ihrer eigenen Kühnheit errötete. „Du kannst einem Menschen nicht befehlen, dich nicht zu lieben. Das, was ich für dich empfinde, kannst du nicht verhindern." Sie schaute weg und lachte leise. „Der Himmel weiß, wie sehr ich das versucht habe."

„Dann mußt du es stärker versuchen." Seine Brauen zogen sich zu einem Runzeln zusammen. „Ich wollte mich verabschieden, weil ich dieses Krankenhaus verlasse, Jaquelin. Bald! Ich ziehe nach Kalifornien. Ich rechne damit, daß ich noch heute von einem Freund die letzten Einzelheiten erfahre."

Jaquelin atmete tief ein. Er ging weg? Wie konnte er weggehen, wo sie endlich den Mut gefunden hatte, sich ihre wahren Gefühle einzugestehen?

„Wie kannst du weggehen? Und warum willst du das?"

Sein Mund zog sich unter ihrem fragenden Blick angespannt zusammen. „Es hat nichts mit dir zu tun."

„Aber wie kannst du denn weggehen?" Sie fuhr sich geistesabwesend mit der Hand durch ihre immer dünner werdenden Haare. Er liebte sie. Das hatte Daphne gesagt. Und seine Arbeit war gut; seine Patienten verehrten ihn. Warum wollte er also weggehen, es sei denn ...

Ihr Gesicht glühte, als unangenehme Erinnerungen wach wurden. Lauren und Stacy, die im Schwesternzimmer miteinander tuschelten, die häßlichen Gerüchte, die zu schrecklich waren, um sie zu glauben ...

Sie *würde* sie nicht glauben. Die Liebe gab niemals auf, glaubte alles, hoffte alles, blieb auch unter allen widrigen Umständen bestehen.

„Jonah, geh nicht weg." Jaquelin hörte die Angst in ihrer Stimme. Ihr alter Feind war wieder da, der Grund, warum sie nie zuvor Frieden gefunden hatte.

„Jonah", drängte sie weiter. „Ich will dich nicht verlieren. Was es auch ist, egal, was die Leute sagen, du mußt dich gegen sie wehren."

Ein unübersehbarer Trotz glühte aus seinen funkelnden blauen Augen. „Du hast keine Ahnung, wovon du sprichst, Jaquelin."

„Dann sag es mir. Ich werde zuhören. Und ich werde dir glauben."

Jonah wandte mit einem leisen Knurren den Blick ab. „Warum solltest du? Das hat bis jetzt kein Mensch getan."

„Ich werde dir glauben", wiederholte sie und legte ihre Hand auf sein Knie. „Weil ich dich *kenne*. Ich habe die Gerüchte gehört, und ich weiß, daß sie nicht wahr sein können. Du warst mir gegenüber von vornehmer Zurückhaltung, selbst hier in meinem Haus."

Unglauben und Frustration zogen über sein Gesicht, während seine Augen sie forschend anschauten. Stellte er ihre Motive in Frage? Fragte er sich, warum sie ihre Einstellung so geändert hatte?

„Erinnerst du dich an den Brief, den du mir gegeben hast?" fragte Jaquelin und schaute ihm offen in die Augen. „Daphne kannte uns beide allzu gut. Sie sagte, daß ich zu sehr alles selbst bewältigen wolle, und daß du – wie hatte sie es ausgedrückt? Sie sagte, daß du ‚irgendwo die Freude an deinem Glauben verloren habest.'"

Jonah antwortete nicht. Sein Blick wich von ihrem Gesicht, während er über ihre Worte nachdachte.

„In bezug auf mich hat Daphne hundertprozentig recht", sprach Jaquelin weiter. „Ich habe mich so angestrengt und versucht, immer das Richtige zu tun. Du selbst hast mir einmal genau das gleiche gesagt, Jonah. Ich versuchte, die richtige Ernährung einzuhalten, die perfekte Krankenschwester zu sein, die vollkommene Patientin. Und als der Krebs kam, versuchte ich sogar, Gott zu beeindrucken und die perfekte Christin zu sein. Aber er will nicht *meine Perfektion* ... ich nehme an, er will, daß ich mich einfach in seine Hände gebe."

„Ich staune, wer hier jetzt von Religion spricht", entgegnete Jonah. Seine Augen wurden ein wenig weicher. „Vor einer Woche noch hättest du mich angeschrien, wenn ich dir etwas gesagt hätte, das in diese Richtung ging."

„Vor einer Woche war ich noch ganz anders", gab Jaquelin zu. „Ich dachte, ich hätte die Kraft, alles in Ordnung zu bringen. Aber die habe ich nicht. Das sehe ich jetzt ein. Und Glaube ist mehr, als nur mit meinem Verstand oder mit meinem Herzen etwas für wahr zu halten. Glaube heißt Vertrauen ... mit meinem Leben. Genauso wie es Daphne getan hat."

Jonah legte die Fingerspitzen zusammen und senkte den Kopf. Er stützte die Stirn auf seine Fingerknöchel. Einen unendlichen langen Augenblick sagte er nichts, dann warf er ihr ein humorloses Lächeln zu. „Es geschah kurz nach meinem Medizinstudium und der Zeit als Arzt im Praktikum", begann er. Seine Stimme war so leise, als wäre er weit von ihr weg. „In dem Krankenhaus, in dem ich arbeitete, gab es eine Krankenschwester. Es war nicht zu übersehen, daß sie mich mochte. Ich ging also einmal mit ihr aus. Aber sie wollte mehr ... *Aufmerksamkeit,* wenn du verstehst, was ich meine. Ich konnte einfach nicht tun, was sie erwartete. Wahrscheinlich auch bedingt durch meine strenge religiöse Erziehung."

„Vielleicht waren diese Überzeugungen in Wahrheit doch deine eigenen und nicht die deines Vaters", warf Jaquelin leise ein.

Jonah zuckte mit den Schultern. „Keine Ahnung. Wie dem auch sei, diese Frau benahm sich fürchterlich, als ich ihr sagte, daß ich sie nicht mehr sehen wolle. Sie ging zur Krankenhausverwaltung und sagte dort, ich hätte versucht, aufdringlich zu werden. Sie behauptete, ich hätte während der Arbeit unanständige Annäherungsversuche unternommen ... und daß sie schon seit Wochen versuche, *mich* von sich fernzuhalten."

Ein leichter, warmer Wind wehte an ihnen vorbei. Jaquelin schwieg. Dann drängte sie ihn sanft. „Gab es denn nichts, das du hättest tun können?"

„Nein." Seine Stimme klang müde. „Leider wußten ein paar Leute auf der Station, daß wir miteinander ausgegangen waren. Und sie wußten, daß etwas im Busch war, weil sie jeden Tag den Tränen nahe war, während ich wie üblich nett war – zu nett, wie du immer sagst. Aber damals war ich es noch zu jedem. Ich hatte noch nicht gelernt, daß Freundschaft und Arbeit nicht zusammenpassen."

„Man glaubte also, du hättest ihr falsche Versprechungen gemacht?"

„Ja. Es lief darauf hinaus, daß ihr Wort gegen mein Wort stand. Und da sie schon seit Jahren an dem Krankenhaus war, wußte ich, daß man ihr eher glauben würde als mir. Aus irgendeinem Grund glauben die Leute, nur weil ich jung und ledig bin, müßte ich ein Don Juan sein. Am Ende willigte sie ein, ihre Anklage fallen zu lassen, wenn ich das Krankenhaus verließe. Ich schaffte es, mit guten Referenzen meiner Kollegen von dort fortzukommen. Aber die Gerüchte verfolgen mich seitdem."

Jonah warf den Kopf zurück und seufzte tief. „Und jetzt hat Dr. Kastner Wind davon bekommen. Wir haben heute ein Gespräch miteinander. Ich weiß, daß er mir vorschlagen wird, das Krankenhaus ohne großes Aufsehen zu verlassen. Ich habe deshalb bereits Vorkehrungen getroffen."

Er drehte sich wieder zu ihr um. Jaquelin merkte, daß ihre Wangen unter der Glut seines Blickes warm wurden. „Jaquelin, ich hatte nie vor, dich zu verletzen. Ich hatte nie die Absicht ... dich gern zu haben. Ich denke, es ist fair, daß du das weißt. Doch ich kann nicht hier bleiben, und du kannst diese Art von Belastung in deinem Leben nicht gebrauchen. Du bekämest meinetwegen Schwierigkeiten bei der Arbeit, und ich könnte sogar deine Genesung und Behandlung unnötig kompliziert machen. Du mußt dich darauf konzentrieren, wieder ganz gesund zu werden. Das letzte, was du brauchst, ist, dir auch noch um mich Sorgen zu machen."

„Jonah Martin, ich *will* mir Sorgen um dich machen." Jaquelins Herz hämmerte gegen ihre Rippen, als sie sich zu ihm herumdrehte und die Hände auf seine Schultern legte. „Du gibst deinen Patienten ständig – kann nicht einer von ihnen einmal dir etwas zurückgeben?"

„Aber du sagtest, daß ich zuviel gebe." Er schaute sie mit einem trockenen Lächeln an.

„Du hättest klarstellen müssen, daß ich zuwenig gab." Ihr Griff auf seinen Schultern wurde fester. Sie wollte ihn nicht loslassen. „Geh und sprich heute mit Dr. Kastner und erkläre ihm deine Geschichte genauso, wie du sie mir erklärt hast. Ich werde für dich aussagen. Ich werde ihnen sagen, daß du in meinem Haus warst, daß wir mehrere Male allein waren, und daß du nie etwas anderes als ein perfekter Gentleman gewesen bist. Und Mrs. Baldovino und Joseph Redfield, und Lauren und Stacy werden es auch bezeugen ..."

„Das ist keine Gerichtsverhandlung." Die Furchen um seinen Mund wurden tiefer und verzogen sich zu einem traurigen Lächeln. „Jaquelin, ich kann von dir nicht verlangen, das für mich zu tun."

„Manchmal", antwortete Jaquelin und wählte ihre Worte mit Bedacht. „muß ein Mensch aufhören, selbst alles schaffen zu wollen, und anfangen, für die Hilfe dankbar zu sein, die ihm angeboten wird. Hör auf, davonzulaufen, Jonah Martin, und sei ehrlich zu dir selbst. Du hast doch nichts Unrechtes getan. Du solltest nicht den Rest deines Lebens versuchen, vor diesem entsetzlichen Gerücht davonzulaufen. Denk an die Patienten, die auf dich zählen! Und ... denke an mich."

Jonahs Lächeln verschwand. Er schaute sie mit einem nachdenklichen Schweigen an. „Jaquelin, ich bin zu müde, um noch klar denken zu können", murmelte er schließlich. „Ich muß nach Hause fahren. Ich brauche etwas Schlaf."

Ein kurzer Anflug von Enttäuschung raubte ihr den Mut. „Einverstanden", nickte sie und nahm widerwillig die Hände von ihm. „Ich nehme an, ich sehe dich später im Krankenhaus. Und ich bete heute nachmittag für dich, wenn du mit Dr. Kastner sprichst." Ihre Hand bewegte sich nach oben und berührte seine rauhe, unrasierte Wange. „Wenn ich etwas sagen soll, dann laß es mich bitte wissen. Ich will dir helfen."

„Danke." Er sagte das Wort so leichthin, als hätte sie ihm gerade einen Schluck Wasser und nicht ihr Herz angeboten. Dann stand er auf und ging den Gehweg hinab, die Hände in den Hosentaschen und mit hängenden Schultern.

Jaquelin fühlte die Kluft zwischen ihm und sich wie eine offene Wunde. Sie blieb schweigend sitzen und schaute ihm nach.

20

„Gott, heile die Verletzungen von Jonahs Herz." Dieser Satz wiederholte sich wie ein Refrain endlos in Jaquelins Kopf, während sie zu der Stelle spazierte, an der sie in der letzten Nacht ihr Auto stehengelassen hatten. Zum Glück war es weniger als einen Kilometer von ihrem Haus entfernt, und der Spaziergang lenkte ihre Gedanken weg von der schrecklichen Erkenntnis, daß Jonah von ihrer Liebe zu ihm wußte ... und trotzdem fest entschlossen war, von hier fortzugehen.

Was wäre nötig, um ihn dazu zu bewegen, hierzubleiben? Er war kein Mensch, der so leicht resignierte. Das Aufflackern von Wut in seinen Augen und die feste Entschlossenheit in seiner Stimme verrieten ihr, daß sein Kampfgeist noch sehr lebendig war. Wenn also Jonah sie liebte, und wenn er seine Arbeit liebte, warum wollte er dann nicht kämpfen? Es mußte noch einen anderen Grund geben, etwas, das er ihr nicht erzählt hatte, irgendein Motiv, das es leichter machte, davonzulaufen, als sich der Vergangenheit zu stellen.

Was hatte Daphne geschrieben? *Gott segne Dr. Jonah ... Er ist ein Trost und ein Freund, auch wenn ich fürchte, daß er die Freude an seinem Glauben irgendwo in seinem Leben verloren hat. Hilf ihm, diese Freude wiederzufinden, wenn du kannst.*

Wie konnte Jaquelin ihm helfen, wieder dorthin zurückzufinden? Sie wußte sehr wenig über seine Vergangenheit, nur ganz wenig über seine sorglosen Tage als Pfarrerssohn in Oak Woods, Virginia. Wenn Jonah die Freude an seinem Glauben nicht während der Zeit verloren hatte, in der er der sexuellen Belästigung bezichtigt worden war, wann dann?

Sie erreichte ihr Auto. Ihr Verstand arbeitete auf Hochtouren, während sie mechanisch die Tür aufschloß. Jonah hatte gesagt, daß die Situation damals sich so weit zugespitzt hatte, daß schließlich sein Wort gegen das Wort seiner Anklägerin stand. Das hieß also, daß keiner seiner Freunde bereit gewesen war, sich hinter ihn zu stellen. Sie wäre erschüttert, wenn keiner ihrer Kollegen oder Freunde für sie eintreten würde.

Jaquelin rutschte auf den Fahrersitz und legte die Hände auf das Lenkrad, um nachzudenken. Jonah mußte sich wie ein Aussätziger gefühlt haben. Wenn keine Freunde oder Kollegen ihn unterstützt hatten, dann war nur seine Familie in Oak Woods übriggeblieben.

Plötzlich ging ihr ein Licht auf. *Seine Familie!* Aus ihren Gesprächen mit ihm wußte sie, daß seine Vorstellung von Glauben und Familie sehr eng miteinander verknüpft waren. War es möglich – konnte es sein, daß seine Familie an ihm gezweifelt hatte? Warum nicht? Sie selbst hatte an ihm gezweifelt, als sie das Gerücht das erste Mal gehört hatte. Und zu dem Zeitpunkt, als er an der Universitätsklinik von Virginia arbeitete, hatte er schon mehrere Jahre allein gelebt. Das Junge war schon längst flügge gewesen und aus dem Nest ausgeflogen. Möglicherweise war er deshalb für seine Eltern fast schon ein Fremder geworden. Wenn nicht einmal seine Familie ihn während jener schweren Zeit gestützt hatte, dann war es kein Wunder, daß Jonah die Freude an seinem Glauben verloren hatte!

Ihr Herzschlag erhöhte sich, als sie wieder und immer wieder in ihren Erinnerungen wühlte. In der ganzen Zeit, die sie ihn kannte, hatte Jonah kein einziges Mal erwähnt, daß er mit seinen Eltern gesprochen, einen Brief von seinen Leuten bekommen oder sie besucht hätte. Er erwähnte oft seinen Vater, aber immer in der Vergangenheit, als wäre der Mann tot. War er schon gestorben?

Oak Woods, Virginia. Wie groß konnte diese Stadt sein? Und wie viele Pfarrer Martins lebten dort?

Zum ersten Mal seit Wochen spürte Jaquelin wieder ihren alten Kampfgeist. Sie ließ den Motor an und legte den Gang ein. Sie lenkte das Auto auf die Straße und steuerte auf ihr Haus zu, nicht zum Krankenhaus. Bevor sie zur Arbeit fuhr, mußte sie einige wichtige Telefonanrufe erledigen, denn sie mußte eine dringende Mission erfüllen. Und wenn Gott gut war, würde er alles regeln. Sie müßte nur gehorsam sein.

* * *

„Herr Pfarrer Martin?“

Wie sie gehofft hatte, gab es nur einen einzigen Pfarrer namens Martin in der kleinen Gemeinde Oak Woods. Der Jonathan Martin, der sich am Telefon meldete, hatte eine kräftige, autoritäre, energiegeladene Stimme, eine Stimme, bei der sie sich sehr gut vorstellen konnte, wie sie jeden Sonntag von der Kanzel donnerte.

„Ja?“

„Sie kennen mich nicht, Sir. Ich heiße Jaquelin Wilkes. Ich bin eine Freundin von Jonah.“

Ihre Erklärung wurde mit Schweigen beantwortet. Jaquelin wartete einen Augenblick – hatte der Mann einen Herzanfall erlitten, oder hatte er den Hörer fallen lassen? Aber dann sprach die Stimme wieder, dieses Mal in einem vorsichtigen, zurückhaltenden Tonfall. „Wir haben seit Jahren nichts mehr von Jonah gehört. Sie müssen verzeihen, wenn ich Sie nicht kenne."

„Das verstehe ich, Sir." Sie versuchte, ihre Erleichterung nicht in ihrer Stimme zu verraten. Wenigstens sprach der Mann noch mit ihr.

„Sie sind eine Freundin von Jonah, sagen Sie?"

„Ja, Sir. Ich wohne in Winter Haven, in Florida."

„Ah, Florida. Ein schöner Bundesstaat. Ist er noch Arzt?"

„Ja. Ein ausgezeichneter Arzt. Ich bin ..." Sie wollte gerade sagen, *eine seiner Patientinnen,* kam aber zu dem Schluß, daß es vielleicht unklug wäre, zuviel zu sagen. „Ich bin eine Freundin", wiederholte sie einfach. „Und ich glaube, Jonah braucht Sie."

Das Flüstern einer Frauenstimme war am anderen Ende der Leitung zu hören. „Wer ist das? Was sagt sie? Wo ist Jonah jetzt?"

Gedämpfte Geräusche blockierten die Leitung, dann wurde die Leitung wieder frei. „Fräulein, ich weiß wirklich nicht, was wir für Sie tun könnten. Jonah hat vor Jahren Schande über diese Gemeinde gebracht, und er hat nie Buße getan. Er weiß, daß er jederzeit willkommen ist, hierher zurückzukommen, aber solange er seine Sünde nicht bekennt, können wir ihn leider nicht in unserem Haus aufnehmen."

„Wie meinen Sie das, Schande über die Gemeinde gebracht?" Die Worte schlüpften über Jaquelins Lippen, bevor sie eine diplomatischere Formulierung fand.

„Oak Woods hat die Hälfte von Jonahs Studiengebühren bezahlt", erklärte der Pfarrer. „Er sollte hierher zurückkommen und in unserer Stadt eine Praxis eröffnen. Aber dann geriet er an der Universitätsklinik in Schwierigkeiten, und die Stadt beschloß deshalb, ihn nicht mehr haben zu wollen."

„Aber Pfarrer Martin", protestierte Jaquelin. „Niemand konnte Jonah je eine Schuld nachweisen. Als er jenes Krankenhaus verließ, ließ die Frau ihre Anklage fallen."

„Sie wollte wahrscheinlich diese Sache so schnell wie möglich hinter sich bringen", sprach der Pfarrer weiter. „Ich fragte Jonah geradeheraus, ob er diesem Mädchen irgend etwas getan habe. Er wollte mir darauf keine Antwort geben. Wenn Sie nichts getan hätten, dann stünden Sie doch auf und würden sich verteidigen, oder etwa nicht?"

Nicht, wenn ich zutiefst verletzt wäre, weil meine eigene Familie mir nicht vertraut. Nicht, wenn mein eigener Vater mich in Frage stellt und die ganze Stadt mich wie eine heiße Kartoffel fallen lassen will.

Eine seltsame Kälte legte sich über Jaquelin. *Hier* hatte Jonah also die Freude an seinem Glauben verloren. Nicht in irgendeinem Großstadtkrankenhaus, in dem Fremde mit dem Finger nach ihm zeigten und hinter seinem Rücken tuschelten, sondern zu Hause, bei seiner eigenen Familie. Jaquelin hatte sich abgelehnt gefühlt, als ihr Vater nicht bereit gewesen war, sie in ihrer Krankheit zu unterstützen, aber Jonah war von einer ganzen Gemeinde geächtet worden.

„Herr Pfarrer Martin", sprach sie langsam und betont ins Telefon. „Ihr Sohn ist unschuldig. Keine diese Beschuldigungen entspricht der Wahrheit. Darauf würde ich mein Leben wetten. Und es steht heute in Ihrer Macht, ihm zu helfen, nicht mehr vor dem verheerendsten Unrecht davonzulaufen, das er in seinem ganzen Leben erfahren hat. Es war schwer, als diese Frau ihn der sexuellen Belästigung bezichtigte, das weiß ich, aber Sie und Ihre Gemeinde kehrten ihm den Rücken zu und ... Ich kann mir nicht vorstellen, daß er je der Mann sein wird, als den Gott ihn haben will, wenn Sie nichts unternehmen, um ihm zu helfen."

Jaquelin umklammerte das Telefon noch fester und drehte sich dabei um. Sie betrachtete ihr eigenes Bild im Spiegel. Ihre Augen waren wie Scheinwerferlichter. Sie wünschte, sie könnte in die Herzen von Pfarrer Martin und seiner Frau leuchten und vor ihren Augen aufdecken, was sie falsch gemacht hatten, ob bewußt oder unbewußt.

„Wenn Sie Ihren Sohn lieben, Pfarrer Martin", sagte sie mit einem nachdrücklichen Flehen in der Stimme, „dann müssen Sie ihn heute nachmittag unter der Nummer anrufen, die ich Ihnen gleich geben werde. Bitte, schreiben Sie sich die Telefonnummer auf und beten Sie darüber. Wenn Ihnen noch irgend etwas an Ihrem Sohn liegt, dann müssen Sie ihn anrufen."

Als der Pfarrer wieder sprach, war seine Stimme steif und unnatürlich – wahrscheinlich war er es nicht gewohnt, daß ihn fremde Frauen aus heiterem Himmel anriefen und ihm sagten, wie er mit seinem Sohn umzugehen habe. „Danke für Ihre Fürsorge, aber ich wüßte nicht, was ich tun kann ..."

Das hartnäckige Flüstern der Frau unterbrach ihn erneut. Das Telefon wurde zugehalten. Dann, einen Augenblick später, war die Stimme des Pfarrers wieder zu hören. „Geben Sie mir die Nummer", sagte er mit leiser, deutlicher Stimme. „Wir werden darüber beten."

* * *

Bis Mittag hatte Jonah zwei Stunden geschlafen, geduscht, war ins Krankenhaus gefahren, hatte drei Patienten untersucht, hatte die Patientenkarteien von einem halben Dutzend anderen Patienten durchgesehen und festgestellt, daß Dr. Kastner auf seinem Kalender zwischen vierzehn und fünfzehn Uhr ein Gespräch eingetragen hatte. „Zu Ihrer Information", hieß es auf dem Zettel, der an seinem Kalender klebte: „Dr. Ivan Pressman von der Krankenhausverwaltung wird bei diesem Gespräch ebenfalls zugegen sein."

Natürlich.

Ein Mitglied der Krankenhausverwaltung mußte dabei sein. Ein Arzt forderte keinen anderen Arzt ultimativ auf zu kündigen, wenn kein triftiger Grund vorlag, und dieser Grund wurde durch jemanden von der Verwaltung bezeugt.

Jonah legte den Kopf auf seine Hände und rieb sich seine pochenden Schläfen. Wie eine alte Wunde, die an Regentagen schmerzte, hämmerte jedes Mal sein Kopf, wenn ihm bewußt wurde, daß er weiterziehen mußte. Weder seine ausgezeichnete Arbeit noch das Wohl seiner Patienten spielten in diesem politisch korrekten Klima eine Rolle. Allein schon der Schatten des Gerüchts von einer angeblichen sexuellen Belästigung genügte, um die größten Krankenhausköpfe in Bewegung zu setzen, die versuchten, eilig ihre Felle zu retten. Was zuviel war, war zuviel. Bei diesem Gespräch heute nachmittag würde er seine Kündigungsabsichten kundtun, bevor sie ihm diese alten Anschuldigungen ins Gesicht schleudern könnten.

„Jonah?"

Von Jaquelins Stimme überrascht, blickte er auf. Er hatte nicht damit gerechnet, daß sie heute überhaupt zur Arbeit käme. Aber sie stand in ihrer Schwesterntracht und mit einem Krankenblatt in der Hand vor ihm. Er wandte den Blick ab und versuchte, sein inneres Elend vor ihrem durchdringenden Blick zu verbergen. Ihre Ehrlichkeit hatte ihm an diesem Morgen das Herz erwärmt, aber es wäre mehr als die Liebe einer Frau nötig, um die Dinge in seinem Leben wieder ins rechte Lot zu rücken. Er würde ihr nur Schmerzen bereiten, wenn er hierbliebe. Er hatte allen, die er je geliebt hatte, nur zerschlagene Träume und zerstörte Illusionen beschert.

„Kann ich etwas für Sie tun, Schwester?" fragte er. Er fühlte sich schuldig und egoistisch. Eine quälende Sehnsucht nagte in seinem

Inneren, und trotzdem schaute er sie mit der distanziertesten und hochnäsigsten Miene an, die er zustande brachte.

„Ja“, flüsterte Jaquelin, deren Augen voll Leben, Schmerz und unerschütterlicher Wärme waren. „Es geht um Irene Gordon. Soll bei ihr das CMFVP-Protokoll oder CMF angewandt werden? In ihrem Krankenblatt steht dazu kein Vermerk.“

Jonah fuhr sich mit der Hand durch die Haare. „CMF für sechs Monate“, antwortete er und versuchte, seine zerstreuten Gedanken auf seine Patientin zu konzentrieren. „Cytoxan täglich, oral, in den ersten vierzehn Tagen jedes Monats. Sagen Sie ihr, daß wir nächste Woche anfangen.“

Jaquelin nickte. „Danke, Doktor Martin. Ich notiere es. Sie können das Krankenblatt dann später abzeichnen.“

Weil du dann immer noch da bist.

Er hörte ihren nicht ausgesprochenen Gedanken so deutlich, als hätte sie ihn laut gesagt. Wie konnte er den Glauben dieser liebevollen Frau leugnen? Um Himmels willen, Gott wußte, daß auch er sie liebte, aber gerade weil er sie liebte, konnte er nicht bleiben.

Jonah warf einen Blick auf seine Uhr. Dreizehn Uhr fünfzig. In zehn Minuten würde er von Kastner und Co. seinen Marschbefehl bekommen, und von Eric Elrod war immer noch nichts aus Kalifornien gekommen. Es wäre schön, wenn er den Chambers-Wyatt-Leuten sagen könnte, daß er bereits eine neue Stelle gefunden habe. *Sie brauchen mich nicht auffordern zu kündigen. Ich hatte das ohnehin vor. Ich trete im nächsten Monat in Los Angeles eine neue Stelle an …*

Er nahm den Hörer ab und tippte Erics Nummer ein.

* * *

Jaquelin blieb an der Empfangstheke stehen und wollte gerade den nächsten Patienten aufrufen, als Lindas Stimme sie erstarren ließ: „Es tut mir leid, Sir, aber Dr. Martin spricht gerade. Kann ich ihm eine Nachricht ausrichten, damit er Sie zurückrufen kann?“

„Linda!“ zischte Jaquelin und beugte sich über den Schreibtisch. „Nein! Laß ihn nicht auflegen!“

„Was?“ Das Gesicht der Sekretärin zog sich verwirrt in Falten.

„Sag, er soll dranbleiben! Ich erkläre dir alles später!“ Ohne nachzudenken warf Jaquelin die Patientenkartei auf den Schreibtisch und raste den Gang hinunter zu Jonahs Arztzimmer. Die Tür stand offen. Sie konnte ihn auf seinem Bürostuhl sitzen sehen. Er hatte das Telefon an seinem Ohr und einen Fuß auf dem Schreibtisch aufgestützt. Die Uhr hinter ihm zeigte dreizehn Uhr dreiundfünfzig an.

„Jonah", flüsterte Jaquelin mit einer unmißverständlichen Geste. „Leg auf. Du hast einen wichtigen Anruf auf der anderen Leitung."

Zu ihrer Überraschung tat er, wie sie ihm gebot. „Meinetwegen, ich war ohnehin in der Warteschleife", sagte er und warf ihr ein schwaches Lächeln zu. „Aber vielleicht ist das ja der Anruf, auf den ich warte."

Sie wartete einen Augenblick, um zu sehen, ob Linda den Anruf weiterleitete, und seufzte erleichtert auf, als das Telefon klingelte. Dreizehn Uhr vierundfünfzig.

Jonah nahm den Hörer ab und winkte Jaquelin mit einer Handbewegung aus dem Zimmer. „Dr. Martin", hörte sie ihn sagen.

Sie rutschte um die Ecke und lehnte sich an die Wand, dann schloß sie die Augen und flüsterte ein Gebet. Sie war alles andere als sicher, ob dieser Anruf der war, auf den sie wartete, aber sie hoffte es von ganzem Herzen. Wenn Gott die Dinge wieder in Ordnung bringen wollte, dann war dafür jetzt der beste Zeitpunkt.

* * *

Während der nächsten halben Stunde betreute Jaquelin zusammen mit Lauren und Stacy wie gewohnt ihre Patienten. Doktor Kastners und Doktor Pressmans empörtes Schimpfen war aus Kastners Büro zu hören. Offenbar hatte Jonah Martin kurz nachdem er einen Telefonanruf wenige Minuten vor zwei Uhr bekommen hatte, seine Tür zugeschlossen, und obwohl die Schwestern seine gedämpfte Stimme durch die Tür hören konnten, hatte niemand die geringste Ahnung, was mit ihm los war.

„Jaquelin", rief Dr. Kastner. Sein Gesicht glühte vor Erregung. „Können Sie ihn nicht in mein Büro holen? Das ist äußerst unhöflich, um nicht zu sagen unverschämt. Er wußte von diesem Gespräch. Er kann uns doch nicht einfach so lange warten lassen."

„Ich bin sicher, daß er dringende Gründe hat", erwiderte Jaquelin und warf Dr. Pressman ein vorsichtiges Lächeln zu. Der aber zeigte nicht das geringste Anzeichen von Verständnis, und ihr Magen zog sich unter seinem knisternden Blick zusammen.

Um vierzehn Uhr fünfunddreißig funkte Linda das Schwesternzimmer an und meldete Lauren, daß Jonah Martin sein Telefongespräch beendet habe.

Lauren flüsterte Stacy und Jaquelin Lindas Nachricht zu. Jaquelin merkte, daß ihr Hoffnungsfunke kurz vor dem Erlöschen war, als Jonahs Tür immer noch verschlossen blieb. Dieser Anrufer war entweder sein Vater gewesen oder sein Freund aus Kalifornien. Jonah war immer noch in seinem Büro und verhärtete entweder noch mehr sein Herz ... oder er traf letzte Vorbereitungen für seinen Umzug an die Westküste.

Jaquelin widmete sich wieder ihrer Arbeit im Schwesternzimmer und redete sich ein, daß sie das überstehen würde. Wenn Jonah wegging, müßte sie mit einer grausamen Einsamkeit fertig werden, aber das hatte sie früher schon geschafft, und sie hatte es überlebt. Daphne hatte geschrieben, daß Gott von Jaquelin wolle, sein Kind zu sein, und das konnte sie sein. Einfach. Von Gott abhängig. Vertrauensvoll. Es wäre wunderbar, ihr Leben mit Jonah Martin zu teilen, aber vielleicht hatte Gott gewollt, daß sich ihre Wege nur für diese kurze Zeit kreuzten.

In dem angespannten Schweigen auf dem Korridor knallte das plötzliche Klicken von Jonahs Türklinke wie ein Revolverschuß. Alle drei Schwestern unterbrachen ihre Arbeit und drehten sich abrupt zu Jonahs Arztzimmer herum. Jaquelin lehnte sich an die Wand. Sie hatte plötzlich wackelige Knie.

Die Tür ging auf, und Jonah trat auf den Gang hinaus. In seinen Augen funkelte ... was? Seine Augen suchten und fanden sie und schauten sie mit einem stürmischen und anschuldigenden Blick an. Eine Sekunde später stand er plötzlich nur einen Atemzug neben ihr.

Er berührte in einer wehmütigen Geste ihre Wange. „Meine liebe Schwester Jaquelin", flüsterte er die abgehackten Worte, die nur für ihre Ohren bestimmt waren. „Wie konntest du das wissen? Ich hatte es selbst nicht verstanden."

„Jonah?" Die Worte blieben ihr vor Schreck fast im Halse stecken. „War das dein Vater am Telefon?"

„Ja." Er nickte, während er ihr mit geröteten Augen lächelnd in die Augen schaute. „Alles ist vergeben. Und verstanden. Ich werde jetzt dort hineingehen und Dr. Kastner und Dr. Pressman und jedem, der es sonst noch hören will, sagen, daß ich nichts Schlimmes getan habe. Und wenn man mir nicht glaubt, brauchen sie nur Kontakt zur Universitätsklinik in Virginia aufnehmen. Sie können sogar die Frau anrufen, die diesen Stein ins Rollen gebracht hat. Das ist mir gleichgültig.

Denn ich weiß – und ich glaube –, daß alles gut werden wird. Ich bin lange genug davongelaufen. Ich bleibe hier."

Jaquelin merkte, daß ihr Herz schneller schlug, wie immer, wenn er sie anschaute. „Aber wie ... was ist passiert?"

„Mein Vater", sagte Jonah, ohne auf die anderen Schwestern zu achten, und nahm ihre Hand und zog sie in sein Büro. „Er rief mich heute zum ersten Mal seit Jahren an. Und er bat mich um Vergebung, Jackie. Er sagte, es sei falsch von ihm gewesen, an mir zu zweifeln. Zuerst konnte ich es nicht glauben, aber er hat es ernst gemeint. Er war gebrochen. Er und Mutter weinten beide."

Trotz der Tränen in seinen Augen schien Jonah vor Freude überzusprudeln. „Plötzlich merkte ich, wie die Mauern um mein Herz niederfielen. Genauso wie in der alten Geschichte in der Bibel – du weißt schon, die Mauern von Jericho. Siebenmal gingen sie um die Stadt herum, bis die Mauern einstürzten, und sieben Jahre lang wohnte in meinem Herzen Bitterkeit, weil meine eigene Familie mir nicht glaubte."

„Oh, Jonah!" Tränen der Erleichterung strömten ungebändigt über ihre Wangen, daß Jaquelins ganzer Körper zitterte, aber Jonah hielt ihre Hände; sie konnte sie nicht wegwischen. Sie stand einfach da, und die Tränen liefen ungehindert, während Jonah erzählte, wie er und seine Eltern gemeinsam gebetet und geweint und gelacht hatten.

„Bevor er auflegte, sagte mein Vater noch, daß eine Freundin von mir ihn heute morgen angerufen habe", sagte Jonah mit einer sanften Zärtlichkeit in der Stimme. „Ich weiß, daß nur du so sehr an mich geglaubt hast. Auch wenn ich nie begreifen werde, wie du wissen konntest, daß ich es nötig hatte, mit ihm zu sprechen."

„Ich weiß, daß du ihn liebst", antwortete Jaquelin, deren Herz unter seinem Blick wie wild schlug. „Du sprichst die ganze Zeit so viel über ihn, und doch scheinst du nie *mit* ihm gesprochen zu haben." Sie stieß ein leises Lachen aus. „Das ist genauso, wie ich immer Gott behandelt habe. Aber Daphne zeigte mir, wie sehr ich ihn brauche ... und dann wußte ich, was dir fehlte, Jonah, und wo du die Freude an deinem Glauben verloren hast. Du hast ihn im Haus deines Vaters verloren."

„Du bist genauso klug, wie du schön bist", sagte Jonah und zog sie in seine Arme. „Ich verdiene dich gar nicht, Jaquelin Wilkes. Aber ich danke Gott dafür, daß ich dich gefunden habe."

Sie konnte seinen aufgeregten Atem auf ihrer Wange spüren, als er sie nahe an sich drückte. In diesem Augenblick erklang Dr. Kastners scharfe Stimme und störte den zauberhaften Moment.

„Doktor Martin! Wir warten jetzt schon über eine halbe Stunde!"

Jonah ließ sie nicht los. „Dann kommt es auf eine halbe Minute auch nicht mehr an", rief er, wobei seine Lippen über Jaquelins Wange strichen. Er schaute zu ihr hinab und lächelte. „Ich war noch nie jemand, der seine Termine pünktlich einhielt. Und ich würde mir gern einen Augenblick Zeit nehmen, um dich anständig zu küssen, aber zuerst sollte ich wahrscheinlich wirklich kurz mit diesen Herren auf dem Gang ein paar Worte sprechen."

„Unbedingt", lachte Jaquelin.

Ohne den Arm von ihr zu nehmen, drehte sich Jonah herum zu den verblüfften Ärzten und sprachlosen Schwestern draußen auf dem Gang. „Meine Herren, ich entschuldige mich für die Verspätung, aber ich hoffe, Sie verstehen, daß etwas sehr Wichtiges dazwischengekommen ist. Falls Sie übrigens wegen gewisser Gerüchte, die meine Vergangenheit betreffen, beunruhigt sind, würde ich vorschlagen, daß Sie zu zwei Stellen Kontakt aufnehmen: erstens zum Verwaltungsdirektor des Universitätskrankenhauses von Virginia. Von ihm werden Sie erfahren, daß nie offiziell irgendeine Anklage gegen mich erhoben wurde. Ich vermute, daß eine gewisse Krankenschwester dort inzwischen mehr als einem Arzt Schwierigkeiten bereitet hat. Und zweitens zu meinem Anwalt. Wenn Sie wirklich ernsthaft in Erwägung ziehen, dieses alte, unselige Geschwätz weiterzuverbreiten, hat er sicher Interesse daran, über die Folgen einer Verleumdungsklage gegen dieses Krankenhaus zu sprechen. Denn ich versichere Ihnen, meine Herren, daß diese Gerüchte nicht wahr sind."

„Im übrigen", flüsterte Jaquelin und legte die Arme um Jonahs Nakken. „... denke ich, Ihr Ruf ist nicht in Gefahr, Dr. Martin. Ich kann mir mehrere Patienten vorstellen, die eher ihre Perücken und ihre Medikamente gegen Übelkeit aufgeben würden als ihren geliebten Dr. Martin."

„Und was ist mit dir?" fragte Jonah und schluckte schwer. Er schaute ihr tief in die Augen. „Was muß passieren, damit *du* mich aufgibst?"

Sie schwieg, denn sie wußte, daß hinter seiner Frage viel mehr steckte als nur diese einfachen Worte. „Ich werde dich nie aufgeben, Jonah Martin", antwortete sie und zitterte in seinen Armen. „Egal, ob wir zehn Jahre oder fünfzig haben, ob es gute oder traurige Zeiten sein werden. Du hast mir gezeigt, was mir fehlte. Ohne dich könnte ich nie vollständig sein."

„Genauso wie ich ohne dich nie zu Hause sein könnte", antwortete er. Er schwieg einen Augenblick. Aus seinen Augen funkelte Hoffnung und Liebe. „Ich bin wirklich gesegnet. Was hast du mir einmal gesagt? Ich werde eine Frau *mit* einem Hund finden?"

„Um stundenlang liebkost und abgeschleckt zu werden", schloß sie. Sie senkte die Stimme zu einem vertraulichen Flüstern. „Am besten dabei ist, daß ich nicht einmal an Schuhen knabbere."

Für dieses Versprechen bekam Jaquelin unter dem Beifall von Stacy, Lauren und Linda einen sanften, zärtlichen Kuß, den sie mit der ganzen Liebe erwiderte, die in ihrem Herzen für ihn brannte.

Schlußwort der Verfasserin

Dieses Buch wäre ohne die freundliche Unterstützung von Beth Delassandro, R. N. und Dr. Robert H. McCreary, Mitarbeiter am Florida-Krebszentrum in Clearwater, nicht möglich gewesen. Bei irgendwelchen medizinischen Ungenauigkeiten liegt der Fehler allein bei mir.

Die Personen in diesem Buch sind frei erfunden, und alle Ähnlichkeiten mit lebenden oder verstorbenen Personen sind rein zufällig. Zwar habe ich versucht, die üblichen Behandlungsmethoden bei Brustkrebs genau zu beschreiben, aber Sie sollten dennoch auf keinen Fall davon ausgehen, daß jeder Arzt die gleichen Verfahren anwendet, wie sie in diesem Buch beschrieben werden. Die Behandlung von Brustkrebs ist ein Gebiet, das sich ständig verändert.

Wenn Sie bei einer monatlichen Selbstuntersuchung, die Sie unbedingt regelmäßig durchführen sollten, einen Knoten in Ihrer Brust feststellen, dann bitte ich Sie dringend, *so bald wie möglich* Ihren Arzt aufzusuchen. Die beste Waffe gegen Brustkrebs ist die frühestmögliche Erkennung und Behandlung. Bitte warten Sie nicht zu lange!

In der Reihe „Portrait"
sind außerdem erschienen:

Judith Pella

Tür zum Herzen

ISBN 3-86122-348-1
Bestell-Nr. 330 348
312 Seiten, Paperback

Als sie die Nachricht vom gewaltsamen Tod ihres geschiedenen Mannes Greg erhält, bricht für die angehende Malerin Irene Lorenzo eine Welt zusammen. Von nun an setzt sie alles daran, seinen Mörder zu finden. Ihr zur Seite steht der blinde Anwalt Joel Costain.
Durch die schmerzliche Aufdeckung der Geheimnisse um Gregs Vergangenheit werden die beiden grundverschiedenen Menschenleben unfreiwillig miteinander verflochten.

Judith Pella erzählt hier eine Geschichte, die mit schmerzlichem Kummer und Leid beginnt und in einem Porträt der Versöhnung und der bedingungslosen Liebe endet.

FRANCKE
Verlag der Francke-Buchhandlung GmbH

B. J. Hoff

Das Rätsel von Red Oak

ISBN 3-86122-350-3
Bestell-Nr. 330 350
160 Seiten, Paperback

Als die Journalistin Danni St. John nach Red Oak zurückkehrt, merkt sie sogleich, daß etwas in ihrer Heimatstadt nicht stimmt. Eine merkwürdige Sekte scheint dort die Oberhand und einen unseligen Einfluß gewonnen zu haben. Danni will das Geheimnis von Red Oak ergründen. Unterstützung erhält sie von Sheriff Logan McGarey, obwohl auch er ein undurchschaubarer Charakter zu sein scheint. Trotzdem fühlt sich Danni zu ihm hingezogen.

Eine atemberaubende Geschichte voller Spannung, aber auch mit viel Gefühl und Romantik, geschrieben von der Autorin der „Irish Saga“.

FRANCKE
Verlag der Francke-Buchhandlung GmbH